FRÉDÉRIC LENORMAND

DIE VENEZIANISCHE BRAUT

atb aufbau taschenbuch

Frédéric Lenormand lebt und arbeitet als Schriftsteller in Paris, doch sein Herz schlägt für das Venedig des 18. Jahrhunderts, auf das er sich spezialisiert hat. In Frankreich veröffentlichte Lenormand mit großem Erfolg bereits eine historische Krimi-Reihe, die in China spielt.

Die venezianische Braut ist der Auftakt einer Serie brillant recherchierter venezianischer Kriminalromane mit der jungen und eigenwilligen Ermittlerin Leonora Pucci.

Venedig 1762. Als die junge Leonora Pucci eines Tages aus dem Kloster von Vincenza geholt wird, um in der Lagunenstadt verheiratet zu werden, weiß sie noch nicht, dass sie bald unfreiwillig, jedoch nicht ohne Grund im Mittelpunkt einer gefährlichen Verschwörung stehen wird.

Erstaunlich genug, dass Cesare Della Frascada, der mit der Überwachung der Kanäle eines der höchsten Ämter Venedigs bekleidet, sich plötzlich als ihr Vater vorstellt, wird dieser am Tag der Hochzeit auch noch festgenommen und in die Bleikammern des Dogenpalastes geworfen. Als kurze Zeit später Della Frascadas Mitarbeiter bei der Reinigung des Canal Grande auf drei zerstückelte Leichen stoßen, scheint das niemanden zu interessieren – außer Leonora, die nur knapp einem Mordanschlag entgeht.

Mit kriminalistischem Spürsinn versucht Leonora, Licht in die dunklen Abgründe der Serenissima zu bringen. Schon bald ahnt sie, dass es einen Zusammenhang gibt zwischen den mysteriösen Vorfällen und dem Rätsel ihrer Herkunft.

FRÉDÉRIC LENORMAND

DIE VENEZIANISCHE BRAUT

Leonora Pucci ermittelt

Aus dem Französischen
von Xenia Osthelder

aufbau taschenbuch

Vorbemerkung

In Venedig gab es stets nur einen einzigen Kanal, einen einzigen Platz, einen einzigen Palast und einen einzigen Adelstitel.

Die großen Häuser hießen *Ca'*; nur die Residenz des Dogen, der Sitz der Macht, durfte als Palast bezeichnet werden. Außer der Piazza San Marco nannte man alle Plätze *Campo.* Eine jede der hundertsechsundsiebzig Wasserstraßen, die sich zwischen den Inseln Venedigs hindurchschlängelten, wurde als *Rio* bezeichnet, im Gegensatz zum *Canal Grande*, der in seinem Namen das Wort Kanal enthält. Um des republikanischen Ideals der Gleichheit willen, mussten die Venezianer auf Adelstitel verzichten. Der Doge (wie im Dialekt Venetiens der Herzog hieß) trug folglich als einziger Adliger der *Repubblica Serenissima* einenTitel.

Prolog

Die Glocken des Camapanile schlugen Mitternacht. Der Campo de San Marco lag in völlige Dunkelheit getaucht, nur an den Straßenecken wies das schwache Licht der öffentlichen Laternen den Weg. Zwei Schatten lösten sich aus der Dunkelheit und huschten quer über den Platz auf die große Backsteinkirche zu, deren gewaltige Silhouette sich im bleichen Mondschein gegen den Himmel abzeichnete. Die beiden Vermummten zogen ihre Kapuzen enger um sich und blickten mit unruhigen Blicken umher, bevor einer von ihnen leise an das hohe Portal der Basilika pochte.

Kaum hatte der Küster die Tür einen Spalt weit geöffnet, schlüpften die beiden dunklen Gestalten lautlos hinein. In dem riesigen, von Säulen getragenen Kirchenschiff herrschte ebenfalls vollkommene Finsternis, die nur durch den Schein der flackernden Kerze aufgehellt wurde, die der Küster vor sich her trug.

»Ihr werdet sehen, dass ich nicht gelogen habe«, flüsterte er. »Ist euer Gefährte nicht mitgekommen?«

»Wir konnten ihn nicht finden.«

Der Küster hustete. »Ich hoffe, dass ihm nichts zugestoßen ist«, sagte er dann. »Diese Leute sind zu allem fähig. Kommt, hier entlang.«

Er geleitete sie zu einer Kappelle gleich neben der Apsis. Die Kapuzenmänner sahen gerade noch, wie er etwas berührte, als die Wand vor ihnen auch schon zurückwich und einen geheimen Gang freigab.

»Das ist Teufelswerk«, stieß einer der Männer hervor.

»Nein, das ist aus dem zwölften Jahrhundert«, verbesserte ihn der Küster. »Der Herr Pfarrer sagt, durch diesen Gang sind die Venier im Mittelalter hinunter zu ihrer Familiengruft gestiegen. Er ist seit vielen Jahren nicht mehr benutzt worden. Außer, leider, in den vergangenen Tagen.« Er schob die Trennwand zur Seite, um die Öffnung zu vergrößern. Die leichte Anstrengung löste noch einmal einen Hustenanfall bei ihm aus. Die beiden Männer sahen nun die obersten Stufen einer Treppe vor sich.

»Wir können gehen. Zu so später Stunde kommen sie nicht.«

Die Krypta der Venier bestand aus mehreren kleinen, mit Fresken ausgeschmückten Grabkammern. Im Kerzenschein waren die Umrisse eines Sarges und einer großen Grabstele erkennbar, die in den Boden eingelassen war. In einer zweiten Kammer, einem schlichten, stark moderig riechenden Gewölbe, waren die feinen Stuckarabesken so gut erhalten und wirkten so frisch, als wäre das Gerüst der Handwerker erst am Abend vorher entfernt worden.

»Hier stehen die Truhen, von denen ich euch erzählt habe«, sagte der Küster und hob einen Deckel an. »Überzeugt euch selbst!«

Die beiden Männer wollten ihren Augen nicht trauen.

»Solche Mengen habe ich noch nie auf einmal gesehen!«, stieß einer der beiden hervor.

»Sie wollten mich bestechen. Aber mein Husten ist mittlerweile so schlimm, dass ich es mir mit dem lieben Gott nicht mehr verscherzen wollte. Was soll ich auch mit diesem Geld, auf dem ein Fluch liegt und mit dem ich ohnehin nichts mehr anfangen kann?«

»Seine Hochwürden der Bischof wird gewiss erbaut sein, wenn er hört, dass ein heiliger Ort zum Schmuggeln verbotener Waren missbraucht wird!«, meinte der andere der beiden Männer jetzt.

Sie hatten keine Zeit mehr, die schwarzen Gestalten zu bemerken, die sich aus dem Nichts auf sie stürzten. Als Erster taumelte der Küster zu Boden. Seine Kerze fiel auf die Steinplatten und tauchte die Szene in ein gespenstisches Licht. Der zweite kippte vornüber und auch der dritte Mann hatte keine Chance, noch um Gnade zu flehen. Einen Moment später lagen die Körper der drei Männer leblos auf dem kalten Stein. Die Kopfbedeckungen waren auf den Boden gerollt und ihre Tonsur war zu sehen.

»Macht es dir nicht Angst, Mönche umzubringen?«, fragte einer der Mörder, der einen stark istrischen Akzent hatte.

Sein Komplize, ein strammer Bursche von mindestens sechs Fuß, spuckte auf den Boden.

»Nicht mehr, als Frauen zu töten. Ich habe Schlimmeres auf dem Kerbholz, das kannst du mir glauben.«

Er machte sich daran, den Mönchen die Kutten auszuziehen.

»Gute Idee«, pflichtete ihm sein Spießgeselle bei. »Man könnte sie an der Kleidung erkennen.«

»Ich will das Zeug beim Pfandleiher verhökern«, verbesserte ihn der andere. »Das ist gutes Tuch aus Treviso. Diese Geschorenen versagen sich wirklich nichts! Im Übrigen, und darauf kannst du Gift nehmen, wird niemand sie jemals wiedersehen!«

Mit seinem noch blutigen Messer schnitt er einige Längen Tau ab, um die drei Männer zu einem Bündel zusammenzuschnüren. Dann beschwerte er alles mit einem Stein, den er aus der Wand löste. Mit einiger Mühe schleiften die Mörder ihre Opfer bis zum Ende eines vergitterten Ganges. Einer von ihnen zog einen Schlüssel aus der Tasche und schloss das Gittertor auf. Dahinter tat sich gähnende Leere auf. Unter den Tritten der Mordknechte kippten die Leichen über die Schwelle und verschwanden mit einem Platschen, das als leises Echo wie in einem Kellergewölbe von den Wänden hallte.

Die schwarzen Wasser Venedigs hatten die drei Unglücklichen verschlungen und der schlecht befestigte Stein sank bis auf den Grund. Eine Stunde später schob eine starke Strömung aus dem adriatischen Meer, die wegen der milden Temperaturen in jenem Winter des Jahres 1762 früher als sonst eingesetzt hatte, die sterblichen Überreste der drei Mordopfer durch das trübe Wasser der Kanäle in den Norden der Stadt, an den befestigten Ufern entlang und zwischen den hölzernen Pfählen der Fundamente hindurch.

I

Seit hundertfünfzig Jahren war es die Aufgabe der Ursulinen von Vicenza, kleine Mädchen aufzunehmen und zu erziehen, bis ihr Vormund, sofern sie einen hatten, es für gut befand, sie aus dem Kloster zu holen. Nach der Farbe ihrer Kleider wurden sie die »blauen Waisen« genannt, obwohl die meisten von ihnen zur Zeit ihres Eintritts in das Kloster durchaus noch Vater und Mutter hatten. Die Einwohner von Vicenza taten so, als handele es sich bei den Mädchen um mittellose adelige Fräulein, die von der reichen Serenissima aus Barmherzigkeit erzogen wurden. Und in der Tat war der über der Portalhalle thronende Löwe mit den gespreizten Flügeln ein Hinweis darauf, dass die Lagunenstadt das Kloster unter ihre Fittiche genommen hatte. In Wirklichkeit gab es niemanden, der nicht gewusst hätte, dass die meisten Mädchen aus einer ehebrecherischen Verbindung oder einer skandalösen Eskapade hervorgegangen waren. Die venezianischen Patrizier schickten sie einzig und allein deshalb zu den Ursulinen, weil sie zu stolz waren, um ihren Nachwuchs, auch wenn es sich dabei um Bastarde handelte, in die öffentlichen Waisenhäuser der Stadt zu geben. Dort wäre ihr edles Fleisch und Blut nämlich mit einer Brut in Berührung gekommen, die in den Augen des venezianischen Adels noch nicht einmal würdig war, ihre Gondel zu lenken. Das regelmäßig entrichtete Kostgeld, das nicht nur dem Unterhalt der Mädchen diente, sondern auch sicherstellte, dass das schimpfliche Geheimnis ihrer Geburt gehütet wurde, gestattete es den Nonnen, von denen nicht alle aus Berufung im Kloster waren, ein recht komfortables Leben zu führen.

Zusätzlich nahmen die Klosterfrauen auch jene weiblichen Säuglinge auf, die vier- oder fünfmal im Jahr von unbekannten Händen auf ihre Schwelle gelegt wurden. So war zu erklären, warum sich unter den Zöglingen eine Hierarchie des Unglücks herausbildete. Sie reichte von den Verbannten, die sich damit brüsten konnten, zumindest den Namen ihres Erzeugers zu kennen, bis hin zu den Verachteten, deren Leben in einem mit grobem Leinen ausgelegten Weidenkorb begonnen hatte. Zwischen diesen beiden Extremen rangierten all jene, die, wenngleich mit Geldern unterstützt, gar keinen Hinweis auf ihre Abstammung hatten und sich deshalb in den kühnsten Hoffnungen wiegen konnten. Leonora Agnela Immacolata, die den Spitznamen Pucci trug, gehörte zur letzteren Kategorie. Angenehm war das nicht, denn bei den einen hätte dies dazu führen können, dass man sie verachtete, weil sie ihren wahren Namen nicht kannte, und bei den anderen, dass man neidisch auf sie war, weil sie noch träumen konnte. Dennoch war es ihr gelungen, mit Mädchen aus beiden Gruppen Freundschaft zu schließen. Die einen hatten sie in ihren Kreis aufgenommen, weil sie sehr scharfsinnig war, wohingegen ihre ungekünstelte Art diejenigen für sie eingenommen hatte, die keinen Anspruch auf eine adelige Herkunft erheben konnten.

Die lieben Frauen von Vicenza waren gehalten, ihre Zöglinge wie die legitimen Sprösslinge des Adels zu erziehen. Sie unterrichteten ihre Schülerinnen daher in allem, was ein Mädchen der guten Gesellschaft wissen musste. Sie lernten ein angesehenes Haus zu führen, wozu Kenntnisse im Nähen, Kochen und in der Religion nötig waren. Sie lernten aber auch die Kunst, einen Ehemann zu zerstreuen, das heißt ein Instrument zu spielen, zu zeichnen, zu singen und zu rezitieren. Einmal in der Woche wurden die Mädchen von weißhaarigen Schulmeistern in den Anfangsgründen des Lateins, der französischen Sprache, der Literatur und der Mathematik unterwiesen. Die Ursulinen machten sich keine Illusionen darüber, dass ihre Schülerinnen, mehr als andere Frauen, auf ihren Kopf angewiesen waren, wenn sie sich im Leben durchschlagen wollten. Zudem bestand die Möglichkeit, dass einige Zöglinge das Kloster niemals verlassen würden, und gebildete Nonnen waren bessere Gefährtinnen als dumme. Im Übrigen war es kein Geheimnis, dass die schönsten der Mädchen eines Tages zum Heer der Edelprostituierten gehören würden, welche die Lagunenstadt bevölkerten. Aber auch das gereichte der Klostergemeinschaft nicht zum Nachteil. Die großen Kurtisanen bewegten sich in einflussreichen Kreisen, sie hatten das Ohr der Mächtigen und waren ihren einstigen Erziehern keineswegs unwillkommene Verbündete. Es war eine ausgezeichnete Reklame für die Ursulinen, wenn gewisse Ratgeberinnen, die im Rampenlicht standen, aus ihrem

Kloster kamen. Außerdem machten allein die Intelligenz und die Bildung den Unterschied zwischen den schönen Frauen leichter Sitten aus. Die einen verkümmerten am Ende in einem Freudenhaus, bis auch noch ihre letzten Reize verblichen waren, die anderen hingegen erstrahlten mit Klugheit und Esprit in den vornehmen Salons, wenn gleichaltrige ehrbare Matronen sich bereits in die Frömmelei zurückgezogen hatten.

An einem Morgen im März 1762 betrat Schwester Marie-des-Anges die klösterliche Schatzkammer. Bei dem sich ihr bietenden Anblick stieß die Schwester einen durchdringenden Schrei aus. Wenig später hastete sie durch das Kloster und klopfte heftig an die Tür zur Zelle der Äbtissin. Madre Silvana öffnete ihr sofort. Die kleine, rundliche Frau nahm an, ein Feuer sei ausgebrochen und das Kloster müsse schnellstens geräumt werden. Sie hatte sich noch nicht einmal die Zeit genommen, ihr Haar unter dem Schleier zu verbergen. Einige Minuten später waren auch die anderen Schwestern der Klosterverwaltung in der Schatzkammer versammelt. Alle Schränke waren aufgerissen. Man konnte zwar noch die schönen, mit Halbedelsteinen verzierten Reliquienbehälter aus Gold und Silber nebeneinander aufgereiht sehen, aber einige waren gewaltsam geöffnet und geleert worden. Die Reliquien, die sie enthielten, waren verschwunden.

»Lasst uns alles durchzählen!«, forderte Madre Silvana die Nonnen auf. Sie wollte sich einen Überblick über das Ausmaß der Katastrophe verschaffen.

Die Schwestern begutachteten jedes Reliquiar.

»Der heilige Dorn, der 1352 aus der Terra Sancta mitgebracht wurde«, hauchte die klösterliche Tafeldeckerin mit ersterbender Stimme. »Beim heiligen Thomas! Seit mehr als fünf Jahrhunderten war er hier! Nun ist er geraubt. Wir sind die Schande aller Ursulinen!«

Vor Entsetzen erstarrt, konnte die Kellermeisterin gerade noch den Arm der Äbtissin ergreifen.

»Ehrwürdige Mutter! Es kommt noch schlimmer!«

Sie wies auf einen prächtig verzierten Kasten, in dessen Mitte eine verblasste Locke ruhte.

»Die Diebe haben die Locke der heiligen Angela von Brescia verschmäht!«

»Welch ein Affront!«, pflichtete die Schwester Schatzmeisterin ihr bei. »Was fehlt denn unserer guten Ordensstifterin Angela im Vergleich zu den anderen Heiligen?«

Auf dem obersten Regalbrett des Schrankes stand, ebenfalls unversehrt, das große Reliquiar der heiligen Ursula, in dem je ein Zehnagel der elftausend Jungfrauen aufbewahrt wurde.

Jeder Zweifel verbot sich: Die Diebe waren Frauenfeinde gewesen. Auch das Ohr der heiligen Lucia hatte keine Gnade vor ihren Augen gefunden.

»Das ist ein Wunder!«, sagte die Äbtissin und bekreuzigte sich.

Die Schwester Bibliothekarin sah die Dinge etwas differenzierter.

»Sie wissen sehr wohl, meine Schwester, dass unser Ohr nicht unumstritten ist ... Die Banditen könnten von den ärgerlichen Gerüchten Wind bekommen haben. Es ist schrecklich, wie selbst die heiligsten Dinge unter dem Klatsch zu leiden haben!«

Die Äbtissin stieß einen gereizten Seufzer aus. Es reichte den Dieben offenbar nicht mehr, einfach nur zu stehlen. Was sollte aus der Welt werden, wenn sie sich auch noch in religiöse Streitfragen einmischten?

Die Bilanz war nach kurzer Zeit gezogen. Man hatte den Schwestern vier ihrer kostbarsten Reliquien geraubt, alles Überbleibsel von männlichen Heiligen. Die Nonnen waren verzweifelt.

»Wir könnten den Heiligen von Padua um Hilfe bitten, aber ich fürchte, dass er uns im Augenblick nicht gerade gewogen ist«, schlug die Schwester Gastmeisterin vor und wies mit dem Finger auf ein geleertes Reliquiar in Form eines Knochens.

Die Nonnen waren ratlos. Wem konnte so sehr an den Reliquien gelegen sein, dass er ein Sakrileg beging?

»Vielleicht der Teufel?«, wagte die Schatzmeisterin vorzuschlagen.

Die Äbtissin echauffierte sich:

»Nun reden Sie doch keinen solchen Unsinn, Schwester Marie-des-Anges! Was sollte der denn damit anfangen? Sie sind uns wahrlich keine Hilfe.«

Wenn sie die Missetäter nicht binnen zwei Stunden gefunden hätten, würde die Sache erbarmungslos ihren Lauf nehmen. Die Äbtissin müsste den Bischof aufsuchen, von dem sie einen saftigen Tadel ernten würde. Dann würde sie die weltlichen Behörden von Vicenza von dem Vorfall in Kenntnis setzen müssen, an erster Stelle den *Procuratore* der Serenissima, einen eingebildeten, boshaften Wicht. Das Fußvolk in den Ämtern würde weniger die Banditen verfolgen, als die Ordensfrauen mit Vorwürfen überschütten. Es käme zu einem riesigen Skandal. Alle Welt würde sich darin überbieten, die Ursulinen auszulachen. Sie hätten ihren guten Ruf für mindestens zehn Jahre eingebüßt. Nie hatten sie so sehr der Hilfe Gottes bedurft.

»Ich glaube, ich habe eine Idee«, ließ sich da die Schwester Bibliothekarin vernehmen.

Ihre Leidensgefährtinnen lauschten mit verzweifelter Aufmerksamkeit. Mehrmals bereits habe sie die Schülerinnen dabei überrascht, wie sie, statt ihre lateinischen Übersetzungen zu machen, über die Heldentaten der kleinen Pucci tuschelten, die sich durch die Lösung von Rätseln auszeichnete, die unlösbar schienen, begann die Schwester.

»Der heilige Antonius persönlich scheint Pucci zu helfen. Sie hat bereits alles nur Erdenkliche wiedergefunden, das von ihren Kameradinnen verlegt oder ›ausgeliehen‹ worden war. Wir sollten es mit ihr versuchen!«

Die Schwester Gastmeisterin war entschieden gegen diesen Vorschlag.

»Ich habe noch nie eine so schlechte Schülerin erlebt wie Leonora. Warum sollen wir uns an eine Göre wenden, die noch nicht einmal in der Lage ist, einen Knopf ordentlich anzunähen?«

»Weil wir sonst niemanden haben!«, erwiderte die Äbtissin, der Puccis Reputation ebenfalls zu Ohren gekommen war. »Wir brauchen keine Näherin. Holen Sie das Mädchen!«

Die Klosterfrauen jammerten leise vor sich hin, bis die Schwester Bibliothekarin nach einigen Minuten mit einem dunkelhaarigen Mädchen zurückkam, dessen blaue Kleidung auf ihre hellen Augen abgestimmt zu sein schien. Sie war keine Schönheit im klassischen Sinne, aber eine aparte Erscheinung, zartgliedrig, nicht sehr groß und mit feinen Gesichtszügen. Die Äbtissin sagte sich, sie müsse verrückt sein, sich an ein junges Ding zu wenden, das über keinerlei Lebenserfahrung verfügte.

»Mein liebes Kind, du wirst dich fragen, warum wir dich zu dieser unpassenden Stunde von deinen geliebten Studien wegrufen.«

Pucci warf einen Blick in die Runde. Die Schwestern hatten die Schranktüren wieder sorgfältig geschlossen, um den Anlass für ihre Verzweiflung zu verbergen. Sie schienen für eine stille Messe versammelt zu sein.

»Ich verspreche Ihnen, Ehrwürdige Mutter, mein Bestes zu tun, damit die Reliquien wieder gefunden werden«, antwortete das Mädchen.

Verwunderte Ausrufe waren zu hören. Der Schwester Gastmeisterin war an den Augen abzulesen, dass sie genau wusste, wer geplaudert hatte. Die Schwester Bibliothekarin kam einer Bezichtigung jedoch zuvor, indem sie unverzüglich einen Eid ablegte, ihr sei kein einziges Wort über die Lippen gekommen. Die Äbtissin forderte Pucci zu einer Erklärung auf.

»Als ich hörte, wie Schwester Marie-des-Anges durch das Gebäude rannte und dabei Schreie ausstieß wie eine Maus in den Krallen der Katze, habe ich geglaubt, dass jemand gestorben sei. Nun aber sehe ich, dass alle

Schwestern hier versammelt sind. Daraus schließe ich, dass etwas Schlimmeres geschehen sein muss und die Toten selbst uns verlassen haben. Die Schlüssel stecken in den Schranktüren, was darauf hinweist, dass etwas in den Schränken gesucht wurde.«

Die Schwester Bibliothekarin machte eine triumphierende Geste, die wohl bedeutete: »Na, was habe ich gesagt?«

Leonora wollte wissen, für wen die Küsterin gewöhnlich den Raum aufschloss.

»In erster Linie für den Priester, der die Messen liest.« Das Mädchen sah sie nachdrücklich an.

»Aber doch nicht er!«, protestierte Schwester Marie-des-Anges empört und blickte in die Runde. »Don Fernandino ist über jeden Verdacht erhaben! Ihr seid doch nicht etwa der Meinung, dass er sich selbst zu ewigen Höllenqualen verdammt? Warum sollte er das tun?«

Das Schweigen des Mädchens sprach Bände. Den Schwestern fielen einige Vorkommnisse ein, die in den vergangenen Jahren im Mittelpunkt des Klatsches gestanden hatten. Pfarrer, die wegen ihres ausschweifenden Lebenswandels dringend Geld benötigten, gab es ohne Ende.

Die pragmatische Äbtissin ergriff mit dem folgenden Argument das Wort:

»Ich möchte keine Aussagen zur Moral Don Fernandinos machen, aber wenn er in den Kapellen, wo er die Messe liest, Gegenstände mitgehen ließe, würde das sehr rasch bemerkt werden. Ich glaube, meine liebe Pucci, dass du ihn so lange ausschließen kannst, bis es zu einem ähnlichen Diebstahl an einem der anderen Orte kommt, wo er die Messe liest.«

Und was war mit den Klosterfrauen der heiligen Ursula, allen voran die Küsterin, die Zugriff auf diesen Ort hatte? Mit einem Gesicht, das so unergründlich wie das einer Sphinx blieb, fiel ihr die Äbtissin ins Wort:

»Erweise uns die Gnade, mein Kind, uns so lange nicht zu verdächtigen, wie du noch jemand anderen auf deiner Liste hast.«

Blieben die Klosterschülerinnen. Ihre Habseligkeiten würde man natürlich durchsuchen, so wie man auch das gesamte Gebäude auf den Kopf stellen würde. Es wäre allerdings völlig verrückt, wenn sich jemand Reliquien aneignete und sie dann im Gebäude ließ.

»Man könnte sie doch auch über die Umfriedungsmauer einem Komplizen zugeworfen haben«, warf Pucci ein.

»Bei allen Engeln des Himmels!«, rief die Kellermeisterin. »Das Schienbein des heiligen Antonius über die Mauer!«

»Beruhigen Sie sich, Schwester Prudenza«, sagte die Gastmeisterin. »Unsere jungen Damen sind zu gut erzogen, als dass sie sich auf derlei Handlangerdienste einlassen würden. Es bedarf einer niederträchtigen Fantasie, um sich dergleichen überhaupt vorzustellen.«

»Damit wären wir am Ende. Die Liste ist fertig«, schloss die Küsterin.

Das junge Mädchen war sich da nicht so sicher: »Ich habe gehört, dass in den vergangenen Tagen Handwerker im Haus waren.«

»Gehört?«, fragte die Äbtissin, die sehr darauf geachtet hatte, dass sich die Wege der Handwerker und der Waisen zu keiner Zeit kreuzten. Sie hatte den Männern genau den Weg vorgeschrieben, auf dem sie sich zwischen der Gartenpforte und dem Eingang zur Apsis bewegen durften, und hatte selbst einen Kontrollgang gemacht, um die Männer nicht aus den Augen zu lassen. Man hörte zu oft, dass sich skrupellose Verführer naiven jungen Mädchen näherten. Nichts schien den animalischen Appetit so sehr anzuregen wie weibliche Gemeinschaften. Ihre Schülerinnen lebten abgeschirmt von der Welt und kannten die Gefahren nicht. Jeder noch so geringe Handwerker, war er auch dumm, ungeschlacht und ungebildet, stellte eine ernst zu nehmende Bedrohung dar.

Gezwungenermaßen musste sie Pucci gegenüber nun einräumen, dass tatsächlich einige Maurer die Nordwand der Kapelle ausgebessert hatten, die seit dreihundert Jahren jeder Witterung ausgesetzt und undicht geworden war.

»Sie hatten aber unter keinen Umständen Zugang zur Schatzkammer!«, wehrte sich die Küsterin und schüttelte ihren eindrucksvollen Schlüsselbund.

Dieser Raum werde nur geöffnet, fuhr sie fort, wenn eine Messe gelesen oder wenn er gereinigt werde. Eine Ente, die ihre Küken zum ersten Mal an den Teich bringe, hätte ihre Brut nicht umsichtiger bewacht, als sie das Kommen und Gehen der Handwerker.

»Und doch wird die Sakristei immer wieder geöffnet«, warf Pucci ein.

»Für Messen, ja. Aber wenn Don Fernandino ständig aus und ein geht, besteht wirklich kein Risiko!«

Etwas schien Leonoras Unwillen zu erregen. Sie warf der Äbtissin einen fragenden Blick zu.

»Sprich, mein Kind«, forderte Madre Silvana sie auf. »Zögere nicht, das zu sagen, was du für richtig hältst. Höflichkeit wird uns nicht retten.«

Das junge Mädchen packte den Stier bei den Hörnern.

»Verzeihen Sie, wenn ich widerspreche, Ehrwürdige Mutter, aber es gibt eine ganze Reihe Leute, die Zugang zu diesem Raum haben. Sie haben die Chormädchen vergessen, die Don Fernandino während der Messe immer assistieren.«

Die Küsterin hob die Arme. Der Gedanke, dass die kleinen Dinger in ihren weißen Alben ein solches Verbrechen begehen könnten, war unvereinbar mit ihrem Glauben an die Menschheit.

»Dann sind da auch noch meine Kameradinnen Tonina und Zita, die Ihnen bei der Reinigung des Raumes helfen«, fügte Pucci leiser hinzu.

»Ach, ja?«, ließ sich die Äbtissin vernehmen, die von der Küsterin über dieses Arrangement nicht in Kenntnis gesetzt worden war.

»Sie sind über jeden Verdacht erhaben!«, versicherte diese eilig. »Es sind sehr brave Mädchen, sehr glücklich darüber, mir beim Wischen der Kapelle zur Hand gehen zu dürfen. Ich bekomme davon Nierenschmerzen!«

Sie verschwieg, dass sie die Glücklichen mit Süßigkeiten belohnte, die sie heimlich ins Kloster schmuggelte.

»Können Sie uns garantieren, dass die Kammer nie offen stand, während Ihre Schülerinnen die Arbeit erledigten, für die eigentlich Sie zuständig sind?«, fragte die Äbtissin streng.

Man bekam allmählich den Eindruck, dass Gott und die Welt Zugang zur Schatzkammer hatten, inklusive Maurer mit unlauteren Absichten, so wenig überzeugend bestritt die Küsterin die Möglichkeit. Fest stand nur, dass es für die Diebe einfacher war, sich der Reliquien zu bemächtigen, als sie aus dem Kloster zu schaffen. Es war unter Umständen möglich gewesen, dass die Handwerker, sofern sie überhaupt die Missetäter waren, sich einen Moment der Unaufmerksamkeit zunutze gemacht hatten. Aber die Klosterpforte öffnete sich nur, wenn die Pförtnerin es gestattete, und sie hatte ihre Schlüssel nicht aus den Augen gelassen. Dass man die heiligen Reliquien über die Mauer geworfen hatte, war kaum vorstellbar. Warum sollte man das Risiko eingehen, eine Fiole mit dem Blut des heiligen Fosco zu stehlen, um sie dann beim Wurf über eine zehn Fuß hohe Mauer zu zerbrechen?

Auch die Äbtissin brachte ein Argument zur Entlastung der Handwerker vor: Sie selbst habe sie ausgesucht, und alle seien brave Christen. Das wichtigste Auswahlkriterium sei nämlich ihre moralische Integrität gewesen. Schwester Regina habe sie nacheinander einer gnadenlosen Glaubensüberprüfung unterzogen, bevor sie auch nur einen Fuß in das Kloster setzen durften. Alle, die drei Fehler beim Pater Noster gemacht hatten, alle, die nicht vor dem Zubettgehen beteten und die sonntags nicht in die Messe gingen, hatten draußen bleiben müssen.

»Ich versichere Ihnen, dass sie frommen Familien

angehören, den Gehörnten, die Hexen und die schwarzen Katzen fürchten, ein Hufeisen an ihre Tür genagelt haben und am Karfreitag nie etwas Grünes anziehen würden!«

»Aber das ist doch Aberglaube«, warf die Schwester Bibliothekarin niedergeschlagen ein.

»Darauf kommt es nicht an!«, rief Schwester Regina mit weit aufgerissenen Augen und geröteten Wangen. »Es kommt auf die Gottesfurcht an! Die Unglücklichen würden es nie wagen, die Dienerinnen Gottes vor den Kopf zu stoßen, das beschwöre ich!«

Leonora machte ein nachdenkliches Gesicht. Sie brauchte nicht lange, bis sie zu dem logischen Schluss dessen kam, was sie gehört hatte.

»Wir müssen uns an die Tatsachen halten. Wenn es für die Reliquien keinen Weg aus dem Kloster gab, hat man Ihnen auch nichts gestohlen!«

»Vielen Dank für diesen interessanten Abschluss deiner Überlegungen, meine kleine Pucci«, ließ sich die Äbtissin vernehmen. »Weil du uns unsere kostbare Zeit gestohlen hast, betest du zehn Mal das Glaubensbekenntnis von Nizäa.«

»Ich habe mich schlecht ausgedrückt, Ehrwürdige Mutter. Ich wollte sagen, wenn das Diebesgut das Kloster nicht verlassen konnte, muss es noch hier sein.«

Die Nonnen waren sprachlos.

»Warum sollten die Diebe die Reliquien aus den Behältern entfernen, wenn sie sie nicht mitnehmen konnten?«, protestierte die Kellermeisterin.

»Um wiederzukommen und sie zu holen, wenn ihnen

ein Weg eingefallen ist«, erwiderte das junge Mädchen. »Die Hauptarbeit ist gemacht. Sie müssen nun nur noch abwarten, bis sich die Aufregung gelegt hat und wir weniger gut aufpassen. In einem Monat wird die Überwachung nachlassen, weil es nichts mehr zu überwachen gibt. Unsere Maurer werden ahnen, dass sie die Hauptverdächtigen sind. Da sie aber nichts mitgenommen haben, muss das Kloster so tun, als wären sie unschuldig! Es ist eine vertrackte Sache«, schloss sie nachdenklich.

Das war ja alles ganz gut und schön, ihre Schätze hatten die Klosterfrauen damit aber noch lange nicht wieder. Also machten sich die Schwestern auf die Suche. Sie begannen mit der Schatzkammer, deren Wände mit einer dunklen Täfelung versehen waren. Doch nirgendwo drehte sich etwas, nirgendwo kamen eine geheime Schublade, ein Loch oder ein Spalt zum Vorschein. Die Äbtissin hielt sich zurück. Warum sich ermüden, wenn man eine allwissende Sibylle zur Verfügung hatte? Sie begnügte sich damit, die kleine Hellseherin zu beobachten, und wartete darauf, dass dieser eine Lösung einfiel. Pucci ihrerseits machte den Eindruck, als sei sie es müde, ständig für alle denken zu müssen.

»Gut«, sagte sie schließlich, als die Äbtissin sie allzu unverhohlen musterte. »Was sagten Sie, dass die Handwerker bei uns gemacht haben, Ehrwürdige Mutter?«

Die Nonnen stürzten zur Kapelle, als sei dort der Heilige Geist mitsamt Heiligenschein erschienen. Vor ihnen erhob sich die Nordwand in frischem Weiß, und alles, was für die Ausbesserungsarbeiten abgenommen worden war, hing bereits wieder an seinem Platz.

»Die Bilder haben sie zumindest nicht gestohlen!«, stellte die Äbtissin fest.

Die Stationen des Kreuzwegs und der von einem eher unbedeutenden Maler der Region gemalte Zyklus des Lebens der heiligen Ursula hingen wieder an Ort und Stelle.

»Und das hat auch seinen guten Grund«, sagte Pucci.

Sie holte sich einen der Stühle, die für die ganz alten Nonnen bestimmt waren, die an der Messe teilnehmen wollten, und stieg darauf. Das erste Bild, das sie anhob, stellte die heilige Ursula dar, wie ihr ein Engel das bevorstehende Martyrium im Traum verkündete. Nachdem Pucci einen Blick dahinter geworfen hatte, bat sie, man möge ihr helfen, die Holztafel vom Haken zu nehmen.

Die Überraschung der guten Schwestern erreichte ihren Höhepunkt, als sie an der Stelle, wo das Bild gehangen hatte, eine Nische sahen. Man hatte einen Steinblock entfernt. Auf einem Strohlager ruhten in aller Gemütlichkeit der Behälter mit dem heiligen Dorn, das in Gold gefasste Stück Schienbein und zwei große Fiolen, die zur Hälfte mit einer zähen roten Flüssigkeit gefüllt waren.

»Ein Wunder!«, schrien die einen. Die anderen sahen das eigentliche Wunder darin, dass so jemand wie Pucci unter ihnen weilte. Die Schwester Gastmeisterin fand es allerdings nach wie vor irgendwie anrüchig, dass ein Mädchen, das so miserabel nähte, so komplizierte Probleme lösen konnte. Nur Leonora schien überrascht. Sie beugte sich über die Schätze, welche die Nonnen behutsam aus dem Versteck gezogen hatten.

»Wir sind gut beraten, die ganze Sache zu vergessen«, sagte die Äbtissin. Ihr lag wenig daran, dass der Skandal an die Öffentlichkeit gelangte. »Freuen wir uns über den glücklichen Ausgang der Geschichte und bitten wir Gott, dass er den Missetätern seine Vergebung zuteil werden lässt, wenn sie dereinst vor ihm stehen.«

Während die Klosterfrauen die kostbaren Reliquien zurück in die dazugehörigen Reliquiare legten, fragte sich Leonara, warum sich die Diebe wohl nur für männliche Reliquien interessiert haben mochten.

»Hast du etwa eine Idee?«, fragte die Äbtissin misstrauisch.

Pucci erwiderte, für sie sehe der Diebstahl ganz nach einer Auftragsarbeit aus. Hinter der Sache müssten irgendwelche Drahtzieher stecken. Und diese Drahtzieher könnten noch einmal versuchen, an ihr Ziel zu gelangen. Das hieß, es wäre in Zukunft nicht mehr möglich, auch nur einen einzigen Lieferanten ins Kloster zu lassen, ohne befürchten zu müssen, dass wieder etwas verschwand.

Die Nonnen waren niedergeschmettert. Die Logik dieser Überlegungen war unbestreitbar. Aber wie konnten sie wieder in Frieden leben, ohne sich an die Behörden zu wenden?

»Ich glaube, ich weiß, was zu tun ist«, sagte die Äbtissin mit stolz erhobenem Haupt.

Sie betrachtete versonnen einen feuchten Fleck, der die Decke des rechten Querschiffs verunstaltete.

Am selben Nachmittag empfingen die Nonnen den Handwerksmeister in großer Runde. Auch Pucci war dabei, weil man ihr zur Belohnung erlaubt hatte, den Ausgang der Geschichte mitzuerleben. Man hatte den Maurer unter dem Vorwand gerufen, dass die Decke im Querschiff restauriert werden müsse. Nachdem er das Ausmaß des Schadens in Augenschein genommen hatte, schlug er vor, auch die zerbröselnden Stuckverzierungen des Kranzgesimses zu erneuern. Natürlich würde das dreihundert Zechinen mehr kosten.

»Günstig ist das nicht gerade«, bemerkte die Schatzmeisterin.

»Allerdings! Heutzutage gibt es nichts umsonst!«, erwiderte der Handwerker, der nicht die Absicht hatte, sich von einer sparsamen Nonne im Preis drücken zu lassen.

»Und dafür, dass Sie unsere Reliquien gestohlen haben, was hat man Ihnen dafür bezahlt?«, fragte mit eisiger Stimme unvermittelt die Äbtissin.

Sie wies mit ihrem knochigen Finger auf den »Traum« der heiligen Ursula. Zwei der Schwestern nahmen das Bild von der Wand, um das Versteck sichtbar zu machen.

»Sie werden es nicht wagen, vor Ihm zu lügen«, fuhr die Äbtissin fort und zeigte diesmal auf das große Kruzifix im Chor. »Auf die Knie! Nein, auf den Bauch!«, befahl sie, wütend, dass man sie getäuscht hatte, obwohl sie sich sehr bemüht hatte, Handwerker zu finden, die gute, einfältige Christen waren.

Mit reumütiger Miene fügte sich der Maurer ihrem Befehl. Als er erst einmal mit dem Gesicht nach unten auf den Steinplatten lag, gab er es auf, sich zu verteidigen, und gestand die Wahrheit: Kurz nachdem er sich »für einen Preis, den ihm sein Mitleid diktiert habe« an die Reparatur der Nordwand gemacht hatte, hatten ihn die Mönche von San Barnaba aufgesucht. Sie brauchten dringend Reliquien für die neuen Kirchen, die von ihrem Orden errichtet worden waren. Und da ja nicht die kostbaren Behältnisse entwendet werden sollten, hatte der arme Handwerker nicht allzu große Einwände erhoben. Er hatte sich gedacht, dass die Reliquien schließlich nur von einem Heiligtum ins andere wanderten. Die guten Schwestern seien so reich gesegnet damit! Sollte man nicht seine Güter verteilen und diejenigen daran teilhaben lassen, die nichts hatten?

»Wollen Sie eine Ohrfeige?«, fragte die Gastmeisterin, von den Spitzfindigkeiten des Handwerkers aufgebracht.

»Die Patres hätten uns darum bitten können«, sagte die Äbtissin mit öliger Stimme. »Wir hätten sie ihnen bereitwillig überlassen.«

»Tatsächlich, Ehrwürdige Mutter?«, fragte der Handwerker erstaunt.

Äbtissin Silvana geruhte, darauf nicht zu antworten. Der Maurer würde auf jeden Fall nicht ungeschoren davonkommen. Sie verkündete ihm, dass er die Decke und das Kranzgesims reparieren müsse, und zwar auf eigene Kosten.

»Sie haben selbst gesagt, dass heutzutage alles teuer ist«, gab die Schatzmeisterin ihren Senf dazu.

Dann näherte sie sich dem Büßer und stellte ihm die Frage, die ihr auf den Lippen brannte:

»Wie viel hat man Euch denn für unsere Knochen geboten?«

Knochenreste des heiligen Antonius seien sehr gefragt. Der Preis werde auf siebentausend Zechinen für zwanzig Unzen angesetzt, entgegnete er.

»So viel! Das hätte gereicht, nicht nur etliche Löcher in unseren Rechnungsbüchern, sondern auch in unserem Dach zu stopfen«, stieß sie hervor.

Er beteuerte, dass er keinen einzigen *soldo* angenommen habe. Er habe alles umsonst getan.

»Vermutlich im Tausch für Ablässe und Messen?«, fragte die Küsterin ironisch.

Das Motiv des armen Mannes war in Wirklichkeit sehr viel prosaischer. Die Mönche von San Barnaba hatten ihm als Gegenleistung in Aussicht gestellt, dem jüngsten seiner acht Kinder eine gute Erziehung zuteil werden zu lassen. Der Junge war lebhaft und hatte ein gutes Gedächtnis. Sein Vater nährte die Hoffnung, dass er sich aus seinem Stand erheben könne. Wie solle er jedoch das Geld dafür aufbringen? Er arbeite mit den Händen und habe viele Mäuler zu stopfen.

Die Nonnen, die eine zu große Achtung vor dem Wissen hegten, um einem kleinen Jungen den Unterricht zu verwehren, den er verdiente, warfen einander einen einvernehmlichen Blick zu. Wenn die Mönche unbedingt neue Reliquien haben wollten, dann sollten sie sie erhalten!

Schwester Prudentia, die für Bestattungen zuständig war, wurde beauftragt, bei einem Totengräber ein Schienbein zu besorgen. Die Seele des Verstorbenen wäre bestimmt nicht entrüstet, wenn ein Stückchen seines Beines unter hohen Kosten von den guten Mönchen eingefasst würde, statt sich weiterhin in der feuchten Erde Venetiens zu zersetzen. Um jedes Sakrileg auszuschließen, würden sie es sich zur Pflicht machen, in sieben oder acht Jahren, wenn ihr Schützling sein Diplom erworben hätte, den Betrug aufzudecken. Nun blieb noch das Problem der Fiolen mit dem Blut zu lösen.

»Oh, es gibt tausend Methoden, das herzustellen«, beruhigte sie die Schwester Bibliothekarin. »Am wenigsten Arbeit macht es, ein wenig Eisenoxyd in Alkohol zu lösen. Das muss schon ein Gauner sein, der den Unterschied wahrnimmt!«

Ihre Mitschwestern sahen sie verdutzt an.

»Das stand in einem Buch, in dem es darum geht, wie man die Echtheit von Reliquien prüft«, fügte sie hinzu, um Bemerkungen vorzubeugen.

»Ist es nicht eine Sünde, die heiligen Brüder zu täuschen?«, fragte der Handwerker.

Das ging der Äbtissin nun endgültig zu weit.

»Küssen Sie den Saum meines Gewandes und seien Sie dankbar, dass Ihr Sohn durch uns eine Erziehung erhält, ohne dass Sie dafür Ihre Seele ins Verderben stürzen«, wies sie ihn zurecht.

Es war nicht zu leugnen, dass der Maurer mit einem blauen Auge davongekommen war. Nachdem er den Ursulinen Gehorsam gelobt hatte, versprachen sie ihm die Ersatzreliquien und führten ihn bis zur Pforte. Unterdessen wurde die Küsterin von einem Gedanken gequält. Sie hatte nicht gewusst, dass es einen Markt für Heiligtümer gab. In der Klostersammlung fehlten noch einige Reliquien. Sie stieß einen tiefen Seufzer aus.

»Wir haben das Schienbein des heiligen Antonius. Welch ein Glück wäre es doch, wenn wir den dazugehörigen Fuß erwerben könnten!«

Die Äbtissin hatte denselben Gedanken gehabt.

»Es heißt, dass die Mönche von San Barnaba einen vollständigen Satz seiner Zehen besitzen. Müssen an der Kirche unserer Brüder keine Reparaturen durchgeführt werden?«

Der Handwerker merkte wohl, woher der Wind wehte. Er wusste ja, wie es ging. Man hatte ihm zwar schon eine Buße auferlegt, aber was sollte er machen? Die guten Schwestern schoben ihn ins Freie. Mit einem trockenen Knarren schloss sich das Portal.

Pucci hatte den Nonnen eine Lektion in logischem Denken erteilt. Doch die Lektion in Ehrlichkeit, die sie ihrerseits erhalten hatte, überzeugte sie nicht so recht.

»Das Leben ist kein Rosengarten, meine Tochter!«, sagte die Kellermeisterin mit einer Geste, die eines Sankt Georgs würdig gewesen wäre, der seinen Drachen mit der Keule erschlug.

Nicht zum ersten Mal stellte Leonora fest, dass die Erziehung der guten Nonnen von Vicenza bisweilen ungeahnte Überraschungen barg.

II

Der Winter des Jahres 1762 näherte sich seinem Ende, als Leonora Agnela Immacolatas Schicksal in der ersten Unterrichtsstunde des Donnerstags plötzlich eine unwiderrufliche Wendung nahm. Die Ursulinen hatten die gute Idee gehabt, den Unterricht im Sticken, einer Kunst, die es ihren Schützlingen erlauben würde, sich in allen Lebenslagen über Wasser zu halten, mit dem Vorlesen jener klassischen Texte zu verbinden, die eine Frau kennen musste, welche nicht auf das Sticken angewiesen war. Während die Zöglinge sich darin versuchten, Batisttaschentücher mit Arabesken zu verzieren, las man ihnen aus Dantes *Göttlicher Komödie* vor. Sofern man diese nämlich von allen Anspielungen auf Sinnlichkeit und Ausschweifungen säuberte, war sie wegen der Beschreibungen der Höllenqualen ein höchst moralisches Werk. Die Vorleserin hatte soeben die wunderbare Rede der Francesca da Rimini, der ewigen Gefangenen im Kreise der Wollüstigen, überschlagen, als Cornelia, Puccis Freundin, die kurz den Raum verlassen hatte, sich wieder auf ihren Platz setzte.

Ihre Augen funkelten vor Aufregung. Sie legte sich ihre Stickerei zurecht, war jedoch nicht in der Lage, ihre Arbeit wieder aufzunehmen.

»Ich habe soeben etwas Unglaubliches gehört, Pucci«, flüsterte sie ihrer Nachbarin zu.

»Auf den Latrinen?«, erwiderte diese, ohne den Kopf zu heben. Sie bemühte sich redlich, die Nase eines Löwen zu gestalten, auch wenn das Sticken nicht gerade ihre Leidenschaft war.

»Nein«, erwiderte Cornelia verlegen. »Im Korridor vor den Büroräumen. Ein Besucher war bei Madre Silvana.«

»Und ausgerechnet als du vorbeigekommen bist, fühlte sich die Ehrwürdige Mutter gedrängt, dich über ihr Gespräch mit dem Herrn aufzuklären und deinen Rat einzuholen«, spottete Pucci. Die nie verebbende Neugier ihrer Freundin amüsierte sie.

Cornelia errötete ein wenig. »Ja, nun ... Die Tür stand einen Spalt offen. Ich habe nicht gelauscht!«

»Und welche große Überraschung hat unsere gute Madre Silvana für sich behalten wollen?«

Cornelia setzte eine geheimnisvolle Miene auf.

»Aber sie will sie ja gar nicht für sich behalten. Es gibt hier jemanden, dem sie sie bald mitteilen wird.«

»Und wer ist die Glückliche?«, fragte Pucci, ganz in ihre Aufgabe vertieft, mit blauem Garn ein schönes, rundes Löwenauge zu sticken.

»Du, Pucci!«, platzte Cornelia triumphierend heraus. »Der Mann ist deinetwegen gekommen. Deine Mutter hat ihn geschickt, er soll dich holen!«

Pucci schreckte hoch und stach sich mit der Nadel in den Finger. Das blaue Auge des Löwen verfärbte sich rot wie das eines weißen Hasen.

»Meine Mutter lässt mich holen?«, wiederholte sie und vergaß vor Aufregung, die Stimme zu dämpfen.

Sie hatte die erhabenen Worte Dantes übertönt. Alle Hände hielten gleichzeitig mit dem Sticken inne. Die Zöglinge richteten den Blick auf die Sprecherin. Selbst die Vorleserin unterbrach sich ohne Rücksicht auf die ausgeklügelte Dichtkunst des Florentiners mitten in einem dekasyllabischen Vers. Solch einen Satz eines Tages zu hören war der Traum eines jeden der hier anwesenden Mädchen. Pucci saß mit weit aufgerissenen Augen da. Einen Augenblick später wurde sie von etwa drei Dutzend Mädchen mit einer Flut von Fragen und Vermutungen überrollt.»Wer ist die Dame?« »Wo sie wohl wohnt?« »Ist sie aus Venedig gekommen?« Leonaras Verlegenheit war umso größer, als sie nicht die geringste Ahnung hatte. Cornelia wahrte gezwungenermaßen Schweigen. Wenn herauskam, dass sie wieder einmal an der Tür gelauscht hatte, wäre ihr eine Strafe gewiss.

Zum Glück tauchte binnen Kurzem eine Nonne auf. Da keines der aufgeregten Mädchen sie beachtete, ergriff sie einen Stickrahmen und schlug damit mehrmals auf den Tisch, um sich Gehör zu verschaffen. Als sich die Mädchen etwas beruhigt hatten, forderte die Schwester Leonora auf, ihr zu folgen. Das junge Mädchen legte seinen Stickrahmen aus der Hand und verließ ihre Gefährtinnen, die vor Neugier und Neid schier vergingen.

Sie folgte der Nonne in dem schwarzen wallenden Gewand durch drei lange, eiskalte Korridore zum Studierzimmer der Äbtissin. Wie Cornelia gesagt hatte, stand die Tür ein wenig offen. Der Form halber klopfte die

Schwester an. Einen Augenblick später betrat Leonora den kleinen Raum, an dessen Wänden Bücherschränke standen. Wie es die Vorschrift gebot, hielt sie den Kopf bescheiden gesenkt. Die Zöglinge wurden in der Regel nur dann hierher zitiert, wenn sie getadelt werden sollten, deshalb nahmen sie stets eine Demutshaltung ein, ihre einzige Verteidigung.

»Leonora, bitte begrüße den Abate, der gekommen ist, um dich zu deiner Mutter zu bringen«, empfing sie die Äbtissin. Sie wirkte deutlich verstimmt.

Leonora, die irgendwie erwartet hatte, nach achtzehn langen Jahren endlich die Frau kennenzulernen, die ihr das Leben geschenkt hatte, geriet etwas aus der Fassung, als sie jetzt den Mann mittleren Alters sah, der sich bei ihrem Eintreten im Sessel umdrehte, um sie in Augenschein zu nehmen. Es war offenbar ein Geistlicher, der aber die Kleidung eines Laien trug. Obwohl er wohl noch keine fünfzig war, kam er ihr sehr alt vor. Vor Überraschung brachte sie keinen Ton heraus und erst nach ein paar Sekunden war sie in der Lage, die entstandene Stille mit einem »Guten Tag, Ehrwürdiger Vater« zu durchbrechen und dabei einen Knicks zu machen.

»Padre Diodati dürfte dir so unbekannt sein wie uns«, fuhr die Äbtissin ungehalten fort. »Aber er hat uns ein Schreiben deiner Mutter überbracht. Es ist ihr Wunsch, dass du noch heute nach Venedig zurückkehrst. Sie hat den Padre damit beauftragt, dich zu begleiten.«

»Wir nehmen die Postkutsche nach Padua, sie fährt in einer Stunde«, bestätigte der Geistliche mit einem Blick auf seine Taschenuhr.

Leonora schwindelte ein wenig, als sie diese Worte hörte. Achtzehn Jahre, die sie in diesen Mauern verbracht hatte, sollten in wenigen Minuten einfach so vorbei sein!

»Ich für meinen Teil halte diesen Aufbruch für reichlich überstürzt«, warf die Äbtissin ein. »Aber wenn es der Wille deines Vaters ist, soll es wohl so sein.«

Das junge Mädchen ahnte, dass die Äbtissin nicht nur deshalb verbittert war, weil sie sich so abrupt von ihr verabschieden musste. Leonora gehörte, von ihren handwerklichen Fähigkeiten einmal abgesehen, zu ihren besten Schülerinnen. Die Ursulinen waren stillschweigend davon ausgegangen, dass die kleine Pucci bei ihnen bleiben und eine angenehme Gefährtin sein würde. Die Äbtissin hatte sogar schon erwogen, Leonoras Namen auf die Warteliste der armen Mädchen zu setzen, denen die Serenissima eine Mitgift spendete, damit sie den Schleier nehmen konnten. Und nun waren ihre Pläne durchkreuzt worden. Die kleine Pucci beschäftigten indessen ganz andere Dinge.

»Darf ich fragen, wer meine Mutter ist?«

»Es steht Ihnen nicht an, Fragen zu stellen!«, erwiderte die Äbtissin trocken.

Der Abate lächelte.

»Ihre Neugier ist sehr natürlich. Wiewohl ich nicht die Vollmacht habe, sie zu befriedigen, kann ich Ihnen versichern: Es handelt sich um eine Person höchster Distinktion, deren Lebensweise es ihr zwar nicht gestattete, Sie bei sich zu behalten, die Sie jedoch liebt und der daran gelegen ist, Sie glücklich zu machen. Ich versichere Ihnen, dass Sie nur Gutes von ihr zu erwarten haben.«

Der Abate trug noch immer sein amüsiertes Lächeln zur Schau, das Leonora sich nicht erklären konnte. Sie blickte ratlos zu Madre Silvana hinüber, die offenbar immer ärgerlicher wurde, und fragte sich, auf welch geheimnisvolle Weise die Worte des Geistlichen dazu beitrugen, die ohnehin gereizte Stimmung der Äbtissin noch zu verschlechtern.

Zwei Schwestern traten ins Zimmer und brachten die schlichte Kleidung, welche die Zöglinge bei ihren Stadtgängen zu tragen pflegten. Während der Geistliche seinen Blick fest auf die Bücherreihen in den Schränken heftete, nahmen die Schwestern Leonora beiseite. Sie zogen ihr die blaue Waisenbluse aus und streiften ihr eine aus hellem Leinen über, gaben ihr einen schwarzen breitkrempigen Hut und Lackschuhe.

»Wir hoffen, dass du dich zu jeder Zeit mit der Würde benimmst, die sich für einen Zögling unseres Klosters schickt. Denke stets an deine Pflichten, mein Kind!«

Die Botschaft war deutlich: Man erwartete vor allem von Leonora, sich daran zu erinnern, was sie dem Kloster schuldete. Die Äbtissin legte ihr einen Moment eine Hand auf die Schulter. Dann begleitete Madre Silvana sie die Treppe zum Eingang hinunter.

Während Leonora im Büro der Äbtissin gewesen war, hatte man ihr Bündel geschnürt. Ihre Gefährtinnen warteten in einer Reihe aufgestellt auf sie, um ihr Adieu zu sagen und ihr Glück zu wünschen. Cornelia war in Tränen aufgelöst.

»Vergiss mich nicht, Pucci«, flüsterte sie Leonora zu, als sie die Freundin zum Abschied umarmte.

Die beiden Mädchen hatten sich geschworen, einander zu helfen, sollte sich das Schicksal für eine von ihnen zum Guten wenden. Die freundlichen Schwestern gaben Leonora ebenfalls einen Abschiedskuss, selbst die Äbtissin umarmte sie kurz. Als ihre Wangen sich berührten, sagte sie leise:

»Große Dinge erwarten dich. Sollte sich das Schicksal jedoch irgendwann wenden, denk daran, dass du hier deine wahre Familie hast.«

Bei diesen Worten drückte die Äbtissin sie so fest, dass es Leonora wehtat. Als sie ihre Umarmung löste, sah das junge Mädchen, dass die Augen der Ehrwürdigen Mutter verdächtig schimmerten. Es war das erste Mal in achtzehn Jahren, dass Leonora die Äbtissin so ergriffen erlebt hatte.

»Adieu, mein Kind. Möge es dir wohl ergehen. Leg Ehre für uns ein.«

Der Geistliche warf einen ungeduldigen Blick auf seine Uhr und machte dann den Gefühlsergüssen ein Ende, indem er der Äbtissin ein letztes Mal für ihre Güte dankte, die einzige Belohnung, die ihr vorerst für so viele Jahre Mühe zuteil werden sollte. Dann entriss er Leonora ihren Händen.

Wie benommen schritt das junge Mädchen durch die Klosterpforte. Der Fußmarsch durch die Straßen von Vicenza weckte ihre Lebensgeister jedoch rasch wieder, und sie war schon bald davon überzeugt, dass die vielen versteckten Anspielungen nur eines bedeuten konnten: Entweder erwartete sie eine glänzende Zukunft oder das Schlimmste, was sie sich vorzustellen vermochte.

III

Leonoras Leben beschleunigte sich beträchtlich, nachdem sie die Klosterpforte unter dem geflügelten Löwen durchschritten hatte. Anfangs zerrte der Mann Gottes sie durch Vicenza, als stünde die Stadt in Flammen. Er hastete mit ihr zur Stadtmitte hinunter und dann durch die engen Gassen zur Poststation. Dort wartete die Kutsche, in der ihre Plätze reserviert und auch schon bezahlt waren. Der Padre schob Leonora in das Gefährt, stieg selbst hinterher, und sogleich lenkte der Postillon sein Gespann auf die Straße nach Padua. Leonora verließ nun den Ort, an dem sie ihr ganzes Leben verbracht hatte, die einzige Stadt, die sie ein wenig kannte. Zwei Stunden später erreichten sie Padua, hielten sich dort aber nicht auf, sondern eilten schnurstracks zum Kai der Brenta. Leonora hatte kaum Zeit, einen Blick auf das seltsame Fahrzeug zu werfen, das an der Anlegestelle lag, da hatte ihr Begleiter dem Flussschiffer auch schon eine Zechine in die Hand gedrückt und sie befand sich an Bord. Um sie herum verabschiedeten sich Reisende lautstark von ihren Lieben und Matrosen schrien einander Befehle beim Lösen der Taue zu.

Das Postboot, auf dem sie sich nun befanden, hieß *burchiello* und erinnerte an ein lang gestrecktes Gebäude im Rokokostil. Es bestand aus einer geräumigen mittleren Kabine mit verglasten Fenstern und je einem privaten Salon rechts und links davon. Gezogen wurde es von zwei kräftigen Pferden, die am Flussufer entlangtrabten. Padua lag etwa dreißig Kilometer von der Lagune entfernt. Mit den täglich in beide Richtungen verkehrenden *burchielli* konnte man die Strecke in neun Stunden zurücklegen.

Anstatt sich zu den Kabinen am jeweiligen Ende des Bootes zu begeben, wie es die vermögenden Reisenden taten, ließ sich Leonoras Begleiter auf den Bänken im öffentlichen Bereich nieder. Er hatte offenbar Plätze der Zweiten Klasse gebucht, in der man sehr viel weniger bequem untergebracht war als auf den mit zahlreichen Kissen bestückten Sofas, wo sich glücklichere Reisende die Zeit mit dem Verzehr von Speisen vertrieben, die ihnen ihre Diener reichten. Leonora fing an, sich Sorgen zu machen. Bereits die Strecke von Vicenza nach Padua hatten der Padre und sie nicht mit einer privaten Kutsche zurückgelegt, wie es Reisenden von Rang anstand, sondern mit der öffentlichen Postkutsche. Sie fragte sich, welche gesellschaftliche Stellung ihre Eltern wohl einnehmen mochten und welche Aufmerksamkeit sie ihrem Sprössling wohl zuteil werden lassen würden, nachdem sie ihn nach langen Jahren der Vernachlässigung endlich aus dem Kloster holten?

Hinter den Fenstern glitt langsam die Landschaft vorüber. So herrliche Villen hatte Leonora noch nie gesehen. Sie waren um vieles schöner und farbenprächtiger als die dicht aneinander gereihten Häuser in Vicenza, wo es selbst vor verzierten Fassaden keinen freien Platz gab, von dem aus man sie hätte bewundern können. Die Villen, die sie hier bestaunte, lagen inmitten prächtiger, mit Säulengängen geschmückter Gärten, in deren Brunnen und Bassins sich Nymphen und Tritonen spiegelten, und zu den prächtigen Portalen führten Marmorstufen empor, die von herrlichen Statuen flankiert waren.

Nach einer Weile konnte Leonora ihre Neugier nicht mehr zügeln. Sie wandte sich an ihren Begleiter, der ebenfalls aus dem Fenster sah, und fragte ihn, ob eines dieser Häuser ihrer Mutter oder ihrer Familie gehöre. Wieder setzte der Padre sein rätselhaftes Lächeln auf, von dem Leonora nicht wusste, ob sie es als beruhigend oder beunruhigend einordnen sollte.

»Sie verkehrt in diesen Häusern, mein Kind, dessen können Sie gewiss sein. Ihre Mutter ist eine hochgeschätzte Frau. Machen Sie sich keine Gedanken.«

Dann lenkte er das Gespräch auf Leonoras Leben im Kloster.

In der Annahme, dass er sich wohl kaum für den Unterricht interessieren würde, den man ihr erteilt hatte, erzählte Pucci ihm von den rätselhaften Vorgängen, die sie hatte aufklären können. Er lauschte geduldig ihren spannenden Geschichten von verlegten Armbändern und gebrochenen Schwüren und versuchte manchmal, die Lösung zu erraten.

»Der Schuldige war vermutlich der Gärtner?«

Dann nannte sie ihm mit der Freude der erfolgreichen Jägerin den Namen des wahren Übeltäters. Der Padre konnte kaum glauben, dass er in der Gesellschaft eines lebenden Kompasses reiste, dessen Nadel unweigerlich auf die Lösung eines Rätsels wies.

»Sie haben viel Fantasie und haben die Gabe, sehr anschaulich zu erzählen. Das könnte Ihnen zum Vorteil gereichen, wenn Sie in unserer Stadt bleiben«, meinte er schließlich.

Hätten ihre Träume sie nicht blind gemacht, wäre Leonora spätestens jetzt aufgegangen, dass sie in den Augen des Geistlichen eine perfekte Gouvernante abgeben würde. Sie versenkte sich wieder in die Betrachtung der Landschaft und fragte sich bei jedem neuen Landsitz, ob dort wohl der Edelmann, dessen Tochter sie war, den Sommer verbrachte.

Sie war so sehr damit beschäftigt, die Welt zu entdecken, dass ihr die Zeit noch nicht lang geworden war, als sich die beiden *burchielli* auf halbem Wege begegneten und Matrosen und Reisende einander Grüße zuriefen. Leonora hatte das Gefühl, ihrem Leben auf dem Festland für immer Adieu zu sagen, als sie den Unbekannten auf dem anderen Schiff zuwinkte.

Auch wenn die Reise in einem Flussschiff insgesamt angenehmer war als in einem Gespann, wurde es nach einer Weile empfindlich kühl, denn ein winterlicher Wind peitschte das Wasser auf. Sie verließen die Brenta bei Chioggia, und als sie die Lagune erreichten, hatte man bereits Fackeln angezündet. Auf dem Meer forderte Padre Diodati Leonora auf, sich die fernen Lichter und die düsteren, mit Zypressen bepflanzten Inseln von Deck aus anzusehen. Der Wind war eisig geworden. Kleine Ruderboote mit Laternen glitten an ihnen vorüber.

Endlich lief das Schiff in den Hafen von San Marco ein. Zu beiden Seiten sah man nichts als erleuchtete Fenster, die Farben der Fassaden waren von der Nacht verschluckt. Es kam Leonora vor, als sei ihr Schiff eine riesige vergoldete Kutsche, die auf einer Triumphstraße entlangglitt.

Der *burchiello* legte inmitten unzähliger Handelsschiffe aus dem Orient an der Riva degli Schiavoni an, einer aus Pfählen erbauten Pier. Eile schien dem Padre zur zweiten Natur geworden zu sein. Auf dem langen Steg, der in weiten Abständen von schwachem Laternenlicht erhellt wurde, schob er Leonora zur Anlegestelle, wo die Gondeln in den Wellen auf und ab schaukelten und die Menschen sich drängten und schubsten. Beinahe wäre Leonora beim ersten Betreten der Stadt ihrer Ahnen ins Wasser gefallen.

Ein Matrose eilte ihr gerade noch rechtzeitig zur Hilfe und führte sie zum Padre. Dieser stritt sich bereits mit anderen Reisenden, die es ebenso eilig hatten wie er, um eine Gondel. Er hielt dem Gondoliere das Bündel des Mädchens hin und schubste Leonora buchstäblich an Bord. Von ihrem Platz aus hörte sie, wie er dem Gondoliere die Adresse nannte:

»*Ca' Civran, a San Polo, alla volta del canale.*"

Als das unglückliche Mädchen wieder miterleben musste, wie hartnäckig der Padre um jeden Scudi feilschte, hatte sie das Gefühl, dass ihr die Felle nun endgültig wegschwammen. Sie sagte sich, dass sie wohl als Küchenmagd würde arbeiten müssen. Wie hätte sie auch ahnen sollen, dass ihr Begleiter eine feste Summe erhalten hatte und jeder Scudi, den er sparte, in seine eigene Tasche floss.

Sie glitten durch schmale, dunkle Seitenkanäle. Von Zeit zu Zeit sah man winzige Scheiben, hinter denen verschwommen eine Kerze flackerte. Leonora hatte noch nie in einer Gondel gesessen und fand dieses Gefährt nicht sehr vertrauenerweckend. Hatte der *burchiello* sie noch an ein schwimmendes Haus erinnert und entsprechend beruhigt, so schaukelte die Gondel bei dem leisesten Wellengang und schien ihr nicht sehr sicher. Die *felze*, eine kleine Kabine an Bord, war so eng, dass sie sich dicht neben den Padre quetschen musste, und selbst die leisen Erschütterungen, die von den Ruderbewegungen ausgelöst wurden, mit denen der *barcarole* die Richtung seines Fahrzeugs korrigierte, schienen ihr ausreichend, sie gleich ins Wasser zu werfen. Die unvertrauten Gerüche der Lagune verwirrten sie. Ihre erste Bekanntschaft mit Venedig war wirklich alles andere als eine Offenbarung. Alles Vertraute war verloren und Leonora fühlte sich von einer fremden Welt verschlungen, zu der sie niemals den Schlüssel haben würde.

»So, da wären wir«, sagte der Padre und wies auf den Bug der Gondel. Diese bog, ohne dass man darauf vorbereitet gewesen wäre, aus dem Seitenkanal in den Canal Grande, die breite Wasserstraße, die Venedig wie eine Arterie von einem Ende zum anderen durchzog. Hier nun bot sich die Stadt völlig verändert dar. Die verfallenen, Leonora in der Dunkelheit schwarz erschienenen Backsteinmauern, wichen dem großartigen Anblick hell erleuchteter Fassaden. Durch die hohen, von Spitzbögen gekrönten Fenster ahnte man Kristalllüster aus buntem Glas.

»Ja, hierher!«, bestätigte der Geistliche dem Gondoliere.

Auf dem Canal Grande wurden sie noch tausendmal heftiger durchgerüttelt als in den kleinen Seitenkanälen, aber Leonoras Angst war plötzlich verschwunden. Das Gebäude, auf das sie zuhielten, war ein Palast, der aus dem Meer emporgetaucht zu sein schien. Vor seinem Portal, zu dem weiße Marmorstufen führten, waren blaugraue Pfähle ins Wasser gerammt, an denen mehrere Gondeln festgebunden waren.

Wer am Canal Grande wohnte, erfreute sich in der Stadt des allerhöchsten Ansehens. Man ließ sein Haus im Lichterglanz erstrahlen, denn man war es sich schuldig zu repräsentieren. Leonora konnte sich nicht daran erinnern, jemals etwas Schöneres gesehen zu haben als die endlose Folge von steinernen Palästen, hinter denen Meisterwerke aus geblasenem Glas funkelten.

Je mehr sie sich der Ca' Civran näherten, umso mehr glich das prächtige Haus einem riesigen Eiswürfel, der auf schwarzem Wasser schwamm. Seine helle Fassade entsprach dem Geschmack der Zeit. Die Eingangshalle schien für Giganten entworfen. Ein Balkon erstreckte sich über die gesamte Breite der ersten Etage, deren Empfangsräume mit hohen Fenstern ausgestattet waren, durch die man Teile der Decken sehen konnte, die mit kunstvollen Fresken in Rosa und Blau bemalt waren.

Leonora war so begeistert, dass sie vor Aufregung kaum stillsitzen konnte. Als die Gondel jedoch an der

Freitreppe vorbeiglitt, um in den nächstgelegenen Rio einzubiegen, schwand ihre Freude dahin. Auf eine kurze Anweisung ihres Begleiters hin fuhr das Boot unter einer kleinen Steinbrücke hindurch und legte dann an. Der Gondoliere befestigte ein Tau an einem Ring am Ufer, dann reichte er dem jungen Mädchen die Hand und hielt sie fest, bis es wieder Boden unter den Füßen spürte.

Einen Augenblick später stand Leonora mit ihren Habseligkeiten vor einer kleinen Pforte, neben der die Kette einer Glocke hing. Der Padre läutete mehrmals. Knarrend öffnete sich ein Türflügel, und eine junge Frau mit Schürze hieß sie in einen Garten eintreten. Er schien recht groß zu sein, doch genau konnte Leonora seine Ausmaße in der Dunkelheit nicht erkennen.

»Guten Abend, Padre Diodati«, sagte die Dienerin.

»Guten Abend, Loreta. Hier ist das Mädchen, das ich holen sollte. Ich übergebe es Ihnen.«

Er bedachte Leonora mit einem kurzen Gruß, und noch bevor sie ihren Dank stammeln konnte, war er auch schon verschwunden.

Während Leonora der Dienerin folgte, kreuzten sie den Weg eines Lakaien, der ein Silbertablett trug und ihnen einen fragenden Blick zuwarf.

»Alles in Ordnung«, sagte die junge Frau. »Es ist das Fräulein.«

Die Antwort schien den Diener zu befriedigen, denn er verschwand in den Gesindestuben, ohne sich weiter für die Besucherin zu interessieren. Sie erklommen eine schmale Dienstbotenstiege, die sie erst in ein niedriges Zwischengeschoss führte, anschließend in die Etage mit den fast doppelt so hohen Empfangsräumen, dann in den Stock der Schlafgemächer der Herrschaft und schließlich auf den Dachboden. Die Dienerin deutete auf eine Art Verschlag, der kaum größer war als ein geräumiger Wandschrank und beinahe ganz von einer Strohmatratze ausgefüllt wurde. Leonora war mit ihrem kurzen Blick in die Runde noch nicht fertig, da war die Dienerin bereits verschwunden. Sie hatte nichts zu essen, nur einen Kerzenstummel, und es fehlte auch an Wasser, mit dem sie sich hätte waschen können. Aus einer der angrenzenden Kammern war ein Schnarchen zu hören. Leonora legte ihre Reisekleidung ab und ließ sich auf das ärmliche Lager fallen, ohne sich die Mühe zu machen, Unterrock und Bluse auszuziehen. Glücklicherweise überkam sie der Schlaf, bevor sie alle ihre Enttäuschungen Revue passieren lassen konnte. Die Müdigkeit und das Auf und Ab der Gefühle forderten ihren Zoll.

Als sie erwachte, fand sie auf den Keramikfliesen des Bodens einen Krug und eine Schüssel mit Waschwasser vor. Tageslicht fiel durch die Dachluke, und sie konnte die roten Ziegeldächer des Sestiere San Polo sehen, des Stadtviertels, zu dem die Ca' Civran gehörte. Die Sonne schien. Alles war ruhig. Ein fernes Plätschern und das Gezwitscher der Vögel machten den friedlichen Morgen noch schöner.

Jemand hatte ihr eine Schale mit *risi e verze*, einen duftenden, warmen Risotto aus Reis und Wirsing an die Tür gestellt. Ein stärkendes Gericht, mit dem sich das Gesinde im Winter zum Frühstück den Magen füllte. Seine

Zubereitung dauerte weder lange, noch war sie aufwendig, und man konnte das Gericht gut warm halten, bis alle satt waren.

Leonora hielt es für angebracht, ihre am wenigsten abgetragenen Kleider anzuziehen, damit sie einen guten Eindruck machte, wenngleich sie nicht so recht wusste, auf wen. Dann verließ sie ihre Kammer in der Hoffnung, jemanden zu finden, der ihr sagen konnte, warum sie eigentlich in diesem Haus war.

Sie stieg die Treppen zu den herrschaftlichen Schlafgemächern nach unten, ohne dass ihr jemand begegnete, durchquerte den Korridor und betrat die breite Marmortreppe, die ins Erdgeschoss führte, welches in diesem Falle eher ein Wassergeschoss war. Die weitläufige Eingangshalle öffnete sich auf der einen Seite zum Garten, auf der anderen zur steinernen Freitreppe, an der die Gondeln anlegten. Leonora blieb einen Moment stehen, um den ungewöhnlichen Anblick von Wasser unter dem Portalvorbau eines Hauses zu bestaunen. Dann kam ihr der Gedanke, man könne sich vielleicht daran stören, dass sie einfach in der Ca' Civran umherlief, und sie wollte wieder in ihre Kammer zurück. Gerade war sie auf der zweiten Etage angelangt, als sie plötzlich Stimmen hörte.

Einen Augenblick später betrat eine Dame mittleren Alters den Treppenflur. Es fiel Leonora schwer, ihr Alter genau zu schätzen. Sie war sorgfältig geschminkt und offenbar zum Ausgehen gekleidet. Ihr prächtiges Gewand aus Satin und Damast, das mit Spitzen besetzt war, reichte bis zum Boden. Ein etwa dreißigjähriger Mann folgte ihr auf dem Fuß. Leonora fand auch ihn äußerst elegant.

Beide trugen das Haar weiß gepudert. Die Dame hatte einen Umhang um die Schultern gelegt, ihr Begleiter trug Halbstiefel und Handschuhe. Ein zarter Veilchenduft erfüllte die Luft. In jenem Jahr war Veilchenparfüm sehr beliebt, weil angeblich die Mätresse des französischen Königs dafür schwärmte.

Erst als sie auf gleicher Höhe waren, bemerkten die beiden Leonora.

»Suchen Sie etwas, mein Kind?«, fragte die Dame in einem Ton, der keinen Zweifel über ihre Stellung in diesem Hause aufkommen ließ.

Leonora schloss daraus, dass sie sich der Hausherrin gegenübersah, jener Frau also, die wohl ihre Mutter sein musste und sie aus dem Kloster hatte kommen lassen. Sie zwang sich, die Frau, die ihr das Leben geschenkt hatte, nicht anzustarren, sondern versuchte, einen Knicks zu machen, was auf den Stufen nicht ganz einfach war.

»Ich bin gestern aus Vicenza gekommen.«

Da sie die Augen gesenkt hielt, konnte sie nicht sehen, wie sich das Gesicht der Dame leicht verkrampfte, während sie das junge Mädchen musterte.

»Ach, Sie sind das.«

Ein peinliches Schweigen folgte. Leonora hob den Kopf. Niemals hatte sie sich vorgestellt, dass sie ihrer Mutter zum ersten Mal auf einer Prunktreppe begegnen würde. Den seltsam kühlen Empfang schrieb sie der Tatsache zu, dass ihre Mutter von Gefühlen überwältigt war. Sie ergriff die Hand der reichen Matrone und küsste sie.

»Der Gedanke, endlich meine Mutter kennenzulernen, erfüllt mich mit großer Freude.«

Der Herr schlug sich mit seinen feinen Handschuhen vor den Mund und erstickte ein spitzes Kichern.

»Nicht zu voreilig«, entgegnete die Dame trocken und zog ihre Hand zurück. »Noch habe ich meine Einwilligung nicht gegeben.«

Der Gestiefelte sagte entzückt:

»Sieh einer an, wir brauchen wohl gar nicht zum Ponte di Rialto, es sieht so aus, als hätten wir hier eine sehr viel pikantere Zerstreuung gefunden!«

Sie drehten sich auf dem Absatz um und stiegen zur ersten Etage hinunter. Mit einer kleinen Geste forderte die Dame Leonora auf, sich ihnen anzuschließen. Verunsichert ob dieses merkwürdigen Benehmens ging Pucci hinter den beiden her und fragte sich, ob man sie wirklich als Tochter des Hauses oder als Waschfrau hatte kommen lassen.

Sie betraten einen Salon, dessen Wände mit gemusterten Tapeten bedeckt waren, mit denen man neuerdings die kostspieligen Wandfresken ersetzte. Über dem marmornen Kaminsims war ein großer Spiegel aus Muranoglas angebracht, in dem sich die gesamte Einrichtung spiegelte. Die harmonischen Rosa- und Goldtöne konnten allerdings die Angespanntheit der beiden Frauen nicht dämpfen.

Der Gestiefelte half der Matrone aus dem Umhang. Dann nahmen die beiden in den hübschen Sesselchen mit den geschwungenen Beinen Platz, deren Bezüge auf das Tapetenmuster abgestimmt waren. Leonora blieb stehen. Die Dame des Hauses erkundigte sich nach ihrem Namen.

»Ich heiße Leonora Agnela Immacolata«, erwiderte das Mädchen, überrascht, dass die eigene Mutter das nicht wusste. »Meine Freunde haben mir den Spitznamen Pucci gegeben.«

»Die Vornamen von Mama«, rief die Dame aus und hob die Arme zum Himmel. »Natürlich! Das hätte ich mir denken können. Nichts bleibt mir erspart!«

Die Atmosphäre war wenig herzlich, und Leonora bemühte sich nach Kräften, freundlicher als ihre Mutter zu sein.

»Nie habe ich einen schöneren Tag erlebt als heute, da ich endlich die Bekanntschaft meiner Mutter und meines ... Bruders? ... machen darf.« Sie hielt inne und deutete auf den Gepuderten, der sich vor Erheiterung ausschüttete.

Die Dame wurde noch ein wenig steifer, sofern das überhaupt möglich war, und richtete sich entrüstet in ihrem Sesselchen auf.

»Ihr Bruder?! Mitnichten. Dieser Herr ist mein Cicisbeo. Ich muss schon sagen, dass ich es reichlich unverschämt von Ihnen finde, mich für so alt zu halten, dass ich seine Mutter sein könnte.«

»Vielmehr könnte Donna Soranza mühelos meine Schwester sein«, erwiderte honigsüß ihr Kavalier, der offenbar jede Gelegenheit für ein Kompliment nutzte.

Er küsste die Fingerspitzen der schockierten Donna. Leonora wartete, bis er fertig war, und entschuldigte sich dann für ihr Versehen. Leider hatte sie keine Ahnung, was ein Cicisbeo war. Aber wenigstens wusste sie nun mit Sicherheit, dass sie mit der Dame des Hauses sprach.

Man fragte sie nach ihren Fertigkeiten. Sie erzählte vom Sticken und anderen hausfraulichen Künsten, von denen man ihr im Kloster immer eingetrichtert hatte, das sie besonders wichtig für ein junges Mädchen aus guter Familie seien.

»Perfekt für eine Kammerzofe«, meinte der Cicisbeo, der seinen Spaß an der Situation hatte.

»Ich benötige kein zusätzliches Personal«, wies die Donna ihn zurecht.

Leonora beeilte sich zu sagen, dass sie auch Ahnung von Mathematik habe, Latein und Französisch spreche, die Meisterwerke der Literatur kenne und mit der Geschichte ihrer glanzvollen Nation und deren Territorien am Mittelmeer vertraut sei.

»Unglücklicherweise sind meine Söhne aus dem Alter heraus, wo sie eine Gouvernante brauchen«, entgegnete die Donna kühl. »Nein, ich habe wirklich keine Arbeit für Sie, meine Liebe. Mein Mann trägt sich ja mit ganz anderen Plänen, aber ich glaube, er täuscht sich sehr, was Ihre Person angeht.«

»Und was soll nun aus ihr werden?«, fragte der Cicisbeo und zupfte an seinen Handschuhen.

Leonora begrub endgültig alle Hoffnungen auf eine glanzvolle Zukunft, als sie aus dem Mund der Donna vernahm, am besten wäre es, wenn sie so schnell wie möglich ins Kloster zurückginge.

Da näherten sich Schritte auf dem Parkett. Ein stattlicher Herr von etwa fünfzig Jahren betrat den Salon. Er trug ein Wams aus bestickter Seide, eine Weste mit langen Schößen, und die Ärmel seines Hemdes waren über und über mit Spitzen verziert. Ein breites Lächeln erschien auf seinem Gesicht, als er das ratlose junge Mädchen neben seiner Frau stehen sah. Höflich erhob sich der Cicisbeo, als der Herr des Hauses an seinem Sessel vorbeiging, um Leonora zu begrüßen.

»Meine Tochter! Treten Sie näher, damit ich Sie umarmen kann!«, rief er und fasste Leonora bei den Schultern.

Er gab ihr auf jede Wange einen geräuschvollen Kuss. Leonora begriff immer weniger von der grausamen Komödie, die hier auf ihre Kosten gespielt wurde.

»Sie ist hübsch und wohlgestaltet, finden Sie nicht?«, fragte der Hausherr und wandte sich an seine Frau, die so kalt war wie die Eiscreme von Ganavuzzi, dem Delikatessenladen der *Procuratie Vecchie*. Man hätte schwören können, dass er ihren Urteilsspruch erwartete.

Doch statt seine Frage zu beantworten, erwiderte die Donna mit einer Stimme, die nichts Gutes verhieß:

»Wir müssen uns unterhalten.«

Nun wusste Leonora endgültig, dass kein Weg an ihrer Rückkehr nach Vicenza vorbeiführte. Es würde ihr wohl keine andere Wahl bleiben, als den Schleier zu nehmen und für den Rest ihrer Tage im Kloster zu leben. Die Wendung der Dinge erfüllte sie mit Verzweiflung.

»Ich sehe sehr wohl«, rief sie empört, »dass ich hier unerwünscht bin! Die Donna will mich zurückschicken, und recht hat sie! Nur hätte man sich nicht die Mühe machen brauchen, mich erst zu holen! Es ging mir gut bei den Ursulinen, man hätte mich in Frieden lassen sollen!«

Der Patrizier dalla Frascada, Nobiluomo der Republik Venedig und ein Mann von hohem Rang, war daran gewöhnt, dass man ihm Respekt zollte. Er warf Leonora einen Blick zu, als hätte diese seine seidenen Strümpfe mit Dreck beworfen.

»Man hat mich nicht davon in Kenntnis gesetzt, dass die Ursulinen ihre Zöglinge zu Furien erziehen«, tadelte er sie scharf. »Ich möchte Sie bitten, Ihr Benehmen zu ändern, meine Tochter. Sie werden hierbleiben, wenn ich es wünsche, und Sie werden tun, was ich Ihnen befehle! Basta!«

Leonora dachte nicht daran, sich von Leuten demütigen zu lassen, die zwar behaupteten, ihre Eltern zu sein, sie aber wie einen Eindringling behandelten und ihr ohne Skrupel alle Hoffnungen raubten, die sie in ihr geweckt hatten. Noch lauter als ihr Vater erwiderte sie:

»Sie, mein Herr, sind an meinem Unglück schuld! Ich werde Ihren Haushalt nicht länger stören. Es wäre mir eine Freude, wenn Sie mich möglichst schnell dahin zurückbringen ließen, wo ich herkomme und von wo Sie mich nie hätten wegholen dürfen. Ich schwöre Ihnen, dass Sie nie wieder von mir hören werden, so wie auch ich hoffe, nie wieder von Ihnen zu hören!«

Cesare dalla Frascada war rot angelaufen und versuchte mehrmals erfolglos, etwas zu sagen, offenbar hatte es ihm die Sprache verschlagen. Auf seine Frau hingegen schien Leonoras Ausbruch eine ganz andere Wirkung zu haben. Das junge Ding hatte unvermutet die einzige Eigenschaft gezeigt, die der Donna gefiel: Widerspruchsgeist!

Das Mädchen war allem Anschein nach in der Lage, ihrem Mann Paroli zu bieten.

Niemand in diesem Haus, noch nicht einmal sie selbst, hätte es gewagt, Cesare dalla Frascada gegenüber einen solchen Ton anzuschlagen. Auch der Cicisbeo flatterte verschreckt mit den Augenlidern und wusste nicht, wohin er sich verkriechen sollte. Als der Zorn des Hausherrn den Punkt erreicht hatte, an dem es so aussah, als würde er das unverschämte Mädchen im nächsten Moment kopfüber in den Kanal werfen, erhob sich seine Gattin also aus ihrem Sessel und ging mit strahlender Miene und ausgebreiteten Armen auf Leonora zu.

»Küssen Sie mich, meine Tochter! Ich glaube, dass doch noch etwas aus Ihnen werden kann!«

Und als Leonora ihr den Wunsch erfüllte, ohne etwas zu begreifen, flüsterte die Donna ihr ins Ohr:

»Nur weiter so, und ich verspreche Ihnen, dass Sie lange in diesem Haus verweilen werden.«

Mit irritierter Miene betrachtete das Familienoberhaupt, was da vor seinen Augen passierte, und wusste nicht so recht, ob er sich freuen sollte, dass er sein Ziel erreicht hatte, oder ob er sich Sorgen machen musste, dass er eine Schlange an seinem Busen nährte.

IV

Wieder in ihrer Dachkammer, konnte Leonora die Tränen nicht länger zurückhalten. Die Dienerin Loreta, die gekommen war, um dem jungen Mädchen zu helfen, ihr Bündel nach unten zu tragen, traf sie auf der Matratze liegend an. Ihre Habseligkeiten waren auf dem Fußboden verstreut.

»Na, also … Was soll denn das?«, fragte sie aufmunternd. »Wenn mich nicht alles täuscht, haben Sie gerade Ihre Eltern kennengelernt, die dazu noch sehr reiche und vornehme Leute sind. Sie haben wahrlich allen Grund, glücklich zu sein!«

Leonora hob das Gesicht aus dem Kopfkissen und drehte dem Dienstmädchen ihre rote Nase und die verweinten Augen zu.

»Ich habe sehr wohl begriffen, dass die Donna nicht meine Mutter ist«, sagte sie. »Wie kann ich da glücklich sein?«

Und ihr Vater, überlegte sie weiter, führte sich wie jemand auf, der ein gutes Geschäft gemacht hatte. Leonora spürte, dass er etwas mit ihr im Sinn hatte, kam aber nicht auf die Idee, was das sein mochte. Die Dienerin hob die Kleider vom Boden auf, während sie Leonoras Klagen mit halbem Ohr zuhörte.

»Sie wissen nicht, wer Sie sind? Ich will es Ihnen sagen, wenn Sie mir versprechen, niemandem zu verraten, von wem Sie es haben.«

Natürlich erklärte Leonora sich einverstanden, und so erfuhr sie von der Dienerin, die es ihr ohne Umschweife erzählte, dass sie ein uneheliches Kind von Cesare dalla Frascada sei. Wer ihre Mutter sei, wisse man nicht, aber sie habe drei ältere Halbbrüder aus Ser Cesares Ehe mit Donna Soranza.

Leonora fiel auf, dass die Dienerin ihr gegenüber sehr viel entgegenkommender war als am Vorabend. Wahrscheinlich wollte Loreta sich bei ihr beliebt machen, weil sie seit heute zur Familie gehörte und »Tochter des Hauses« war. Das Dienstmädchen brachte sie ein Stockwerk tiefer zu ihrem neuen Zimmer, das sehr viel größer war und hübsch möbliert. An der Wand stand ein Bett mit Vorhängen, rechts und links hingen in Pastelltönen gehaltene Familienporträts. Durch das Fenster sah man in den noch winterlichen Garten.

»Ich glaube, diese Frau hier ist Ihre Großmutter mütterlicherseits, die Nobildonna Leonora Soranza.«

Das junge Mädchen betrachtete die lächelnde Frau, deren Vornamen sie trug. Dann erfuhr sie von Loreta, dass sie, ohne es zu wissen, eine Prüfung bestanden hatte. Die Donna hatte aufgrund des gestrigen Gesprächs zugestimmt, sie in ihrem Haus aufzunehmen, als wäre sie ihre leibliche Tochter.

Leonora schloss aus dieser Nachricht als Allererstes, dass man sich in der Ca' Civran genauso wie im Kloster vor neugierigen Ohren hüten musste.

»Was höre ich da?«, ertönte eine Stimme hinter ihnen. »Hier wird wahrlich tüchtig geschwatzt!«

Roberto, der Cicisbeo der Donna, stand auf der Schwelle. Statt seiner Stiefel trug er nun Seidenschuhe, möglicherweise hatte man deshalb das Parkett nicht knarren hören. Vielleicht hatte er das Schleichen aber auch geübt, um besser spionieren zu können. Leonora fragte sich, wie lange er sie wohl schon belauschte.

Die Donna habe ihn geschickt. Er solle Leonora holen. Sie überließen es der Dienerin, die Kleider des jungen Mädchens in Ordnung zu bringen und frische Laken aufzuziehen, und traten in den Flur.

»Wenn ich Ihnen einen Rat geben darf, pflegen Sie keinen Umgang mit der Dienerschaft. Das gehört sich nicht«, sagte er und wedelte vorwurfsvoll mit der Hand in der Luft. Als sie den Treppenabsatz erreichten, musterte er sie von oben bis unten.

»Und dann habe ich noch einige Bemerkungen zu Ihrer ... Ihrer *Art* ... zu machen«, sagte er mit einer Geste, die wohl nicht nur ihre Kleidung, sondern auch ihr ganzes Wesen umfasste.

Sie dankte ihm für seine guten Absichten und schwor sich, noch während sie die Treppe hinunterstieg, nie so ein in seiner Künstlichkeit gefangener Mensch zu werden wie er.

Roberto führte sie in ein Boudoir, in dem ein schmächtiger, etwa sechzigjähriger Mann mit weißer Perücke, zerknittertem Gesicht und langer Nase saß. Beim Anblick Leonoras erhob er sich und deutete auf einen Sessel, der dem seinen gegenüberstand.

»Mein Name ist Emile de Rofiniac. Ich bin Ihr neuer Hauslehrer, Mademoiselle«, erklärte er ihr seine Sätze überdeutlich artikulierend auf Französisch. »Sie werden mich ›Mon-sieur E-mile‹ nennen.«

Offensichtlich konnte ihr Vater es kaum erwarten, aus ihr eine vornehme Demoiselle zu machen, und ließ ihr schnellstens Anstandsunterricht angedeihen, damit sie so auftrat, wie es der Tochter eines Edelmannes anstand. Da der beste Geschmack für Anstand und Form seit über hundert Jahren in Frankreich zu Hause war, hatte man einen französischen Lehrer für sie ausgesucht. Der Cicisbeo zog sich zurück, ließ aber die Tür offen stehen, denn es schickte sich nicht, dass ein junges Mädchen mit einem Mann unter vier Augen sprach.

Monsieur de Rofiniac fragte Leonora auf Italienisch, was sie bisher gelernt hatte. Leonora zählte ihre Kenntnisse in Mathematik, Geschichte und Geographie auf, die drei Fächer, auf die sie am stolzesten war. Ihrem Hauslehrer entrang sich ein Seufzer.

»Da muss ich ja ganz von vorne beginnen!«, rief er auf Französisch. »Nichts von dem, was Sie gelernt haben, ist Ihrer Stellung dienlich. Ich werde Ihnen beibringen, was Sie wirklich beherrschen müssen: das Tanzen, das Kartenspielen, die Kunst, mit Besteck umzugehen und in der Gesellschaft aufzutreten, den guten Ton und natürlich auch eine gute Haltung«, schloss er und versetzte ihr einen Stups in den Rücken, damit sie sich aufrecht hinsetzte.

Verblüfft, dass die Werte der Ursulinen hier so schlecht abschnitten, enthielt sich Leonora einer Antwort. Stumm starrte sie ihren Anstandslehrer mit großen Augen an, und in Monsieur Emile stieg der entsetzliche Verdacht auf, dass seine neue Schülerin womöglich nur Italienisch spräche. Das würde seine Aufgabe sehr viel komplizierter machen. Der gute Geschmack kam, wie jedermann wusste, nur in der Sprache Corneilles zur Geltung.

»Sprechen Sie Französisch?«, fragte er mit erhobener Stimme, als wäre sie eine taube alte Dame.

»Man hat mir die Grundlagen des Spanischen, Deutschen, Englischen und des Französischen beigebracht, Monsieur Emile«, antwortete das Mädchen in seiner Muttersprache, wenngleich mit starkem Akzent. »Die Schwestern haben uns zwar nur wenige Stunden in jeder dieser Fremdsprachen erteilen lassen, aber ich habe ein gutes Gedächtnis.«

Das können wir jetzt brauchen, dachte Monsieur Emile und dankte dem Himmel. Wenn alle Mädchen der Gesellschaft so gut Französisch sprächen wie diese, wäre seine Arbeit um Etliches einfacher gewesen.

Im Brustton der Überzeugung erklärte er ihr, Französischkenntnisse seien die Grundlage jeder wahren Bildung. Alles, was die Mühe zu lernen lohne, sei französisch. Dann fing er an, ihr mit seiner durchdringenden Piepsstimme sämtliche Gottesgaben Frankreichs aufzuzählen: Die Gavotte, das Fechten, die Kunst, die Mouche zu setzen, die Galanterie, das Scherzen und natürlich die Philosophie. Leonora konnte nicht umhin zu denken, dass Letztere sich in diesem Zusammenhang merkwürdig verloren ausnahm. Verdutzt lauschte sie der Aufzählung von Belanglosigkeiten und fragte sich, ob ihr neuer Hauslehrer ihr gute Manieren beibringen oder sie zu der Nation bekehren wollte, von der er abstammte.

»Würden Sie mir verraten, warum Sie ein solch vollkommenes Land überhaupt verlassen haben?«, fragte sie in einem Ton, der möglichst wenig unverschämt klingen sollte, da allein die Frage eindeutig gegen die Regeln verstieß, die er ihr gerade beibringen wollte.

So wie er das Gesicht verzerrte, hätte man glauben können, dass Monsieur Emile von einem entsetzlichen Magenkrampf heimgesucht wurde.

»Eine solche Frage ist in der feinen Gesellschaft fehl am Platze«, erwiderte er auf Italienisch. »Meine erste Lektion wird sein, Ihnen beizubringen, wie man Antworten erhält, ohne Fragen zu stellen. Malen Sie sich aus, wie ich auf Ihre Frage reagiert hätte, wenn man mich beispielsweise infolge eines Missverständnisses aus meiner Heimat verbannt hätte! Wenn mich die Gendarmerie schmählich vertrieben hätte! Wenn man meinen Besitz konfisziert hätte, um habsüchtige Gläubiger zu befriedigen! Mein Leben wäre ein langes Exil, über dessen Gründe man nicht sprechen könnte, ohne das Vergnügen an der Unterhaltung zu verderben!«

Sie hob leicht den Kopf, woraus er schloss, ihre Frage zur Genüge beantwortet zu haben. Mit einer schwungvollen Geste fuhr er fort:

»Die Kunst der Unterhaltung besteht darin, das Thema zu umkreisen, ohne es direkt anzusprechen. Sie hätten mich beispielsweise fragen können, wie es mir in Italien gefällt. Ob die Einwohner der hiesigen feuchten Region sehr anders sind als die Leute in meiner Heimat. Und so hätten Sie sich unbemerkt Ihr Bild machen können.«

Leonora hatte sich ihr Bild bereits gemacht. Da Monsieur Emile jedoch eine Antwort von ihr erwartete, dachte sie einen Augenblick nach, was sie nun sagen könnte.

»Gewiss ist es schon lange her, dass Sie Ihre schöne Heimat verlassen haben, die Ihnen sehr fehlen muss ...«, sagte sie mit einem breiten Lächeln.

Sie machte noch drei oder vier weitere Bemerkungen dieser Art, auf die er bereitwillig einging, bis auf einmal der Widerstand gebrochen war. Er erging sich in Klagen darüber, wie unangenehm es für ihn sei, von seinen Landsleuten getrennt zu sein, und erzählte ihr endlich, dass er seine Heimat vor zwanzig Jahren verlassen musste, weil man ihn verleumdet hatte. Er wurde immer lebhafter, bis er mitten im Satz abbrach und ein Gesicht zog wie jemand, der auf der Straße steht und plötzlich feststellt, dass er vergessen hat, seine kurzen, bis auf die Knie gehenden Hosen anzuziehen. Um seine Verwirrung zu kaschieren, zog er ein großes Taschentuch aus dem Ärmel und gab vor, sich die Lippen abzutupfen.

»Zweite Regel: Man muss so tun, als habe man nicht bemerkt, dass der Gesprächspartner gegen die erste Regel verstoßen hat. Drittens, und dass ist äußerst wichtig, muss man vertrauliche Mitteilungen sofort vergessen!« Er warf ihr einen Blick zu, der nicht ganz frei von Drohung war.

In diesem Augenblick brachte Loreta ein Tablett mit einem Porzellanservice. Die nächste halbe Stunde war der »hohen Schule des Teetrinkens« gewidmet. Es wäre

Leonora nie im Traum eingefallen, dass diese Kunst so viele Schritte umfassen würde. Nach einigen höflichen Worten musste sie das Getränk einschenken, ohne zu spritzen und ohne das geringste Geräusch zu machen, dabei musste sie die Tasse waagrecht auf der Untertasse balancierend mit Eleganz halten, aber ohne sie mit den Augen zu fixieren, während sie das Getränk nicht zu schnell – »eine Teetasse ist keine Suppenschüssel« – und nicht zu langsam mit dem Löffel umrührte und anschließend trank, ohne in die Tasse zu blasen, um den Tee abzukühlen oder ihn mit dem Löffel probiert zu haben. Sie konzentrierte sich so sehr, dass sie sich verbrannte, verschluckte, prustete und schließlich einen fürchterlichen Schluckauf bekam. Vorwurfsvoll sah Monsieur Emile sie an.

Neugierig, ob er in die Geheimnisse ihres Vaters eingeweiht war, wollte sie ihn diskret befragen, so wie er es ihr gerade beigebracht hatte.

»Ich hoffe, Ser Cesare wird zufrieden sein mit meinen Fortschritten. Der arme Mann hat sich ziemlich über mich aufgeregt, scheint mir.«

Vielleicht war es noch ein wenig zu früh, die Dinge, die sie gerade gelernt hatte, ausgerechnet bei ihrem Lehrer anzuwenden. Monsieur Emile wusste jedenfalls sofort, worauf sie hinauswollte. Einen Augenblick schien er zu zögern.

»Es gehört sich nicht, hinter dem Rücken des Hausherrn Klatschgeschichten zum Besten zu geben«, meinte er schließlich ausweichend und bedeutete seiner Schülerin, mit der Teezeremonie fortzufahren.

Leonora schloss daraus, dass er um seine Stellung bangte. Wenn ihn ihre Frage in Verlegenheit brachte, war sie wohl auf der richtigen Fährte. Sie beschloss, sich jemanden zu suchen, der weniger Angst davor hatte, in den Ruf einer Klatschbase zu geraten. Sie hatte auch schon einen gewissen Herrn ins Auge gefasst. Da sie aber noch immer nicht wusste, was ein Cicisbeo war, bat sie ihren Hauslehrer, sie darüber aufzuklären. Mit Sicherheit würde er ihr kein zweites Mal die Antwort verweigern. Eine leichte Röte stahl sich in die fahlen Wangen von Monsieur Emile.

»Ein Cicisbeo steht der Herrin zur Verfügung, wenn ihr Gatte nicht anwesend ist«, erklärte er mit gesenkten Augen.

Mit einem Blick zur Tür fuhr er mit gedämpfter Stimme fort:

»Da es sich für eine vornehme Venezianerin nicht schickt, alleine auszugehen oder Besuch zu empfangen, stellt man ihr einen Begleiter zur Seite, den sie sich selbst auswählen darf. Dem Gemahl bleibt durch dieses Arrangement Zeit, sich in aller Ruhe den Geschäften der Republik zu widmen.«

»Aber … ist der Ehemann denn gar nicht eifersüchtig?«

»In meiner Heimat Frankreich wäre er es. Hier ist der Cicisbeo jedoch seit Jahrhunderten Sitte, und niemand stört sich daran. Man würde es im Gegenteil sogar äußerst ungern sehen, wenn eine Dame keinen Cicisbeo hätte. Häufig wird sein Name sogar in den Ehevertrag aufgenommen.«

Es gab da natürlich noch ein pikantes Detail, das er einem jungen Mädchen gegenüber jedoch nicht erwähnen konnte. Was das anging, ließ er seine Schülerin im Ungewissen. Sie würde es früh genug erfahren. Um sich ihrem Lehrer erkenntlich zu zeigen, bot Leonora ihm auf die umständliche Weise, die er ihr beigebracht hatte, ein Stückchen Zucker an. Endlich war er mit ihr zufrieden.

In den folgenden Tagen kümmerte sich niemand um Leonora, und ihre Verpflichtungen beschränkten sich auf den Unterricht bei Monsieur Emile. Ihr selbst kamen seine Stunden, nebenbei bemerkt, ziemlich überflüssig vor. Davon abgesehen konnte sie sich frei bewegen in dem großen Haus, das sich mit Fug und Recht Palazzo hätte nennen dürfen, wenn die Bezeichnung nicht ausschließlich für die Residenz des Dogen reserviert gewesen wäre. Bei ihren Streifzügen durch die Ca' Civran entdeckte Leonora schließlich in einem Winkel des *portego* einen Greis, der, in mehrere Wolldecken gehüllt, den lieben langen Tag mit einem Bootshaken zu seinen Füßen auf einem Stuhl vor sich hindöste. Sie vermutete, dass er ein alter Diener war, der den Gondeln beim Anlegen helfen sollte. Er war genau der Mann, den sie suchte. Sie holte aus der Küche einen Rest Zabaione und weckte ihn unter dem Vorwand, dass sie ihm die halbflüssige Schaumspeise geben wolle.

»Ich habe hier etwas Zabaione. Mir scheint, Sie können eine kleine Stärkung gebrauchen. Hier, trinken Sie!«

Der alte Mann war es nicht gewöhnt, dass man ihn verwöhnte, und überschüttete sie mit Dank, als sie ihm den Eierpunsch reichte. Sie wartete, bis er einige Schlucke genommen hatte, und fragte ihn dann, ob er wisse, warum man sich so sehr bemühe, sie präsentabel zu machen.

»Weil der Doge sehr krank ist«, erwiderte der alte Diener, nachdem er sich den Mund am Ärmel seines kurzen Rocks abgewischt hatte.

Wieder einmal dachte Leonora, dass sie in Venedig umso weniger verstand, je mehr sie erfuhr. Die Logik schien in dieser Stadt auf den Kopf gestellt, nichts ergab einen Sinn, alles schien verkehrt. In ihrem jetzigen Leben kam ihr vieles so völlig absurd vor, dass sie sich nicht gewundert hätte, wenn ein Mensch vor ihrem Fenster vorbeigeflogen wäre. Sie hatte immer mehr den Eindruck, sich in jenem australischen Land auf der anderen Seite der Erde zu befinden, wo die Leute angeblich auf dem Kopf gingen.

»Aber was ist mit meinem Vater, welche Pläne hat er?«, versuchte es Leonora weiter.

Der Alte hob die Schultern wie einer, der schon zu viel in seinem Leben gesehen hat, um sich noch darüber aufzuregen.

»Ser Cesare hat sein Lebtag nur ein einziges Ziel verfolgt. Er wollte, dass seine *casada* zur allerhöchsten Würde gelangt«, ergriff er wieder das Wort.

Leonora verstand noch immer nichts. Der Alte nahm drei weitere Schlucke von der süßen Zabaione, bevor er seine Worte näher erläuterte.

»Den ersten Rang nehmen in Venedig die herzoglichen Familien ein, das heißt jene Familien, aus denen ein Doge der Republik hervorgegangen ist.« Er erklärte ihr kurz, was alle Welt in der Lagunenstadt zu wissen schien. Der Adel, der nur etwa drei Prozent der Bevölkerung Venedigs ausmachte, war in drei Klassen unterteilt. Zur obersten gehörten die Familien, die lange vor der Jahrtausendwende die ersten Dogen gewählt hatten. Zur zweiten die Familien, die ab 1227 im Großen Rat vertreten waren. Die dritte Klasse wurde von den dreißig Familien gebildet, die etwa hundert Jahre später in den Stand der Patrizier erhoben wurden, als sie mit ihrem Geld der Serenissima einen Krieg finanzierten, den sie unter keinen Umständen verlieren durfte. Aus dieser dritten Klasse war es im Laufe der Zeit nur drei adeligen Familien gelungen, einen Dogen zu stellen: den Geschlechtern der Cicogna, Vendramin und Renier. Auch wenn der Alte sich an dieser Stelle nicht genauer ausließ, glaubte Leonora zu erraten, dass auch die Familie dalla Frascada zu dieser dritten Kategorie gehörte, aber offenbar war aus ihren Reihen noch nie ein Doge gewählt worden.

»Darum bemüht sich Cesare dalla Frascada sein ganzes Leben, wie schon seine Ahnen vor ihm. Sein Vater verlor die Wahl gegen Pietro Grimani. Sein Großvater konnte sich nicht gegen Alviso Mocenigo II. durchsetzen. Und seine Urgroßtante, eine dalla Frascada Faliera, versuchte ihr ganzes Leben lang gegen den Schützling der berühmten Intrigantin Barberina anzukommen und ihren eigenen Bruder zum Dogen zu machen.«

Die Erwähnung der Tante erinnerte Leonora daran, dass sie ihre Halbbrüder noch nicht kennengelernt hatte. Der alte Diener nickte bedeutsam mit dem Kopf.

»Die jungen Herren gehen wichtigen Beschäftigungen nach. Sie können nicht bei ihren Eltern sein. Der Älteste macht im Staatsdienst Karriere. Der Große Rat hat ihn ins Friaul geschickt. Er soll sich die ersten Sporen bei der Verwaltung einer Kleinstadt verdienen.«

Das politische System Venedigs war weltweit einzigartig. Da die Patrizier die Vetternwirtschaft wie die Pest fürchteten, hatte ein Mann bessere Chancen, zum Dogen gewählt zu werden, wenn keine männlichen Nachkommen vorhanden waren. Bei dem Gespräch mit dem alten Diener war Leonora der Gedanke gekommen, dass ihre Halbbrüder für die Ambitionen ihres Vaters eher ein Hindernis darstellten. Inwieweit eine Tochter von Vorteil war, musste sie noch herausfinden.

»Der jüngste Sohn sucht sein Glück bei der Kirche«, fuhr der Diener fort. »Er ist in Rom, um sich ein Bistum zu ergattern.«

Bald einen bischöflichen Bruder zu haben, das freute Leonora. Die Ursulinen würden entzückt sein. Sie fragte, welch wichtiger Aufgabe denn der dritte Sohn nachgehe, derjenige, der dafür zu sorgen hatte, dass der Familienname nicht ausstarb.

»Er verprasst beim Spiel und bei den Frauen das Geld, das ihm sein Vater zukommen lässt«, erwiderte der Alte.

Das Mädchen konnte nicht umhin, das perfekte System der Venezianer zu bewundern. Jedem war sein Platz von Geburt an zugewiesen. Sie hoffte, dass man auch für sie etwas Vorteilhaftes vorgesehen hatte, und ihre Gedanken kreisten darum, was es wohl sein mochte.

V

Am folgenden Morgen wurde Leonora durch das knarrende Geräusch fester Schritte aus dem Schlaf gerissen, die sich ihrem Zimmer näherten.

Sie hatte sich gerade im Bett aufgesetzt, da öffnete sich auch schon die Tür. Sie steckte ihren mit einer Nachthaube bedeckten Kopf durch den Spalt zwischen den Bettvorhängen. Überrascht sah sie in das Gesicht ihres Vater, der vor ihrem Bett stand. Er war mit einer Schar Dienerinnen erschienen, die mit Kleidern, Schuhen und allerlei modischem Kleinkram beladen waren.

»Es ist an der Zeit, dass Sie das, was man Ihnen beigebracht hat, seit Sie in diesem Hause weilen, in die Praxis umsetzen«, sagte ihr Vater mit einer Begeisterung, als wolle er sich einschiffen, um Amerika zu entdecken.

Die Dienerinnen halfen Leonora in ein prächtiges Gewand, dessen weiter Rock auf einem komplizierten, mit einem kostbaren, orientalischen Seidensatin bezogenen Gestell aus Stöcken und Walfischstangen ruhte. Als sie angekleidet war, übergab man sie dem Perückenmeister der Donna, einem affigen Deutschen, der sie aufdringlich musterte.

»*Molto bella*, Fräulein!«, lautete sein Urteil in italienisch-deutschem Kauderwelsch, das von einem starken Akzent entstellt war.

Er kräuselte ihr das Haar mit der Lockenschere, puderte es und steckte ihr zum Kleid passende Stoffblumen in den Haarknoten. Zuletzt erschien Donna Soranza mit ihrer Zofe, die mehrere Lederschatullen trug. Die Donna suchte ein Geschmeide mit prächtigen Edelsteinen aus, das sie Leonora persönlich um den Hals legte. Als diese sich im Spiegel sah, kam sie sich vor wie ein Reliquiar, das man für das Fronleichnamsfest geschmückt hatte. Ein schlichter Perlenstrang wäre ihr lieber gewesen.

»Diese Edelsteine würden an Ihnen sehr viel besser zur Geltung kommen, Donna Soranza«, wagte sie einen Einwand in der indirekten Form vorzubringen, die ihr Monsieur Emile beigebracht hatte.

Die Donna stieß einen tiefen Seufzer aus.

»Mein Kind, es ist über zwanzig Jahre her, dass diese Steine ihre Schatulle verlassen haben. Wenn das erste Ehejahr vorbei ist, ziemt es sich nicht länger für die Frau eines Patriziers, funkelnden Schmuck zu tragen oder in lebhafte Farben gekleidet zu gehen.«

Die Donna zupfte noch ein wenig an ihr herum und in dem Glauben, die Schmückung sei nun beendet, ergab sich Leonora ihrem Schicksal. Doch da war sie auch schon in eine Moschuswolke gehüllt, die flinke Hände so übermäßig aus einem Flakon verspritzten, als wäre sie gerade in einen schmutzigen Kanal gefallen und es gelte, einen penetranten Gestank zu übertönen.

»Verlassen wir das Haus?«, fragte Leonora, als man sie zur Eingangshalle führte.

Im Teatro San Benedetto finde eine Vorstellung zu Ehren seiner Hoheit des Dogen Loredan statt, erklärte man ihr. Leonora reimte sich zusammen, dass es aus irgendeinem geheimnisvollen Grund unerlässlich war, dass sie bei dieser Vorstellung zugegen war, oder vielmehr, dass man sie dort sah. Sie setzte sich zwischen Donna Soranza und ihren Gatten in eine der Gondeln, die vor der Freitreppe warteten.

»Wir werden also den Dogen sehen?«

»Aber nein. Der Doge liegt im Sterben. Der Dogenpalast tut natürlich alles, um es vor der Öffentlichkeit zu verheimlichen, aber ich habe meine Verbindungen.«

Der einstige Zögling der Ursulinen sagte sich, dass es in diesem Fall wohl sinnvoller gewesen wäre, für den Dogen eine Messe zu halten. Aber in Venedig sah man das ein wenig anders: Eine festliche Vorstellung, bei der mit Federn geschmückte Kastraten auftraten, gereichte einem Dogen mehr zum Heil als ein von einem langweiligen Erzbischof zelebriertes Hochamt.

Am Ende einer kurzen Gondelfahrt legten sie an dem Kai an, der dem Teatro San Benedetto am nächsten lag. Dort wimmelte es von Menschen. Nun kam es vor allem darauf an, dicht bei Leonora zu bleiben, damit das kostbare Geschmeide nicht abhandenkam. Andererseits musste Leonora aber von einer möglichst großen Zahl Leute gesehen werden. Sie überquerte also den kleinen Platz umringt von Bediensteten und Sekretären, welche die Edelsteine nicht aus den Augen ließen. Auf ein Zeichen ihres Herrn hin machten sie Platz, um die Leute näher treten zu lassen, denen es gestattet war, das Objekt so großer Aufmerksamkeit aus der Nähe zu betrachten. Ser Cesare begrüßte alle jovial wie immer und stellte seine Tochter vor, die, wie er einfließen ließ, gerade aus dem Kloster komme. Leonora wusste nicht, ob die Komplimente, die man ihr machte, ihrem Vater oder ihrem Geschmeide galten. Sie vermutete, dass man mit ihrer Hilfe den Reichtum der Familie dalla Frascada zur Schau stellen wollte, weil bald eine Dogenwahl anstand. Sie sollte sich gründlich täuschen.

Ihr Vater, der seinen Freunden gegenüber sehr entgegenkommend war, wurde geradezu überschwänglich, als Senator Alvise Mocenigo in den Kreis der Schatzwächter trat. Der Senator war ein Mann von sechzig Jahren, mit tief liegenden haselnussbraunen Augen, deren intelligentes lebhaftes Funkeln sein verwittertes, knochiges Gesicht vergessen machte. Er wurde von seiner Gemahlin begleitet, deren Namen Pisana Corner man entnehmen konnte, dass ihre Vorfahren zu den mächtigsten Familien Venedigs gehörten. Der Senator begrüßte Leonora mit unverhohlenem Interesse. Sie fühlte sich wie ein Hühnchen, das von einem Geflügelhändler begutachtet wurde. Erst als Donna Pisana ihren Mann unter dem Vorwand ins Theater bat, sie wolle die Ouvertüre nicht versäumen, wurde Leonora erlöst. In Wahrheit wollte die Donna noch andere Leute begrüßen, bevor die Musik den Gesprächen Konkurrenz machte.

»Wer ist der Herr, der mich so angestarrt hat?«, flüsterte Leonora ihrem Vater ins Ohr, als sie in der Loge Platz nahmen.

»Ein Ehrgeizling, der mir den Dogenthron streitig

machen wollte«, erwiderte dieser leise und lächelte wie eine Hyäne. »Ich habe mir jedoch einen Schachzug ausgedacht, mit dem ich ihn matt setzen kann.«

Leonora fragte sich, welcher Schachzug das wohl sein mochte, und wäre sehr erstaunt gewesen, wenn sie gewusst hätte, dass es sich dabei um ihre Person handelte.

Ser Cesare grüßte den Senator, der eine Loge im selben Rang hatte, mit einer freundlichen Geste. Sechs junge Männer erwiderten seinen Gruß mit einer gleichzeitigen Verbeugung in seine Richtung.

»Der Arme ist mit sechs Söhnen geschlagen«, erläuterte Ser Cesare.

Bei diesen Worten schob er seinen Sessel ein wenig zurück, um die funkelnde Schönheit an seiner Seite nicht zu verdecken. Die Sänger des ersten Aktes betraten die Bühne.

»Ach, nun kommt der langweilige Teil des Tages«, sagte Ser Cesare mit einer Stimme, aus der bereits der Überdruss sprach.

In Wahrheit ließ sich man sich in den Logen nur wenig vom Orchester oder durch die Arien stören. Die meiste Zeit durften sich die Alti und Tenöre die Lunge aus dem Leib singen, während das Publikum fröhlich plauderte, speiste oder Karten spielte, um sich die Zeit bis zur Pause zu vertreiben. Die Vorstellungen zogen sich lange hin. Man besuchte sie, um seine Freunde zu sehen, und nicht, um von Anfang bis Ende aufmerksam der Musik zu lauschen. Leonora sah sogar Zuschauer, die friedlich schlummerten, was bei dem lauten Gesang bemerkenswert war.

Frauen traten keine auf. Weibliche Rollen wurden von den Kastraten gesungen. Wie in den meisten italienischen Städten war es auch hier den Frauen verboten, sich auf der Bühne zu zeigen. Leonora empfand diesen Brauch als große Heuchelei, denn man genierte sich offenbar keineswegs, junge Mädchen, die lieber unbemerkt geblieben wären, in den Blickpunkt der Öffentlichkeit zu rücken.

»Endlich!«, entfuhr es ihrem Vater, als nach dem ersten Akt der Vorhang fiel. Die Stunde war gekommen, die wandelnde Reklame der dalla Frascada ins Foyer zu schicken, damit sie dort eine Erfrischung zu sich nehmen konnte. Leonora löffelte zwischen zwei Reihen von Zerberussen eine gefrorene Creme. Ihr Vater blieb stehen, auf Posten.

Am frühen Nachmittag traf die ganze Gesellschaft wieder in der Ca' Civran ein. Donna Soranza schien matt und enttäuscht.

»Ist alles nach Ihren Wünschen abgelaufen?«, fragte sie ihren Mann, nachdem sie die Gondel verlassen hatten und ins Haus eintraten.

»In jeder Hinsicht.«

»Sind Sie mit dem Ergebnis zufrieden?«

»Das kann man wohl sagen.«

Die Donna beschloss, es ebenfalls zu sein, und zog sich in ihre Gemächer zurück, um die neuen Schuhe abzulegen, die sie seit Stunden drückten.

Als Leonora, die ihr Prunkgewand inzwischen abgelegt hatte, den Salon betrat, stand ihr Vater auf dem Balkon und winkte jemandem zu. Sie sah in einem Fenster des riesigen gotischen Palastes auf der anderen Seite des Kanals die Perücke und das Wams einer Person, deren Züge sie nicht erkennen konnte. Ihr Vater holte sie auf den Balkon und forderte sie auf, es ihm nachzutun und die Silhouette zu grüßen.

»Wer ist dieser junge Mann?«

»Ihr zukünftiger Gemahl.«

Nachdem sie sich von ihrer Überraschung erholt hatte, fiel Leonora wieder ein, dass in jenem Palast der Senator Mocenigo mit seinen sechs Söhnen wohnte.

»Und welcher der Söhne ist es?«, fragte sie.

Der Patrizier zuckte die Achseln.

»Das ist mir nicht bekannt. Dieses Detail habe ich der Familie überlassen. Soweit ich weiß, leidet keiner der jungen Männer an einer unheilbaren Krankheit. Donna Soranza versteht sich recht gut mit der Ehefrau des Senators. Der Verbindung steht also nichts im Weg.«

Leonora winkte noch immer und versuchte, den Mann zu erkennen, dem sie versprochen war.

»Am schwierigsten ist es gewesen, die Frau Mutter von der Idee zu überzeugen«, fuhr ihr Vater fort. »Sie haben ja keine Ahnung, wie unbedingt diese Dame da Dogaressa werden möchte! Wie man ein unerreichbares Ziel so hartnäckig begehren kann, ist mir schleierhaft!«

Mit der Eheschließung würde dalla Frascada sich die Unterstützung der Familie Mocenigo sichern, aber auch die ihrer Familien mütterlicherseits, der Pisani und der Corner. Bei solchen Garantien konnte ihm nur noch der Teufel den Weg in den Dogenpalast versperren. Und da nun die Familie des zukünftigen Gatten Leonoras Gelegenheit gehabt hatte, seine Tochter in Augenschein zu nehmen, stand dem Glück der Verlobten nichts mehr im Wege.

Etwas später am selben Nachmittag saß Donna Soranza im Salon am Cembalo und spielte mit Nachdruck die letzten Kompositionen, die in der Lagunenstadt Mode waren. Ihr Cicisbeo Roberto blätterte die Noten für sie um. Leonora überflog eine für ihre Erziehung angeblich unverzichtbare Abhandlung über die tausend Arten, einen Chignon zu schlingen. Ser Cesare vertrieb sich die Zeit, indem er das Treiben der Gondeln auf dem Canal Grande beobachtete. Plötzlich beugte er sich vor.

»Ein Diener der Mocenigo überquert das Wasser«, rief er ohne Rücksicht auf das Arpeggio seiner Gemahlin. »Ich glaube, er ist auf dem Weg zu uns!«

Die Gondel mit dem Diener legte in der Tat an der Freitreppe der Ca' Civran an. Neugierig schickte die Donna Roberto nach unten. Er kam mit einem Brief zurück. Senator Mocenigo verlangte noch einmal die »Tochter« Ser Cesares zu sehen. Ein neues Hindernis. In den Augen des Patriziers kam das Ansinnen einer Beleidigung gleich.

»Was für eine Idee! Was für Manieren! Wir haben ihnen unsere Tochter gezeigt, wie es Sitte ist!«

Donna Soranza, die durchtriebener war als ihr Mann, witterte sogleich eine Konkurrentin. Bestimmt hatten die neureichen Gritti den Mocenigo eines ihrer hässlichen Entlein angeboten, das mit einer besseren Mitgift ausgestattet war.

Um die Früchte seiner Bemühungen gebracht zu werden, war dem Edelmann ein unerträglicher Gedanke. Andererseits konnte er den Wunsch des Senators nicht einfach auf die leichte Schulter nehmen, auch wenn ein Treffen gegen die guten Sitten verstieß, da es unüblich war, dass sich junge Leute vor der Unterzeichnung des Ehevertrags sahen. Ser Cesare hatte den Verdacht, dass der Fuchs Alvise prüfen wollte, wie sich der zukünftige Doge aus der Affäre zog.

Der Patrizier war kein Mensch, der vor einer Herausforderung zurückschreckte. Er hatte verschiedene Ideen und sandte seine Sekretäre durch ganz Venedig, um ihre Durchführbarkeit zu überprüfen. Einige Stunden später stiegen er und Leonora in eine Gondel, angeblich um am anderen Ende der Stadt in San Pietro eine Messe zu hören. Zuerst hatte Leonora allerdings tatsächlich geglaubt, man wolle sich die himmlische Gnade durch größere Frömmigkeit verdienen, obwohl sie allmählich erkannte, dass ihr Vater unberechenbar war. Ihre leisen Zweifel bestätigten sich, als sie hörte, dass die Donna die Einladung ihres Gemahls ablehnte. Sie hatte den Eindruck, dass nicht die Messe die Donna veranlasste, daheim zu bleiben, sondern etwas anderes.

Die Sonne stand tief am Horizont. Die Ziegelsteine der Gebäude entlang der Seitenkanäle erglühten in sanften Rottönen.

»Besser könnte das Licht nicht sein«, stellte Ser Cesare zufrieden fest. »Der Zeitpunkt ist denkbar günstig.«

Ihr Vater hatte eine offene Gondel gewählt. Leonora wurde immer unheimlicher zumute, als sie langsam durch die schmalen Seitenkanäle glitten.

Da erschütterte ein heftiger Stoß ihr Fahrzeug. Die Gondolieri brachen in lautes Schimpfen aus. Der Zufall hatte es gewollt, dass sie ausgerechnet eine Gondel der Mocenigos gerammt hatten, in welcher der Senator mit seinen Söhnen saß. Nachdem sich beide Seiten an Entschuldigungen überboten hatten, stellte sich heraus, dass der Senator zur selben Kirche wollte wie Ser Cesare, weil dort ein Cousin der Familie Mocenigo, der zum Priester geweiht worden war, seine erste Predigt hielt.

Ser Cesare wechselte einige Worte mit seinem Nachbarn und Leonora bemerkte, wie er dem Gondoliere unauffällig ein Zeichen gab und dieser das Fahrzeug so drehte, dass Leonora ihrem zukünftigen Schwiegervater und seinen sechs Söhnen das Gesicht zuwandte.

Die zweite, noch gründlichere Musterung des Senators brachte Leonora in allergrößte Verlegenheit. Zwar lauschte er mit einem Ohr den Plattitüden ihres Vaters, ließ sich dadurch aber nicht abhalten, das Mädchen mit einem versonnenen und sehr rätselhaften Lächeln zu betrachten. Leonora sah in eine andere Richtung und schenkte ihre Aufmerksamkeit demjenigen der Brüder, den die anderen mit dem Ellbogen anstießen. Er bekundete jedoch nicht das leiseste Interesse an ihr.

Das gefiel ihr überhaupt nicht. Und der junge Mann gefiel ihr auch nicht. Plötzlich sah sie vor ihrem geistigen Auge nicht enden wollende Jahre an der Seite dieses Mannes, in seinem Schatten oder, noch schlimmer, in einem Meer von Einsamkeit, weil er seiner Frau müde geworden war. Würde sie eine venezianische Matrone werden können? Wie die anderen adeligen Damen leben können? Würde sie es schaffen, treue Freundinnen zu finden? Beschäftigungen, mit denen sie die Zeit totschlagen konnte? Sie hatte ein solches Leben bisher nur von außen gesehen. Wie es wirklich war, würde sie erst nach der Hochzeit erfahren.

Die Gondeln wollten gerade wieder ihren Weg fortsetzen, als der Senator zu ihrem Vater sagte, er werde ihn am nächsten Tag mit seiner Gattin aufsuchen. Das konnte nur eines bedeuten: Er gab ihrem Vater zu verstehen, dass die Heirat eine beschlossene Sache sei.

Kaum waren der Senator und seine Söhne in der Biegung eines Seitenkanals verschwunden, gab der Patrizier dalla Frascada den Befehl, zur Ca' Civran zurückzukehren. Nichts interessierte ihn weniger als die Predigt des Cousins. Obwohl sein Manöver von Erfolg gekrönt gewesen war, echauffierte er sich während der ganzen Fahrt darüber, dass man das Aussehen der Braut so wichtig nehme. Dergleichen habe er noch nie erlebt. Seit wann schenke man dem Gesicht einer Braut mehr Aufmerksamkeit als ihrer Mitgift? Das konnte nur eine neue Mode aus London oder Paris sein. Seit man in Venedig die Gitter an den Fenstern entfernt habe, sei nichts mehr, wie es einmal war. Nun konnten sich die Frauen zeigen, wann sie wollten. Überall regiere die Falschheit.

Und dafür, dachte Leonora bei sich, war er nicht das schlechteste Beispiel.

Die Laternen am Portal waren gerade angezündet worden, als sie die Ca' Civran erreichten. Ser Cesare eilte die Treppe hinauf in sein Studierzimmer. Schlafwandlerisch durchquerte Leonora die große Eingangshalle und betrat den Garten, wo sie sich auf eine Granitbank setzte, um die letzten Sonnenstrahlen zu genießen. Sie barg ihr Gesicht in den Händen und ihre Schultern hoben und senkten sich zuckend. Erst als Monsieur Emile den Garten mit einer Laterne in der Hand betrat, wurde ihr bewusst, dass die Sonne lange untergegangen war.

»Man hat mir gesagt, dass Sie bald zurückkämen, deshalb habe ich auf Sie gewartet«, sagte Monsieur Emile.

Doch als er sah, in welcher Verfassung seine Schülerin war, verschob er seinen Anstandsunterricht und widmete sich ihrem Problem. Wie um alles auf der Welt konnte sie die Verlobung lösen? Ob sie dem Senator die Umstände ihrer Geburt offenbaren sollte? Ihr Hauslehrer versicherte ihr, dass das verlorene Liebesmühe sei. Die uneheliche Tochter eines Edelmannes zu heiraten sei in der venezianischen Aristokratie gang und gäbe. Die Heirat mit einer Bürgerlichen hingegen, selbst wenn diese vermögend war, mache den Eintrag der Nachfahren in das Goldene Buch der Stadt, welches das Geburten- und Eheregister des Adels war, so gut wie unmöglich. Damit verlor man alle Rechte und gehörte nicht länger zur guten Gesellschaft. Es sei daher immer besser, den Bund der Ehe mit der »natürlichen« Tochter eines Patriziers einzugehen als mit der ehelich geborenen eines Händlers!

Leonora begriff trotzdem nicht, wie der Senator einem seiner Söhne eine Frau geben konnte, deren Mutter nicht bekannt war.

»In diesem Punkt können Sie beruhigt sein«, widersprach ihr der alte Franzose. »Er würde immer herausfinden, wer Ihre Mutter ist. In Venedig gibt es nicht viele Leute, die ein Geheimnis für sich behalten können. Bei seiner hohen Stellung kann der Senator mühelos Erkundigungen einziehen.«

Niedergeschlagen dachte Leonora, dass sie anscheinend die Einzige war, die nicht Bescheid wusste.

Da man ihr den Namen ihrer wahren Mutter vorenthielt, blieb ihr nur übrig, sich wegen der Hochzeit an die Frau zu wenden, die diese Rolle für die Öffentlichkeit übernommen hatte. Sie begab sich zum rosa Salon der Donna und bat sie, ihren Cicisbeo wegzuschicken, damit sie sich mit ihr über etwas unterhalten könne, das ihr am Herzen liege.

»Ich habe keine Geheimnisse vor Roberto«, erwiderte die Matrone. »Er ist doch dafür da, alles zu hören.«

Leonora fand es zwar peinlich, vor einem Fremden das sehr persönliche Thema ihrer Verheiratung anzuschneiden, rang sich aber schließlich dennoch dazu durch. Prompt brachen ihre Zuhörer in schallendes Gelächter aus. Als die Donna sich so weit erholt hatte, dass sie wieder sprechen konnte, wischte sie sich die Lachtränen aus den Augen und sagte:

»Sie haben zu viel Anstandsunterricht genossen und wissen zu wenig darüber, wie es in der Welt zugeht, meine Tochter!«

»Nicht zu fassen! Sie will wieder ins Kloster!«, quietschte Roberto.

Eine Weile später verspürte Donna Soranza dann doch Mitleid mit Leonora.

»Glauben Sie mir«, sagte sie besänftigend, »etwas

Besseres als diese Heirat kann Ihnen gar nicht passieren. Wenn Ihr Mann ständig außer Haus ist, was sehr wahrscheinlich der Fall sein wird, gibt man Ihnen einen Hausfreund und Verehrer an die Seite. Ich leihe Ihnen Roberto, wenn Sie wollen«, sagte sie abschließend und versetzte dem Unglücklichen mit dem Fächer einen Klaps auf die Weste.

Roberto verzog beleidigt das Gesicht und Leonora lehnte dankend ab, obwohl sie nicht übel Lust gehabt hätte, das Angebot anzunehmen, nur um den Cicisbeo ein wenig zu erschrecken. Dann war ihre Stiefmutter so freundlich, ihr das idyllische Leben zu beschreiben, das sie nach ihrer Hochzeit führen würde. Leonora durchschaute die Donna bereits gut genug, um einschätzen zu können, dass sie die Verhältnisse rosiger malte, als sie sein würden. Eines hatte sie jedoch begriffen: Es gab keine Alternative. Ihr standen nur zwei Ehemänner zur Verfügung – der Sohn des Senators oder der Sohn Gottes. Da Leonora bei den Schwestern die Bekanntschaft des einen bereits gemacht hatte, versuchte sie sich einzureden, dass sie gut beraten sei, es mit dem anderen wenigstens zu probieren.

Am nächsten Tag kamen Alvise Mocenigo und seine Frau über den Kanal und nahmen den Tee bei Ser Cesare und dessen Gattin ein. Danach ließen die Herren die Damen allein im Salon und zogen sich eine Stunde lang mit einem guten Valpolicella in das Studierzimmer zurück. Alle wussten, dass sie die Konditionen für die im Himmel geschlossene Verbindung aushandelten.

Leonora konnte sich des Eindrucks nicht erwehren,

dass sich die beiden Ehefrauen nicht halb so innig liebten, wie ihr Vater anzunehmen schien. Nach einer scharfen Musterung Leonoras begann die Frau des Senators:

»Sie haben mir ja nie erzählt, dass Sie eine Tochter haben, meine Liebe.«

»Nun, sie wurde bei den Ursulinen erzogen, sehr weit von uns entfernt, meine Teuerste«, erwiderte Donna Soranza nicht weniger salbungsvoll. Die unterschwellige Anspielung, dass das Auftauchen dieser Tochter eine wundersame Fügung sei, war ihr jedoch nicht entgangen. Die Donna fühlte sich nicht wohl in ihrer Haut. Der Schwindel, zu dem ihr Mann sie zwang, war ihr unangenehm.

»Ach, ja«, erwiderte die Senatorin. »Ihre Tochter war so weit weg, dass Sie vermutlich ihre Existenz ganz vergessen hatten. Was für ein Glück, dass Sie sich rechtzeitig an sie erinnert haben und sie nun meinen kleinen Lunardo heiraten kann. Es bereitet mir ein großes Vergnügen, meinen Sohn mit einem Mädchen zu verheiraten, das aus einem so illustren Kloster hervorgegangen ist.«

Zum Glück war Donna Soranza über einige Eskapaden auf dem Laufenden, die sich ihre Besucherin in jungen Jahren erlaubt hatte.

»Stimmt es, dass Ihr kleiner Lunardo ganz nach den Pisano geschlagen ist?«

Vor zwanzig Jahren waren ärgerliche Gerüchte über Donna Pisana im Umlauf gewesen. Man hatte ihren Cicisbeo, einen Cousin, in hohem Bogen vor die Tür gesetzt. Das Gesicht der Donna wurde lang wie eine Schaumzuckerstange von Franceschini.

»Ich finde Ihre Tochter höchst charmant«, beeilte sie sich mit verkniffener Stimme zu erwidern.

»Keine zwei jungen Menschen könnten besser zueinander passen«, schloss Donna Soranza und legte zufrieden die Hände in den Schoß.

Bestürzt über den Schlagabtausch verließ Leonora den Salon. Eine aufgeregte Loreta eilte gerade die Treppe herauf.

Bei Leonora angekommen, zog sie ihre Schuhe aus und schlich sich schnurstracks zum Kabinett Ser Cesares, um das Ohr ans Schlüsselloch zu legen. Eine Viertelstunde später lieferte sie Leonora eine Zusammenfassung der Konditionen, auf welche die beiden Männer sich geeinigt hatten. Die Mitgift würde nicht hoch sein; die Jungvermählten würden in dem riesigen Haus der Mocenigos wohnen; das Kapital bestand in Geschmeide, das sie nach Ende des ersten Ehejahres nicht mehr würde tragen dürfen, und dann erhielt sie noch fünf Kleider und außerdem Spitzen. Es war ganz klar, dass die Dienste, die Ser Cesare seinem Schwiegersohn erweisen würde, wenn er erst einmal zum Dogen gewählt worden war, die eigentliche Mitgift darstellten. Das junge Mädchen wähnte sich im korrupten Byzanz.

»Dabei haben Sie noch großes Glück«, schloss die Dienerin. »Es gab eine Zeit, da hat man die Frauen der Lagunenstadt meistbietend versteigert!«

Kaum waren die Gäste aufgebrochen, rief Cesare dalla Frascada seine Tochter zu einem Gespräch unter vier Augen zu sich. Er teilte ihr die große Neuigkeit mit, dass er sie nun offiziell als seine Tochter anerkannt habe. Sie war also bisher sozusagen nur auf Probe in Venedig gewesen. Die arme Verwandte, derer man sich jederzeit entledigen konnte, indem man sie wieder zurückschickte. Leonora wusste nicht, dass der Senator von Ser Cesare ihre Anerkennung verlangt hatte, weil nach venezianischem Recht Väter von unehelichen Töchtern nicht zur Mitgift verpflichtet waren, wie diese auch nicht ihren Namen trugen. Dank der Heirat wurde sie nun endlich eine dalla Frascada, kurz bevor sie einen Mann mit einem noch ruhmreicheren Namen ehelichen würde.

»Ich danke Ihnen, dass ich bald einen Gatten habe, der sich um mich kümmern und Ihnen die Last, die ich für Sie bin, abnehmen wird«, erwiderte Leonora.

»Man hat dir wohl im Kloster nichts darüber mitgeteilt, wie es wirklich in einer Ehe zugeht.«

Da sie nun auch vor dem Gesetz seine Tochter war, duzte er sie.

»Meinen Sie … was die … die Sache betrifft?«, wagte Leonora zu fragen.

Die Schwestern hatten ihren Zöglingen natürlich kein Wort darüber gesagt, aber einige Schülerinnen hielten sich manchmal außerhalb des Klosters auf. Sie kamen mit allerlei Geschichten zurück, und in den Schlafsälen kochten die Gerüchte. Ser Cesare machte eine Handbewegung, als wolle er eine Fliege verscheuchen.

»Nein! Davon, was mit der Gattin geschieht, *nachdem* sie die Sache kennengelernt hat. Die Sache wird dich in der Ehe am wenigsten stören. Das Problem ist alles andere.«

Er klärte sie darüber auf, dass es bei den jungen Venezianern Sitte war, den größten Teil ihres Geldes für eine Mätresse auszugeben. Leonora würde als Ehefrau nicht erwarten dürfen, dass sich ihr Mann um ihr Wohlergehen kümmere. Lunardo Mocenigo hatte seine Gunst schon jetzt einer kleinen Mailänderin geschenkt, die ihn viel kostete und die seine gesamte freie Zeit in Anspruch nahm. Leonora fiel auf, wie gekonnt ihr Vater die Dinge noch schwärzer malte, als sie sie für möglich gehalten hätte.

»Du musst dir klarmachen, dass er dich heiratet, weil er muss, darin besteht deine einzige Chance. Er hätte jedes andere Mädchen genommen, das der alte Fuchs Alvise für ihn ausgesucht hätte. Wenn du dich innerlich dagegen sträubst, wirst du niemals glücklich sein.«

Glücklich zu sein, indem man dieses Prinzip akzeptierte, kam dem jungen Mädchen nicht unproblematisch vor. Zum Glück sah ihr Vater es auch als seine Pflicht an, sie darüber aufzuklären, welche Auswege ihr offen standen. Man sprach in der Öffentlichkeit nicht darüber, bediente sich ihrer aber häufig.

»Wenn das Unglück eintritt …«

»Falls ich mich mit meinem Gatten nicht verstehe?«, präzisierte Leonora.

»Nein, falls ich die Dogenwahl verlieren sollte!«, verbesserte er sie. »Dann kannst du eine Annullierung deiner Ehe betreiben. Wenn nichts aus der Sache wird, ist es, was die Mocenigos angeht, mit unserer Freundschaft nämlich aus und vorbei!«

Die venezianischen Gesetze erlaubten Trennungen, und manchmal sogar die Aufhebung einer Ehe, verriet er ihr. Im Rat der Zehn wurden jährlich achtzig solcher Gesuche eingereicht, davon an die zwanzig allein aus Adelsfamilien.

»Die Liste der Gründe ist lang. Wenn es dazu kommen sollte, werde ich dich beraten. In deinem Fall dürfte eine körperliche Abneigung ausreichen. Das ist immerhin noch besser, als wenn der kleine Lunardo dich beschuldigt, zu viel Geld auszugeben oder dich nicht für Dienstbotenfragen zu interessieren. Das sind nicht unbedingt Dinge, die eine liebende Familie ans Licht der Öffentlichkeit gezerrt wissen will!«

Außerdem habe er Freunde in der *Signoria*, dem Kabinett des Dogen. Dasselbe gelte für den Senator. Leonora sah, dass ihr Vater allen Eventualitäten Rechnung getragen hatte. Ihre Heirat kam ihr immer mehr wie eine geschäftliche Transaktion mit Auflösungsklauseln vor. Nur ihre Person hatte man dabei nicht berücksichtigt – ihre Gefühle, ihre Ehre, ihre Selbstachtung. Man machte ihr den Eintritt in die großartige venezianische Gesellschaft wahrlich nicht einfach.

VI

Leonora mochte sich innerlich noch sehr gegen die erzwungene Heirat sträuben, deren Vorbereitungen konnte sie jedoch nicht aufhalten, vor allem deshalb nicht, weil sie selbst keinen Anteil daran hatte.

Es war Tradition, dass der Bräutigam zu bestimmten Stunden unter den Fenstern seiner Verlobten auf und ab ging. Die Lage der Ca' Civran zwang Lunardo Mocenigo dazu, in einer Gondel vor dem Haus hin und her zu fahren. In seinem schwarzen Umhang und mit seiner verärgerten Miene sah er aus wie ein Hai, der einem Sardinenschwarm auflauert. So wirkte er zumindest auf Leonora, wenn man sie auf den Balkon im zweiten Stock schickte, von wo aus sie ihren Verlobten vor aller Welt grüßen sollte.

Am festgesetzten Tag musste sie die »schlichte« Kleidung anlegen, die einem Mädchen anstand, das seiner zukünftigen Schwiegerfamilie und seinem Verlobten vorgestellt und bei derselben Gelegenheit auch unter die Haube gebracht werden sollte. Mit einem Wort, man verkleidete sie unter reichlicher Zuhilfenahme von cremefarbener Seide, allerlei Flitterkram und einem kostbar gearbeiteten Spitzenschleier. Leonoras Trauermiene schreckte alle ab, die ihr Gesellschaft leisten wollten, während man auf die Gäste wartete. In ihrem Kummer kniete sie sich, wie sie es im Kloster zu tun pflegte, vor das Kruzifix neben ihrem Bett und betete zu Jesus, er möge doch bitte den Kelch an ihr vorübergehen lassen. Sie hoffte, dass er vergessen hatte, welchen Widerwillen sie bei dem Gedanken empfand, zu den Ursulinen zurückzukehren und seine Braut zu werden. Da vernahm sie das Knarren des Eingangsportals. Kurze Zeit später klopfte es an ihre Tür, und zwei stämmige Lakaien betraten ihr Zimmer. Es war keine überflüssige Vorsichtsmaßnahme gewesen, kräftige Männer auszusuchen, denn Leonoras Beine versagten den Dienst und man musste sie halbwegs zur Türe tragen. Sie wusste zwar, dass sie kein besseres Schicksal erwarten konnte, aber es war ihr unmöglich, die Stimme in ihrem Herzen zum Schweigen zu bringen, die sie zur Flucht drängte.

Man hatte alles hervorgeholt, was den Prunk, den Reichtum, den göttlichen Segen zum Ausdruck brachte, dessen sich die Patrizierfamilie dalla Frascada erfreute. Chinesisches Porzellan, böhmisches Kristall, orientalische Teppiche, Porzellanfiguren aus Sachsen, alles war wie auf einer Versteigerung zur Schau gestellt. Auf den Tischen stand in bunten Karaffen eine Auswahl von Weinen sämtlicher Regionen Italiens. Die Familie Mocenigo war vollständig erschienen, alle sechs Söhne mit Eltern sowie einige alte Verwandte, die man als Zeugen gebeten hatte. Die Damen waren in schwarzen, mit Spitzen verzierten Satin gehüllt und mit Perlen und sonstigem Schmuck behängt, den sie bei privaten Anlässen wie diesem tragen durften oder vielmehr mussten.

Der Bräutigam Lunardo machte keinen Hehl daraus, dass er keinerlei Lust verspürte, sich zu verheiraten. Leonora fragte sich, ob er wohl die Minuten bis zu dem Augenblick zählte, wo man ihm endlich gestatten würde, seine fade Gemahlin zu verlassen, um sich mit seiner Mailänderin zu amüsieren.

Am nächsten Morgen würde sich der junge Mann zum Dogenpalast begeben, um den Heiratsvertrag öffentlich zu machen. Dann würde er seine Verwandtschaft zu seinem Schwiegervater einladen, um ihr die Braut vorzustellen, die sich anschließend auf eine Gondelfahrt begeben würde, um ihren Cousinen in den Nonnenklöstern der Umgebung mitzuteilen, dass sie geheiratet hatte. Es erfüllte Ser Cesare mit großer Befriedigung, dass es ihm gelungen war, »Verwandte« aufzustöbern, die bereit waren, seine Tochter zu empfangen, auch wenn sie ihnen natürlich völlig unbekannt war. Leonora würde an der Spitze einer ganzen Flotte von Gondeln fahren, um möglichst viel Aufsehen zu erregen.

Alle schienen im siebten Himmel zu sein. Nur die Verlobten machten finstere Gesichter. Aber die Väter und Mütter schoben die trüben Mienen auf die Schüchternheit der Brautleute.

Als der Ruf »Der Ring, der Ring!« ertönte, öffnete Lunardo Mocenigo eine kleine Schatulle, in der das *ricordino* ruhte, die »kleine Erinnerung« in Form eines Solitärs, den der Bräutigam der Braut als Pfand ewiger Liebe zu schenken pflegte. Kurz vor dem Hochzeitssegen, der in wenigen Tagen erfolgen sollte, würde Donna Pisana ihrer Schwiegertochter Leonora auch die feinen Perlen überreichen, die sie während ihres ersten Ehejahres tragen sollte.

Ser Cesare unterschrieb das Pergament, das seine Tochter für das ganze Leben, oder vielleicht auch nur für einige Jahre, an den Unbekannten von gegenüber binden sollte. Dann reichte er die Feder freundlich dem Senator. Der wollte aber den Augenblick der wichtigen Verschwägerung anscheinend auskosten und stellte die Feder wieder zurück ins Tintenfass, ließ sich seinen Kelch noch einmal mit dem köstlichen *Soave liquoroso* füllen und räusperte sich endlich, um eine Rede zu halten. Die Anwesenden sahen ihn aufmerksam an, vor allem die um die Tür gruppierte Dienerschaft. Sie wollte Beifall spenden, weil die Tochter des Hauses, von deren Existenz sie zwei Wochen zuvor noch keine Ahnung gehabt hatte, nun heiratete.

Da dröhnten donnernde Schläge aus dem Erdgeschoss nach oben. Ein Rüpel schien mit der Faust gegen die Gittertür zu hämmern, die man verriegelt hatte, um nicht gestört zu werden. Eine unerklärliche Vorahnung erfasste den Vater der Braut.

»Lassen Sie sich nicht stören«, wandte er sich dem Senator zu. »Es kann sich nur um einen Irrtum handeln. Unterschreiben Sie hier.«

Als sich die Zahl der Schläge verdoppelte, machte sich unter den Versammelten Unbehagen breit. Ein Lakai wurde zum Portal geschickt. Eisenbeschlagene Sohlen stampften die große Treppe herauf. Die Gäste sahen einander verwirrt an. Drei Schergen drangen in den Salon.

»Illustrissimo Cesare dalla Frascada«, verkündete ihr

Anführer, »mir liegt ein Befehl der *Signoria* vor, Sie zu verhaften. Ihrer hohen Stellung halber bleiben Ihnen die *pozzi* erspart. Sie werden im Dogenpalast untergebracht.«

Während die eine Hälfte der Geladenen bei dem Gedanken an die *pozzi*, die Folterkammern unter dem Dogenpalast, wie versteinert dastand und die andere empörte Schreie ausstieß, glaubte Leonora, den Erzengel Michael zu sehen, wie er sich vom Himmel schwang, um sie aus ihrer Not zu befreien. Ser Cesare war wie betäubt. Seine Gemahlin hingegen begehrte auf:

»Wissen Sie überhaupt, was für eine Schmach Sie dem Hause dalla Frascada antun, ganz zu schweigen von dem der Soranzo, aus dem ich hervorgegangen bin? Die anwesenden Mitglieder der Familie Mocenigo sind Zeugen Ihrer Gewalttätigkeit!«

Die Mocenigo machten allerdings nicht den Eindruck, als seien sie sonderlich empört über das Vorgehen der Schergen. Der Senator wechselte gerade einige Worte mit dem Offizier.

»Alles ist bestens!«, verkündete er dann dem unglücklichen dalla Frascada, der in einem Sessel zusammengesunken war. »Ich habe erreicht, dass Sie das Haus in aller Diskretion in Ihrer privaten Gondel verlassen dürfen. Allerdings müssen Sie der Gondel des Offiziers folgen.«

Ser Cesare bat darum, seine Verhaftung wenigstens so lange aufzuschieben, bis die Zeremonie beendet sei. Zitternd ergriff er die Feder und wollte sie Alvise Mocenigo in die Hand drücken. Dieser aber machte keinerlei Anstalten, sie zu nehmen.

»Sicher werden Sie bald von jeder Anschuldigung rein gewaschen aus dem Dogenpalast heimkehren«, sagte er mit geheuchelter Freundschaft. »Dann wird die Zeit gekommen sein, die Dinge fortzusetzen, die wir heute in die Wege geleitet haben, und uns gemeinsam am Glück unserer Kinder zu freuen. Im Augenblick möchte ich alles tun, was in meinen Kräften steht, um Sie aus Ihrer misslichen Lage zu befreien.«

Trotz seiner riesigen Enttäuschung zwang sich Ser Cesare, dem Senator herzlich für seine Unterstützung zu danken. Dann küsste er seine Frau zum Abschied. Sie stand da wie der heilige Theodor auf der Säule der Piazzetta. Ser Cesare grüßte den Rest seiner Gäste und verließ das Zimmer mit annähernd normalem Schritt, gefolgt von den Schergen. Kaum dass er verschwunden war, ließ sich Donna Soranza in einen Sessel fallen. Ihr Cicisbeo fächelte ihr frische Luft zu.

»Sie können sich darauf verlassen, dass Sie treue Freunde haben«, versicherte ihr Donna Pisana Corner mit Grabesstimme. Unterdessen schlugen sich ihre Söhne noch rasch den Bauch mit Kuchen voll, bevor sie mit ihren Eltern, ohne weitere Zeit zu verlieren, das Haus verließen. Der Senator versicherte, sich um die Verteidigung seines teuren »Freundes und Verbündeten« kümmern zu wollen.

Am Boden zerstört jammerte Donna Soranza: »Auf der Familie der dalla Frascada ruht ein Fluch. Je mehr sie sich der höchsten Würde nahe glaubt, desto weiter entfernt sie sich davon. Was beim allmächtigen Gott sollen wir denn jetzt nur tun?«

Auf diese Frage hatte ihr Cicisbeo sofort eine passende Antwort.

»Ins Konzert gehen!«, sagte er und versuchte sich an die Anfangszeiten zu erinnern.

»Wie bitte?«

Roberto fand, dass es am besten wäre, wenn die Herrin gute Miene zum bösen Spiel machte, um denjenigen, die den Fall ihres Hauses prophezeiten, den Wind aus den Segeln zu nehmen. Es sei sogar angebracht, sich häufiger als sonst in der Gesellschaft zu zeigen. Gerade heute Abend finde bei den Vendramin eine Akademie statt, bei der Violine gespielt würde.

Sein Argument klang überzeugend, doch seine leuchtenden Augen sprachen Bände. Wäre Ser Cesare anwesend gewesen, hätten er und seine Herrin schwerlich ausgehen dürfen, um sich zu vergnügen. Donna Soranza hatte begriffen. Ihr Kummer quälte sie sogleich weniger heftig.

»Sie haben völlig recht, Roberto«, pflichtete sie ihm mit einem schicksalsergebenen Seufzer bei. »Wir werden dafür sorgen, dass die bösen Zungen schweigen!«

Sie würde der Tragödie mutig begegnen, dachte sie und eilte davon, um sich ein auffälligeres, fröhlicheres Kleid anzuziehen.

Für die restlichen Mitglieder des Haushalts sollte ihre interessante Taktik allerdings nicht gelten. Bevor die Donna in ihrer persönlichen Gondel von dannen fuhr, verkündete sie der Dienerschaft, sie dürfe das Haus nicht verlassen. Die Fensterläden seien zu schließen und die Türen zu verriegeln. Die Sekretäre mussten drei Briefe an die abwesenden Söhne schreiben. Den für den zukünftigen Bischof adressierten sie nach Rom und den für den hohen Beamten der Republik nach Friaul. Den dritten vertrauten sie einem Lakaien an, der wusste, welche übel beleumundeten Orte gerade in Mode waren.

Die Zeit verstrich mit einer Trägheit, die zum Verzweifeln war. Niemand wusste so recht, ob er seiner normalen Beschäftigung nachgehen oder für alle gut sichtbar die allgemeine Bekümmernis teilen sollte. Die meisten Dienstboten blieben einfach sitzen, wo sie saßen, und warteten ab. Als es Nacht geworden war, gemahnte ihre Versammlung an eine Leichenwache.

Beim Klang der Glocke am Gartentor zuckten alle zusammen. Wer konnte zu so später Stunde Einlass begehren? Loreta sollte nachsehen. Sie nahm eine Kerze und war bereits auf dem Weg durch den kleinen Garten, als die Glocke ein zweites Mal schepperte.

Ein junger Mann erklärte mit schwerer Zunge, er habe den ganzen Weg vom Rialto zu Fuß zurücklegen müssen, weil er keinen Scudo mehr in der Tasche habe, um seine Fahrt zu bezahlen. Vergeblich habe er den Gondolieri versichert, man werde ihnen geben, was ihnen zustehe, wenn er erst einmal zu Hause sei. Keiner von ihnen hatte sich darauf einlassen wollen. Seine betrunkene Stimme verriet zur Genüge, was sie abgehalten hatte. Loreta hob die Augen zum Himmel. Die Eltern des jungen Mannes wären bestimmt entzückt darüber, dass er in seinem Zustand der Hälfte der *barcaroli* des Canal Grande die Ca' Civran als sein Ziel genannt hatte.

Leonora erriet mühelos, wen sie vor sich hatte. Es

konnte nur Zermanico, der verlorene Sohn sein, der als Einziger den Brief, der ihn über die Katastrophe in Kenntnis setzte, bereits erhalten haben konnte. Er war wohl bei einem galanten Fest gestört worden. Sein Hemd war falsch zugeknöpft, seine Weste saß schief und aus seinem Nackenzopf hatten sich Strähnen gelöst. Er stank nach Alkohol.

»Es ist sehr liebenswürdig von Ihnen, dass Sie herbeigeeilt sind, um Ihrem unglücklichen Vater Beistand zu leisten«, begrüßte ihn Leonora und machte einen Knicks.

Zermanico schien verwirrt zu überlegen, wer die unbekannte Schöne wohl sein mochte.

»Ich bin Ihre Schwester. Man wollte gerade meinen Heiratsvertrag unterzeichnen, als es zu dem Zwischenfall kam.«

An der Art, wie der Betrunkene verächtlich die Lippen schürzte, erriet Leonora, warum er sich bei der Vertragsunterzeichnung nicht hatte blicken lassen.

»In meinen Augen hängt Ihre Heirat an einem seidenen Faden, wie übrigens auch Ihr Anspruch, meine Schwester zu sein«, erwiderte Zermanico. »Entzückt, Sie kennengelernt zu haben, und eine gute Heimreise nach Vicenza.«

Er wollte von einem Lakaien wissen, wo seine Mutter diesmal den Schnaps versteckt hatte, und machte sich davon. Dass er sie nicht dabei unterstützen würde, die Freilassung seines Vaters zu betreiben, war Leonora inzwischen klar.

Da nur noch sie allein da war, um den Haushalt in

der Ca' Civran zu führen, beschloss sie, die Dinge in die Hand zu nehmen, wie sie es bei den Ursulinen gelernt hatte. Sie schickte die Köchinnen in die Küche, sie sollten die abendliche Suppe kochen. Sie bestimmte einen vertrauenswürdigen Diener, ein Auge auf Brüderchen Zermanico zu halten und möglichst zu verhindern, dass er sich in dem Salon mit den empfindlichen Tapeten übergab. Wenn er keinen Widerstand mehr leiste, sei er ins Bett zu schaffen. Ein weiterer Diener hatte die Aufgabe, eventuelle Neugierige zu vertreiben. Sie beruhigte die Dienerschaft und ließ das Haus so herrichten, als habe sich ein Trauerfall ereignet. Die Empfangsräume wurden geschlossen, die Möbel mit Tüchern verhüllt.

Ohne groß nachzudenken, hatte sie Leitung des Haushalts übernommen. Und als sie abends in ihr Zimmer zurückkehrte, stand sie trotz der Ereignisse wieder mit beiden Füßen auf der Erde. Die Verhaftung ihres Vaters veränderte ihr Leben noch nachhaltiger, als es eine gescheiterte Hochzeit getan hätte. Schlaf fand sie keinen, sie blieb einfach still in ihrem Bett liegen, während die Kerze auf ihrem Nachttisch langsam herunterbrannte.

Die große Uhr im ersten Stock hatte gerade zwei geschlagen, als Plätschern und laute Stimmen die Rückkehr der Donna ankündigten. Trotz ihres tiefen Grams war es ihr gelungen, sich in mehreren reichen Salons zu zeigen und zu amüsieren, als wäre nichts vorgefallen. Um keinen Zweifel an der Würde ihres Hauses zu lassen, hatte sie Karten gespielt und einen guten Teil des Geldes verloren, das sie sich aus der Schatulle ihres inhaftierten Gemahls geborgt hatte. Noch als ihre Gondel bereits an der Ca' Civran anlegte, konnte man sie hellauf lachen hören, so perfekt spielte sie der Welt vor, dass bei den dalla Frascada alles in Ordnung sei. Dann hörte Leonora, wie sie sich von jemandem verabschiedete und anschließend ein Liedchen summend die Treppe heraufkam. Wenige Minuten später drang lautes Schnarchen aus ihrem Zimmer. Sie musste sich mit allen Kleidern auf ihr Bett geworfen haben.

Am folgenden Morgen ließen sich sowohl Mutter als auch Sohn Mittel gegen ihren Kater geben. Als sie endlich zur Mittagsstunde ihre Gemächer verließen, hatten sie die verdrossenen Mienen aufgesetzt, die ihrer Lage angemessen waren.

Leonora, die seit den frühen Morgenstunden auf den Beinen war, setzte sie über das mit den Köchinnen beratene Menü in Kenntnis. Auf dem Küchenplan standen keine aufwendigen Gerichte, sondern schlichte, aber stärkend zubereitete Seezungen. Als Leonora sich anschickte, ihren Bruder zu bedienen, vergaß die Donna für einen Augenblick ihre Migräne und gab ihrer Freude darüber Ausdruck, dass sich die Geschwister so gut verstanden. Zermanico, dessen Schädel sich anfühlte, als stecke er in einer Schraubzwinge, antwortete mit einem unverständlichen Gemurmel und einer Grimasse. Zu einer anderen Antwort war er außerstande.

Für häusliche Fragen interessierte sich die Donna nun nicht mehr. Den Teil ihrer Zeit, den sie nicht darauf verwendete, ihren Kummer zu pflegen, nahmen ihre gesellschaftlichen Verpflichtungen in Anspruch.

Stillschweigend hatte sie Leonoras Status als Haushaltsvorstand bestätigt. Es war die angenehmste Stellung, die sich das junge Mädchen erhoffen durfte. Sie hatte gleich zwei Klippen umschifft, das Kloster und die Ehe. Es störte sie nicht, dass ihre neue Rolle ein wenig von beidem enthielt, denn zum einen überwachte sie einen Haushalt und zum anderen hatte sie niemanden an ihrer Seite. Um ihre Zukunft kümmerte sich nun niemand mehr. Im Übrigen ahnte sie bereits, dass sich die Verhältnisse in Venedig sehr schnell ändern konnten. Grübeln war verlorene Liebesmühe.

Sie war gerade damit beschäftigt, den Dienerinnen zu zeigen, wie man die Falten aus einem Kleid entfernte, so wie sie es bei den Ursulinen gelernt hatte, als ein Bote aus der *Signoria* eintraf. Er brachte für die Donna einen mit einer Kordel umwickelten, versiegelten Brief. Die Diener reichten ihn von einem zum anderen weiter, bis er bei Leonora, dem Cicisbeo Roberto und dann bei Zermanico angekommen war, der ihn schließlich seiner Mutter aushändigte.

»Er ist von meinem Gemahl!«, rief die Donna beim Lösen des Siegels.

Die gesamte Dienerschaft lag im Korridor auf der Lauer, als enthalte der Brief einen neuen Vers des Evangeliums mit der allerletzten Wahrheit.

Ser Cesare schrieb, er sei unter Wahrung aller Rücksichten auf seinen Rang zum Dogenpalast geleitet worden. Dort habe ihn der Doge persönlich empfangen und ihm höchst schmeichelhafte Dinge gesagt, bevor er ihn in seine Gemächer führen ließ. Sein Zimmer sei sehr komfortabel. Der, wie er vermute, kurze Aufenthalt werde sicher nicht unangenehm sein.

Wenn man ihn so hörte, hätte man glauben können, er statte einem alten Freund einen Höflichkeitsbesuch ab. Als seine Gattin den Absatz erreichte, wo er von den Anschuldigungen sprach, die gegen ihn erhoben wurden, las sie schweigend weiter. Dabei verzerrte sich ihr Gesicht immer mehr.

»Das kann nicht sein«, sagte sie nach einigen Minuten. Dann reichte sie das Schreiben ihrem Sohn.

Sie verlangte ein großes Taschentuch, um ihr Gesicht darin zu bergen. Nachdem Zermanico mit dem Lesen fertig war, reichte er den Brief Roberto, der ihn seinerseits las. Der Cicisbeo war gerade fertig, als Donna Soranza in Ohnmacht zu fallen drohte. Roberto und Leonora holten schnell Riechsalz und Wein. Das Mädchen erkundigte sich leise, was Ser Cesare geschrieben hatte.

»Man beschuldigt ihn, bei der Ausübung des hohen Amts, das ihm der Große Rat übertragen hat, dunkle Geschäfte getrieben zu haben«, erwiderte der Cicisbeo. Auch er war beunruhigt und fragte sich, ob er nicht besser die Dame wechseln sollte.

»Und ist das so schlimm?«, fragte Leonora erstaunt, die eine Verschwörung gegen den Staat oder einen Mord erwartet hatte.

Der Blick, den ihr Roberto zuwarf, gab ihr das Gefühl, etwas begriffsstutzig zu sein.

»Ser Cesare ist in einer äußerst üblen Lage. Sollte er sich irgendwie aus der Affäre ziehen, wird es heißen, niemand in Venedig sei raffinierter als er, und alle werden ihm aus dem Weg gehen. Man muss sein Schäfchen ins Trockene bringen, *ohne* dass es jemand merkt. Ihrem Vater hingegen ist das denkbar Schlimmste zugestoßen: Er steht im Rampenlicht.«

Leonora fragte, mit welchem hohen Amt er denn betraut sei, und erfuhr, dass er der *Provveditore* für die Kanalreinigung war.

»Er entfernt den Schlick, wenn Sie so wollen«, brachte Roberto die Tätigkeit Ser Cesares auf den Punkt. »Die Bagger werden im Augenblick im Stadtteil Cannaregio eingesetzt. Dort können Sie sie sehen, wenn Sie wollen.«

Die venezianischen Edelleute teilten die einzelnen Verwaltungsaufgaben untereinander auf. Die des Ser Cesare mochte im ersten Augenblick zum Lachen reizen, war aber für das Überleben der Stadt unabdingbar. Der *Provveditore* für die Instandhaltung der Kanäle hatte entscheidenden Einfluss auf eine Vielfalt von Arbeiten, die mit der Reinigung Hand in Hand gingen. Dabei ging es um beträchtliche Summen. Aber für den Augenblick musste sich Leonora erst einmal mit dem Gedanken anfreunden, dass ihr Vater eine Art oberster Kanalreiniger war.

Sie beschloss, vor Ort festzustellen, worin die wichtige Aufgabe bestand, die dem dafür Verantwortlichen einen Zwangsaufenthalt beim Dogen eingebracht hatte. Sie würde etwa eine gute Stunde Zeit haben, bis man sich von der Aufregung des Briefes erholt hatte und wieder ihre Dienste verlangte.

Auch wenn sie wenig Ahnung davon hatte, welche

Regeln für ein Mädchen galten, das sich außerhalb des elterlichen Hauses bewegte, wusste sie immerhin, dass die Töchter der guten Gesellschaft nicht ohne Anstandsdame in der Stadt umherwanderten. Als sie ihren Lehrer in einer Gondel an der Freitreppe anlegen sah, eilte sie zu ihm, damit er seinen Gondoliere nicht fortschickte.

»Sie werden heute lernen, wie Sie die Besucher zu empfangen haben, die Ihnen Glück zu Ihrer Vermählung wünschen wollen«, kündigte er ihr an, kaum dass er den Fuß auf die erste vom Kanalwasser feuchte Marmorstufe gesetzt hatte.

»Und Sie werden mir heute beibringen, wie sich ein Mädchen aus gutem Hause auf der Straße zu benehmen hat«, erwiderte Leonora und erklärte ihm dann, dass die Hochzeit abgeblasen sei.

»Wie ärgerlich …«, murmelte Monsieur Emile in Gedanken an die Zuwendungen, die ihm nun durch die Lappen gehen würden.

Da er keine Einwände erhob, machte Leonora sogleich Anstalten, in die Gondel zu steigen. Statt ihr zu helfen, betrachtete der Gondoliere sie erstaunt, ohne sein Tau loszulassen. Und auch ihr Anstandslehrer wäre kaum sprachloser gewesen, wenn sie nackt gewesen wäre.

»Nicht so eilig, mein Kind! Sie brauchen Handschuhe, einen Fächer und eine *cinda*!«

Er packte sie bei der Hand und zog sie aus der Gondel ins Haus zurück. Dort blickte er sich suchend um. Loreta, die sich nicht mit der Wäsche befasste, wie es ihre Aufgabe gewesen wäre, sondern auf einem Stuhl saß und sich kühle Luft zufächelte, musste sich von ihrem Fächer trennen. Auf der Konsole lagen ein Paar Handschuhe, die Donna Soranza am Vorabend dort liegen gelassen hatte. Blieb noch die Haube. Monsieur Emile entdeckte ein Spitzendeckchen. Er zog es unter einer Vase hervor und legte es seinem Schützling auf den Kopf.

»Das dürfte eine wunderbare Haube abgeben. Wenn nicht, haben Sie eine neue Mode kreiert.«

Es zieme sich nicht für Edelleute, außerhalb des Hauses mit unbedecktem Kopf zu erscheinen. Die adeligen Damen trügen eine Kopfbedeckung aus Spitze, erläuterte er ihr.

Als sie endlich in der Gondel saßen, äußerte Leonora den Wunsch, nach Cannaregio zu fahren, man habe ihr das Viertel empfohlen.

»Eine ausgezeichnete Wahl«, lobte Monsieur Emile. »Nirgendwo in Venedig ist es ruhiger als in Cannaregio. Niemand fährt dorthin, es sei denn, er muss jemanden besuchen. Und da in dem Stadtteil kaum jemand von Stand wohnt, fährt man selten dorthin. Wir werden nicht gestört werden.«

Sie fuhren unter dem Ponte di Rialto durch und bogen dann in einen Seitenkanal, der in den nördlichen Stadtteil führte. Während ihre Gondel Umwege fuhr, lauschte Leonora den unerschöpflichen Ratschlägen Monsieur Emiles. Irgendwann wollte sie dann aber doch endlich das sehen, was sie suchte, und hörte den eintönigen Anweisungen nur noch mit halbem Ohr zu. Ihr Lehrer hatte recht gehabt, in Cannaregio gab es wirklich nichts Besonderes, wenn man einmal davon ausging, dass es überhaupt einen Teil Venedigs gab, der nicht etwas Besonderes gewesen wäre. Schmucklose, meist ältere Häuser standen an rechtwinkelig angelegten Kanälen, die von Zeit zu Zeit von kleinen Naturstein- oder Ziegelsteinbrücken überspannt wurden.

Hier herrschte nicht das muntere Treiben der Händler und Fischer, die man in San Polo sah, das Kommen und Gehen der Arbeiter auf den Werften in Castello oder, wie in San Marco, das Gewimmel von Leuten, die gesehen werden wollten. Cannaregio war nichts weiter als schön, friedlich, harmonisch und wurde von Bürgern ohne Ambitionen bewohnt. Leonora, die wenig Neigung verspürte, die poetische Gegend auf sich wirken zu lassen, störte es, dass sie nirgendwo eine Maschine zur Entfernung von Schlamm erblickte. Sie befragte den Gondoliere:

»Werden in dieser Gegend nicht gerade die Kanäle gereinigt?«

»In der Tat, Signorina. Ich habe mich bemüht, der Maschine fernzubleiben, wir hätten nicht an ihr vorbei gekonnt.«

Sie bat ihn, an die Stelle zu fahren, wo gearbeitet wurde. Monsieur Emile unterbrach seine Litanei und meinte erstaunt:

»Es ist wirklich kurios. Andere in Ihrem Alter wollen ins Theater gehen. Sie hingegen wollen sehen, wie man den Dreck aufsammelt. Ich hoffe, dass es mir rasch gelingt, Sie von Ihren Eigenheiten zu kurieren.«

Einige Zeit später versperrte in der Tat ein Floß mit einem merkwürdigen Gestell den Weg. Leonora stand auf, um es besser sehen zu können. Man hörte den unangenehmen Lärm von Ketten und ein Schaben. Der Gondoliere hob hilflos die Schultern.

»Ich habe Sie gewarnt, es ist unmöglich, daran vorbeizukommen.«

»Dann machen Sie kehrt«, befahl Monsieur Emile mit gerunzelten Brauen. »Dieses *tintamarre«*, sagte er und gebrauchte das französische Wort, »macht mich ganz nervös.«

Er hatte seinen Satz noch nicht beendet, da sprang sein Zögling ans Ufer.

»Ein Mädchen aus gutem Hause springt nicht aus einem Boot wie eine Fischhändlerin!«, hörte sie ihn hinter sich jammern. Sie näherte sich dem Floß.

Es wurde überragt von einer sehr langen, mit Gelenken versehenen Stange, an deren Ende von Zeit zu Zeit ein geschlossener Kasten auftauchte, den man in eine Barke leerte.

»Guter Mann!«, rief Leonora und gab demjenigen ein Zeichen, der nichts tat und den sie deshalb für den Verantwortlichen hielt.

Alles andere als zufrieden, war Monsieur Emile auch aus der Gondel geklettert.

»Ein junges Mädchen aus gutem Hause spricht auf der Straße keine Leute an. Vor allem richtet sie nicht das Wort an Kanalarbeiter. Erinnern Sie sich an die gesellschaftlichen Stufen? Hier stehen Sie«, sagte er und streckte seine Hand so hoch er konnte, »und die dort, die sind hier!«, schloss er seinen Tadel, die Hand am Knie.

Da nur die Männer ihr genau erklären konnten, wie ihre Maschine arbeitete, und nicht ihr Perücken tragender Lehrer, dauerte es nur eine Sekunde, bis Leonora sich entschlossen hatte, die gesellschaftlichen Konventionen über Bord zu werfen.

»Verraten Sie ja nicht Ihren Namen!«, hauchte ihr Monsieur Emile noch zu, während Leonora bereits auf dem Weg zum Vorarbeiter war.

»Ich bin die Tochter des Nobiluomo Ser Cesare dalla Frascada«, verkündete sie.

Der Mann nahm die Mütze ab und entbot ihr einen Gruß.

»Es heißt, es gäbe Probleme mit der *Signoria*«, meinte er dann.

Beinahe hätte Monsieur Emile ihn gerügt, ein Arbeiter stelle einem Mädchen aus gutem Hause keine Fragen, hielt sich aber zurück.

»Nichts Ernstes, kein Anlass zur Besorgnis«, erklärte Leonora freimütig.

Sie bewunderte die Maschine und bat den Mann, ihr zu erklären, wie sie funktionierte. Der Vorarbeiter hatte es noch nicht erlebt, dass sich ein junges Mädchen für seine Maschine interessierte, und ging zuvorkommend auf ihre Bitte ein. Der Ausleger wurde an einem Ende über eine Winde durch Zahnräder bewegt. Beim Drehen hob oder senkte die Winde den Ausleger, an dem ein Eisenkasten befestigt war. Berührte der Kasten den Grund des Kanals, schabte er den Schlick ab und schloss sich, wenn er voll war, mit einer Klappe. Man hob die Stange mit Hilfe der Winde hoch, öffnete den Kasten über der Barke und ließ den Schlamm herausrutschen. Der Vorarbeiter erklärte ihr, dass die Venezianer mit gigantischen Erdarbeiten die

Flüsse, die in unmittelbarer Nähe der Stadt in die Lagune mündeten, umgeleitet hätten, um das Wachstum von Algen und Schilf zu verhindern. Leider habe man dann festgestellt, dass durch die Strömung der Flüsse der Sand weggespült worden sei. Daher müsse man nun von Hand machen, was vorher die Natur besorgt habe.

Viel gewonnen hat man also nicht, dachte Leonora. Etwas Gutes scheint immer auch etwas Schlechtes zur Folge zu haben.

Monsieur Emile hielt es nicht länger an seinem Platz.

»Sie scheinen sich nicht darüber im Klaren zu sein, was Sie da tun«, zischte er Leonora ins Ohr.

Man hätte meinen können, sie sei verführt und sitzen gelassen worden und habe nun ihren guten Ruf auf immer verloren. Monsieur Emile ließ seinen Blick umherschweifen. Glücklicherweise war das Viertel tatsächlich so einsam, wie er behauptet hatte, und der Maschinenlärm hielt ihnen etwaige Schaulustige vom Leib. Mit ein wenig Glück würde Leonoras Entgleisung ohne Folgen bleiben.

Zwei Schiffe folgten dem Bagger. Eines nahm den Schlamm auf, das andere die Gegenstände, die man bei der Reinigung fand. Leonora wollte auch dieses Schiff aus der Nähe sehen.

»Ein junges Mädchen aus guter Familie betritt keinen Ort, der nicht sauber ist«, kreischte Monsieur Emile, als sie dem Vorarbeiter die Hand reichte, um auf das Boot zu steigen.

Die Arbeiter hatten ihre Fundstücke grob sortiert in mehrere Kisten geworfen. Man trennte Dinge, die noch etwas wert waren und die man verkaufen konnte, vom Abfall. Den Erlös teilte man sich.

»Es riecht hier schrecklich schlecht«, beklagte sich Monsieur Emile, ein Taschentuch vor der Nase.

»Das ist der Schlick!«, bestätigte der Arbeiter mit einem Schulterzucken.

Leonora beugte sich über die Kisten. In der ersten lagen alte Küchengeräte und eine Kassette mit Schuhschnallen, von denen einige aus Silber sein mochten. Die zweite enthielt alte, verschimmelte Schuhe und anderes wertloses Zeug. Ihr Anstandslehrer schauderte, als Leonora einen schmutzigen Gegenstand in die Hand nahm.

»Und diese Knochen?«, fragte sie.

»Reste vom Metzger«, meinte der Arbeiter. »Es kostet eine Gebühr, die Kadaver abholen zu lassen. Die Gauner schmeißen die Schweineknochen einfach in die Kanäle.«

»Tatsächlich?« Sie hielt einen Unterkieferknochen hoch, der nicht nach Schwein aussah. »Die venezianischen Schweine lassen sich also Goldzähne machen?«

Der Arbeiter sah sich den Kiefer aus der Nähe an. Leonora hatte beim Abwischen einen glänzenden Zahn freigelegt, welcher der Aufmerksamkeit seiner Leute entgangen sein musste, da der Kiefer so verschmutzt gewesen war.

Der Mann schien verärgert, weil die Nachlässigkeit seiner Untergebenen beinahe dazu geführt hätte, dass ihm ein kleiner Gewinn entgangen wäre.

»Müssen diese Reste nicht von jemandem begutachtet werden?«, erkundigte sich Leonora.

Sie war überzeugt, dass man kurzen Prozess mit den Knochen gemacht hätte, wenn sie nicht zufällig aufgekreuzt wäre.

»Das wäre ganz sicher der Fall gewesen, wenn die zuständige Person nicht im Augenblick selbst Gegenstand einer Begutachtung wäre«, erwiderte der Mann bissig. Da der *Provveditore* verhindert sei, fügte er hinzu, werde die Überprüfung der Knochen ihren Gang nehmen, was bedeute, durch alle Instanzen gehen, die an einer solchen Entdeckung beteiligt seien.

Als da wären die Kanalreinigung, da deren Männer die Knochen gefunden hatten, aber auch die Wasserverwaltung, die Wassersicherheitsbehörde, die Kriegsmarine, der Rat des Stadtviertels Cannaregio, der Abt der Brüderschaft, deren Wände an den Kanal stießen, und, wenn alles seinen rechten Gang ginge, natürlich zu guter Letzt auch die Gendarmerie.

»In dieser Stadt werden geheimnisvolle Verbrechen nicht gerade häufig aufgeklärt«, stellte Leonora fest.

»Hier werden aber auch sehr wenige Verbrechen begangen«, konterte der Vorarbeiter. »Hier kennt jeder jeden. Fremde Störenfriede fallen auf, und wegen des Wassers kann niemand so leicht fliehen. Das macht Venedig zur friedlichsten Stadt der Welt.«

Eine friedliche Stadt, wo man Knochen ausgräbt wie in den römischen Katakomben, sagte sich Leonora.

»Wer das wohl war?«, fragte sie bei einem erneuten Blick auf das graue Stück Gebein.

»Irgendein Halunke, dem seine Kumpanen einen Strick gedreht haben«, vermutete der Vorarbeiter, den nur interessierte, wie wohl der Goldkurs bei den Wechslern auf dem Ponte di Rialto stand.

Leonora sortierte noch immer die Knochen.

»Wenn dem so wäre, dann müssten es mehrere vom Pech verfolgte Halunken gewesen sein. Ich kenne niemanden, der drei Schienbeine hätte«, sagte sie und schwenkte drei schlammige Knochen von beträchtlicher Länge.

Sie hielt sie ihrem Lehrer ans Bein, um sich eine Vorstellung von der Körpergröße der Verstorbenen zu machen. Monsieur Emile machte einen Satz nach hinten.

»Ein Mädchen aus guter Familie fasst keine schmutzigen Gegenstände an, von denen man nicht weiß, wem sie gehören! Das einzig Gute an diesem Ausflug ist, dass Sie nun wissen, was Sie von jetzt an unter keinen Umständen mehr machen dürfen.«

Als Leonora endlich einlenkte und in ihre Gondel stieg, verteilte Monsieur Emile einige Münzen an die Arbeiter.

»Ihr habt uns nicht gesehen, wir sind nie hierhergekommen, ihr kennt uns nicht …«

»Sehr wohl, Signor de Rofiniac. Die Wünsche der Tochter Ser Cesares sind uns Befehl«, erwiderte einer von ihnen, den der Anstandslehrer am liebsten in seinem verseuchten Nebenkanal ertränkt hätte.

Der Franzose ließ die Gelegenheit, seiner Schülerin zu zeigen, wie man richtig in eine Gondel steigt, nicht ungenutzt verstreichen. Er reichte ihr die Hand und bedeutete ihr, dass sie mit der anderen leicht ihr Kleid raffen und dabei aufpassen müsse, es nur bis zum Knöchel zu heben. Bei diesem gefährlichen Manöver wäre Leonora beinahe ins Wasser gefallen. Als sie wieder in der Gondel saßen, einigten sich Lehrer und Schülerin auf eines: Die wahre Lektion dieses Abenteuers bestand darin, dass Leonora alles andere als ein Mädchen wie alle anderen war.

»Dennoch gebe ich die Hoffnung nicht auf, dass mein Unterricht aus Ihnen eine junge Dame von Stand machen wird.«

Seine Schülerin hingegen hoffte, dass sie so blieb, wie sie war.

VII

Glücklicherweise schmollte Monsieur Emile auf der Heimfahrt, und so konnte Leonora ungestört über die Bedeutung ihres Fundes nachdenken. Ein Fund, der für die Kanalarbeiter offenbar keine Rolle zu spielen schien. Dennoch war es wohl kaum alltäglich, menschliche Überreste in den Kanälen der Stadt zu finden. Konnte es einen Zusammenhang geben zwischen der Verhaftung von Cesare dalla Frascada und ihrem gruseligen Fund? War es möglich, dass man ihren Vater unter einem Vorwand angeklagt hatte? Wollten ihn die Mörder aus dem Weg schaffen? Leonora beschloss, den Dingen selbst auf den Grund zu gehen. Sie konnte diese Sache nicht einfach den unergründlichen venezianischen Ämtern überlassen. Wenn sie ihrer Familie helfen wollte, musste sie sich mit den Leuten gut stellen, die imstande waren, entsprechende Nachforschungen anzustellen. Ohne Geld würde sie in Venedig allerdings nicht sehr weit kommen, so viel hatte sie bereits begriffen. Es hieß also, sich erst einmal die nötigen Mittel zu verschaffen.

Der Gondoliere brachte seine Fahrgäste zur Ca' Civran, vor deren Freitreppe eine ganze Flotte Privatgondeln angebunden war. Die wartenden Gondolieri taten sich an *ossi da morto* gütlich, einem Mandelgebäck in Form eines Knochens, das von den Dienern des Hauses unter ihnen verteilt worden war. Offenbar war endlich jemand gekommen, um der Hausherrin in ihrer schwierigen Situation beizustehen.

Als Leonora den Fuß auf die feuchte Schwelle der Ca' Civran setzte, drangen ungewohnte Klänge an ihr Ohr. Lachen, laute Stimmen und Tanzmusik waren zu hören. Herren und Damen gingen an ihnen vorbei, silberne Pokale in der Hand, ganz so, als hätten sie das Haus erobert. Die Diener schwirrten umher, beladen mit Tabletts und dickbauchigen Korbflaschen.

»Ob sie wohl feiert, dass sie bald Witwe sein wird?«, fragte der Franzose mit vorwurfsvoll geschürzten Lippen.

Leonora ließ ihn in der Eingangshalle zurück und stieg die breite Marmortreppe empor. In der Etage mit den Empfangsräumen stellte sie fest, dass man den großen Salon wieder geöffnet und die Abdeckungen der Möbel entfernt hatte. Im zentralen Treppenhaus spielten Musiker. Durch die weit geöffnete Flügeltür sah sie aufgeputzte, stark gepuderte Leute mit Schönheitspflästerchen. Sie umstanden fröhlich plaudernd die vergnügte Gastgeberin. Kaum erblickte die Donna ihre Stieftochter, legte sie die Hände zusammen und wies auf das junge Mädchen, als käme es von einer langen Reise zurück.

»Ach! Mein Kind!«

Dann wandte sie sich an einen Geck, dessen Perücke so aufgeplustert war, als brüte eine Gans auf seinem Kopf.

»Sie müssen wissen, dass sie noch zu verheiraten ist. Mein Mann hatte ihr ein trauriges Schicksal mit einem der unerfreulichen Söhne unseres Nachbarn von gegenüber zugedacht, aber die Verlobung ist ins Wasser gefallen, dem Himmel sei Dank! Machen Sie das Beste daraus, meine Tochter! Suchen Sie sich hier ein paar nette Kavaliere aus. Es wird den Herren ein Vergnügen sein, Sie glücklich zu machen!«

Leonora zweifelte keinen Augenblick daran, dass ihre Mutter dies selbst auch schon getan hatte. Sie holte tief Luft. Das war nicht der Moment, um schüchtern zu sein!

»Ich bin gekommen, um Sie alle darüber in Kenntnis zu setzen, dass Cesare dalla Frascada von sämtlichen Anschuldigungen freigesprochen wurde«, erklärte sie mit fester Stimme. »Er hat soeben den Dogenpalast verlassen und ist auf dem Weg nach Hause.«

Die Unterhaltungen verstummten, und die Nachricht breitete sich aus wie ein Lauffeuer. Wenig später verabschiedeten sich die »trauernden« Gäste von der Donna und verließen eilig das Haus. Man hörte noch das erstickte Lachen und Geflüster jener, die warten mussten, bis sie in ihre Gondel steigen konnten. Auch Zermanico war mit der Flut der Aufbrechenden hinweggetragen worden, nur der Cicisbeo der Donna war noch da. Er hatte alle Hände voll zu tun, um gemeinsam mit den Dienern die Spuren des Festgelages zu beseitigen. In Donna Soranzas Zügen spiegelte sich Furcht.

»Ach, mein Gott! An die Fenster! Wenn er jetzt käme, wäre ich verloren!«

»Fürchten Sie nichts, Mutter«, beruhigte sie Leonora. »Mir war gleich aufgefallen, dass die vielen Menschen Ihnen zur Last fielen. Deshalb habe ich mir eine kleine List erlaubt, um die Störenfriede zu vertreiben und Ihnen zu Ihrer wohlverdienten Ruhe zu verhelfen.«

Donna Soranza war zum Glück so sehr darüber erleichtert, sich nicht ihrem Gatten erklären zu müssen, der immer noch hinter den Mauern des Dogenpalastes schmorte, dass sich ihr Zorn in Grenzen hielt. Außerdem war sie von dem köstlichen Pinot Grigio, den sie hatte servieren lassen, derart benebelt, dass sie keinen klaren Gedanken fassen konnte. Sie begnügte sich damit, ihrer Stieftochter ein paar Klapse mit dem Fächer auf den Arm zu geben. Roberto ließ sich in einen Sessel fallen. Er warf der Schwindlerin einen Blick zu, aus dem die Mordlust sprach. Um sich von dem Schreck zu erholen, führten sich die Donna und ihr Kavalier noch ein weiteres Glas Wein zu Gemüte.

Leonora versuchte derweil, ihrer Stiefmutter die prekäre Lage, in der sie sich befand, klarzumachen.

»Sie können sich noch so zuversichtlich geben, die bösen Zungen werden es schließlich doch auf Sie abgesehen haben. Und wie steht es dann um Ihren Ruf? Meinem Vater können Sie vielleicht vormachen, dass Sie sich um seine Freilassung bemüht haben, wenn er lange genug inhaftiert bleibt. Doch die Leute werden Sie nicht schonen.«

Donna Soranza wechselte einen Blick mit Roberto. Dann kicherten beide in ihre spitzenbedeckten Ärmel. Leonora seufzte. Dann redete sie noch einmal eindringlich auf die beiden ein. Um sich vor den Vorwürfen ihres Mannes zu schützen, argumentierte Leonora, müsse die Donna Ser Cesare beweisen können, dass sie alle Hebel in Bewegung gesetzt hatte, um ihm zu helfen, egal, wie alles am Ende ausging.

Endlich drang das Licht der Erkenntnis durch den Alkoholnebel der Donna und ihres Cicisbeo, und sie waren von Leonoras Überlegung, die sie jetzt eines Machiavellis für würdig hielten, sehr angetan.

»Ich habe Sie unterschätzt, mein Kind. Mein Gatte hat wohl daran getan, Sie aus diesem schrecklichen Kloster zu holen. Wie wollen Sie vorgehen?«

Leonora erklärte, sie werde sich genauestens an die Anweisungen ihrer lieben Mutter halten.

»Ich befehle Ihnen also, alles zu tun, was Ihnen geeignet erscheint, unseren guten Ser Cesare zu befreien, der uns allen so sehr fehlt.«

Da erzählte Leonora ihnen von dem Knochenfund, den man gewiss in die Waagschale werfen könne. Die Donna und ihr Cicisbeo spitzten die Ohren. Was für eine originelle Geschichte! Hervorragend geeignet, ihre Zuhörer zu begeistern. Leonora müsse sie über jede prickelnde Neuigkeit auf dem Laufenden halten, befahl Donna Soranza.

Nun war der richtige Augenblick gekommen, die Hausherrin um Geld zu bitten. Leonoras Forderungen fand die Donna völlig angemessen, überschritten sie doch nicht einmal die Summe, die sie an zwei oder drei Abenden beim Pharaospiel ausgab. Es war erstaunlich wohlfeil, sich ein gutes Gewissen zu erkaufen, dachte sie mit einigem Behagen.

Als sich Leonora zurückzog, waren alle Beteiligten zufrieden. Nur Roberto saß gedankenverloren da.

»Befürchten Sie denn gar nicht, dass dieser Quälgeist Ihren Gatten tatsächlich aus dem Gefängnis holen könnte?«

»Das kleine Mädchen?«

Beide brachen in Gelächter aus.

In einem kleinen Salon des Zwischengeschosses tat sich Monsieur Emile an den Überresten des so jäh abgebrochenen Festmahls gütlich. Er lud Leonora ein, ihm Gesellschaft zu leisten. Sie setzte sich ihm gegenüber und stocherte beiläufig in den Köstlichkeiten herum, so wie er es ihr beigebracht hatte.

Leonora machte ihre Bestandsaufnahme. Sie musste wissen, woran sie war. Mit der Donna konnte sie nicht rechnen. Um ihren Kummer zu ertragen, betäubte sich ihre Stiefmutter offenbar in einem Wirbel von Vergnügungen. Ihre Bemühungen, vor der Gesellschaft gute

Miene zum bösen Spiel zu machen, waren so erfolgreich, dass man fast den Eindruck hatte, sie sei nie glücklicher gewesen. Das hieß, die ganze Last der Nachforschungen würde allein auf ihren, Leonoras, Schultern ruhen. Gleichzeitig war sie fremd in Venedig. Sie brauchte also jemanden, der diese einzigartige Stadt wie seine Westentasche kannte.

Als ihre Überlegungen so weit gediehen waren, teilte sie ihrem Lehrer mit, sie wolle herausfinden, warum genau man ihren Vater verhaftet habe.

Monsieur Emile wäre beinahe an dem Leckerbissen erstickt, auf dem er gerade kaute. Noch bevor er antworten konnte, fuhr Leonora fort, wie er wohl wisse, sei sein Unterricht hinfällig, da sich ihre Vermählung sowieso zerschlagen habe. Allerdings habe sie eine gut gefüllte Börse. Wenn er ihr bei ihren Nachforschungen helfe, könne sie ihm seine Unkosten erstatten. Die Veränderung seiner Miene beim Anblick ihrer Goldstücke war an jenem Tag Leonoras eindrücklichste Lektion über das Leben in Venedig. Dem Klingeln von Goldstücken widerstand keine Moral. Monsieur Emile versprach, ihr zur Seite zu stehen, es dürfe aber nicht bekannt werden, denn auch er habe einen Ruf zu verlieren.

»Aber zuallererst, wer sind *Sie?*«, fragte er mit inquisitorischem Blick.

Der Sinn seiner Frage entging seiner Schülerin.

»Sie wissen ja«, fuhr er fort, »dass sich ein adeliges Fräulein, die unverheiratete Tochter eines Patriziers, weder mit noch ohne Begleitung auf den Straßen herumtreiben darf.«

Leonora erklärte, dann werde sie sich eben vom Adel verabschieden, an den sie sich sowieso noch nicht gewöhnt habe. Monsieur Emile hob die Hände zum Himmel.

»Aber das löst doch nicht das Problem! Eine Bürgerstochter wird bei Edelleuten – und nur die haben die höchsten Ämter inne –, gar nicht vorgelassen! Es ist undenkbar, dass sie eine Audienz bei einem *Procuratore* oder *Provveditore* erhält!«

Er schnappte sich das erstbeste Zierdeckchen, das ihm in die Hände fiel, stellte das Mädchen vor den Kaminspiegel und legte ihm die Spitze auf das Haar.

»Das hier ist die Tochter des erlauchten Patriziers Ser Cesare dalla Frascada, die bei den Edlen empfangen wird, wenn sie sie in ihrer Gondel in Begleitung ihres Gefolges aufsucht.«

Er entfernte das Deckchen.

»Und das hier ist Leonora, die Waise aus Vicenza. Tochter des Volkes, deren Abstammung im Dunkeln liegt. Sie kann herumschnüffeln und sich unter die Leute mischen, ohne ihrem Rang zu schaden, denn sie hat keinen. Die beiden Personen kennen sich nicht, haben sich noch nie gesehen und werden sich nie begegnen. Sie leben nicht in derselben Welt.«

Leonora sah zu, wie er ihr mehrmals hintereinander die improvisierte Kopfbedeckung aufsetzte und wieder entfernte. Sie begann zwei junge Mädchen in dem Spiegel zu sehen. War sie nicht genau das? Zwei verschiedene Mädchen – in einem Körper? Zwei verschiedene Leben, zwei Schicksale, die unterschiedlicher nicht sein konnten, und sie wusste nicht, welches am Ende den Sieg davontragen würde.

»Sind Sie sich sicher, dass Sie diese Doppelrolle überhaupt spielen können?«, fragte Monsieur Emile, der plötzlich selbst an seiner Taktik zweifelte. »Für die meisten Menschen ist es schwierig, auch nur eine Rolle überzeugend zu spielen!«

Leonora musste daran denken, dass sie bei den Ursulinen in religiösen Stücken mitgemacht hatte. Sie war Jeanne d'Arc gewesen und Sara, die Frau Abrahams. Selbst Attila hatte sie gespielt, der die heilige Ursula mit einem Schwertstreich getötet hatte, nachdem er sie im Schatten der Stadtmauern von Köln erfolglos zu vergewaltigen versucht hatte. Sie konnte sehr gut in fremde Rollen schlüpfen.

Ohne Kopfbedeckung machte sie sich daran, die venezianische Aussprache zu imitieren, und verlangte lispelnd von einem Gondoliere, er solle sie nach San Marco fahren.

Dann setzte sie sich die Haube auf und sagte mit dem spitzen Akzent der Bewohner der Ca' Civran:

»Haben Sie den wunderbaren Barabarelli in San Benedetto gehört? Es gibt in der Serenissima genauso viele Chöre wie in Rom. Hätte er bei uns debütiert, hätte er nicht verloren, was ihm heute fehlt.«

Ihr Lehrer war beeindruckt.

»Die Ursulinen bringen Ihnen ja schöne Sachen bei! Nur mit dem Venezianischen hapert es noch! Lispeln allein genügt nicht. Damit machen Sie sich nur lächerlich. *Mon Dieu!*«, unterbrach er sich in der Sprache Molières. »Ich erteile Ihnen schon Unterricht darin, wie man vulgär ist. Welch ein Schlag für meine Selbstachtung!« Mit warnender Stimme fuhr er fort: »Venedig gehört zwar zu den größten Städten Italiens, ist aber dennoch ein Dorf! Nichts bleibt geheim, denn nichts interessiert die Venezianer mehr als der Tratsch. Man begeistert sich mehr dafür als für das Theater, und der Klatsch verbreitet sich schneller, als man seinen Kaffee getrunken hat.« Leonora müsse Wunder an Diskretion vollbringen, um die Sittenwächter nicht gegen sich aufzubringen und, vor allem, sich nicht von den allgegenwärtigen Spitzeln der *Inquisitori di Stato* entdecken zu lassen.

»*Inquisitori di Stato*? Allgegenwärtig?«, wiederholte Leonora. »Umso besser! Warum stelle ich dann überhaupt Nachforschungen an? Wenn es so ist, wird mein Vater bald von den Beschuldigungen, die man gegen ihn erhebt, freigesprochen sein.«

Dem schmerzlichen Gesichtsausdruck des Franzosen entnahm sie, dass sie wieder etwas nicht begriffen hatte.

»Das wäre der Fall, wenn die *Inquisitori di Stato* dazu da wären, Verbrecher zu fangen. Sie haben aber einen ganz anderen Zweck. Es gibt da etwas, was Sie augenscheinlich noch nicht wissen. Die Republik Venedig steckt viel Zeit und Geld in die Überwachung ihrer Bürger, vor allem derjenigen Bürger, die in das Goldene Buch der Stadt eingetragen sind. Es wird nicht gern gesehen, wenn jemand aus dem Rahmen fällt. Und mit dem, was Sie vorhaben, fallen Sie in der Tat aus jeglichem Rahmen! Wenn ich ehrlich sein soll, ich habe noch nie in meinem Leben jemanden kennengelernt, der so dreist ist wie Sie. Abgesehen von zwei oder drei Banditen, die nun in den *pozzi* logieren.«

Das junge Mädchen fand den Vergleich beleidigend.

»Ich habe weder vor, jemanden zu berauben noch gegen die Gesetze meines Landes zu verstoßen! Ich möchte nur ein Verbrechen aufklären und einen unschuldigen Edelmann aus der Haft befreien.«

»Das ist noch schlimmer!«, rief Monsieur Emile und warf wieder einmal die Arme hoch.

Aus welchem Grund auch immer sie das Haus verließe, als Tochter eines Adeligen müsse sie mindestens von einer standesgemäßen Dienerin begleitet sein.

»Gut«, meinte Leonora, »dann nehme ich eben Loreta mit.«

Loreta wollte zunächst nicht begreifen, inwiefern der extravagante Zeitvertreib ihrer jungen Herrin sie dazu veranlassen sollte, ihr bequemes Leben im Haus an den Nagel zu hängen.

Monsieur Emilie rieb diskret Daumen und Zeigefinger aneinander, um Leonora an ein gewisses unwiderlegbares Argument zu erinnern. Und in der Tat, kaum hatte Leonora ihre Börse gezückt, erübrigten sich alle weiteren Worte. Einige Silberdukaten reichten Loreta als Erklärung.

»Für meinen Herrn tue ich alles!«, verkündete sie und ließ die Geldstücke in der Tasche verschwinden.

Man bereitete sich vor, zu dritt auszugehen.

»Ein Greis mit weißer Perücke macht sich immer gut hinter einer jungen Dame und ihrer Anstandsdame«, feixte Loreta.

Monsieur Emile zog ein finsteres Gesicht. Er sei erst siebenundfünfzig Jahre alt.

»Genau wie mein Papa!«, rief die Dienerin sehr zum Missvergnügen des Franzosen.

In der Eingangshalle wandte sich Leonora zum Garten. Sie wollte das Haus durch die Pforte zur *calle* verlassen. Ihr Mentor hieß sie stehen bleiben.

»Einen Augenblick! Es macht sich doch die adelige Demoiselle dalla Frascada auf den Weg und nicht die arme Waise? Die Venezianerin aus gutem Haus muss in eine Gondel steigen, die Straße ist nur für das Volk.«

Er führte sie zur anderen Seite des Hauses und rief den Gondoliere herbei. Sie saßen dicht an dicht auf der schmalen Bank der Gondel und ließen sich von der Dünung wiegen, als Leonora plötzlich fragte, an welchem Tag der Doge Grimani seinen Empfangstag halte. Ihre Gefährten verdrehten die Augen. Pietro Grimani war seit zehn Jahren tot, die Dogen hatten keinen Empfangstag und empfingen auch niemanden privat.

»Mein Güte, Sie haben ja wirklich gar keine Ahnung«, sagte Loreta. »Sie sind nicht von hier und bilden sich ein, etwas erreichen zu können?«

Sich ihrer Lücken bewusst, beschrieb Leonora, wer ihr helfen könnte: jemand, der über alles auf dem Laufenden war, der überall verkehren konnte, der sich zu helfen wusste und daraus Kapital zu schlagen bereit war. Die Antwort ihrer Gefährten kam wie aus der Pistole geschossen:

»Sie brauchen einen Höfling!«, rief die Dienerin, und Leonoras Anstandslehrer nickte zustimmend.

Da das wieder einmal ein Gebiet war, auf dem sich eine Klosterschülerin aus Vicenza nicht auskennen konnte, klärte man Leonora auf. Die venezianischen Höflinge entstammten allen Klassen der Bevölkerung, bildeten aber ihrerseits sozusagen eine eigene Klasse, die trotz ihrer mitunter angreifbaren Praktiken respektiert wurde. Unter den Höflingen befanden sich Kaufleute, Künstler, mittellose Adelige und auch Pfarrer ohne Gemeinden. Pfiffig und gewandt, hielten sie Augen und Ohren offen. Sie ließen keine Gelegenheit, die ihnen das bunte venezianische Leben bot, ungenutzt verstreichen. Sie halfen in allen Lebenslagen, hatten für jedes Problem eine Lösung parat und schafften es häufig, auch bei scheinbar hoffnungslosen Streitfällen einen Vergleich auszuhandeln. Ihre große Kunst bestand darin, sich jederzeit geschickt aus der Affäre zu ziehen.

»Der Demoiselle fehlt es nicht an Gold, die Höflinge werden Sie umschwärmen wie die Fliegen«, meinte Loreta und wandte sich dann an den Franzosen. »Sie kennen doch sicher eine geeignete Person?«

Monsieur Emile entrüstete sich: Es vereinbare sich nicht mit seiner Würde, mit Parasiten Umgang zu pflegen. In Wahrheit waren es seine beschränkten Mittel, die ihn davor genauso bewahrten wie vor den meisten Zerstreuungen Venedigs.

»In dieser Sache geben wir uns ganz in Ihre Hände«, erwiderte er der Dienerin. »Für Sie birgt das gemeine Volk mit Sicherheit keine Geheimnisse.«

»Nun aber langsam!«, entrüstete sich Loreta. »Ich achte auf meine Ehre und gebe mich nicht mit zweifelhaften

Leuten ab. Ich weiß, wo diese Leute zu finden sind. Mehr aber auch nicht!«

Sie wies den Gondoliere an, sie zur Piazzetta zu bringen. Dort erblickten sie unter den Arkaden des Dogenpalastes allerhöchste Staatsdiener, die zwischen zwei Sitzungen in scharlachroten Roben auf und ab wandelten.

»Wollen Sie etwa sagen, dass man diese mächtigen Herren kaufen kann?«, erstaunte sich Leonora.

»Gewiss doch, aber die sind nicht zu bezahlen«, antwortete Monsieur Emile. In der unmittelbaren Nähe der Piazzetta erstreckte sich die Wandelhalle der Adeligen. Zwischen deren Säulen standen Grüppchen von Herren in schwarzem Umhang. Es waren verarmte Edelleute, die ihre Stimme feilboten. Alle führenden Amtsträger der Stadt wurden nämlich vom Großen Rat gewählt, und jede Stimme war gleich viel wert. Eine erkleckliche Anzahl Edelleute lebte nur vom Verkauf ihrer Stimme.

»Ist es hier?«, fragte Leonora.

»Nein, das hier sind die Korrumpierten von hoher Geburt. Die anderen sind da hinten.«

Sie überquerten den Markusplatz mit seinen langen Arkaden, von denen aus man Zugang zu Läden und Kaffeehäusern hatte. Loreta führte ihre Begleiter zum nördlichen Wandelgang, dem der *Procuratie Vecchie,* der am Uhrturm seinen Anfang nahm.

Da flüsterte Monsieur Emile Leonora zu: »Hier sind wir im Revier der Füchse, die wir suchen; das Bindeglied zwischen der Regierung und den Kontoren der Kaufleute im Rialto. Mit anderen Worten: Hier finden Sie, was Sie suchen.«

An den kleinen Tischen vor den Schänken schlürften gut gekleidete Herren Wein. Es hatte den Anschein, als erwarteten sie einen Gast. Von Zeit zu Zeit gesellte sich tatsächlich jemand zu ihnen. Man unterhielt sich mit gedämpfter Stimme, nach einer Weile händigte der Ankömmling seinem Gesprächspartner etwas unter dem Tisch aus und verschwand wieder.

»Das hier ist die wahre Beschwerdestelle der Republik«, erklärte Monsieur Emile. »Die Beamten in ihren Amtsstuben tun nur so, als würden sie die Stadt verwalten. In Wirklichkeit werden die meisten wahrhaft schwierigen Fragen hier geregelt, auf diesem Pflaster, unter diesen Arkaden. Hier werden die wichtigen Entscheidungen gefällt, hier werden die Räder der Stadt geölt, die tausend Jahre auf dem Buckel haben und mehr denn je knirschen.«

»Hier sitzen die Berater für alle Lebenslagen«, bestätigte Loreta, »die besten Advokaten der Stadt. Vor Gericht erscheinen sie allerdings nie. Sie haben keine Zeit in den Fakultäten des Papstes verloren. Ihr Wissen haben sie sich auf den Straßen der Stadt angeeignet.«

Sie musterten diejenigen, die vor ihnen saßen. Einer, der mit seinen Falten und weißen Haaren auf den ersten Blick sehr weise aussah, döste vor sich hin, obwohl eine Unmenge Kaffeetassen auf seinem Tisch standen.

»Zu verlebt«, lautete Loretas Urteil.

Monsieur Emile sah einen anderen, der ihm geeignet erschien. Er sprach ihn an, wich dann aber schnell einen Schritt zurück.

»Der hat eine Fahne. Er kommt nicht infrage.«

Loreta wies auf einen Dritten, der ohne Hemmungen mit seiner Klientin flirtete.

»Der gefällt mir sehr.«

Monsieur Emile dachte nicht daran, ihre Wahl zu billigen.

»Niemals würde ich meine Schülerin zu einem Mann lassen, der einer Dame gegenüber solche Manieren zeigt.«

Als Nächstes sahen sie einen, der beim Kartenspiel das Geld verlor, das er gerade verdient hatte.

»Der dürfte unersättlich sein«, sagte Leonora, die sich durchaus darüber im Klaren war, dass ihre Mittel nicht unerschöpflich waren. »Er ist nicht zu zügeln, er hat die Gewalt über sich verloren.«

Einige Ursulinen in Vizenca mussten ihr Leben im Kloster verbringen, weil Vater oder Brüder ihre Mitgift verspielt hatten. Daher hegte Leonora eine tiefe Verachtung für dieses Laster.

So hatte ein jeder der drei an jedem Kandidaten etwas auszusetzen. Vor allem Monsieur Emile stieß sich am leisesten Anzeichen dessen, was er als vulgär bezeichnete. Loreta zischte ihn erregt an: »Herr im Himmel, wenn Sie einen Heiligen suchen, müssen wir ihn in der Basilika engagieren!«

Endlich erblickten sie einen annehmbaren jungen Mann. Er war keine dreißig. Sein Mantel war zerknittert, abgewetzt und ausgeblichen, aber sein Haar war gepudert, sein Hut auf seine Kleidung abgestimmt und die vergoldeten Schnallen seiner Lackschuhe ließen darauf schließen, dass er doch bis zu einem gewissen Grad auf sein Äußeres achtete. Er wusste anscheinend, worauf es ankam.

»Er macht keinen üblen Eindruck, in der Tat«, pflichtete Monsieur Emile der Dienerin bei. »Aber hat er auch Kunden?« Es beunruhigte ihn, dass der junge Mann ganz allein an seinem Tisch saß. »Wir wollen doch nicht ausgerechnet die einzige lahme Ente von allen erwischen, oder?«

Zufällig setzte sich in diesem Augenblick eine Dame zu dem jungen Mann. Sie schien ihm ein Problem darzulegen, denn sie redete lange auf ihn ein. Der Höfling hörte aufmerksam zu, war aber dessen ungeachtet ein guter Gastgeber, orderte eine heiße Schokolade und verscheuchte eine vorwitzige Taube, die sich zu sehr für die falschen Kirschen auf dem Hut der Dame interessierte. Als er seinerseits etwas sagte, lachte sie mehrmals schallend hinter ihrem Fächer.

»Er bringt sie zum Lachen«, bemerkte Monsieur Emile vorwurfsvoll. »Man weiß doch, was solche Männer im Schilde führen.«

»Aber er hält Distanz«, widersprach ihm Loreta. »Wollen Sie denn unbedingt einen ungehobelten Klotz, dessen Umgang unerfreulich wäre?«

»Er scheint mir Geld brauchen zu können«, meinte Leonora nach einem Blick auf seine rissigen Sohlen.

»Du liebe Güte! Wenn er genug Geld hätte, säße er nicht hier!«, erwiderte die Dienerin, leicht irritiert. »Er spielt allerdings«, sagte sie und zeigte auf einen Herzbuben, der aus einer Tasche seines Wamses hervorragte.

»Spielen tun sie alle«, meinte Monsieur Emile. »Sie

trinken, und sie machen den Damen den Hof. Prächtige Gesellschaft für ein junges Mädchen, in der Tat!«

In diesem Augenblick gingen einige lärmende junge Männer an ihnen vorbei, die von exzentrisch aufgemachten jungen Frauen begleitet wurden. Sie erregten die Aufmerksamkeit aller Anwesenden. Monsieur Emile, der gerade den venezianischen Höfling beobachtete, der noch immer mit seiner Kundin beschäftigt war, schien plötzlich etwas aufzufallen.

»Nehmen Sie den Mann!«, sagte er unerwartet im Brustton der Überzeugung zu Leonora.

Überrascht musterte Loreta den jungen Mann und bemerkte schließlich dasselbe wie Monsieur Emile.

»O ja, der da ist genau richtig. Ich schließe mich der Meinung von Signor Emilio an. Er hat eine gute Menschenkenntnis.«

»Ist er nicht ein wenig jung?«, fragte Leonora beunruhigt.

»Er ist bis ins Mark verdorben, und nur darauf kommt es an«, fiel ihr Monsieur Emile ins Wort, der ernst zu bleiben versuchte, während Loreta feixte.

Leonora willigte ein, ohne verstanden zu haben, warum die beiden sich ausgerechnet für diesen Höfling entschieden hatten. Es kam ihr suspekt vor, dass Monsieur Emile und die Dienerin auf einmal an einem Strang zogen, sie war aber nicht in der Lage zu erkennen, was die beiden vor ihr verbargen.

Kaum war die Dame gegangen, näherten sie sich dem jungen Mann und baten darum, sich zu ihm setzen zu dürfen. Man holte zwei weitere Stühle. Von Nahem, fand Leonora, hatte er wirklich sehr schöne Augen, grün mit langen schwarzen Wimpern. So einen schönen jungen Mann hatte sie schon lange nicht mehr gesehen. Allerdings waren ihr weder im Kloster noch in der Ca' Civran viele über den Weg gelaufen. Er wirkte nicht sehr habgierig, und die geschmeidige Art, wie er sich gab und bewegte, ließ auf eine gewisse gesellschaftliche Gewandtheit schließen.

Als Allererstes prüften sie seine Kenntnisse der venezianischen Verwaltung. Der Höfling zählte ihnen beinahe in einem Atemzug die wichtigsten der zahllosen Kommissionen auf, mit deren Hilfe die Stadt regiert wurde. Es konnte kein Zweifel daran bestehen, dass er sich in dem komplizierten Räderwerk des labyrinthischen Systems bestens auskannte. Als sie ihm nicht sagen wollten, welche Absichten sie verfolgten, umwölkte sich sein Blick. Mit einer kategorischen Geste erklärte er:

»Es ist mir unmöglich, in einer Angelegenheit tätig zu werden, die gegen das Gesetz verstößt.«

Der Augenblick für Argumente war gekommen. Leonora holte ein Goldstück aus ihrer Börse. Der strenge Blick des jungen Mannes wich einem wohlwollenden Lächeln.

»Es scheint sich um einen Fall zu handeln, der seinen Vertretern zur Ehre gereicht. Ich bin entzückt, einer so glänzenden Sache zu dienen.«

Das Einzige, was glänzte, war das Goldstück. Leonora war so klug, es wieder zurück in ihrer Börse verschwinden zu lassen. Der junge Mann sollte es sich erst verdienen. Um ihr Bündnis zu besiegeln, ließ er Erfrischungen bringen, dann stellte er sich vor. Er heiße Flamino dell'Oio und entstamme einer Familie der *Cittadini ordinarii*. Leonora hatte von der alten Klasse Venedigs gehört, die zwar nicht adelig war, aber nicht mit den Händen arbeiten durfte, wenn sie ihren Status behalten wollte.

»Das zwingt die Betroffenen im Allgemeinen zu recht zweifelhaften Notlösungen«, flüsterte Monsieur Emile seiner Schülerin ins Ohr.

»Die dell'Oio!«, rief Loreta. »Die kenne ich. Sehr ehrenhafte Leute …«

»Entsetzliche Familie«, hauchte sie ihrer Herrin zu. »Vollkommen ruiniert. Ihr Geld steckte in Venedigs zyprischen Kontoren. Es ist in die Hände der Türken gefallen. Eine Freundin hat bei ihnen gearbeitet. Sie ist gegangen. Ihren Lohn hat sie nie gesehen!«

Der Stammhalter der dell'Oio rühmte sich, bei einem bekannten Notar in die Lehre gegangen zu sein, bevor er mehrere Anstellungen als Schreiber innehatte. Sich um eine verantwortungsvolle öffentliche Aufgabe zu bewerben war zwecklos, weil sie allein den Adeligen vorbehalten waren. Er wäre sogar beinahe in den Dienst der Kirche getreten.

»Darf man fragen, was dazu geführt hat, dass Sie heute diesen schönen Beruf ausüben?«, erkundigte sich Monsieur Emile.

Dell'Oios verzweifelter Gesichtsausdruck passte zu einem Schicksal, wie es Tristan und Isolde erlitten hatten.

»Eine Liebesgeschichte«, gestand er, und seine schönen Augen umflorten sich.

Leonoras Herz schmolz dahin. Monsieur Emile und Loreta warfen sich einen Blick des Einvernehmens zu. Man nahm es zwar in Venedig nicht übergenau mit der Moral, doch verhinderte die öffentliche Toleranz nicht den privaten Ärger. Der Staat und die reichen Salons gingen stillschweigend über Dinge hinweg, die dennoch dazu führen konnten, dass man seine Stelle verlor oder von der Kirche an den Pranger gestellt wurde. Allerdings schien es Monsieur Emile noch zu früh, seine Schülerin in die Irrungen und Wirrungen der menschlichen Leidenschaften einzuführen.

Nachdem die Gefühle zu ihrem Recht gekommen waren, wollte der Höfling wissen, was genau man von ihm erwarte. Nach einer kurzen Beratung unter sechs Augen verkündete Monsieur Emile, Flaminio dell'Oio solle als Erstes eine Unterredung zwischen der Demoiselle und ihrem Vater bewerkstelligen.

»Da bin ich ganz in meinem Element«, beglückwünschte sich dell'Orio. »Familienzwiste sind meine Spezialität. Darf man erfahren, wie sich der Hochwohlgeborene nennt?«

Kaum hatte man ihm seinen Namen genannt, war die Begeisterung des jungen Mannes merklich abgeflaut. Jeder unter den Arkaden wusste, wer der Nobiluomo Ser Cesare dalla Frascada war. Und die Spatzen pfiffen von den Dächern, was ihm vorgeworfen wurde.

»Sie verlangen von mir, dass ich Ihnen Zugang zum Dogenpalast verschaffe? Zu einer der Kammern, in denen nur die schlimmsten Banditen untergebracht werden? Und dort wollen sie einen Häftling sprechen, der eines Verbrechens gegen den Staat angeklagt ist?«, fragte er.

Nachdem die drei genickt hatten, war er der Meinung, seine Zechine sehr wohl verdient zu haben, wenn sie wieder aus Leonoras Börse auftauchte.

Man verabredete sich für den Abend. Der Höfling begleitete sie bis zur Piazzetta dei Leoncini, als würde er sie an die Tür seiner Kanzlei bringen.

Leonora überlegte, dass ihre kleine Truppe teuer zu werden versprach. Wenn sie so weitermachte, hätte sie bald halb Venedig am Schürzenzipfel hängen. Es sollte allerdings nicht lange dauern, bis die weiteren Ereignisse ihr bewiesen, wie nützlich ein jeder von ihnen für sie war.

VIII

Das Amt der Kanalreinigung befand sich in der dritten Etage der *Procuratie* an der Piazza San Marco. Es war Nachmittag, und die Beamten, deren Aufgabe es war, Berichte zu sortieren, waren damit beschäftigt, die Papiere durchzusehen, die sich im Verlauf der Woche angesammelt hatten. Auf einem Tischchen lagen die ekelhaften Knochen, die die Arbeiter vorbeigebracht hatten, weil ihr Herr sich seit seiner Inhaftierung angeblich dafür interessierte. Normalerweise machte man nicht viel Aufhebens um Dinge, die von der Maschine ausgebuddelt wurden. Deshalb hatten sich die drei Beamten nach einer Begutachtung der sterblichen Überreste darauf geeinigt, die Knochen mit einem sibyllinischen Vermerk zu versehen und an das nächste Amt weiterzuleiten.

Eine Dienerin aus gutem Haus betrat die Amtsstube und kündigte ihre Herrin an, die auf dem Treppenabsatz wartete.

»Die Tochter des Nobiluomo Ser Cesare dalla Frascada gibt Ihnen die Ehre ihres Besuchs. Sie kommt im Namen und in Vertretung ihres Vaters. Sie soll überprüfen, ob die Ihnen obliegenden Aufgaben in seiner Abwesenheit ordnungsgemäß erledigt werden.«

Die venezianischen Beamten waren daran gewöhnt, den etwa vierzig Familien, die sie regierten, widerspruchslos zu gehorchen. Der Name ihres Dienstherren dalla Frascada war ein Sesam-öffne-dich, auch wenn der Anblick eines jungen Mädchens, das besser in ein Kloster oder an die Seite eines Ehemannes gepasst hätte, eine Überraschung für sie war. Sie lasen Leonora die Liste der kürzlich erledigten Aufgaben vor. Leonora hörte nur mit halbem Ohr hin und ließ ihren Blick in dem Zimmer umherwandern. Als sie die Knochen auf dem Tischchen entdeckte, stürzte sie sich wie ein Geier auf sie.

»Sind das nicht die Knochen von Cannaregio? Gut. Ich sehe, dass sie gewissenhaft von Ihnen untersucht wurden. Wie lautet Ihr Ergebnis?«

Es handele sich wohl um die uralten Gebeine eines Ertrunkenen, wohl um einen Säufer, der zu betrunken war, um sich zu retten, erwiderte man ihr. Die offizielle Theorie des Amts für Kanalreinigung laute, dass ein betrunkener Fischer in die Lagune gefallen und von den starken Meeresströmungen bis in die Stadt getrieben worden sei. Vermutlich sei er in den Pfählen hängen geblieben und im Laufe der Jahre verwest.

Das passte Leonora nun ganz und gar nicht ins Konzept.

»Ich gestehe, dass es mir schwerfällt, mich mit dieser Theorie anzufreunden«, erklärte sie den Männern mit gerunzelten Brauen.

Der erste Schreiber machte als guter Venezianer eine beredte Geste, mit der er zu verstehen geben wollte, dass sie sich wegen einer solchen Kleinigkeit nicht beunruhigen solle.

»Vielleicht fällt die Theorie unserer Kollegen mehr zu Ihrer Zufriedenheit aus. Erkundigen Sie sich im Amt für Unbekannte oder Unerwünschte Fremde, wie man dort die Angelegenheit beurteilt, oder beim Seezollamt, das den Fall anschließend bearbeitet!«

Sie habe nicht die Absicht, sich eine ganze Kollektion an den Haaren herbeigezogener Erklärungen anzuhören, die zudem nichts erhellen würden, erwiderte Leonora und fuhr fort:

»Deshalb habe ich beschlossen, mir gleich hier vor Ort eine eigene Meinung zu bilden!«, verkündete sie. »Treten Sie ein, Sior Bardese.«

Sie stellte den Anatom vor, den ihr Monsieur Emile vermittelt hatte. Das gebeugte, ganz in Schwarz gekleidete Männlein begrüßte die Anwesenden und hielt sich dann gleich sein Lorgnon ans Auge, um den Fund zu begutachten. Der Amtmann war entsetzt.

»Aber dieses Amt darf nicht von der Öffentlichkeit betreten werden!«

Leonora legte einen Finger auf die Lippen:

»Pst! Er kann sich nicht konzentrieren! Ich habe den berühmten Gelehrten kommen lassen, damit der reibungslose Ablauf Ihrer Arbeit gewährleistet ist.«

Der Anatom wollte wissen, wie denn die Theorie der anwesenden Herren laute. Als er die Geschichte des ertrunkenen Betrunkenen hörte, wedelte das Männlein mit dem Zeigefinger und meinte, dass man sich gewaltig auf dem Holzweg befinde.

»Das ist unmöglich!«, bekräftigte er noch einmal, ohne sich um die entrüsteten Blicke der Beamten zu scheren.

»Gut! Endlich kommen wir weiter«, pflichtete Leonora ihm bei.

Die Knochen stammten auf jeden Fall von mehreren Leichen, begann der Anatom. Nach der geringen Abnutzung der Gelenke und des Gebisses zu urteilen, mussten die Toten junge Männer gewesen sein. Er schätze ihr Alter auf zwanzig, höchstens dreißig Jahre. Die Knochen, meinte er weiter, könnten nur wenige Monate im Wasser gelegen haben.

Kaum hatte der Anatom alles gesagt, was er zu sagen hatte, und die Beamten schon Hoffnung geschöpft, die Heimsuchung hätte bald ein Ende, da bat Leonora einen weiteren Besucher einzutreten. Den Beamten kam es so vor, als sei das Treppenhaus eine Büchse der Pandora geworden. Leonora stellte den Hydrologen Gotti vor. Er war mit den Strömungen der Lagune vertraut und brachte die offizielle Seekarte auf den neuesten Stand. Auch er hatte seine Meinung zu dem Fall.

»Der Ort, an dem die sterblichen Überreste gefunden wurden, legt die Vermutung nahe, dass die Körper zwischen zwei Strömungen trieben. Ich glaube, dass die Betroffenen bereits tot waren, als sie ins Wasser fielen. Mit Sicherheit wurden sie alle im selben Moment in den Rio geworfen, denn sonst hätten die Strömungen sie in verschiedene Richtungen weggeschwemmt. Sie hätten sie sogar in Richtung Meer treiben können, und dann wären sie nie wieder gesehen worden.«

Hätte Gott es nur so gewollt!, dachte der Amtsvorsteher.

Der Hydrologe schloss seine Bemerkungen mit dem Hinweis, dass man sich erst über die Fundamente der Bauwerke in der Umgebung informieren müsse, um weitere Schlüsse ziehen zu können. Der Vorsteher stürzte sich auf die sich ihm bietende Gelegenheit. Er gab dem Eindringling die Adresse des Bauamts und des Katasteramts und wollte gerade seine unerwünschten Gäste hinauskomplimentieren, als es schon wieder klopfte.

Das Gesicht des Architekten Massario erschien in der Türöffnung. Massario, der die Gebäude im Viertel Cannaregio gut kannte, war in Begleitung des atemlosen Monsieur Emile gekommen.

»Ich habe schon gefürchtet, ihn nicht zu finden!«, keuchte der Franzose.

Die beiden Fachleute machten sich daran, den Weg, den die Leichen genommen hatten, zu rekonstruieren.

»Sie müssen wissen, dass die Strömungen in der Lagune eine Sache für sich sind«, erklärte Gotti. »In dieser Jahreszeit fließen sie in Richtung der Küste. Deshalb findet die großartige Maschine, die von diesem Amt eingesetzt wird, häufig Muscheln aus dem offenen Meer in ihren Schaufelkästen. Im Sommer hingegen hebt sie die schlecht abfließenden städtischen Abfälle aus.«

Einer der Beamten versuchte erneut darauf hinzuweisen, dass das Reglement der Verwaltung einen sehr strengen Paragraphen enthalte, demzufolge Besucher in den Amtsstuben verboten seien.

»Nun warten Sie doch!«, fiel ihm Leonora ins Wort. »Erst werden wir uns alle kundig machen. Ich erlaube mir, Sie daran zu erinnern, dass die Strömungen und die Bauweise der Gebäude zwei wesentliche Faktoren für die Reinigungsarbeiten in den Kanälen sind. Mein Vater wird Ihnen dankbar sein, dass Sie Ihrer Arbeit während seiner kurzen Abwesenheit mit Eifer nachgekommen sind.«

Die Beamten schluckten schweigend ihren Ärger herunter und hofften nur, dass aus ihrer Amtsstube kein Gasthaus wurde, in dem man bald Kaffee und Kuchen anbot.

Der Weg, den die Leichen genommen hatten, hing auch von den Gezeiten ab. Die leblosen Körper mussten dabei unter bestimmten Gebäuden hindurchgetrieben worden sein. Die Fachleute kamen zu einem Schluss, mit dem alle drei zufrieden waren.

»Hier hat man sie in einer Winternacht ins Wasser geworfen«, beendete Sior Massario den Gedankenaustausch und wies mit dem Finger auf eine Stelle des Stadtplans.

Alle beugten sich über den Tisch und nickten mit dem Kopf. Leonora begriff nichts.

Die drei Fachleute hatten auf das Hospital Pio luogo degli Incurabili gezeigt. Es lag am Kai der Zattere im Viertel Dorsoduro und war eine Institution der Serenissima für bedürftige chronisch Kranke. Das Hospital verfügte über eine Kirche mit Kreuzgang und lag abseits vom Trubel des Canale della Giudecca. Die Kranken kamen in den Genuss der Sonne, da das Hospital nach Süden ausgerichtet war. Sie wurden dort auf Kosten der Serenissima gepflegt, und so mancher hielt sich bis zu seinem Tod in dem Krankenhaus auf. Der Hydrologe Gotti vermutete, dass die Knochen von Amputationen stammten. Die Stücke seien vielleicht von streunenden Hunden gestohlen worden, die sie dann irgendwo liegen gelassen hätten, so dass sie bei Hochwasser weggeschwemmt worden seien.

Der Anatom Bardese hob ein zweites Mal verneinend den Zeigefinger.

»Es lassen sich aber weder Säge- noch Beißspuren feststellen.«

In diesem Fall konnte man nur vom Schlimmsten ausgehen, nämlich dass die Krankenhausverwaltung die Leichen ins Wasser geworfen hatte, um die Bestattungskosten zu sparen. Man müsse die Übeltäter durch eine *bocca del leone* denunzieren. Die Ärzte hätten eine saftige Rüge verdient.

Da der Anatom sich sicher war, dass die Knochen

nicht lange dem Wasser ausgesetzt gewesen seien, mussten die Männer im vergangenen Winter zu Tode gekommen sein. Wie viele Unglückliche der *incurabili* hatten in der härtesten Jahreszeit wohl den Tod erlitten?

Leonora warf ein, dass es sich um junge Männer handele. Man entgegnete ihr, sie ahne ja nicht, wie viele Soldaten mit unheilbaren Verletzungen aus dem Krieg heimkehrten. Die Serenissima verpflichtete sich, für ihre Pflege Sorge zu tragen. Allerdings wären die Soldaten gut beraten gewesen, außerdem ein anständiges Begräbnis auszuhandeln.

Wenigstens hatte Leonora nun eine Vorstellung, wer die Toten waren, wo sie gestorben waren und wann. Monsieur Emile notierte alles sorgfältig in sein Heft.

»Sie können diese Gebeine nun weiter durch die Instanzen schicken. Wir haben alles von ihnen erfahren, was sie uns sagen können«, meinte sie schließlich.

Sie dankte den Beamten mit großer Anmut, als hätten sie ihr tatsächlich geholfen. Die Spezialisten verließen das Amtszimmer, während sie weiter über den Fund diskutierten. Die erstaunten Beamten hörten sie noch, als sie bereits am Fuß der Treppe angekommen waren.

Die Beamten des Amtes für Kanalreinigung hatten soeben einen Wesenszug der Tochter ihres Dienstherrn entdeckt, der auch bei den Ursulinen nicht unbemerkt geblieben war. Sie besaß unbestreitbar Autorität und Organisationstalent. Kaum waren die Amtsleute wieder unter sich, fassten sie ihr Urteil mit dem Satz zusammen: »Noch schlimmer als der Vater!«

IX

Als sich die Gondel mit Monsieur Emile, Leonora und Loreta dem Anleger der Ca' Civran näherte, sahen die Passagiere den Höfling auf einer kleinen Steinbank sitzen. Loreta erkundigte sich auf Leonoras Geheiß nach seinen Wünschen.

»Der Sior dell'Oio bittet um die Gunst einer Unterredung«, meldete die Dienerin durch die Öffnung der *felze*.

»Gut«, sagte Leonora und machte Anstalten, sich zu erheben.

Monsieur Emile drückte sie mit fester Hand auf ihren Platz.

»Haben Sie meinen Unterricht denn ganz vergessen?«, schalt er sie. »Noch nicht einmal ein Mädchen des gemeinen Volks darf sich in Abwesenheit der Eltern mit einem Mann unterhalten.«

Seine Schülerin seufzte tief. Es waren vor allem die vielen Anstandsregeln, die ihre Nachforschungen so beschwerlich machten.

»Sie müssen ihn also zu sich in die Gondel bitten, wo niemand ihn sehen kann«, schloss der Franzose. »Alle Damen der guten Gesellschaft halten es so.«

Anscheinend empfahl es sich, die scheinheiligen Gepflogenheiten der Stadt so rasch wie möglich zu beherrschen, wenn sie mit ihren Nachforschungen vorwärtskommen wollte, dachte Leonora und nickte ergeben.

Flaminio dell'Oio ließ sich nicht zweimal bitten. Er hatte tatsächlich einen Weg aufgetan, wie Leonora ihren Vater im Gefängnis besuchen konnte.

»Ich hatte die Idee, in meinem Antrag bei der *Signoria* auf einen Präzedenzfall aus dem Jahre 1532 zu verweisen. Damals erlaubte der Rat der Zehn, dass die unverheiratete Tochter eines inhaftierten Patriziers ihren Vater unter der Bedingung besuchen durfte, dass das Gespräch durch ein Gitter geführt wurde und in Gegenwart eines Vertreters der *Procuratori di San Marco* stattfand.«

»Sehr gut! Wann also kann ich Ser Cesare sehen?«

»In sechs Monaten. So lange dauert es, wenn alles seinen gesetzmäßigen Gang geht. Vorausgesetzt, es tauchen nicht irgendwelche Hindernisse auf.«

Leonora verzog das Gesicht.

»Bis dahin könnte es sein, dass ich ihm Blumen aufs Grab legen muss.«

Flaminio dell'Oios Augen glitzerten spöttisch.

»Das habe ich mir auch gesagt. Also habe ich mich für den direkten Weg entschieden. Haben Sie noch weitere Zechinen wie die, die Sie mir gezeigt haben?«

Die Wächter der Bleikammern hatten zugesagt, die Kammerfrau, die mit der sauberen Wäsche und den Lebensmitteln für den Gefangenen kam, nicht allzu genau unter die Lupe zu nehmen. Die begeisterte Leonora überkam eine unbändige Lust, ihren Retter zu umarmen. Aber auf halbem Weg hielt sie inne, weil ihr plötzlich die Lehren ihres erhabenen *Cicerone* Monsieur Emile wieder ins Gedächtnis kamen.

»Vermutlich umarmen die jungen Damen der feinen Gesellschaft die Herren in ihren Gondeln nicht«, sagte sie beim Anblick der vorwurfsvollen Miene des Franzosen.

»Mein liebes Kind«, erwiderte dieser, »es wäre nur ein weiterer winziger Posten auf der schier endlosen Liste der Entgleisungen, die Sie sich seit heute Morgen erlaubt haben. Und der nächtliche Besuch im Dogenpalast wird nicht der geringste Ihrer Fehltritte sein.«

Da Leonora sowieso nichts zu verlieren hatte, hauchte sie dem Höfling einen keuschen Kuss auf die Wange. Den beeindruckte die Zechine, die er gleich danach von ihr erhielt, allerdings mehr.

Zwei Stunden später betrat eine Kammerfrau in der untadeligen Kluft einer Dienerin aus gutem Hause die Wachstube des Dogenpalastes, um ihre Körbe durchsuchen zu lassen. Einer enthielt gebleichte Hemden, der andere eine Auswahl erlesener Speisen. Den gelangweilten Wächtern überreichte die Dienerin die übliche Flasche Wein. Dann stieg sie die Dienstbotentreppe hinauf, die zu den Bleikammern führte. Ein Wächter mit einem beeindruckenden Schlüsselbund öffnete eine kleine, massive Holztür mit zwei enormen Riegeln. Er schloss sie hinter ihr zu, kaum dass sie sich hinuntergebeugt hatte, um einzutreten.

Sie befand sich in einem quadratischen Zimmer, wenig größer als der Verschlag, in dem sie am Abend ihrer Ankunft in Venedig geschlafen hatte. An den Wänden hingen Stiche, die aus der Ca' Civran stammten. Die Decke war so niedrig, dass ein stattlicher Mann nicht aufrecht stehen konnte. Das Mobiliar bestand aus einem Feldbett, einer dunklen Truhe, worin man Kleidung unterbringen konnte, einem roten, von Generationen fadenscheinig getretenen Orientteppich, einem Stuhl, dessen Sitzfläche aus Stroh geflochten war, und einem kleinen Tisch, auf dem alles lag, dessen es bedurfte, um das Geständnis abzufassen, das der unerbittliche Rat der Zehn von seinen Gefangenen verlangte. Es gab ein einziges Fenster zum Korridor hin. Seinem hohen Rang verdankte Ser Cesare eine weitere Luke auf den Hof des Dogenpalasts, die ihm ein wenig Luft und Licht brachte. Das Zimmer war eine Art Luxuskerker. Der Häftling hatte außerdem Glück mit der Jahreszeit, weder war es kalt und feucht wie im Winter, noch erreichten die Temperaturen fünfzig Grad, wie es im Sommer hier oben durchaus vorkam. An Ser Cesares Zimmer grenzten weitere Zellen, in denen andere Verdächtige hausten, über deren Leben oder Tod man noch nicht entschieden hatte.

»Dorthin«, sagte der Gefangene, ohne Leonora eines Blickes zu würdigen.

Er wies auf ein Tischchen, auf dem ein Teller und ein Glas für das Abendessen standen. Erst das Geräusch der vielen Behälter, die um sein Gedeck gestellt wurden, erregte die Aufmerksamkeit des Patriziers. Überrascht entdeckte er seinen Sprössling in einem der Kleider, die Loretas Formen so gut zur Geltung kommen ließen. Dennoch schien er weitaus weniger beeindruckt über den Besuch seiner Tochter, als man hätte erwarten dürfen. Er sah in Leonoras Erscheinen wohl nichts weiter als die Kindesliebe, die ein großzügiger Vater von seiner im Kloster erzogenen Tochter erwarten durfte. Die auf so wunderbare Weise in seiner betrüblichen Welt erschienenen Speisen interessierten ihn viel mehr.

»Für gewöhnlich erhalten adelige Häftlinge dasselbe Essen wie der Doge«, erläuterte er Leonora. »Und normalerweise ist das durchaus von Vorteil. Doch leider scheint es unserem illustren Oberhaupt der Republik nicht sehr gut zu gehen. Man serviert mir hier nur Suppen, Weizenküchlein und verdünnten Wein!«

Gierig machte dalla Frascada sich über den Korb her und stellte die verbleibenden Glasbehälter und das eingepökelte Fleisch auf das weiße Tischtuch mit dem Silberleuchter.

»Du wirst mit mir speisen, das verdoppelt mir die Freude, diese Köstlichkeiten zu verzehren«, verkündete er entzückt, während er sich seine Serviette um den Hals knotete.

Leonora nahm den großen Emaillöffel und füllte den Teller ihres Vaters mit Artischocken à la Venezia und marinierten Sardinen, wie sie von den besten Restaurants geliefert wurden. Erst nachdem ihr Vater von allem probiert hatte, bekundete er seine Zufriedenheit.

»Ja, du bist mutig! Du besuchst deinen Vater in der Not! Von deinen Brüdern habe ich noch keine Nachricht. Die Ärmsten verzehren sich wahrscheinlich vor Angst um mich.«

Sie pflichtete ihm bei, denn sie wollte ihm nicht sagen, dass zwei noch gar nicht reagiert hatten und der dritte die Gelegenheit nur dazu nutzte, sich noch mehr als sonst auf Kosten seines Erzeugers zu betrinken. Sie erzählte ihm stattdessen von ihrer Entdeckung in Cannaregio. Die Nachricht selbst weckte sein Interesse weniger als die Gründe, die seine Tochter veranlasst hatten, sich in jenen abgeschiedenen Winkel der Stadt zu begeben.

»Knochen, tatsächlich ...«, sagte er und schenkte sich noch einmal den ausgezeichneten einheimischen Pinot Grigio ein, der zum selben Zeitpunkt die Kehlen der Wache erfreute.

»Kann es nicht sein, dass zwischen den Morden und Ihrer Verhaftung ein Zusammenhang besteht, Vater?«, fragte Leonora leise. »Das zeitliche Zusammentreffen ist doch merkwürdig.«

Lautstark verwarf Ser Cesare ihre Vermutung. Er wusste, warum man ihn beim Dogen einquartiert hatte. Ein Gerichtssekretär, der seine Aussage abholen wollte, hatte ihn aufgeklärt.

Er war denunziert worden. Einige Venezier erlaubten sich bisweilen den Spaß, in die *bocche del leone,* die es an einigen Stellen in der Stadt gab, schändliche Anschuldigungen zu hinterlegen, die dann meist von der Finanzverwaltung verfolgt wurden.

Leonora zog aus ihrer Bluse das Heft, in das Monsieur Emile und sie die einzelnen Punkte ihrer Nachforschungen notiert hatten. Sie bat ihren Vater, ihr genau zu sagen, welcher illegalen Geschäfte man ihn beschuldigte.

In der Denunziation sei auf eine Differenz in den Konten seines Amts hingewiesen worden, zwischen dem ihm zur Verfügung stehenden Geld und den verbuchten Ausgaben. Leonora wartete, den Bleistift in der Luft, auf weitere Erläuterungen.

»Alle guten Verwalter machen das!«, protestierte ihr Vater.

Er habe Dinge gebraucht, die von den technisch längst nicht mehr dem neuesten Stand entsprechenden Werkstätten Venedigs nicht rechtzeitig geliefert werden konnten. Darunter sei Material gewesen, dessen Import streng reglementiert war. Hätte er sich an die Vorschriften gehalten, wäre alles erst nach Beendigung seiner Amtszeit eingetroffen. Also habe er die benötigten Artikel unter der Hand in anderen Städten besorgt, damit er seinen Aufgaben gerecht werden konnte.

»Und glaubst du, dass man es mir dankt?«, rief er mit der Miene eines Einsiedlers, der die wahre menschliche Natur durchschaut hat.

Die *Procuratie* hatte seine Bücher eingesehen, bevor er sie korrigieren konnte. Und natürlich hatten Rechnungen gefehlt.

»Heutzutage kann man nichts erreichen, wenn man sich an die Gesetze hält«, knurrte er. »Man muss zwischen Effizienz und Gesetz wählen.«

Cesare dalla Frascada hatte gehofft, sich mit seiner guten Leitung des Amts für Kanalreinigung ein Denkmal zu setzen. Der Schlamm der Wasserstraßen Venedigs sollte ihm den Weg zur Dogenhaube ebnen. Doch ein anderer, hartnäckigerer Schlamm hatte seinen Namen befleckt.

Leonora erkundigte sich nach dem Ausmaß der »Differenz« in den Büchern. Sie belaufe sich unglücklicherweise auf eine beträchtliche Summe, denn geschmuggelte Waren und Kupfer seien nicht billig, erwiderte ihr Vater. In einer Zeit, da die Serenissima große Mühe habe, ihre Schatztruhen zu füllen, verstand sie keinen Spaß, wenn es um die Veruntreuung ihrer Gelder ging. Weil aus begreiflichen Gründen keine Unterlagen über die Transaktionen vorlagen, sah sich dalla Frascada nun der peinlichen Beschuldigung ausgesetzt, er habe sich persönlich bereichert.

Leonora ließ in Gedanken das Grüppchen unfähiger Beamter, das sie am Morgen im Amt für Kanalreinigung angetroffen hatte, Revue passieren. Konnte man nicht einen von ihnen für die verschwundenen Gelder verantwortlich machen?

Das Pech habe es gewollt, dass dem Rat der Zehn ein von Ser Cesare unterzeichnetes Dokument vorliege. Man habe ihm einen bösen Streich gespielt. Damit man keinerlei Zweifel an seiner Ehrbarkeit hege, müsse das Verfahren gegen ihn wegen erwiesener Unschuld eingestellt werden. Schon der leiseste Verdacht würde seinen Ruf so ruinieren, dass er nie wieder gewählt würde. Dalla Frascada seufzte tief. Die venezianischen Ämter wurden alle durch Wahlen im Großen Rat oder in den verschiedenen anderen Versammlungen vergeben. Die geringste Verfehlung führte dazu, dass man die Stimmenzahl verlor, die man für die guten Ämter benötigte.

»Es handelt sich offenkundig um ein Komplett gegen meine Person. Man will verhindern, dass ich die Dogenwürde erreiche!«, knurrte der Patrizier, während Leonora sich Notizen machte.

Dann wollte sie von ihm wissen, wer ein Interesse daran haben könnte, ihm Steine in den Weg zu legen.

»Halb Venedig!«, schrie er mit einer Geste, welche die ganze Welt zu umfassen schien.

Er stieß Verwünschungen gegen seine eingeschworenen Feinde unter den Patriziern aus, die intriganten Memmo, die skrupellosen Bragadino und die Ruzzini, die ihn jeder Schmach preisgeben wollten, seit er und nicht einer ihrer weitläufigen Verwandten das ruhmreiche Amt des obersten Kanalreinigers ergattert hatte.

»Unsere Familie, mein Kind, leidet an einem Makel. Und gewisse engstirnige Gemüter können ihn uns nicht verzeihen.«

Dalla Frascada schwieg einen Moment und Leonora machte sich auf eine schändliche Mordtat gefasst, die irgendein Ahnherr begangen hatte. Ihr Vater dämpfte die Stimme.

»Unser Adelsgeschlecht reicht nur bis ins Jahr 1381 zurück!«, erklärte ihr Vater ihr mit düsterer Miene. »Deshalb haben die seit 1297 registrierten Familien nichts als Verachtung für uns übrig! Man müsste wirklich eines Tages diese engen Regeln erschüttern, die es einer Handvoll von bornierten Aristokraten ermöglicht, die Macht an sich zu reißen.«

Leonora verstand nicht recht, wie so geringfügige Unterschiede die Menschen noch nach vierhundert Jahren trennen konnten.

»Sie sind also dafür, dass alle Edelleute Venedigs die gleichen Rechte haben sollten?«, fragte sie.

Der Gedanke entsetzte ihren Vater.

»Auf gar keinen Fall! Die im vergangenen Jahrhundert geadelten Leute sind Parvenüs, die man lieber dort gelassen hätte, wo sie waren! Sie werden uns niemals ebenbürtig sein. Es bedarf mindestens dreier Jahrhunderte, um unseren Grad der Vollkommenheit und Raffinesse zu erreichen!«

Leonora überlegte, dass der Liberalismus ihres Vaters offenbar vom Kalender bestimmt wurde und dass es an der Zeit war, sich auf den Weg zu machen, damit die Wächter der Bleikammern sich nicht fragten, was die »Kammerfrau« wohl so lange bei dem Häftling mache. Sie nahm den leeren Korb und die schmutzige Wäsche, umarmte den Unglücklichen und versprach ihm, alles zu tun, damit er bald auf freien Fuß käme. Cesare dalla Frascada nahm die Erklärung seiner Tochter freundlich zur Kenntnis, weniger, weil er Vertrauen in ihre Talente hatte, als weil er voll des Pinot Grigio war, an dem er sich gründlich gelabt hatte.

Als Leonora den Korridor verlassen wollte, legte sich eine schwere, behaarte Hand auf ihre Schulter. Die beiden Wachen, Kolosse mit Galgengesichtern, die sie zur Zelle ihres Vaters gebracht hatten, standen hinter ihr – für ihren Geschmack etwas zu dicht. Sie fühlte sich wie das Mäuschen in der Speisekammer, das von zwei dickbäuchigen Katern bedrängt wurde.

»Bitte folgen Sie uns«, forderte der eine sie mit Grabesstimme auf.

Sein Ton klang beträchtlich weniger freundlich als der, mit dem man die Kammerfrau vor einer Stunde begrüßt hatte. Sie schloss daraus, dass ihr Inkognito gelüftet worden war, und dass man die Wächter abgekanzelt hatte. Nun war sie an der Reihe, für ihre Verfehlung zu büßen.

Durch eine Geheimtreppe führte man Leonora zwei Etagen nach unten in den Flügel des Palastes, der an den schmalen Rio di Palazzo mit der Seufzerbrücke und an die nackten Ziegelmauern der Basilika angrenzte. Sie fragte sich, welche Strafe man zu erwarten hatte, wenn man sich unerlaubt in den Dogenpalast einschlich, um dort einen Häftling zu besuchen, nachdem man die Wächter bestochen hatte … Sie gab es auf, die vielen Delikte aufzuzählen, deren sie sich schuldig gemacht hatte. Ihr wurde schwindlig davon.

Vor einer hohen Flügeltür hielten die Wächter inne. Sie übergaben ihre kleinlaute Gefangene schwarzen Dienern, die einen Turban trugen und ihr noch mehr Angst einjagten. Leonora sah zum ersten Mal Afrikaner, und sie versuchte, nicht an die schrecklichen Gerüchte zu denken, die über sie im Umlauf waren. Die Mauren öffneten die Tür und schoben sie hindurch.

Leonora, überzeugt, dass man sie in ein Vorzimmer des obersten Gerichts gebracht hatte, brauchte eine Weile, um sich an das Halbdunkel um sie herum zu gewöhnen. Der Raum wurde hauptsächlich von einem lodernden Holzscheit beleuchtet, das in dem großen, reich verzierten steinernen Kamin brannte, obwohl die Temperaturen für die Jahreszeit mild waren. An der gegenüberliegenden Wand ragte ein Himmelbett auf, dessen Vorhang auf einer Seite geöffnet war. Auf dem Nachttisch stand ein ausladender fünfarmiger Leuchter. Nachdem sie das

Zimmer mit einigen Schritten durchquert hatte, sah sie einen alten Mann mit wächsernem Gesicht, dessen Haupt mit einer Kappe in der Form des herzoglichen *corno* bedeckt war. Es war der hundertsechzehnte Doge Venedigs, der unter seinen Decken fröstelnd langsam sein Leben aushauchte.

Seit Francesco Loredan vor zehn Jahren zum Dogen gewählt worden war, hatten nur wenige Menschen die Gelegenheit gehabt, ihn so aus der Nähe zu sehen wie jetzt Leonora. Mit seinen siebenundsiebzig Jahren und von Krankheit gezeichnet ähnelte er kaum noch dem Porträt auf der Staffelei in einer Ecke des Zimmers.

Die Unbeweglichkeit, in welcher der Fürst der Serenissima verharrte, gab dem jungen Mädchen Zeit, sich wieder zu sammeln.

Sie bereitete sich innerlich darauf vor, die Rolle der verschüchterten Kammerfrau zu spielen, bereit, jeden Augenblick vor dem Greis, der so schrecklich nicht mehr sein konnte, wenn man bedachte, wie alt und krank er war, in Tränen auszubrechen. Nun öffnete der Doge die Augen, wandte den Kopf in ihre Richtung und betrachtete sie neugierig. Leonora fiel auf, dass seine Augen von einem ungewöhnlichen Blau waren, sehr hell und fast wie verwaschen.

»Da kommt also endlich meine Tochter«, sagte der Doge mit zittriger Stimme. »Es war an der Zeit! Die Jugend hat keinen Respekt mehr vor dem Alter!«

Leonora sagte sich, dass der Greis seinen Verstand verloren haben musste, um sie mit einem seiner Kinder zu verwechseln.

»Ich bin nur die Kammerfrau, die ihrem Herrn frische Kleidung bringt«, verbesserte sie den Alten mit einem respektvollen Knicks.

Der Doge nickte zustimmend mit dem Kopf.

»Das musst du auch sagen, wenn du den Palazzo verlässt, meine kleine Pucci. Dein Geheimnis soll unter uns bleiben.«

Leonora wollte ihren Ohren nicht trauen. So erstaunlich es war, dass sie sich in der Gegenwart des Dogen befand – dass er ihren Spitznamen kannte, war über die Maßen verblüffend.

»Eure Hoheit verwechselt mich sicher mit einem anderen Mädchen. Mein Vater ist ein Venezianer aus altem Hause«, entgegnete sie vorsichtig.

Loredan gab einen Laut von sich, der an ein Lachen erinnerte. Sein zahnloser Mund verzog sich zu einem Lächeln.

»Dalla Frascada? Sein ganzes Leben hat er davon geträumt, meinen Platz einzunehmen. Und nun will er mir meine Tochter rauben! Dabei weiß er gar nichts. Gar nichts! Er hält sich für deinen Vater, weil es mir so gefällt. Es ist Teil des Plans. Du wirst von ihm erfahren, wenn die Zeit reif ist.«

Der Doge griff nach einem Glöckchen, das in der Nähe des Bettes hing. Beim zweiten Läuten erschien einer der Mohren mit einem Tablett, auf dem ein Pozellanservice für heiße Schokolade stand. Es wurde über die Beine des Dogen gestellt. Seine Besucherin forderte er auf, in einem der Sessel Platz zu nehmen. Der Afrikaner reichte Leonora eine Tasse. Sie nahm sie entgegen und fragte sich, ob dieses Abenteuer ein Traum war oder ob sie plötzlich den Verstand verloren hätte.

»Schokolade gehört nicht zu den Dingen, die mir mein Arzt gestattet«, sagte Loredan, »aber wir werden unser Wiedersehen nicht mit Regenwasser feiern, oder?«

»Möge Eure Hoheit mir verzeihen, aber ich heiße nicht ›Pucci‹«, sagte Leonora in der Hoffnung, das Missverständnis auszuräumen.

»Natürlich nicht«, erwiderte der Doge. »Das ist der kuriose Spitzname, den dir die Nonnen verpasst haben. Ich hatte dir die Vornamen Leonora Agnela Immacolata gegeben.«

Der Doge lehnte sich zurück und ließ seinen Blick auf Leonora ruhen.

»Damals bin ich für eine Weile sehr fromm gewesen und habe es bereut, dir das Leben in den lasterhaften Stunden der Liebeslust geschenkt zu haben. Dann aber hat man mich zum Dogen gewählt, und meine Weltanschauung ist seither um ein gutes Stück nüchterner geworden.«

Leonora fragte sich beunruhigt, wie viele Männer dieser Stadt noch davon überzeugt waren, ihr Vater zu sein?

Francesco Loredan nahm einen Schluck seiner Trinkschokolade, dann sprach er mit einem boshaften Gesichtsausdruck weiter.

»Ach! Deine Mutter hat den Dummkopf ganz schön auf den Arm genommen. Kurz vor der Wahl durfte ich unter keinen Umständen eine Tochter haben, die aus einer unehelichen Verbindung hervorgegangen war. Sie hat einen Ausweg gefunden, und ich war ihr unendlich dankbar dafür.«

Leonora weigerte sich zu glauben, dass sie von diesem Manne abstammte. Sie hatte sich kaum an den Gedanken gewöhnt, die Tochter Ser Cesares zu sein, und war nicht bereit, ein zweites Mal in diesem Monat ihre Herkunft zu ändern. Trotzdem trieben sie die Neugier und auch die Notwendigkeit, das Gespräch mit dem Dogen fortzusetzen, zu der Frage, die ihr auf der Seele brannte, seit sie die Ursulinen verlassen hatte:

»In diesem Fall ist Ihre Hoheit vielleicht bereit, mir zu verraten, wer meine Mutter ist?«

Die Frage schien den Dogen zu überraschen.

»Wie?! Hat man dir das nicht gesagt? Unsere Patrizier scheinen in der Tat nichts mehr zu lieben als ihre kleinen Geheimnisse. Sie machen aus den einfachsten Dingen ein Mysterium. Du hast viel Glück, mein Kind. Du bist nicht nur die Tochter des Dogen, sondern deine Mutter ist eine der größten Kurtisanen, welche diese Stadt jemals gekannt hat.«

Auch wenn Leonoras Lebenserfahrung nicht sehr groß war, hatte sie von diesen Frauen reden hören. Das Gewerbe der Kurtisanen wurde von den Ursulinen nicht gerade hoch geschätzt.

»Ich bin doch nicht die Tochter einer Prostituierten!«, wehrte sie sich entsetzt und hätte beinahe den Inhalt ihrer Tasse verschüttet.

»Pfui! Ein solches Wort! Was für eine böse Idee!«, rief der Doge aus. »Natürlich nicht! Wisse, mein Kind, dass deine Mutter eine sehr achtbare Frau ist, bei der die feinsten Leute verkehren. Wer in unserer Stadt Rang und Namen hat, schätzt sie hoch, und es wäre wahrlich ein Zeichen schlechten Geschmacks, sie mit den Unglücklichen in einen Topf zu werfen, die bei Einbruch der Nacht in den Wandelgängen ihr Unwesen treiben.«

Der Unterschied reichte nicht, um Leonora mit der Nachricht zu versöhnen.

»Meine Mutter war also eine Kurtisane …«, wiederholte sie bedrückt.

Wieder zog der Doge die Brauen hoch.

»Wieso *war*? Sie ist es immer noch, das kann ich dir versichern! Frauen, die so außergewöhnlich sind wie sie, haben Mittel, die Zeit zu besiegen, glaube mir.«

Leonora fragte sich, ob sie noch tiefer sinken konnte. Merkwürdigerweise konnte sie nicht glauben, dass sie mit dem liebenswürdigen gekrönten Greis verwandt war, dass sie aber von einer Kurtisane geboren worden war, bezweifelte sie keinen Moment. Es schien ihr die Erklärung dafür zu sein, dass man sie in ein so weit entferntes Kloster gesteckt hatte. Außerdem glich ihr erhabener väterlicher Stammbaum nicht das Vorurteil aus, das sie gegen ihre mütterliche Linie hegte. Ihr Unglück war ihr vom Gesicht abzulesen.

»Ich habe nicht daran gedacht, dass du gerade erst aus dem Kloster kommst«, fuhr der Doge fort. »Die Nonnen sind gute Frauen, aber sie bereiten ihre Schülerinnen nicht gerade auf die Realität vor. Allerdings waren eine ganze Reihe unserer Kurtisanen einstmals ihre Zöglinge. Allen voran deine Mutter, wenn ich mich nicht täusche.«

Leonora hätte lieber nicht erfahren, dass aus der heiligen Institution, in der sie aufgewachsen war, öffentliche Mädchen hervorgingen. Außerdem ertrug sie es nur schwer, wie der Doge in Erinnerungen an die Reize und Qualitäten ihrer Mutter schwelgte, bis er sich schließlich mit einem tiefen Seufzer in die Kissen zurückfallen ließ, erschöpft von der aufwühlenden Schilderung der Torheiten aus den Zeiten, bevor er in das höchste Amt der Serenissima gewählt worden war.

»Nun muss mir mein kleiner Engel aber noch verraten, warum er bei Nacht in meinem Palast umhergeistert«, hauchte er matt.

Da Leonora genug von den Jugendsünden des Dogen hatte, erzählte sie ihm, dass sie es sich in den Kopf gesetzt habe, Ser Cesares Unschuld zu beweisen.

»Warum sorgst du dich um einen Mann, der dir nichts bedeutet?«, fragte der Doge erstaunt.

»Möge Eure Hoheit mir verzeihen, ich habe zwar erst seit Kurzem einen Vater, ich kann mich aber nicht so schnell aller kindlichen Gefühle für ihn entledigen.«

Die Erklärung entzückte den Greis.

»Da spricht mein Blut. Auch ich war immer viel zu sentimental. Und ehrlich. Und treu.«

»Ich bin sicher, dass es diese Eigenschaften waren, die Ihnen den Weg zum höchsten Amt geebnet haben.«

Der Doge lachte so sehr, dass er husten musste.

»Weil man mich für einen Esel gehalten hat!«, verbesserte er sie, als er wieder sprechen konnte. »Wie dem auch sei, ich freue mich, dass du ein gutes Herz hast, auch wenn deine Gefühle dich zu Abenteuern verleiten, die weder deinem Geschlecht noch deinem Stand gemäß sind.«

Leonora war versucht, ihm vorzuhalten, er habe nicht das Geringste dafür getan, dass sie in dieser Stadt überhaupt einen Rang einnahm, im Gegensatz zu dem zwei Etagen über ihm eingesperrten Patrizier.

Der alte Doge bewegte seinen Zeigefinger von links nach rechts, um seinen Ratschlägen Nachdruck zu verleihen:

»Mach dir keine Hoffnung, den Dummkopf zu retten, bei dem du wohnst. Das Beste, was ihm passieren kann, ist eine Verbannung auf seine Ländereien auf dem Festland. Vorausgesetzt dass sich die staatlichen Inquisitoren oder der Rat der Zehn nicht einmischen! Über die habe ich kaum noch Macht, und ich möchte auf gar keinen Fall, dass dieser größenwahnsinnige Trottel meinen kleinen Engel mit in den Abgrund reißt.«

Mit diesen Worten nahm er einen der Ringe, die seine knotigen Finger schmückten, und reichte ihn ihr.

»Bewahre ihn gut auf«, sagte er und schloss die Hand des jungen Mädchens um das Kleinod. »Solltest du dich eines Tages in einer gefährlichen Lage befinden, zeige ihn vor.«

Mit einer Geste forderte er sie auf, sich zu ihm zu beugen, damit er ihr einen Kuss auf die Stirn geben konnte. Es war der erste und mit Sicherheit auch der letzte, den sie von ihm erhalten sollte.

Während Leonora wie eine Schlafwandlerin über die Piazetta zu ihrer Gondel ging, ließ der Doge seinen Sekretär rufen und diktierte ihm ein Dekret. Seine Hoheit gewährte den Ursulinen in Vicenza eine Sonderzuwendung von fünfhundert Dublonen in Anerkennung ihrer Bemühungen um die bedürftige Jugend.

X

Es war bereits Tag geworden, als Leonora in der Ca' Civran die Augen öffnete. Sie tastete nach ihrer Taschenuhr. Dabei stieß sie gegen den Ring des Dogen, den sie am Abend auf ihren Nachttisch gelegt hatte. Es war ein fein gearbeiteter Goldring mit einem funkelnden Saphir. Auf der Innenseite waren die Buchstaben PTMEM eingraviert. War sie wirklich Loredans Tochter? Nachdenklich drehte Leonora den Ring zwischen ihren Fingern. Da er zu groß für ihren Ringfinger war, steckte sie ihn in die Börse, in der sie ihre Zechinen verwahrte.

Im Speisezimmer traf sie Flaminio dell'Oio an. Die Serviette um den Hals gebunden, tat er es sich an der *torta de fregolati* gütlich, die man für Leonora zubereitet hatte.

»Ein guter venezianischer Höfling ist immer bereits zur Stelle, bevor man ihn braucht«, kam er ihrer Frage zuvor.

Er schenkte ihr persönlich den Kaffee ein und wartete, bis sie von dem knusprigen Mandelgebäck gegessen hatte. Dann wollte er wissen, was sie bei ihrem Ausflug in die Bleikammern in Erfahrung gebracht hatte.

»Dass meine Mutter eine Hure ist«, erwiderte Leonora zwischen zwei Bissen und beschloss, nicht zu erzählen, von wem sie dies erfahren hatte.

Darum solle sie sich keine grauen Haare wachsen lassen, versicherte ihr der Höfling. Die Venezianer legten einen so hohen Wert auf den gesellschaftlichen Rang, dass sie eine Kurtisane mit einem guten Stammbaum einer ehrbaren Bürgerin allemal vorzögen. Weshalb sie sich auch lieber eine unehelich geborene Braut aus einer adeligen Familie als eine eheliche aus einer fleißigen Kaufmannsfamilie suchten. Bliebe also nur die Frage zu klären: War ihre Mutter von hoher Geburt?

Diese feinen Standesunterschiede waren der ehemaligen Schülerin der Ursulinen zwar mittlerweile nicht mehr ganz fremd, doch hätte sie persönlich jede ehrbare Gewürzhändlerin einer lasterhaften Herzogin vorgezogen. Nur sucht man sich, wie es so schön heißt, seine Eltern nicht selbst aus, und diese traurige Erfahrung machte Leonora jetzt.

Auch Ser Cesare hatte sich seine Söhne nicht ausgesucht oder hatte dabei keine glückliche Hand gehabt. An jenem Morgen zumindest sah man von den beiden nur zwei Briefe, die Loreta auf einem Silbertablett brachte.

»Die Donna wird bestimmt erleichtert sein, von ihren Söhnen zu hören«, empfing Leonora sie.

»Darauf würde ich keinen Eid schwören«, erwiderte die Dienerin. »Ihre Verpflichtungen halten die beiden nämlich auf dem Festland zurück. Ser Traiano kann seine Statthalterpflichten nicht im Stich lassen und Ser Pompeio ist im Vatikan unabdinglich.«

Leonora wollte ihren Ohren nicht trauen. Allerdings erstaunte sie der Undank ihrer Halbbrüder weniger als die Freiheit, die sich die Dienerin mit der Post ihrer Herrin herausnahm.

»Du hast die Briefe gelesen!«, rief sie entrüstet.

»Die Donna ist außer Haus. Ich kann doch nicht warten, bis sie wiederkommt! Bis dahin bin ich vor Ungeduld vergangen!«, erwiderte Loreta. »Ich habe die Briefe wieder gut verschlossen. Man kann nichts sehen.«

Leonora war verblüfft, dass die Donna bereits so früh am Morgen ausgegangen war.

»Sie ist noch nicht wieder zurück!«, erklärte die Dienerin und stellte das Tablett auf einer Kommode ab. »Sie ist so sehr damit beschäftigt, den Leuten Sand in die Augen zu streuen, dass sie völlig die Zeit vergisst.«

»Ihre Strategie ist sehr erfolgreich«, erläuterte dell'Oio, dem nichts entgangen war. »Um Mitternacht hat sie fünfhundert Dukaten im *Ridotto* beim Pharao gewonnen. Alle haben ihr Glück auf ihr Unglück zurückgeführt, und eine Minute später wurde sie mehr beneidet als bemitleidet und konnte sich vor Freunden kaum retten!«

Leonora wusste nicht, ob die unglaubliche Unfähigkeit der Venezianer, irgendetwas tragisch zu nehmen, ein Segen oder ein Fluch war.

Als sie aus der Ca' Civran traten, sah es aus, als würde eine junge Frau in Begleitung ihres Cicisbeo ausgehen. Die vornehmen Venezianer pflegten direkt vor der Haustür in ihre Gondel zu stiegen, und Leonora dachte bei sich, dass man sich an dem Tag, da ein Weg gefunden würde, auch noch die Treppen abzuschaffen, überhaupt nicht mehr bewegen müsste.

Gewöhnlich lagen mehrere Gondeln vor der Ca' Civran, denn so geziemte es sich für eine Familie, die Wert auf ihren gesellschaftlichen Status legte.

An jenem Morgen waren Leonoras Bruder und ihre Mutter jedoch unterwegs, und es war nur noch die Gondel ihres Vaters übrig.

»Dann nehmen wir diese«, sagte sie. »Und falls doch irgendjemand glaubt, es wäre mein Vater, der spazieren fährt, umso besser.«

Die elegante schwarze Gondel trug seitlich das graublaue Wappen der dalla Frascada. Das Familienwappen war die einzige Verzierung, die der Staat erlaubte. Als Leonora und ihr Begleiter hinter den Vorhängen Platz genommen hatten, berichtete das Mädchen dem Höfling von seiner Unterhaltung mit Ser Cesare. Man habe ihn anonym beschuldigt, Gelder veruntreut zu haben. Beweisen könne er seine Unschuld deshalb nicht, weil er von dem ihm anvertrauten Geld illegale Waren gekauft und in die Stadt geschmuggelt habe. Und was noch schlimmer sei, es gebe da ein Dokument mit seiner Unterschrift.

»Ihr Herr Vater führt ein aufregendes Leben«, sagte der Höfling träumerisch. Er rechnete bereits zusammen, was ihm die kniffelige Affäre einbringen würde. »Ich werde mich bemühen, in Erfahrung zu bringen, um welches Dokument es sich handelt und in wessen Ressort es fällt. Wir brauchen außerdem einen Advokaten für die Verteidigung Ihres Vaters.«

Auf Flaminio dell'Oios Bemerkung hin, dass er Unkosten haben werde, holte Leonora eine Handvoll Münzen aus ihrem Geldbeutel.

Ihr Begleiter hatte gerade die Zechine herausgefischt, die dazwischengerutscht war, und erklärt, er werde die Goldmünze wechseln lassen, als sie eine leise Erschütterung verspürten. Ein Blick aus dem Fenster zeigte, dass sich eine zweite Gondel neben sie gelegt hatte. Deren Gondoliere beugte sich zu ihnen herein:

»Die Donna bittet Sie zu sich.«

Um den Verkehr nicht zu behindern, ruderten die beiden Gondolieri ihre Fahrzeuge in einen Seitenkanal, wo beide entlang einer Backsteinwand anlegen konnten. Die jungen Leute standen auf, und während die Gondolieri die Boote mit sicherem Griff hielten, half dell'Oio Leonora, in die Gondel ihrer Stiefmutter zu stiegen. Die Gondolieri ließen los, und die Wellen trieben die beiden Gondeln wieder langsam auseinander.

»Seien Sie willkommen in meinem wahren Heim!«, begrüßte sie die Donna.

Von außen sah ihre *felze* wie jede andere aus, von innen aber war sie einmalig. Leonora und dell'Oio betraten den wahren Freiraum der Edelfrau, ihre Privatgondel, wo sie empfing, wen sie wollte, und tat, was sie wollte. Die Donna ruhte auf einem weich gepolsterten Sofa mit rosa Seidenkissen. Man brauchte sich nicht zu erkundigen, was sie die Nacht über getrieben hatte. Auch ohne den Likörduft, der ihr kleines Boudoir erfüllte, hätte man gewusst, dass sie beschwipst war. Schmollend begrüßte sie ihre Gäste:

»Stellen Sie sich meinen Schrecken vor, als ich plötzlich die Gondel meines Cesare erblickte!«, sagte sie zu dem kleinen Fenster weisend, durch das sie unbemerkt beobachten konnte, was sich draußen abspielte. »Was für eine Angst ich hatte! Ich habe tatsächlich geglaubt, man habe ihn auf freien Fuß gesetzt!«

Der *Provveditore* für die Kanalreinigung wäre sicherlich nicht begeistert gewesen, seine Frau zu morgendlicher Stunde in abendlicher Robe, noch dazu ohne ihren Cicisbeo anzutreffen. Die Donna unterbrach sich und öffnete eine Schublade unter ihrem Sofa, holte ein Tütchen Konfekt aus Honig, Mandeln und Nelken hervor und bot ihnen davon an. Dann machte sie beiläufig eine Bemerkung darüber, dass ihre Tochter in Gesellschaft eines schönen Unbekannten schamlos eine Spazierfahrt auf dem Wasser unternahm. Der Höfling errötete noch mehr als Leonora. Schließlich schlug sie vor, in einer beliebten *bottega da caffè* eine Kleinigkeit zu sich zu nehmen.

»Die *struccoli alla carsolini* dort sind so gut, dass man dabei sein Seelenheil aufs Spiel setzt!«

Leonora dachte, dass ihre Mutter ihr Seelenheil nicht nur dort riskierte.

In diesem Augenblick brach draußen ein solcher Lärm aus, dass die drei vor Schreck von ihren Sitzen auffuhren und an die Kabinendecke stießen. Hastig schoben sie die Vorhänge beiseite. Vor ihnen ragten Bug und Heck einer Gondel in den Himmel. Dazwischen breitete sich Wasser aus, vom Mittelteil der Gondel und der Kabine war keine Spur mehr zu sehen. Es dauerte einen Augenblick, bis sie begriffen, dass es die Gondel war, die sie gerade erst verlassen hatten.

»Man hat Ser Cesares Gondel versenkt!«, rief Leonora entgeistert.

»Gut! Auf diese Weise kann sie mich auch nicht mehr erschrecken!«, meinte die Donna mit fatalistischem Gleichmut, der wohl dem Alkohol zu verdanken war.

Flaminio dell'Oio stürzte aus der kleinen Kabine. Leonora folgte ihm. Die Donna erhob sich zögernd. Zwei Hände klammerten sich an ihrer Gondel fest. Donna Soranzas Gondoliere erwachte aus seiner Erstarrung und half seinem Kollegen aus dem Wasser. Der Mann berichtete stotternd, er habe eine Art Pfeifen gehört. Dann sei er in die Luft geflogen. Zuerst habe er gedacht, er sei gestorben und San Pantalon rufe ihn in den Himmel. Es habe aber nicht lange gedauert, da sei er wieder gefallen, schneller als er gen Himmel aufgefahren sei. Statt zwischen Engeln zu schweben, sei er ins trübe Wasser geplumpst.

Bestürzt betrachteten alle das Wrack. Von der Kabine war nichts mehr vorhanden. Ohne jeden Zweifel wären sie jetzt in einer besseren Welt, wenn sie zum Zeitpunkt der Katastrophe darin gesessen hätten. Ihre Körper würden in Stücke zerschmettert zwischen den Wrackteilen auf dem Rio schwimmen.

»Das wird Cesare aber gar nicht gefallen!«, meinte die Donna, die trotz des Schreckens noch immer nicht nüchtern war. »Die Quallen sind dieses Jahr so aggressiv wie nie!«

Die Wellen schwemmten ein Stück Bordwand zu ihnen, auf dem das Familienwappen zu erkennen war.

Mein Gott!, dachte dell'Oio. Ein Pfeifen! Eine Explosion! Man hat mit einer Kanone auf uns geschossen!

»Hier sollten wir nicht bleiben«, sagte er laut und packte Leonora am Arm. »Höchste Zeit, dass wir unseren geplanten Imbiss zu uns nehmen.«

Die Donna hatte inzwischen hingegen ganz andere Dinge im Sinn als die charmanten Cafés Venedigs. Sie gab ihrem Gondoliere den Befehl, sie zu einer in der Nähe wohnenden Freundin zu fahren, damit sie dieser die Neuigkeit verkünden konnte. Dieses Ereignis war noch viel sensationeller als die Inhaftierung ihres Mannes. Bald würde man in der ganzen Stadt nur noch darüber sprechen.

Die beiden jungen Leute ließen sich zum Ufer bringen und setzten sich auf die Terrasse einer *bottega da caffè*, wo sie zwar keine *struccoli alla carsolina* bekamen, dafür aber einen Amaretto, der ihnen sehr willkommen war.

»Ich hatte keine Ahnung, dass man meinem Vater so übel gesonnen ist«, begann Leonora. Sie betrachtete wie betäubt das kleine Glas vor ihr mit dem aus Aprikosenkernen hergestellten Likör.

Der Höfling sprang bei diesen Worten beinahe aus seinem Stuhl.

»Ist Ihnen denn noch immer kein Licht aufgegangen? Sie hat man töten wollen, nicht ihn! Und mich gleich mit!«

Leonora starrte ihn mit schreckgeweiteten Augen an. Sie griff nach ihrem Glas, leerte es auf einen Zug und hielt es dem Wirt mit einer resoluten Geste wieder hin. Sie brauchte noch einen Schluck. Während ihr langsam wieder Farbe in die Wangen stieg, legte ihr dell'Oio seine Sicht der Dinge dar. Die Mörder wussten offenbar, dass Leonora Nachforschungen wegen der Knochen aus Cannaregio anstellte, und wollten sie daran hindern. Leonoras Leben sei in Gefahr. Sie müsse sich in Sicherheit bringen, irgendwo unterschlüpfen. Leonora fiel nur Monsieur Emile ein, aber sie hatte keine Ahnung, wo er wohnte.

»Der alte Franzose?«, fragte der Höfling. »Der wohnt in Santa Giustina.«

Leonora war nicht erstaunt. Inzwischen hatte sie sich daran gewöhnt, dass der Höfling Gott und die Welt kannte. Das war schließlich sein Beruf. Wie man es allerdings schaffen konnte, eine Gondel mitten am Tag und mitten in der Stadt zum Explodieren zu bringen, war ihr schleierhaft. Sie fragte sich, womit man das bewerkstelligt haben mochte. Inzwischen hielten zahlreiche Gaffer am Ufer und auf der nahen Brücke Maulaffen feil. Sie beäugten die Wrackteile, die auf dem Rio schaukelten, und ergingen sich in Spekulationen über den »Unfall«.

Flaminio dell'Oio zog Leonora ins Labyrinth der Calli. Zu Fuß würden sie am wenigsten auffallen. Außerdem war ihm nach dem Zwischenfall mit der schönen Gondel des Cesare dalla Frascada für eine Weile die Lust vergangen, auf dem Wasser zu schaukeln. Leonora protestierte.

»Monsieur Emile sagt, nur die gewöhnlichen Leute gingen zu Fuß!«

»Umso besser!«, erwiderte der Höfling. »Vergessen

Sie, dass Sie eine dalla Frascada sind. Die ist soeben wie ein Stein untergegangen. Wenn Sie überleben wollen, dürfen Sie nur noch Leonora, das Mädchen aus dem Volk, sein.«

Das »Mädchen aus dem Volk« verschwand also im Gewirr der Gässchen, die zur Pfarrgemeinde Santo Stefano gehörten. Zum einen war sie erfreut, sich wieder einmal zu Fuß fortzubewegen, zum anderen bangte sie um ihre feinen Lackschuhe, die für das holprige Pflaster nicht eben geschaffen waren.

XI

Die Pfarrgemeinde Santa Giustina lag am Rand des Sestiere San Marco, was so viel bedeutete wie am anderen Ende Venedigs. Leonora und ihr Begleiter kamen nur langsam voran, weil sich der Höfling immer wieder umdrehte, um festzustellen, ob kein bedrohlicher Schatten hinter ihnen herhuschte.

»Was für ein Pech, dass wir nicht Karneval haben«, bemerkte der junge Mann. »Mit einer Maske könnten wir uns frei bewegen.«

Sie würden bis Himmelfahrt warten müssen. Am zweiten Mai würde der Doge seinen Ring ins Meer werfen, und der Karneval würde wieder zwei Wochen lang gefeiert werden, gleichzeitig mit der alljährlichen großen Handelsmesse.

»Ist es noch weit?«, jammerte Leonora, der es doch einige Mühe machte, der Signorina Pucci das Feld zu überlassen. Wenn man sich nämlich nicht einer friedlich auf dem Wasser gleitenden Gondel überließ, sondern die Stadt zu Fuß durchquerte, wuchsen die Entfernungen gewaltig. Da die Straßen Venedigs ein Labyrinth mit zahllosen Biegungen und Brücken bildeten, gab es keinen direkten und auch keinen einfachen Weg. Dafür war das Straßenbild großartig und lehrreich. Immer wieder konnte man architektonische Besonderheiten bewundern, eine Kirchenfassade oder ein Haus bestaunen, eine Statue entdecken. Leonora war nur leider nicht in der Stimmung, sich an der Stadtlandschaft zu freuen. Sie ließ kein gutes Haar an der abseits liegenden Gemeinde.

»Wenn wir Sie an der Piazza San Marco unterbringen würden«, erwiderte ihr Führer, »wäre Ihr Inkognito aufgeflogen, bevor Sie überhaupt Zeit hätten, das Motto Venedigs aufzusagen.«

»Pax Tibi Marce Evangelista Meus«, ergänzte Leonora.

»Ja«, bestätigte der Höfling. »So steht es auf den Standbildern des geflügelten Löwen geschrieben.«

Das lateinische Motto der Stadt erinnerte Leonora dunkel an etwas. Während sie den gewundenen Weg entlangstolperte, überlegte sie, was es war. Sie ahnte, dass es wichtig war, doch ihr Gedächtnis wollte es einfach nicht preisgeben.

Schließlich erreichten sie ein verwittertes Gebäude, das sich nicht von den Nachbarhäusern unterschied. Sie stiegen direkt in den zweiten Stock hinauf und klopften an die einzige Tür auf dem Treppenabsatz.

Monsieur Emile, der ihnen öffnete, war gerade erst aufgestanden oder vielleicht auch noch nicht zu Bett gegangen. Auf dem Kopf trug er eine Mütze. Er sah wie ein exzentrischer Philosoph oder einer dieser französischen Enzyklopädisten auf den Kupferstichen aus. Ohne seine gepuderte Perücke wirkte er viel weniger hochmütig. Überrascht blickte er Leonora an.

»Mademoiselle dalla Frascada? Wir haben doch heute Morgen keinen Unterricht?«

Flaminio dell'Oio machte ihm ein Zeichen zu schweigen. Leonoras Name dürfe nicht mehr ausgesprochen werden. Ohne die Aufforderung des Franzosen abzuwarten, traten sie in sein Zimmer ein und schlossen die Tür hinter sich.

Monsieur Emile hauste in einer Höhle, die mit Büchern, Papieren, Kuriositäten und antiken Reproduktionen aus vergilbtem Gips vollgestellt war. Sie sah weniger nach einer Wohnung aus, als nach einem Anbau der Biblioteca Marciana – ideal für Gelehrte, die an der Studierkrankheit litten. Ein elendes, mit Laken und zerdrückten Kissen ausgestattetes Sofa bezeugte das geringe Interesse, das der Franzose an seiner Bequemlichkeit hatte.

»Und wo bringen wir Mademoiselle nun unter?«, fragte er, nachdem die beiden ihn ins Bild gesetzt hatten.

»Jedenfalls nicht hier«, sagte Leonora beim Anblick der Stapel, die sich auf jedem Möbelstück türmten.

Ihrem Lehrer fiel ein, dass im obersten Stock des Hauses ein Zimmer leer stand. Sie stiegen hinunter ins Erdgeschoss, um Leonora der Hauseigentümerin als Mieterin zu empfehlen.

»Signora Pauli!«, schrie Monsieur Emile vor der Tür seiner Hauswirtin. »Kann ich kurz mit Ihnen sprechen?«

»Ich koche!«, kam es überheblich zurück. »Schieben Sie die Miete unter der Tür hindurch.«

Der Franzose warf seinen Gästen einen verlegenen Blick zu. Da ihm jedoch die Sicherheit seines Zöglings wichtiger schien als die Zubereitung irgendwelcher Speisen, rief er:

»Ihre Minestrone kann doch wohl eine Minute warten, gute Frau!«

Die Venezianerin mit den üppigen Formen, die nun im Flur erschien und sich die mehligen Hände an der Schürze abwischte, schien anderer Meinung zu sein. Es konnte kein Zweifel daran bestehen, dass sie sich gestört fühlte.

»Wollen Sie mich zum Essen einladen?«, fragte sie unfreundlich.

Der Anstandslehrer verlor die Contenance und versteckte sich hinter Leonora.

»Meine Cousine aus Vicenza«, sagte er auf das junge Mädchen weisend.

Die Zimmerwirtin betrachtete misstrauisch das junge Ding, das in ihren Augen viel zu gut gekleidet war, um ehrbar zu sein. Ihre Miene hellte sich auch nicht auf, als der junge Mann, der ihr wie ein Lude vorkam, erklärte, das »liebe Kind« brauche für einige Tage ein Zimmer. Die Signora hatte keine Lust, die unmoralischen Liebschaften ihres Mieters zu beherbergen. Seine bizarren Sitten ähnelten zu sehr denen der fremden Lüstlinge, die ihre schöne Stadt in Scharen überfielen. Sie bezeichnete jeden als Fremden, der nicht in der Lagunenstadt geboren war. Ja, selbst diejenigen, die nicht seit mindestens drei Generationen Venezianer waren, fielen für sie darunter. In ihren Augen war die ganze Welt von Barbaren bewohnt.

»Und darf man erfahren, wie diese ›Cousine‹ heißt, die Ihnen da aus Vicenza ins Haus geflattert ist?«, fragte sie mit einem inquisitorischen Blick in Richtung Leonora.

Da Vicenza immerhin in Venetien lag, war diese Signorina um ein Geringes weniger suspekt, eine Barbarin zu sein, als wenn sie beispielsweise aus der Räuberhöhle Mantua gekommen wäre oder gar aus Modena, wo die jungen Mädchen ohne Kopfbedeckung, mit anderen Worten: nackt! das Haus verlassen durften. Dennoch blieb die Signorina ein Geschöpf vom Festland, also hieß es auf der Hut sein!

»Ich heiße Leonora Pucci.«

Aus einem Impuls heraus hätte sie beinahe Leonora Loredan gesagt – schließlich hatte der alte Doge sie als seine Tochter bezeichnet. Aber sich einen so ruhmreichen Namen zuzulegen, war nicht gerade ein probates Mittel, um unbemerkt zu bleiben. Da war es doch vernünftiger, wenn sie bei ihrem Spitznamen aus dem Kloster blieb.

Pucci? Nun wusste die Signora endgültig, dass sie einen Eindringling vor sich hatte, denn dieser Name stand nicht im Goldenen Buch der Stadt, dessen Einträge alle Einheimischen von frühester Kindheit an auswendig aufsagen konnten. Ihre Gedanken wanderten bereits wieder zu ihren Ravioli zurück, die sie halbfertig verlassen hatte. Leonora spürte, dass sich die Pforte gleich schließen würde und die Weigerung, sie aufzunehmen, unwiderruflich wäre. Deshalb zog sie aus ihrem Gürtel die Süßigkeiten ihrer Mutter. In dem Durcheinander hatte sie das Tütchen, ohne nachzudenken, eingesteckt. Nun bot sie der Megäre die Köstlichkeit an. Die Signora schmolz dahin.

»*Mando'lati* aus Vicenza! Man bekommt sie nirgendwo mehr.«

»Meine alte Tante arbeitet in der Konfiserie, die sie herstellt. Ich kann Ihnen noch mehr davon besorgen.« Und mit den Worten: »Nehmen Sie erst einmal diese hier«, hielt sie der Signora die Tüte hin.

Gierig stopfte sich die Zimmerwirtin gleich zwei Plätzchen in den Mund. Sie sah Leonora an, als sei diese Santa Maria dei Miracoli, die ihre Gnade über die braven Einwohner der Lagunenstadt ausschüttete. Das Mädchen hatte eine der wenigen Spezialitäten vom Festland erwischt, die vor den Augen der Signora Pauli Gnade fanden. Rasch verschwand die kostbare Tüte in der Schürzentasche, und die Signora bestätigte nun gerne, dass in ihrem Haus ein Zimmer frei sei. Sie fasste die »Cousine« am Arm und zog sie in Richtung Treppe, als hätte sie Angst, Leonora könnte davonlaufen.

Im Dachgeschoss angekommen, forderte sie die Gäste auf, in das Zimmer einzutreten, das, wie sie ausführte, über jede Bequemlichkeit verfüge. Einen Nachttopf, einen

Wasserkrug mit passender Schüssel, einen kleinen Kamin und eine eckige Luke, durch die man das Dach des gegenüberliegenden Hauses sehen konnte.

»Die Miete beträgt nur zwanzig Dukaten im Monat«, sagte sie und hielt ihre Hand auf. Leonora legte rasch die verlangte Summe hinein.

»Ich bin Ihnen unendlich dankbar«, sagte sie dann auf Venezianisch.

Sie hatte den Satz auswendig gelernt. Die Ursulinen hielten wenig von dem Dialekt der Region, ihre Zöglinge gebrauchten ihn jedoch heimlich, besonders die schmutzigen Ausdrücke.

»Und Sie sprechen unsere Sprache«, rief die Wirtin in einem Ton, als hätte sie mitten in der Wüste eine Landsmännin getroffen. »Ich esse immer nach dem Vespergottesdienst zu Abend. Zögern Sie nicht, zu mir zu kommen, wenn Sie nicht wissen, wo Sie essen sollen.«

Auch Monsieur Emile bedankte sich überschwänglich.

»Ich warte noch immer auf Ihre Miete, Sie!«, versetzte die Signora Pauli mit vorwurfsvollem Blick und verschwand zu ihren halb gefüllten Ravioli.

Wieder allein, sah sich Flaminio dell'Oio in dem Dachzimmer um.

»Da sind Sie also königlich untergebracht! Leonora Pucci, was?«

Vom Glockenturm der Kirche Zanipolo schlug es Mittag. Sie stiegen wieder die Treppe hinab zur Wohnung des Franzosen, der ihnen eine Erfrischung in Form von Gebäck und Rotwein anbot.

Noch immer grübelten sie darüber nach, wie es möglich war, mitten in Venedig eine Gondel zu sprengen. Je länger sie sich mit der Frage beschäftigten, desto klarer wurde ihnen, dass der Lärm, den sie da gehört hatten, eigentlich gar nicht nach einer Explosion geklungen hatte. Es schien, als wäre die Gondel von innen auseinandergeflogen. Der Gedanke, dass sie unbemerkt auf Schießpulver gesessen hatten, machte sie erschaudern. Trotzdem wollte Leonora unbedingt noch einmal zum Unglücksort zurück, um das Geheimnis aufzuklären. Nachdem die Flasche leer war, die Monsieur Emile für sie geöffnet hatte, erklärte der Höfling, er habe eine Idee, wie er sie ungefährdet hinbringen könne.

»Dann brechen wir sofort auf!«, erklärte Leonora.

»Wir sollten nichts überstürzen!« Flaminio dell'Oio hielt ihr die Hand hin, eleganter als alle Bettler vor den Kirchen Venedigs, obwohl seine Absicht ungefähr dieselbe war.

Er musste sich anhören, dass sie die Zeit bezahle, die er für sie arbeite, wenngleich sie zugeben müsse, dass es beinahe ein böses Ende mit ihm genommen hätte.

»Der Preis für mein Leben lässt sich nicht in Gold aufwiegen«, sagte Flaminio und hielt seine Hand nach wie vor ausgestreckt.

Der Franzose schien zwar anderer Meinung zu sein, Leonora konnte aber nicht abstreiten, dass ihr Helfer den Tag beinahe auf dem Friedhof beendet hätte, und legte deshalb eine zweite Zechine in die Hand mit den gepflegten Fingernägeln.

Der junge Mann verschwand für eine halbe Stunde.

Bei seiner Rückkehr hatte er einen Beutel dabei, aus dem er einen schlichten Kittel und einen Strohhut holte. Er riet Leonora, den Kittel überzuziehen. Gemeinsam verließen sie unter den Augen der ihnen aus dem Fenster hinterherspionierenden Wirtin das Haus und begaben sich zum nächsten Seitenkanal. Sie winkten dem ersten Gondoliere zu, der sich näherte.

In Santa Giustina hatte sich ein Mädchen aus dem Volk in die Gondel gesetzt, doch als sie fünfzehn Minuten später in Santo Stefano ankamen, entstieg ihr ein adeliges Fräulein.

Unterwegs hatte Leonora den Kittel wieder ausgezogen und für das nächste Mal in den Beutel gesteckt. Die jungen Leute gingen sich die aus dem Wasser gefischten Reste der Gondel ansehen, die man bei einem Kesselschmied gelagert hatte, dessen Werkstatt am nahe gelegenen Campo Santo Stefano lag. Sie brauchten eine Weile, um die Stücke richtig zusammenzusetzen, denn Leonora verstand nichts von Gondeln und schuf mehr Durcheinander als Ordnung. Schließlich gab das Wrack sein Geheimnis preis. Das geteerte Segeltuch des Kabinendaches und der Boden der Gondel wiesen zwei gleich große Löcher auf.

»Jemand muss von unten einen Pfahl hindurchgerammt haben«, sagte Flaminio verwirrt.

»Das hätte aber ein anderes Geräusch gemacht«, widersprach das junge Mädchen.

Sie verließen den Schuppen des Kesselflickers und kehrten auf die Brücke zurück. Kurz vor dem Anschlag hatten die beiden Gondoliere ihre Boote dicht an ein nicht sehr hohes Haus gefahren, um die Durchfahrt frei zu geben.

»Ich vermute, dass die Mörder auf das Dach dieses Hauses gestiegen sind und einen schweren Gegenstand auf die Gondel geworfen haben«, sagte Leonora. Sie wies auf ein vergleichsweise flaches Dach mit roten und grauen Ziegeln.

Wieder erschauderte Flaminio dell'Oio bei dem Gefühl, einer Katastrophe so knapp entgangen zu sein.

»Das bedeutet …«

»Dass wir keinerlei Chance gehabt hätten, wenn wir auf der Gondel gewesen wären«, bestätigte sie.

Um herauszufinden, ob ihre Vermutungen zutrafen, mussten sie mit den Hausbewohnern sprechen.

»Wer ist da?«, wollte eine Stimme auf ihr Klopfen an der dunklen Holztür im Erdgeschoss wissen.

Der Höfling antwortete, wie es sich gehörte:

»Die Tochter des Ser Cesare dalla Frascada, des *Provveditore* der Kanalreinigung.«

Das Knirschen der Angeln, die offenbar unter der Feuchtigkeit gelitten hatten, war nicht so laut, dass sie den Seufzer der Erleichterung übertönt hätten, den der kleine Mann mittleren Alters ausstieß.

»Endlich! Ich habe schon unzählige Male gemeldet, dass von diesem Gebäude Steine herabfallen. Und nun sinken sogar schon die Gondeln unter meinen Fenstern!«

In seiner Zufriedenheit, dass man sich endlich von staatlicher Seite für seine Sorgen interessierte, fiel ihm gar nicht auf, dass die Procuratie viel zu junge Leute zu ihm schickte. Er bat sie unter einer Flut von Protesten in einen Saal, der mit Automaten vollgestellt war.

»Nachts höre ich ein Knarren. Ich bin sicher, dass das Haus kurz davor steht, in den Rio zu stürzen. Bei Tag und bei Nacht sieht man die Ratten umherschwimmen. Wir sind hier im Königreich der Ratten. Von dem Geruch will ich schweigen! So schlimm war er noch nie! Ich sage Ihnen, die Backsteine verschwinden einer nach dem anderen. Man brauchte sie nur aus dem Schlamm zu holen und zu zählen! Eines Nachts werde ich aufwachen und bis zur Nase im Schlamm stecken, das steht fest!«

»Herzlich willkommen bei der venezianischen Verwaltung«, flüsterte Flaminio dell'Oio seiner Begleiterin ins Ohr.

»Endlich lässt man sich dazu herab, sich mit uns zu befassen!«, fuhr der zukünftig Ertrunkene fort. »Bereits heute Morgen war jemand hier und sagte, unsere Klagen hätten ein offenes Ohr gefunden. Ein Gläschen Grappa?«

Leonora wollte das Angebot gerade ablehnen, um von dem kleinen Mann zu erfahren, was genau es mit dem morgendlichen Besuch auf sich hatte, doch ihr Begleiter hatte die Einladung bereits angenommen. Ihr Gastgeber zog einen langen Schlüssel aus der Tasche und machte sich an dem riesigen Schloss einer Truhe zu schaffen, aus der er mit einer Vorsicht, als handele es sich um die letzte Amphore der Hochzeit von Kanaan, eine dickbauchige Flasche mit langem Hals zog. Währenddessen erklärte Flaminio dell'Oio seiner Begleiterin mit leiser Stimme, dass ein echter Venezianer ein Glas unter Freunden nicht ablehnen dürfe, wenn er nicht entsetzlich unhöflich sein wolle. Das spannende Thema der fliegenden Dachziegel verfolgten sie nun weiter, und der Alkohol löste dem lieben Mann die Zunge.

Leonora glaubte gerade einmal ein Viertel dessen, was er sagte, nahm aber dennoch auf dem mit Stroh gepolsterten Stuhl Platz, den er ihr anbot. Sie begnügte sich damit, nur die Lippen mit dem farblosen Getränk zu benetzen, das man ihr servierte. Sie war überzeugt, dass bei Fliegen allein der Geruch zum Herzstillstand führte. Aber Flaminio dell'Oio hatte offenbar wenig mit diesen Insekten gemein. Er leerte das erste Glas in einem Zug und stellte es mit einem genussvollen Schmatzen hin. Erst beim dritten Glas gelang es Leonora, ihren Gastgeber wieder an den Besuch zu erinnern, von dem er ihnen berichten wollte.

Drei Vertreter des Amtes für die Instandhaltung der Gebäude hätten sich am Morgen bei ihm eingefunden. Zwei seien einfache Arbeiter gewesen, aber der Dritte, ihr Chef, habe wahrlich wichtig ausgesehen, geradezu martialisch. Er habe einen Schmiss auf der Wange gehabt, und seinem durchdringenden Blick sei mit Sicherheit nichts entgangen.

»Haben Sie etwas Ungewöhnliches bemerkt?«, fragte Leonora, obwohl sie von jemandem, der es normal fand, dass ihm die Behörden ein junges Mädchen schickten, keine großartigen Entdeckungen erwartete.

Der Mann antwortete wie aus der Pistole geschossen:

»Aber ja doch! Die Aussprache der Arbeiter war entsetzlich!«

Seiner Meinung nach kamen die Männer aus Triest. Auch weil sie so breite Schultern wie Holzfäller hatten, habe er das gedacht. Zufrieden, dass sich die Behörden endlich mit den Rissen in seinem Haus befassten, hatte er die drei Männer auf das Dach steigen lassen, damit sie sich einen Überblick verschaffen konnten. Sie hatten offenbar ein schweres Instrument mitgebracht. Es steckte in einem festen Segeltuchsack. Der Automatenmacher vermutete ein kompliziertes Messgerät, das des schwierigen Falles würdig war, den er ihnen unterbreitet hatte.

»Wie interessant«, meinte Flaminio dell'Oio und hielt dem guten Mann erneut sein Glas hin, in dem sich der Grappa nicht lange hielt. »Und was haben sie nach ihren Messungen gesagt?«

Die Sache sei ernster als vermutet, und sie schickten noch weitere Fachleute. Er sei entzückt, dass sie so viel schneller gekommen seien, als man es von der Verwaltung gewohnt sei. Urplötzlich malte sich Sorge auf seinem Gesicht.

»Mein Haus ist verloren, ja?«, fragte er mit tonloser Stimme.

Da die Grappaflasche nichts mehr zu bieten hatte, stand Flaminio dell'Oio auf und legte dem Unglücklichen tröstend die Hand auf die Schulter.

»Tragen Sie es mit Fassung, mein Lieber.«

Dann flüsterte er dem Unglücklichen einige Worte ins Ohr, die Leonora nicht verstand. Sie sah jedoch, wie sich die Augen des Mannes vor Überraschung weiteten.

»Ja, gewiss, ich werde kommen«, erwiderte er und versicherte dann die jungen Leute seiner ewigen Dankbarkeit. »Morgen gegen drei Uhr auf der Piazza. Ich werde da sein.«

»Und vergessen Sie den kleinen Betrag nicht«, erinnerte ihn der Höfling, während er Leonora zur Haustür führte.

Wieder im Freien hielt sich das junge Mädchen nicht mit ihrer Meinung darüber zurück, dass er ihre Nachforschungen dazu nutze, um Kunden zu werben.

»Warum nicht etwas Gutes tun, wenn man kann?«, erwiderte der Höfling grinsend. »Der Mann hat vergeblich versucht, die Verwaltung für seine baulichen Probleme zu interessieren. Dank meiner, das versichere ich Ihnen, wird nächste Woche die Hälfte der staatlichen Architekten in seinem Salon Grappa schlürfen!«

Nun wussten sie also, was mit der Gondel passiert war. Drei Männer aus Dalmatien hatten vom Giebel des Daches einen Felsbrocken auf die Kabine geworfen. Da aber in den Straßen Venedigs große Steine nicht gerade herumlagen, musste der Anschlag sorgfältig geplant worden sein. Die drei hatten wohl das Portal der Ca' Civran beobachtet, und ihre Waffe war in einem Segeltuchsack versteckt gewesen. Sie musste noch auf dem Grund des Kanals liegen. Wenn es gelänge, sie zu finden, würden sie vielleicht etwas über ihre Feinde erfahren. Nun brauchten sie gute Schwimmer.

»Sehen Sie mich nicht so an«, sagte der Höfling, der wenig Neigung verspürte, seine Spitzen abzulegen und sich ins kalte Wasser zu stürzen.

Leonora überlegte kurz, ob sie die Reinigungsmaschine ihres Vaters einsetzen sollte. Das würde jedoch schwierig sein, und die Suche nach dem Stein würde auf keinen Fall unbemerkt bleiben. Zum Glück waren in der Lagunenstadt gute Schwimmer keine Seltenheit. Die Männer mit den kräftigen Armen, die die Wrackteile aus dem Wasser gefischt hatten, lungerten noch auf dem Campo herum. Leonora rief sie zu sich.

Die beiden Männer, die sie schließlich auswählte, waren von dem Auftrag allerdings nicht sehr angetan. Dafür erklärte sich Flaminio dell'Oio jedoch bereit, das Unterfangen zu beaufsichtigen. Die Männer sollten erst einmal ihre Kleidung ablegen. Er ließ sie nicht aus den Augen, während sie praktisch nackt abwechselnd ins Wasser sprangen und mit ihren kräftigen Armen den Schlick nach dem Gegenstand durchwühlten, den man ihnen beschrieben hatte. Die Kanäle Venedigs waren nicht tief, aber verschlammt. Als die Männer blau vor Kälte waren, engagierte Flaminio zwei gut gebaute athletische Jünglinge, die er immer wieder ins Wasser tauchen hieß, allerdings an ganz anderen Stellen. In Leonora stieg der Ärger hoch.

»Die Gondel befand sich genau unter diesem Fenster«, sagte sie trocken zu Flaminio dell'Oio. »Wozu soll es dienen, dass die Männer so weit entfernt tauchen?«

Der Höfling grinste ertappt und wies die schönen jungen Männer dann an, sich auf die Stelle zu beschränken, die von der Spielverderberin gezeigt worden war. Zu viert mussten sie schließlich den Steinquader nach oben hieven, der an die zwei Meter unter Wasser lag.

Noch schwieriger wurde es, den schweren Brocken aus dem Wasser zu holen und ans Ufer zu schaffen. Einige

Passanten waren neugierig stehen geblieben und schauten sich das seltsame Treiben an.

»Das ist die Tochter des *Provveditore* der Kanalinstandhaltung«, erklärte der Automatenbauer jedem, der es hören wollte, und er fügte hinzu, dass es ihr zu verdanken sei, dass sich die Behörden endlich dafür interessierten, was von den Gebäuden herunterfiel.

Der Kesselflicker, bei dem die Wrackteile standen, brachte ihnen endlich Seile, mit denen ihre Helfer den Stein ans Ufer wuchteten.

Sie beugten sich darüber und nahmen den Stein in Augenschein.

»Nun wissen wir also, woher unsere Mörder kommen«, sagte Flaminio dell'Oio schließlich. Er starrte Leonora mit schreckgeweiteten Augen an.

XII

Leonora hatte keine Angst. Vor ihr lag ein großer, rechteckiger Gesteinsbrocken, der ihr völlig harmlos vorkam.

»Das ist aber komisch«, ließ sich einer der Bewohner des Viertels vernehmen, der mit den anderen um den Fund herumstand.

Rasch warf Flaminio dell'Oio seinen Umhang auf den

Stein. Er verdoppelte den Lohn der Taucher, damit sie sich davonmachten, und heuerte dann andere Kräfte an, die den Brocken zur nächsten Barke schafften, in eine Plane verpackten und festzurrten. Leonora sah zu, ohne etwas zu begreifen. Sie hörte nur, wie man um sie herum flüsterte und auf das große Paket deutete. Erst als sie in der spontan gemieteten Ölbarke saßen, wagte sie ihren Begleiter zu fragen, wieso ein alter Stein eine solchen Aufregung auslösen konnte.

»Genau deshalb, weil es kein alter Stein ist!«, erwiderte Flaminio dell'Oio mit einem Seitenblick auf den rudernden Ölhändler. »Wenn Gott doch nur gewollt hätte, dass es ein alter wäre! Dann hätte sich niemand etwas dabei gedacht, und ich hätte in der kommenden Nacht ruhig geschlafen.«

»Und was stört die Leute von Santo Stefano an diesem Stein?«, wollte Leonora wissen. Ihr Begleiter hob die Augen zum Himmel.

»In Venedig gibt es keine Natursteine. Die Häuser werden aus Backsteinen gebaut. Die großen Natursteine sind nur für Kirchenfassaden oder herrschaftliche Häuser bestimmt. Sie kommen vom Festland. Es kostet ein Vermögen, sie hierherzutransportieren. Deshalb wird jeder Stein aus den Steinbrüchen mit einem Zeichen versehen, dem zu entnehmen ist, wo er herkommt und wozu er bestimmt ist. Das weiß hier jeder! Ihr Herr Vater hat wirklich Pech, dass die Einzige, die ihm helfen will, ein unwissendes Täubchen aus dem Kloster von Vicenza ist!«

Es war das erste Mal, dass Leonora ihn gereizt erlebte.

Sie schloss daraus, dass er sich Sorgen machte.

»Also eigentlich eine gute Nachricht«, sagte sie mit wenig überzeugter Stimme. »Wir müssen nur noch in Erfahrung bringen, wo der Stein herkommt und wem er gehört …«

»Aber das wissen wir doch bereits!«, erwiderte dell'Oio lauter, als er wollte. »Es tut mir äußerst leid, aber alle Ihre Zechinen können die Gefahr, in der wir schweben, nicht aufwiegen.«

Mit diesen Worten sprang er bei der ersten sich bietenden Gelegenheit an Land und verschwand in einer der Gassen.

Leonora blieb mutterseelenallein in der fettigen Barke mit dem Ölhändler und dem eingewickelten Steinbrocken zurück. Es war nicht zu fassen! Und obwohl sie noch wie betäubt von der Feigheit des Höflings war, der sie mit dieser unhandlichen Steinlast sitzen ließ, ärgerte sie sich über sich selbst, weil sie sich so vollständig auf den Flegel Flaminio verlassen hatte!

Der Tag neigte sich seinem Ende zu. Hier und da leuchteten in den Fenstern, in den kleinen Geschäften und unter den Portalvorbauten die ersten Kerzen auf. Leonora fühlte sich so verlassen wie bei ihrer Ankunft. Nur dass sie an jenem Abend keinen Stein mit sich herumschleppte, dessen Anblick genügte, um die Leute in die Flucht zu jagen. Was sollte sie jetzt tun?

Da ihr nichts Besseres einfiel, wies sie den Ölhändler an, sie zur Ca' Civran zu rudern. Dort schleppten die Lakaien das schwere Paket in die Eingangshalle. Wie gewöhnlich waren weder ihre Mutter noch ihr Bruder zu

Hause. Leonora suchte die Küche auf, um etwas zu essen, dann ging sie hinauf in ihr Zimmer.

Wie sollte sie ihre Nachforschungen betreiben, wenn alle sie im Stich ließen? Je mehr sie in die Geheimnisse Venedigs eindrang, desto weniger verstand sie. Die Rektionen dieser kuriosen Venezianer fand sie äußerst verwirrend. Und der Tag, an dem sie ihrem Vater verkünden konnte, dass sie ihm das Leben gerettet habe, rückte in weite Ferne.

Am nächsten Morgen begab sie sich gleich nach dem Aufstehen in die große Eingangshalle, um zu sehen, ob ihre Beute noch immer dort lag. Sie lag nicht nur noch da, sondern Loreta hatte sie ausgepackt und sorgfältig sauber gemacht. Leonora war gerade dabei, sie den Brocken noch einmal gründlich anzusehen, als ihre Mutter in Begleitung Robertos von einem Fest heimkehrte. Der große Stein in der Eingangshalle erregte ihre Aufmerksamkeit.

»Das ist wohl eine Mode vom Festland?«, mokierte sich der Cicisbeo. »Wollen Sie für uns ein Bild der Heiligen Jungfrau meißeln?«

Lachend entfernten sich die Donna und ihr Begleiter.

Zufällig lag der Stein auf der Seite mit der Kennzeichnung. Niemand im Haus sah also, woher er kam und wem er gehörte.

Leonora wusste nicht mehr weiter. Sie brauchte dringend einen Venezianer, der sie aufklärte. Aber was, wenn er so entsetzt wäre wie Flaminio oder, noch schlimmer, wenn er die Gendarmen der *Signoria* holen würde, um ein

Verbrechen anzuzeigen, von dem sie nicht die geringste Ahnung hatte?

Jemand räusperte sich hinter ihr. Sie wandte sich um und sah Flaminio dell'Oio im Portal.

»Sind Sie zurückgekommen, um mir zu helfen?« Sie wischte ihr Kleid ab, auf dem der behauene Stein feine weiße Staubspuren hinterlassen hatte.

Der Höfling erwiderte, dazu werde ihn zwar kein Gold der Erde bewegen, aber als Ehrenmann könne er unmöglich dulden, wie Leonora ahnungslos ihr Leben aufs Spiel setze.

Zu zweit wälzten sie den Stein auf eine andere Seite. Die beiden Zeichen waren in der Tat vorhanden. Das eine stand für den Steinbruch, das andere besagte, dass er »Venezia Dominante« gehörte. Es war sozusagen die offizielle Importerlaubnis, da die Einfuhr von Bausteinen einem staatlichen Monopol unterlag. Noch immer begriff Leonora nicht, was daran so entsetzlich war.

»Das Amt, das für die Einfuhr von Baumaterialien zuständig ist, wird von Lazaro Corner geleitet. Und das ist ein Mann, dem ein gewisser Ruf vorauseilt.«

Wie viele alte Patrizierfamilien habe auch das ehrwürdige Geschlecht der Corner zahlreiche Nebenlinien, denen es unterschiedlich gut gehe, und Lazaro gehöre zur ärmsten, führte Flaminio aus. Er habe schon bei äußerst finsteren Geschäften mitgemischt, sei aber wegen seiner Beziehungen jedes Mal mit einem blauen Auge davongekommen. Da er gewissenlos und gewalttätig sei, finde sich immer wieder jemand, der ihn brauche.

Flaminio nannte ihr einige berüchtigte Beispiele aus

Lazaro Corners Jugend. Er hatte Leute mit Stockschlägen traktiert, vom Balkon geworfen, Raubzüge organisiert und sogar, so hieß es, einige Leute eigenhändig mit dem Schwert umgebracht.

»Er ist also ein Ungeheuer!«

Flaminio dell'Oio nickte ernst. Nun begriff sie seine Reaktion und die der Einwohner der Pfarrgemeinde Santo Stefano. In dem Lagunenparadies hauste ein Dämon, und dieser Quader gehörte ihm.

Obwohl er zwanzig Mal das Henkersbeil verdient hätte, war Lazaro Corner mit Verbannung auf Lebenszeit davongekommen. Einige Jahre später hatte seine Familie seine Begnadigung erwirkt, und man hatte ihm das Amt für die Renovierung gefährdeter Bauwerke übertragen. Um seine Tätigkeit auszuüben, musste er sich häufig in den Steinbrüchen aufhalten und machte daher umso seltener die Straßen Venedigs unsicher.

»Ist es nicht widersprüchlich, wenn man einen Mord plant, einen Gegenstand zu verwenden, der die Ermittler unfehlbar zu seinem Besitzer führt?«, warf Leonora ein.

Flaminio dell'Oio war so nervös, dass er sich nicht beherrschen konnte. Er brach in Gelächter aus. Die Naivität dieses Mädchens war grenzenlos.

»Ich verstehe jeden Tag ein wenig besser, warum Sie meine Dienste in Anspruch nehmen müssen! Sie haben keine Ahnung davon, wie die Dinge in dieser Stadt laufen. Wenn man Ihnen erzählte, dass diese Stadt auf dem Wasser schwimmt und sich je nach Wind verlagert, würden Sie es glauben! Ich danke Ihnen, dass Sie die letzten Minuten meines kurzen Lebens erheitern.«

Erstens sei es äußerst unüblich, fuhr er fort, dass die Ordnungshüter der Stadt nach ins Wasser gefallenen Steinen fischten. Wenn die *pregadi* des Rats der Zehn sich damit befassten, was auf dem Grund der Kanäle liege, hätten sie bald nichts anderes mehr zu tun. Zweitens, wenn das Geschlecht der Corner so mächtig war, dass es jemanden, der im Verdacht stand, mindestens drei Menschenleben auf dem Gewissen zu haben, aus der Verbannung zurückholen konnte, dann brauchte sich dieser Jemand keine Gedanken darüber zu machen, dass man ihn beschuldigen könnte, Gondeln mit Steinen zu bewerfen.

»Sie sind die Einzige, die sich einbildet, man könnte gegen ihn vorgehen«, jammerte er. »Sie sind die Einzige. Sonst gibt es niemanden!«

Leonora dachte schon, er würde gleich in Tränen ausbrechen. Sie machte sich Vorwürfe, ihn in ein Abenteuer mit hineingezogen zu haben, das ihn offenbar so sehr erschreckte. Was hatte er schließlich mit dem Schicksal des Patriziers dalla Frascada am Hut oder mit dem seiner Tochter? Ein Mann, der sich straffrei an anderen vergriffen hatte, würde nicht zögern, sich den kleinen Höfling ebenso leicht vom Halse zu schaffen, wie er ihre Gondel zertrümmert hatte. Bei dieser Überlegung schoss ihr der Gedanke durch den Kopf, dass das Ganze ja auch eine positive Seite hatte.

»Wir nähern uns dem Ziel!«, sagte sie, wie von einer göttlichen Eingebung erfasst.

Nun hat sie endgültig den Verstand verloren, dachte Flaminio dell'Oio bedrückt.

»Wir sind nicht mehr weit von der Wahrheit entfernt!«, begann sie wieder mit einer Begeisterung, die den Höfling in seiner Befürchtung bestärkte.

»Richtig, und deshalb sollten Sie auch unverzüglich zu Ihren Ursulinen zurückkehren«, sagte er so ruhig wie möglich. »Was mich betrifft, so möchte ich Sie bitten, mein Konto zu saldieren, damit ich mich absetzen kann, bis Gras über die Sache gewachsen ist.«

Freudlos dachte er an einen Aufenthalt in fernen Gegenden, Bologna etwa oder Florenz, die von der Kultur so gut wie unberührt waren. Bei dem Gedanken, in diesem Frühling den *carnevale* zu verpassen, die Zeit der Freiheit und des Übermuts, überkam ihn Verzweiflung.

Leonora sah jedoch keinen Anlass, ihn aus ihren Diensten zu entlassen. Deshalb versuchte sie mit viel Geduld, ihn dazu zu überreden, mit ihr nach der Baustelle zu suchen, von welcher der Stein stammte. Nicht um zu bestätigen, dass der schreckliche Corner den Auftrag zu ihrer Ermordung gegeben hatte, sondern im Gegenteil, um Flaminios Vermutung zu entkräften. Schließlich könnten sich auch andere auf einer Baustelle bedienen! Dell'Oio klammerte sich an diesen Strohhalm. Allerdings fragte er sich, wer außer Lazaro Corner das Kaliber hatte, der Serenissima einen Stein zu stehlen?

Sie verließen das Haus zur Straßenseite hin, für den Fall, dass man ihnen am Canal Grande auflauerte. Unterwegs erläuterte Flaminio Leonora, dass es in Venedig weder Steine zum Bauen noch Ton gab, um daraus Backsteine und Ziegel zu formen. Auch Holz war keines vorhanden, um Pfähle, Balken und Dachgestühl zu zimmern. Es fehlte an Eisen, um die Gitter zu schmieden und die Gerätschaften herzustellen. Alles, absolut alles, musste importiert werden. Das Holz kam aus den bewaldeten Bergen, die Backsteine wurden in der Ebene hergestellt, das Eisen in den Alpen gewonnen, und der Stein stammte aus den Bergen Istriens und wurde von dalmatinischen Häfen aus verschifft.

»Immerhin fehlt es nicht an Wasser«, meinte Leonora und setzte zu einem Sprung über eine Pfütze an, von der man nicht wusste, ob sie vom Regen oder vom Hochwasser verursacht worden war.

»Wasser?«, wiederholte Flaminio.

Er wollte sich totlachen.

»Sie glauben, in Venedig gebe es Wasser? Nie hat es hier Wasser gegeben, nicht einen einzigen Tropfen! Und wenn Sie zehn Jahre suchen, werden Sie kein Wasser finden!«

Leonora dachte, die nervliche Anspannung habe seinen Verstand verwirrt. Sie wusste nicht, dass die vielen Campi mit ihren schönen Brunnen nur Illusion waren. In der Stadt gab es keine Quellen, keine Grundwasserschicht. Die Campi waren in Wahrheit Zisternen, in denen die Venezianer den Regen sammelten, den ihnen der Himmel schickte. Nur so konnte die unglaublichste Stadt der Welt überleben.

Sie machten sich auf eine lange Wanderung und fragten nach und nach die Einwohner über Baustellen in ihrer Nachbarschaft aus. Man verwies sie auf eine schöne Fassade, die gerade in der Pfarrei Santa Croce errichtet wurde. Die Ca' Rizzi erhob sich direkt am Rio. Man konnte sich ihr nur mit Mühe nähern, denn die Baustelle bestand aus Gerüsten, die man ins Wasser gestellt hatte.

»Macht der Tochter des Ser Cesare dalla Frascada Platz!«, schrie Flaminio dell'Oio mit so viel Nachdruck, als sei er ein Herold des Dogen.

Die Neuigkeit, dass ein Kontrolleur gekommen war, löste bei den Arbeitern Panik aus. Wie der Blitz waren die Gerüste leer. Der Baumeister empfing sie allein, mit wenig freundlicher Miene, den Zirkel in der Hand.

»Dieses Haus verspricht großartig zu werden!«, begeisterte sich der Höfling.

Die Bögen des Wassergeschosses standen bereits und man konnte die breiten Fensterbögen des *piano nobile*, des herrschaftlichen Stockwerks, erahnen, vor dem ein Balkon mit Ballustrade verlief.

Leonora hatte allerdings eher eine Schwäche für gotische Gebäude. Sie zog die zierlichen Marmorspitzen vor ihrem Backsteinhintergrund den protzigen Öffnungen und weißen Flächen vor, die ihre reichen Zeitgenossen schätzten.

Die Steine trugen unglücklicherweise ein anderes Zeichen als das von ihnen gesuchte.

»Ist das denn kein Kalkstein aus Istrien?«, fragte Leonora erstaunt.

Mit einem Achselzucken erläuterte der Baumeister:

»Er kommt aus der Romagna. Die *rocca d'orsera* ist heutzutage zu teuer. Unser Adel will zwar Paläste, aber bei der Qualität der Steine macht er Zugeständnisse.«

Sie wollten von ihm wissen, wo sie Steine aus Istrien finden könnten.

»In Istrien!«, erwiderte der Baumeister trocken. »Am besten machen Sie sich gleich auf den Weg.«

Vorsichtig, um nicht über das von den Arbeitern eilig hingeworfene Werkzeug zu stürzen, stiegen die beiden von dem Gerüst.

»Wäre es nicht einfacher, wenn wir uns bei der Baubehörde erkundigten, welche Kirchen gerade restauriert werden?«, schlug Leonora vor.

Flaminio dell'Oio äffte die Stimme des jungen Mädchens nach: »Entschuldigen Sie, mein Herr, ich brauche die Namen der bösen Buben, die sich die Freiheit herausnehmen, Ihre Steine auf meine Gondel zu werfen. Für den Fall, dass sie noch einmal damit anfangen!«

Sie sahen sich zwei Kirchen an, einen Anbau der Dogana und eine Kaserne, die gerade restauriert wurde. Ohne Ergebnis. Da man sich in Venedig im Kreis bewegt, kamen sie schließlich wieder am Campo Santo Stefano an, nicht weit vom Ort des Anschlags. Leonora, die an lange Spaziergänge nicht gewöhnt war, taten die Füße in den durchgelaufenen Schuhen entsetzlich weh. Sie ließ sich auf eine Bank fallen, die an eine Fassade lehnte. An welchen Heiligen sollte sie sich wenden? Ihr Blick schweifte ins Leere. Da sah sie über dem Portal der Kirche Santo Stefano, die ihr gegenüber lag, ein Wandrelief, auf dem ein bärtiger Diakon dargestellt war. Und neben ihm türmte sich ein kleiner Haufen scharfkantiger Steine auf. Der Augenblick war gekommen, eine Kerze anzuzünden. Sie versuchte, ihre schmerzenden Füße zu vergessen, und stieß mit letzter Kraft das schwere, eisenbeschlagene Portal der Kirche auf.

»Santo Stefano ist der Schutzheilige der Steinhauer. Er wird uns helfen.«

Der Höfling folgte ihr schweren Herzens und murmelte vor sich hin:

»Weil er gesteinigt wurde? Darin sehe ich wahrlich kein gutes Omen!«

Sie standen im Hauptschiff der Kirche aus dem vierzehnten Jahrhundert, deren weite Bögen von Zwillingssäulen getragen wurden. Leonora hatte bisher kaum Gelegenheit gehabt, venezianische Baudenkmäler zu besichtigen. Die Kirche gefiel ihr, wenngleich sie in einem schlechten Zustand war. Leonora benetzte ihre Fingerspitzen in einem Weihwasserbecken von der Form eines Pokals, der von einer Figur getragen wurde, bedauerte es aber sofort, denn das Weihwasser war schmutzig.

»Ihm dort sollten Ihre Gedanken gelten«, sagte Flaminio und wies auf ein Grab. »Wir sind in der Kirche der heldenhaften Dogen.« Er zeigte auf das gegenüber dem Chor gelegene Grabmal des Dogen Francesco Morosini, der die Türken in Griechenland so häufig besiegt hatte, dass ihm der Ehrentitel Peloponnesiacus verliehen wurde. Gefallen war er in einer Schlacht gegen die Türken in Nauplia. An der Wand hing die Grabplatte des Dogen Andrea Contarini. Heldenhaft hatte er das Heer der Genueser zurückgedrängt, das sich Venedig so weit näherte, dass es bereits die vorgelagerte Insel Chioggia erobert hatte. Das Meer war den Genuesern zum Verhängnis geworden.

Leonora musterte den Kerzenvorrat, legte ihren Obolus in die dafür vorgesehene Schale und machte sich auf die Suche nach dem Standbild von Santo Stefano. Flaminio interessierte sich mehr für ein Bild des heiligen Sebastian, der fast nackt an einen Baum gebunden war, und verlor Leonora aus den Augen, als sie in ein Seitenschiff bog. Seine Bewunderung des Kunstwerks wurde jedoch bald durch leise Rufe gestört, die unauffällig sein sollten, aber dennoch einige schwarz gekleidete, ins Gebet vertiefte Frauen veranlassten, den Kopf zu heben.

»Kommen Sie schnell!«, rief ihm das junge Mädchen zu. Sie hätte nicht aufgeregter sein können, wenn der Heilige von seinem Sockel gestiegen wäre und mit ihr geplaudert hätte.

In einer der Kapellen des Seitenschiffs war ein Gerüst aufgebaut, zu dessen Füßen sich Steinquader türmten. Sie wollten sich gerade gemeinsam darüberbeugen, als ein Kirchendiener sie störte. Er hatte einen Besen in der Hand und schien fegen zu wollen. Der wohlbeleibte, etwa vierzigjährige Mann trug ein graues, an vielen Stellen geflicktes Gewand, das wahrscheinlich vom Pfarrer geerbt war. Nach einer Weile begriffen sie, dass er sein Einkommen aufzubessern pflegte, indem er Besuchern seine Dienste anbot.

»Mir war gar nicht bekannt, dass die Kapelle gerade restauriert wird«, sagte Flaminio beiläufig.

»Gerade restauriert!«, wiederholte der Küster abfällig. »Sagen Sie lieber, dass es sich bei dieser Restaurierung um einen Dauerzustand handelt!«

Im Folgenden erging sich der Kirchendiener in einer wahren Klagerede. Niemand, so sagte er in anklagendem Ton, mache sich Gedanken darüber, wie lange sich die

Arbeiten hinzögen. Sie gingen nun schon über Jahre. Manchmal tauchten Arbeiter auf, dann kam Monate lang niemand, bis die Verwaltung wieder jemanden vorbeischickte. Man hatte die allerschlimmsten Löcher gestopft, aber was den Rest anging …

»Ich sage Ihnen, unsere Republik ist auf dem absteigenden Ast, und sie wird ein schlimmes Ende nehmen!«

Dabei fehlte es offensichtlich nicht an dem nötigen Baumaterial, das sich auf dem Steinboden türmte.

»Das ist noch guter alter Kalkstein aus Istrien. Heute pfuscht man die Gebäude ja irgendwie zusammen!«

Die Kennzeichnung war die, die sie gesucht hatten. Eine Spur im Staub verriet, dass ein Quader fehlte.

»Haben Sie denn keine Angst, dass man Ihnen die Steine stehlen könnte?«, erkundigte sich Leonora.

Die Bemerkung kam dem Kirchendiener anscheinend absurd vor.

»Erstens gehören sie ja nicht mir, und zweitens, wer sollte denn mit einem so unhandlichen Gegenstand etwas anfangen können?«

Diese Frage hätten ihm die beiden jungen Leute mühelos beantworten können. Leonora stellte ihre Kerze vor der Statue des ersten Märtyrers der Christenheit auf.

»Santo Stefano, hab Dank für deine Hilfe!«

Flaminio dell'Oio war fast versucht, es ihr nachzumachen. Nach einem kurzen Gebet wandte sich das junge Mädchen zu ihrem Begleiter.

»Gibt es noch etwas, was man über diese Kirche voller Überraschungen wissen sollte?«

»Keine Ahnung. Wenn ich mich recht erinnere, liegen hier nicht nur Helden, sondern auch Feinde der Republik.«

Der Küster stand noch immer mit dem Besen in der Hand da und wartete, ob man seine Dienste in Anspruch nehmen würde. Er war überglücklich, sein Wissen gegen ein paar Soldi zur Schau zu stellen.

Andere Persönlichkeiten von einer gewissen Berühmtheit, aber aus weniger wichtigen Perioden der Stadtgeschichte lagen im Kreuzgang begraben. Dazu gehörte Francesco Novello da Carrara, der letzte Herrscher Paduas, der sich gegen die Serenissima erhoben hatte. Er und auch seine beiden im Gefängnis strangulierten Söhne mussten für ihre Freveltat mit dem Leben bezahlen.

»Und hier steht der Sarg von Giovanni Soranzo, einem entfernten Verwandten Ihrer Stiefmutter«, fügte Flaminio hinzu.

Der Küster vervollständigte eifrig das Porträt. Die Frau dieses Soranzo habe Zuwendungen von fremden Monarchen angenommen. Sie habe ihre eigene Tochter lebenslänglich einsperren lassen für Verbrechen, die ihr Mann begangen hatte!

»Davon abgesehen ein sehr guter Doge«, schloss der Küster mit einem Kopfnicken.

Leonora, die nicht gekommen war, um ihrer falschen Verwandtschaft Guten Tag zu sagen, ging in die nächste Kapelle.

»Wenn Sie alle Besonderheiten unserer Kirche kennenlernen wollen, müssen Sie mit einer Gondel wiederkommen«, ließ sich ihr Führer vernehmen. Bei Niedrigwasser sei es möglich, mit dem Boot unter dem Chor durchzufahren. Der Rio del Santissimo führe geradewegs unter der Kirche hindurch und münde dann in den Canal Grande.

»Das ist einmalig!«, brüstete sich der Küster. »Ich kann es Ihnen nur empfehlen. Es ist sehr eindrucksvoll!«

Es dämmerte schon, als sie schließlich den Kreuzgang besichtigten. Dort gab es eine bequeme »Wasserpforte«, die mit dem Boot erreichbar war. Die beiden jungen Leute tauschten einen wissenden Blick aus. Die Kirche war der perfekte Ort für Schmuggler, die unter dem Deckmäntelchen endloser Restaurierungsarbeiten ihr Unwesen trieben.

Sie entlohnten den Küster großzügig und riefen eine Gondel herbei.

»Wo darf ich Sie absetzen?«, fragte Leonora.

»Zanta Zustina«, sagte der Höfling auf Venezianisch zu dem Gondoliere.

Als seine Begleiterin sich erstaunte, dass er genau dahin fahren wolle, wo sie wohne, erwiderte er, dass das nur natürlich sei, denn er werde bei ihr übernachten. In sein Haus könne er nicht zurück, er habe Angst vor den Mördern.

Leonora fand sein Vorhaben nur mäßig verlockend.

»Haben Sie denn keine Freunde, bei denen Sie Schutz suchen könnten?«

»Wenn die erfahren haben, was mir dank Ihrer Güte widerfahren ist, habe ich keine Freunde mehr. Sie hingegen können nicht tiefer sinken.«

Um ihm Unterschlupf zu gewähren, fuhr er fort, müsste man verrückt sein, und da er niemanden kenne, der es an Verrücktheit mit ihr aufnehmen könne, fiele ihm kein anderes Versteck ein.

Leonora fürchtete dennoch, dass ihr Ruf Schaden nehmen könnte.

»Und erst der meine!«, konterte der Höfling und warf sich auf die Bank der Gondel.

XIII

Die beiden jungen Leute aßen in einem unauffälligen Gasthaus. Sie wollten nicht riskieren, von Signora Pauli entdeckt zu werden. Zwar hatte sie eine Leidenschaft für Spezialitäten vom Festland, aber sie wäre nicht begeistert gewesen, wenn sie ihre neue Mieterin beim Essen mit dem jungen Mann ertappt hätte.

Leicht angeheitert machten sie sich auf den Heimweg. Leonora hatte gerade das Haus betreten, da rief die Signora, sie möchte doch einen Moment zu ihr kommen. Als das Mädchen zwanzig Minuten später wieder in ihr Zimmer zurückkam, saß dort Flaminio, den Rücken gegen die Wand gelehnt. Es kam zu heftigen Diskussionen, weil Leonora ihr Kleid nicht ausziehen wollte. Flaminio gab sich die größte Mühe, sie davon zu überzeugen, dass sie nicht bekleidet zu schlafen brauche. Für sich selbst würde er ein Lager aus Decken auf dem Boden bereiten.

»Ich werde mich morgen zwar zerschlagen fühlen, aber was ist das im Vergleich zu einem zerschmetterten Kopf?«

Seltsam bewegt zog Leonora sich aus. So etwas Aufregendes hatte sie in ihrem Schlafsaal in Vicenza nicht erlebt. Es fiel ihr schwer, die Augen zu schließen. Die Ursulinen hatten ihren Zöglingen die männlichen Sitten als grauenvoll geschildert. Leonora war darauf eingestellt, sich mit Händen und Füßen gegen einen Flegel wehren zu müssen, den die Nacht in eine Bestie oder einen Satyr verwandeln würde. Umso erstaunter war sie, als sie, kurz nachdem sie ihre Kerze ausgeblasen hatte, Flaminio leise schnarchen hörte.

Die Sonne war schon aufgegangen, als sie erwachte. Sie lag allein im Bett, ihr Nachthemd war noch nicht einmal zerknittert, und sie war noch immer Jungfrau. Ihr Höfling lag friedlich atmend auf dem Rücken. Seine langen Wimpern beschatteten seine mandelförmigen Augen, und er lächelte im Schlaf. Sein Traum schien angenehmer zu sein als die von der Not diktierte Übernachtung bei einem jungen Mädchen. Sie hatte anscheinend das Glück, den galantesten *galantuomo* Venedigs bei sich beherbergt zu haben.

Mit aller Kraft schleuderte Leonora ihr Kissen dem schlafenden »Galan« ins Gesicht und entriss ihn unsanft dem Reich der Träume.

»Verzeihen Sie, es ist mir hingefallen«, entschuldigte sie sich sofort.

Die Morgentoilette war nicht so einfach zu bewerkstelligen wie die Vorbereitungen zum Schlafengehen, obwohl es Leonora allmählich gleichgültig war, was Flaminio von ihr sah und was nicht. Ihr Gast flocht sich den Zopf und verlangte nach dem Pudertopf. Er erhielt die Antwort, dass sich die »Signorina Pucci« nicht pudere. Murrend erwiderte er, da wolle er das nächste Mal doch lieber bei der dalla Frascada übernachten, die sich besser zurechtmache. Dem Gesicht der kleinen Pucci war anzusehen, dass der Fall nie eintreten würde.

Leonora und ihr Kavalier verließen das Haus so verstohlen, wie sie es betreten hatten. Das Licht des frühen Morgens zauberte einen unvergleichlich lieblichen zartrosa Ton auf die Ziegelsteine. Die frische Meeresluft regte den Appetit an, und Flaminio dell'Oio schlug vor, in einer Schänke zu frühstücken. Seine Begleiterin erwiderte jedoch, für sie sei ein Platz an der besten Tafel der Stadt reserviert. Dann rief sie einem Gondoliere zu, er solle sie zur Ca' Civran bringen. Dem Höfling gab sie zu verstehen, er möge sie dort aufsuchen, wenn er sich etwas Ordentliches angezogen habe. Der junge Mann sah der Gondel nach, die sich mit dem rhythmischen Schlag des Riemens entfernte. Die abrupten weiblichen Stimmungswechsel blieben ihm für alle Zeiten ein Buch mit sieben Siegeln.

In der Ca' Civran war um diese frühe Stunde alles wie immer. Die Herrschaft lag im Bett, und die Dienerschaft war auf den Beinen. Nur dass sie im Unterschied zu den Zeiten, als Leonora noch das Zepter schwang, faulenzte, statt zu arbeiten. Die meisten traf Leonora in der Küche an, mit Schalen voll köstlichen Kaffees vor sich, der eigentlich für die Herrschaft bestimmt war. Als Leonora eintrat, erhob man sich, erstaunt, dass schon jemand auftauchte. Hier würde sie niemals Leonora Pucci sein, sondern für immer die Tochter der Herrschaft. Sie hatte kaum Zeit, sich Kaffee und Gebäck servieren zu lassen, da zog Loreta die verblüffte Leonora bereits mit verschwörerischer Miene in die Wäschekammer.

»Bin ich nicht ihr Spitzel in der Ca' Civran, während Sie Gott weiß wo stecken?«, flüsterte die Dienerin, die ihre Rolle sehr ernst zu nehmen schien.

Von Ser Cesare habe man keine neuen Nachrichten. Man mache sich um ihn auch weniger Sorgen als um Leonoras Verschwinden, das für den Rest der Familie ärgerliche Folgen habe. Niemand kümmere sich mehr um die Leitung des Haushalts. Die Donna sei mit den Nerven am Ende. Ihre Röcke würden nicht gebügelt, niemand ginge mehr auf den Markt, es seien sogar ein Paar Handschuhe und ein Zierdeckchen verschwunden.

Nach dem, was sie von Loreta erfuhr, befürchtete Leonora, dass die Donna nun versuchen würde, ihr Steine in den Weg zu legen. Um unbemerkt zu ihrem Zimmer zu gelangen, schlich sie wie auf Katzenpfoten durch den Flur. Aber da öffnete sich die Tür, und Donna Soranza, für die es noch äußerst früh war, erschien in Nachtkleid und Baumwollhaube. Mit gerunzelter Stirn beschuldigte sie Leonora, außer Haus geschlafen zu haben. Verwirrt errötete ihre Stieftochter, verteidigte sich dann aber energisch gegen den Vorwurf eines leichtfertigen Lebenswandels.

»Das habe ich gar nicht sagen wollen!«, rief die Donna, der es gleichgültig war, was Leonora trieb.

Hätte es sich um ihre leibliche Tochter gehandelt, hätte sie vielleicht anders geurteilt. So ärgerte sie sich nur, weil sie womöglich die beste Haushälterin verlor, die sie seit zehn Jahren gehabt hatte. Wie sollte sie ihre Freiheit voll auskosten, wenn sie auf die vielen Faulpelze unter ihrem Dach selbst achten musste?

Leonora erklärte ihr, sie müsse etwas vorsichtig sein, seit die Gondeln dazu neigten, in ihrer Nähe zu explodieren. Sie wolle unter gar keinen Umständen, dass den edlen Bewohnern der Ca' Civran noch ein Unglück zustoße. Das Argument schien ihre Mutter zu überzeugen.

»Gut. Dann kümmere ich mich eben um den Haushalt und Sie sich um die explodierenden Gondeln«, beendete sie das Gespräch und seufzte.

Es gelang Leonora noch, ihr ein Päckchen jener Köstlichkeiten abzuluchsen, die ihrer Wirtin so gut schmeckten. Donna Soranza reichte es ihr mit dem Gedanken, dass dieses Mädchen sich nach und nach sämtliche ihrer kleinen Schwächen angewöhnte. Dann schloss sie die Tür, um wieder ins Bett zu gehen.

Nachdem Leonora sich umgezogen und einige Dinge eingepackt hatte, die sie zu ihrem zweiten Wohnsitz mitnehmen wollte, konzentrierte sie sich auf das Vorhaben, das sie im Sinn hatte, seit das sanfte Schaukeln der Gondel und die gute, jodhaltige Luft der Lagune ihr den Kopf frei gemacht hatten. Mit dem festen Vorsatz, sich diesmal nicht von ihm abspeisen zu lassen, machte sie sich auf den Weg zu Roberto. Es war gerade der Tag im Monat, an dem der Schneider der Donna mit neuen Pariser Moden kam, und so wusste sie genau, wo er zu finden war.

Der Cicisbeo hatte es sich in der Tat im rosa Rokoko-Salon bequem gemacht. Er thronte in einem Polstersessel und ließ sich Stoffe aus Taft, Seide und Damast vorführen, während er zerstreut Zaletti in eine Tasse cremiger Trinkschokolade tauchte. Ein Lakai in Prunkuniform stand respektvoll hinter ihm, um ihm den kleinsten Wunsch von den Augen abzulesen.

»Ich muss mit Ihnen reden.«

Seine Hoheit der Cicisbeo bedachte das junge Mädchen mit einer nervösen Geste. Er war viel zu sehr damit beschäftigt, die Stoffe zu befühlen, um sich für die Wünsche einer kleinen Waisen zu interessieren, die ein wenig im Rang gestiegen war. Doch Leonora war fest entschlossen, dem Cicisbeo zu zeigen, dass alle schönen Dinge einmal vorbei sind. Mit einer raschen Handbewegung brachte sie den Schneider zum Verstummen. Der Cicisbeo, seines großen Auftritts beraubt, schnaubte vor Entrüstung. Ohne darauf zu achten, begleitete Leonora den Schneider und seine Leute bis ins Treppenhaus, schloss sorgfältig die Tür hinter sich, als sie wieder im Zimmer war, und forderte Roberto auf, ihr unverzüglich den Namen ihrer wahren Mutter zu nennen.

Der Cicisbeo wedelte mit seinen Spitzenmanschetten. Die nervöse Geste passte hervorragend zu seinem empörten Gesicht.

»Wer sagt denn, dass ich die Geheimnisse dieses Hauses kenne? Und selbst wenn sie mir bekannt wären, warum sollte ich Klatsch weitererzählen, der meiner Herrschaft nicht zur Ehre gereicht?«

Kurz, er hatte Angst, seine Stelle zu verlieren. Leonora

schloss daraus, dass er eine Menge darüber wissen musste, was Jahr ein, Jahr aus in diesen Mauern ausgeheckt worden war. Sie ließ die Hand über den schwarzen Taft gleiten, auf den er ein Auge geworfen hatte.

»Mein lieber Roberto. Diesen Stoff würde meine Mutter niemals tragen. Sie findet, dass Schwarz sie alt macht.«

»Tatsächlich?«, entgegnete er unwillig.

»Sie wissen es so gut wie ich. Sie kaufen diesen Stoff nur, um ihn weiterzuverkaufen und den Gewinn einzustreichen. Irgendeine Witwe wird die günstige Gelegenheit mit beiden Händen ergreifen. Donna Ricci am anderen Ende der Straße beispielsweise, die gerade ihren Mann verloren hat.«

Roberto verzog das Gesicht.

»Sie sind in der Tat die Tochter Ihres Vaters«, stieß er zwischen den Zähnen hervor.

Er musste entweder das kleine Geheimnis preisgeben oder auf den Taft verzichten. Er warf einen Blick zur Tür. Sie war noch immer geschlossen.

»Die Principessa«, flüsterte er schließlich.

Leonora fühlte sich in den siebten Himmel katapultiert. Sie sah Engelchen einen Reigen tanzen und hörte die himmlischen Trompeten.

»Meine Mutter ist eine Principessa?«, hauchte sie. Sie wagte es kaum zu glauben.

Visionen von florentinischen Palästen, deren Wände mit Fresken und Stuck verziert waren, brachten ihre Augen zum Leuchten. Diener und Vertraute verbeugten sich vor der Erbin der Medici, die man verloren geglaubt hatte. Eine Dame auf einem Thron, der des spanischen Königs würdig gewesen wäre, breitete bei ihrem Anblick die Arme aus und wies auf den Sitz mit rotem Plüsch an ihrer Seite.

Roberto grinste.

»Principessa! So lautet ihr Spitzname! Alle Kurtisanen Venedigs tragen einen. Ihrer ist ein kleiner Hinweis auf ihre Eitelkeit. Die meisten geben sich mit Fioretta oder Bellina zufrieden. Aber das ist nicht die Art Ihrer Mutter, das können Sie mir glauben.«

Leonora schluckte. Der Doge hatte also die Wahrheit gesagt. Dann riss sie sich zusammen und fragte, wo diese Principessa zu finden sei.

Roberto grinste.

»Alle Männer, deren Vermögen hunderttausend Dukaten übersteigt, werden es Ihnen sagen können, und die wissen dann auch, wann ihr Empfangstag ist und welche Farbe ihre Bettlaken haben!«

Als Leonora die Tür zum Treppenhaus öffnete, war eine ganze Schar Dienstboten scheinbar damit beschäftigt, den glänzenden Marmor zu polieren.

Leonora stieg die Prunktreppe hinab, Loreta immer dicht hinter sich. Sie gingen zur Gondel der Donna, denn diese würde mit Sicherheit nicht vor dem Nachmittag ausfahren.

Roberto hatte die Aussage des Dogen bestätigt. Damit waren alle ihre Träume endgültig geplatzt. Ihre Mutter war keine ehrbare Frau, so viel stand fest.

Sie wollten gerade am anderen Ufer des Canal Grande anlegen, als eine Gestalt, die den Kragen ihres Umhangs hochgestellt hatte, in ihre Gondel einsteigen wollte. Erst als der Vermummte neben ihnen saß, gab er sich zu erkennen.

»Ich glaube nicht, dass man mir gefolgt ist«, versicherte ihnen Monsieur Emile, vergewisserte sich aber sicherheitshalber noch einmal durch das kleine Fenster der *felze*.

Er tadelte seinen Schützling. Leonora habe es unterlassen, ihm zu berichten, wie sie den Tag verbracht habe.

»Ich will doch hoffen, dass Sie keinen Umgang mit Männern gepflegt haben!«

Leonora zögerte.

»Ich habe Sior Flaminio dell'Oio in meinem Zimmer empfangen«, gab sie zu.

»Ach! Mit dem dürfen Sie verkehren«, erwiderte Monsieur Emile erleichtert.

»Ich … ich habe ihn in meinem Zimmer schlafen lassen. Ich habe große Angst um meine Ehre gehabt.«

Loreta sah sie amüsiert an. Der Hauslehrer winkte lässig ab.

»Ach, da besteht keine Gefahr. Halten Sie nur Ihren Mund, damit die Spatzen es nicht von allen Dächern pfeifen.«

Leonora wusste nicht so recht, was sie davon halten sollte. Sie war nicht nur nicht entehrt worden. Es gelang ihr noch nicht einmal, ihre beiden Begleiter davon zu überzeugen, dass ihre Ehre überhaupt in Gefahr gewesen war.

Gerade wollte sie ihrer Enttäuschung Luft machen, da klopfte es an die Wand der Kabine und ein Schatten huschte herein. Es war dell'Oio, der das Gesicht in einen riesigen Schal gehüllt hatte, als wäre es bitterkalt.

»Sie haben sich noch unkenntlicher gemacht«, bemerkte Leonora spitz.

»Nur für meine Treffen mit Ihnen«, erwiderte er im selben Ton.

Sie machten sich daran, eine Zwischenbilanz zu ziehen, auch wenn es in der Gondel ein wenig eng war. Es ging darum, dem Zusammenhang zwischen immerwährenden Bauarbeiten in einer Kirche aus dem vierzehnten Jahrhundert, einem Anschlag auf sie selbst und der Einkerkerung eines Patriziers auf die Spur zu kommen.

Der Franzose erinnerte seine Schülerin daran, dass sie eine Verabredung mit dem Advokaten Sior Robolino Robolini habe. Ihr zukünftiger Schwiegervater hatte Wort gehalten. Er hatte für ihren Vater einen Rechtskundigen gewinnen können, der für ihn bereits mehrere Prozesse gewonnen hatte.

Leonora ging nicht auf Monsieur Emile ein, sondern musterte kritisch das Wasser. Es schien weniger hoch als sonst zu sein.

»Es ist Niedrigwasser, oder?«

Die drei anderen warfen sich bedeutungsvolle Blicke zu.

»Sie fangen ja an, eine echte Venezianerin zu werden!«, begeisterte sich Monsieur Emile, der zwar in die Rolle des Verschwörers geschlüpft war, dessen pädagogischer Ehrgeiz jedoch nie erlosch. »Sie bemerken den Wasserstand! In Kürze werden Sie die Uhrzeit an der Farbe der Steine oder der Breite der Wellen ablesen!«

Damit nicht genug. Leonora hatte noch eine Überraschung auf Lager. Sie gab dem Gondoliere den Befehl, unter der Kirche Santo Stefano hindurchzufahren.

Eine Weile später glitt die Gondel durch einen finsteren, mit Moos bewachsenen Bogen. Alle verließen die Kabine, um sich den eindrucksvollen Anblick nicht entgehen zu lassen. Der Gondoliere stieß sein Boot ein letztes Mal kräftig an, dann musste auch er sich setzen und seine Gondel den vereinten Kräften von Trägheit und Strömung überlassen.

Sie glitten unter dem Backsteingewölbe hindurch und hörten wie in einer Grotte das Plätschern des dunklen Wassers.

»Hier fährt sonst niemand durch«, erklärte der Gondoliere. »Es ist wenig angenehm und noch nicht einmal eine Abkürzung. Außerdem geht man das Risiko ein, sich den Kopf zu stoßen, wenn das Wasser zu hoch steht«, fügte er hinzu, ohne das Ufer aus den Augen zu lassen, um die Gondel falls nötig mit dem Ruder wieder in die Mitte zu schieben.

Das Tonnengewölbe, das sie hätten berühren können, wenn sie den Arm in die Höhe gereckt hätten, verzerrte seine Stimme. Sie hatten nicht mehr den Eindruck, in Venedig zu sein, sondern auf einem Gebirgsfluss in die Tiefen der Erde zu gleiten.

Da Leonora und ihr Höfling den Advokaten Robolino Robolini aufsuchen wollten, ließen sie sich im »Robenviertel« absetzen, wo jeder gute Advokat seine Kanzlei hatte. Nahezu zweihundert Rechtsgelehrte übten hier ihren Beruf aus. Um in Venedig bei Gericht zugelassen zu werden, musste man fünf Jahre in Padua studiert haben, obwohl das eigentlich eine reine Formalität war, da in Padua das römische Recht gelehrt wurde, der Bartolus de Sassoferrato, Baldus de Ubaldis und der Corpus Juris Civilis von Justinian. Die Gerichte in der Lagunenstadt erkannten jedoch nur den venezianischen Codex an. Die jungen Leute verschwendeten also ihre Zeit in Padua, wenn sie später ihren Lebensunterhalt auf ganz anderen Grundlagen verdienen mussten.

Die Kanzlei Robolinis war in San Paternian im *piano nobile,* dem herrschaftlichen Stockwerk eines ansehnlichen Hauses, untergebracht. Ein Kanzlist bat sie, im Vorzimmer Platz zu nehmen. Sie warteten unter einem Bild, auf dem man den Meister in Lebensgröße bewundern konnte. Er trug seine Berufskleidung, das heißt die schwarze Patrizierrobe und eine riesig große Perücke nach der Mode des vergangenen Jahrhunderts. Dann bat der Kanzlist sie, im Büro einzutreten.

Der Herr, der aufstand, um Leonora und ihren Begleiter zu begrüßen, war klein und lebhaft. Sein Schädel war um einiges kahler, als das Porträt es erwarten ließ. Er fühle sich geschmeichelt, die Tochter einer so erhabenen Persönlichkeit zu empfangen, der die Republik tausendmal für ihre Wohltaten zu Dank verpflichtet sei. Reine Rhetorik, dachte Leonora, denn die Republik schien im Augenblick keineswegs von großer Dankbarkeit gegen ihren Vater erfüllt zu sein. Sie stellte ihren »Sekretär« vor.

»Ah, Sior dell'Oio ist mir bekannt!«, beeilte sich Robolini ihr mit einem Lächeln zu versichern, das zu besagen schien, dass er mit diesem jeden Sommer gemeinsam an die Ufer der Brenta in die Sommerfrische führe. »Viele Mandanten suchen mich auf, nachdem sie sich an diesen talentierten Menschen gewandt haben.«

Flaminio dell'Oio erwiderte des Advokaten überschwängliche Begrüßung. »Es ist genau umgekehrt«, flüsterte er Leonora ins Ohr, während Robolino Robolini seinen breiten Sessel aufsuchte. »Ich hole die Kastanien aus dem Feuer.«

»Mit Sior dell'Oio haben Sie eine glückliche Wahl getroffen. Heutzutage gibt es so viele Spitzbuben in Venedig.«

Es war leicht zu erraten, worauf er anspielte. Flaminio dell'Oio ließ sich nichts anmerken. Sein Lächeln war viel zu breit, als dass es wirklich höflich gewesen wäre. Er antwortete im selben Ton:

»Oh, die Tochter von Ser Cesare dalla Frascada erkennt einen Schwindler, wenn sie ihn sieht.«

Leonora hatte das Gefühl, auf einer Jagdpartie zu sein, wo die Jäger aufeinander zielten.

Sie gewann jedoch den Eindruck, dass der Advokat etwas von seinem Fach verstand. Er schien die Jurisprudenz in- und auswendig zu kennen und streute bei jeder Gelegenheit eine lateinische Sentenz in seine Ausführungen ein. Er war das genaue Gegenteil der inoffiziellen Ratgeber auf der Piazza. Sie vertraute ihm das Ergebnis ihrer Ermittlungen an. Man habe ihrem Vater eine Falle gestellt und der Ausschuss für Baumaterialien sei mit von der Partie. Robolino Robolinis Gesicht war keinerlei Gefühlsregung zu entnehmen. Leonora führte das auf eine Gewohnheit zurück, die er im Gerichtssaal angenommen haben musste: völlig ungerührt zu bleiben, selbst wenn der Mann, den er soeben noch mit dem heiligen Franz von Assisi verglichen hatte, verurteilt wurde, weil er seine acht außerehelichen Kinder an ein Bordell verkauft hatte. Als das junge Mädchen mit unvermindertem Enthusiasmus weiterreden wollte, gab ihr Flaminio ein Zeichen, den Mund zu halten.

»Wenn ich Sie richtig verstanden habe«, rekapitulierte der Advokat, »hat unser lieber Freund dell'Oio, der hier anwesend ist, Sie in eine Gondel steigen heißen, die in Stücke gebrochen ist. Er hat sie dazu verleitet, die Hilfe von Dienstboten und gemeinem Volk in Anspruch zu nehmen. Er hat Ihnen dazu verholfen, die Bekanntschaft eines Automatenherstellers zu machen, indem Sie vortäuschten, Beamte der Serenissima zu sein. Er hat sie dazu angestiftet, den Rang eines Mädchens aus gutem Haus aufzugeben und ein Mädchen aus dem Volk zu spielen, und zu guter Letzt hat er Ihren guten Ruf gefährdet, indem er in Ihrem Schlafzimmer übernachtete. Tja«, schloss er seine Rede und betrachtete traurig seine Hände.

Leonora wäre am liebsten im Erdboden versunken. Aus dem Mund des Advokaten klang es, als wäre sie eine Abenteurerin. Robolini hielt auch nicht mit seiner Meinung hinter dem Berg, dass sie auf diese Weise wohl kaum die Freilassung ihres Vaters bewirken könne. Je mehr sie im Trüben fische, umso mehr würden die Ratgeber des Dogen die Angelegenheit vertuschen wollen, und somit liefe sie Gefahr, dass man ihren Vater für den

Rest seiner Tage auf das Festland verbannen würde, wo es weder Kanäle noch Gondeln gab, kurz, dass seiner ein Schicksal harre, vor dem jedem Venezianer graue. Diese Bestrafung habe man über die Edelleute Querini und Pisani verhängt, die es gewagt hatten, sich gegen die Verwaltung zu erheben. Und das seien Männer gewesen, die eine ganz andere Macht besaßen als der Leiter der Kanalreinigung.

Leonora wandte sich zu ihrem Höfling, der sie nun mit einer Miene ansah, die zu besagen schien: »Ich habe Ihnen doch schon immer gesagt, dass Sie ein viel zu loses Mundwerk haben!«

Aus der Geste, mit der sie seinen Blick beantwortete, schien hervorzugehen: »Und wenn man kein Vertrauen zu seinem eigenen Advokaten haben kann, warum sucht man ihn dann überhaupt auf?«

Die Antwort ließ nicht lange auf sich warten. Der gelehrte Mann setzte wieder sein Lächeln auf, um die Honorarfrage zu erörtern. »Ich meine zu wissen, dass Ihr Herr Vater damit rechnet, dass Sie sich um die Begleichung des anfallenden Honorars kümmern?«

Er reichte ihr eine Rechnung, auf der die »ersten Kosten« aufgelistet waren. Über zwölf Zechinen kamen für Beratungen zu vier Zechinen die Stunde, Schriftverkehr, Antworten auf gerichtliche Instanzen und anderes mehr zusammen. Von diesem Geld konnte eine Handwerkerfamilie zwei Monate lang leben. Der Advokat versicherte ihr, dass in seiner Aufstellung die Beträge für den Widerspruch bereits berücksichtigt seien.

»Den Widerspruch?«, erstaunte sich Leonora.

Das Gericht, dem der Fall vorgelegt worden sei, habe sich als nicht zuständig erklärt, erläuterte er. Die Angelegenheit ginge nun direkt vor die *Quarantia criminale* und das sei eine gute Nachricht.

»Sie können beruhigt davon ausgehen, dass Ihr Geld gut angelegt ist«, sagte er, als er sie zur Tür begleitete. Dann fügte er mit einem Lächeln hinzu:

»Und egal, wie viel ich von Ihnen verlange, ich werde nie um das Privileg bitten, bei Ihnen übernachten zu dürfen …«

Mit diesen Worten schloss er die Tür.

Leonora wollte von Flaminio wissen, warum der Rechtsgelehrte es für eine gute Nachricht hielt, dass der Fall vor die Quarantia kam.

»Ein weiterer Beweis dafür, dass der Mann sich für seinen Mandanten einsetzt«, antwortete Flaminio ironisch.

Nicht in den unteren Instanzen konnten die Rechtsgelehrten ihr Können zeigen, sondern nur in den oberen. Dort breiteten sie ihre Kenntnisse aus, entfalteten ihre Beredsamkeit und konnten etwas für ihren Ruf tun. Vor allem aber störte sich Flaminio daran, dass der Advokat den legalen Weg wählte. Damit kam man, wie jeder wusste, in Venedig nicht weiter. Man musste raffinierter vorgehen, wissen, wie man geheime Türen öffnete, besonders in einer Affäre, bei der die Politik eine Rolle spielte. Den Rechtsweg schlugen nur die Juristen ein, die ihre Mandanten in lange, kostspielige Gerichtsverfahren verwickeln wollten. Einem erstklassigen Advokaten musste man zwei oder drei Zechinen für eine Beratung von einer Dreiviertelstunde zahlen. War der Fall kompliziert, konnten bis zu zwanzig Konsultationen anfallen, bevor die Sache vor den Richter kam. Musste der Rechtsgelehrte schriftlich Klage erheben oder einen Schriftsatz verfassen, waren vier, sechs oder zwölf Zechinen fällig. Es kamen sehr hohe Beträge zusammen, und Naturalien waren darin nicht enthalten.

»Warum glauben Sie wohl, sind ich und meine Kollegen so gefragt? Weil wir für sehr viel weniger Geld sehr viel bessere Ergebnisse erzielen.«

»Wenn ich Sie richtig verstehe, ist es dem Mann egal, was mit meinem Vater geschieht?«

Der Höfling nickte.

Trotzdem entschied Leonora sich dafür, diesem Robolini eine Chance zu geben. So viel Auswahl hatte sie ja auch nicht. Dann wandte sie sich an Flaminio dell'Oio:

»Und nun beweisen Sie mir, wie gut Sie sind!«

Diese Bemerkung empfand der Höfling als Beleidigung. Sie trennten sich im Zorn. Leonora blieb verstimmt auf dem Kai zurück, und er machte sich auf, um für die Nacht ein Bett ohne ein griesgrämiges Mädchen zu finden, das mit Kopfkissen um sich warf.

XIV

Nachdenklich wanderte Leonora an den Häusern der Calli entlang, als ihr plötzlich bewusst wurde, dass sie ohne Anstandsdame unterwegs war. Deshalb rief sie an einer Brücke eine Gondel herbei und verschwand rasch in der schwarz lackierten Kabine.

An der ersten Kreuzung spürte sie, wie sich das Schiff leicht nach Steuerbord neigte. Jemand war zugestiegen. Sie sah ein Paar Stiefel und den Saum eines Umhangs.

»Gondoliere!«, rief sie. »Ich habe die Gondel für mich allein gemietet!«

Der unerwünschte Fahrgast beugte sich vor, um in die *felze* einzutreten. Er ließ sich auf die Bank fallen und starrte sie mit einem geheimnisvollen Lächeln an. Sie sah, dass sein dunkler, gut geschnittener Umhang, zu dem er einen grauen Dreispitz mit rotem Band trug, von unauffälliger Eleganz war. Der Gondoliere stand noch immer an seinem Platz im Heck und rührte sich nicht. Sie begriff, dass die beiden unter einer Decke steckten.

Erst als der Eindringling endlich die Höflichkeit hatte, seinen Hut abzunehmen, bemerkte sie den Schmiss auf seiner Wange.

Leonora glaubte, ohnmächtig zu werden. Die Ursulinen hatten ihren Zöglingen eingetrichtert, dass der

Teufel überall anzutreffen sei. Ihm ausgerechnet in einer Gondel zu begegnen, damit hatte sie nicht gerechnet. In ihrer Kabine saß jene finstere Gestalt, der man in Venedig die schlimmsten Verbrechen nachsagte.

»Ich bin Loreta, Dienerin bei den dalla Frascada!«, schrie sie. »Verlassen Sie die Gondel, oder mein Herr wird Sie bestrafen lassen!«

Das Lächeln Lazaro Corners wurde breiter, ohne dass er deswegen weniger finster aussah.

»Ich weiß sehr wohl, wer Sie sind, Signorina. Ein Wirbelwind wie Sie ist nicht zu übersehen. Venedig ist klein. Warum warten Sie nicht den *carnevale* ab? Dann können Sie unbemerkt in eine andere Haut schlüpfen.«

Das war nun schon das dritte Mal, dass man ihr diesen Rat gab. Alle schienen den *carnevale* herbeizusehnen. Sie begann sich zu fragen, was sich dann wohl so Besonderes in der Stadt abspielte.

Lazaro Corner hätte sie mit seinem Auftritt nicht mehr erschrecken können, wenn auf seiner Stirn die Worte »Ich bin ein Ungeheuer« tätowiert gewesen wären. Etwas anderes, gegen das sie sich nicht wehren konnte, beunruhigte sie aber noch viel mehr.

Sie hätte das Glitzern in den Augen dieses dem Höllenschlund entsprungenen Verdammten anziehend gefunden, wenn man sie nicht so nachdrücklich vor ihm gewarnt hätte.

Ihre Verwirrtheit erreichte den Höhepunkt, als sie merkte, dass er ihre Gedanken las. Er strahlte Intelligenz und einen gewissen Zynismus aus, was seiner Attraktivität keinen Abbruch tat. Leonora verbannte alle Gedanken über ihn aus ihrem Sinn und verhielt sich, wie es sich für ein Mädchen ihres Standes gehörte:

»Ich warne Sie! Wenn Sie mich anrühren, wird man Ihnen den Kopf abhacken!«

Statt einer Antwort zog der ungebetene Gast eine goldene Uhr, deren emaillierter Deckel mit einem Einhorn verziert war, aus seiner Westentasche. Seine eleganten, langgliedrigen Hände schienen wie dafür gemacht, Frauen zu liebkosen, aber auch zu erwürgen.

»Sie wollen mir wirklich alle Verbrechen anhängen«, erwiderte er nach einem Blick auf seine Uhr.

Er saß dichter bei ihr, als es schicklich war. Doch Leonora hatte nicht vergessen, was sie gelernt hatte. Wie die Prostituierten wagten sich auch die Nonnen Venetiens nie aus ihrem Kloster, ohne einen kleinen Dolch dabeizuhaben. Sie presste seine Spitze gegen den Leib des Mörders. Er rückte nicht mehr näher, das unverschämte Lächeln auf seinen Lippen verschwand allerdings nicht.

»Wir sind vom gleichen Holz, Sie und ich«, säuselte er. »Ich bin ein armer Verwandter der Corner und sie ein Bastard der dalla Frascada.«

Es erfüllte sie mit Verdruss, dass er über sie Erkundigungen eingezogen hatte. Auch die Bezeichnung »Bastard« erfreute sie nicht. Sie rückte etwas von ihm ab, um wieder Haltung anzunehmen. Sie wollte weder der Angst noch jener »animalischen Anziehung« nachgeben, wie die Autoren der sentimentalen Romane sie nannten, welche die Klosterzöglinge heimlich verschlangen.

»Darf ich wissen, was mir die Ehre Ihres Besuchs verschafft?«, fragte sie bissig. »Wieder ein Stein?«

»Damit habe ich nichts zu tun«, erwiderte er und hob abwehrend die Hände.

Er wisse sehr wohl, fuhr er fort, dass sie versuche, die Unschuld ihres Vaters zu beweisen. Doch er habe seine Hände nicht ihm Spiel, versicherte er ihr. Gleichzeitig warnte er sie, dass er es nicht dulden würde, wenn sie ihm weiterhin nachspioniere und despektierliche Fragen zu seiner Person stelle. Leonora durchschaute die feine Mischung aus Unschuldsbeteuerungen und Drohungen.

»Sie wissen doch wohl, dass Sie im Höllenfeuer landen werden?«, fragte sie.

Er durchbohrte sie mit einem Blick, der ihr bis ins Mark ging. »Ich kenne viele Menschen, die anziehender sind als Sie«, sagte er. »Aber niemanden, bei dem man so wenig weiß, woran man ist.«

Sie errötete. Das geringste Kompliment, das er ihr machte, trug den Sieg über seine Beleidigungen davon. Da ihr das unerträglich war, wiederholte sie ihre Aufforderung, er solle die Gondel verlassen. Sein ironischer Blick gab ihr zu verstehen, dass es ihm gleichgültig war, ob sie ein Edelfräulein war oder nicht.

»Wissen Sie, dass Sie dalla Frascada nichts schulden?«, sagte er leise. »Sie sind im Begriff, Ihre … nennen wir es … Ihre Ehre … für einen Mann aufs Spiel zu setzen, der nur vorgibt, Ihr Erzeuger zu sein.«

Zuerst dachte Leonora, er spiele darauf an, dass auch der greise Doge Loredan sich als ihr Vater bezeichnete. Dann kam ihr ein anderer Gedanke. Er wollte wohl sagen, dass Cesare dalla Frascada sie bewusst anlog und Kapital aus ihrer Unwissenheit schlug.

Diese Unterstellung war noch abscheulicher als alle anderen.

»Wenn er nicht mein Vater ist, warum hat er mich dann in sein Haus aufgenommen?«, gab sie zurück.

Der Seufzer Corners schien zu besagen, dass er am eigenen Leib erfahren habe, wie es armen Verwandten ergehe. Er setzte seinen Dreispitz mit dem roten Band auf.

»Wer weiß? Vielleicht sind Sie ja mehr wert, als Sie ahnen.«

Einen Augenblick später sprang er ans Ufer und verschwand mit wehendem Umhang um die Ecke.

Als sie wieder allein war, musste sich Leonora eingestehen, dass der Fremde sie tiefer beeindruckt hatte, als es gut für sie war. Sie musste Satan persönlich begegnet sein, denn hatten die Ursulinen ihr nicht beigebracht: Die Verführung ist die Lieblingswaffe des Teufels?

Nachdem sie ihr Gespräch mit dem Sohn der Hölle noch einmal rekapituliert hatte, kam sie zu der Schlussfolgerung, dass die Worte Lazaro Corners nur eines bedeuten konnten: Cesare dalla Frascada hatte die Tochter Francesco Loredans unter falschen Vorgaben in seine Gewalt gebracht. Doch zu welchem Zweck? Denn Ser Cesare schien auf dem Weg in eine Welt zu sein, wo er nicht mehr den geringsten Einfluss auf die verschlungenen Ambitionen der Venezianer hatte.

Leonora lehnte sich verwirrt zurück. Dann gab sie dem Gondoliere den Befehl, sie zur Piazza San Marco zu fahren. Sie musste zum Dogenpalast, um die Dinge zu klären.

Kurze Zeit später begab sich Leonora zum Eingang

des Ehrenhofs, überzeugt, dass der Doge sie empfangen würde, wenn er von ihrem Kommen erfuhr. Man sagte ihr jedoch, seine Hoheit wolle niemanden sehen. Die Botschaft war eindeutig: Entweder ging es dem Dogen schlechter, oder er durfte sein Zimmer nicht mehr verlassen. In beiden Fällen bedeutete es, dass ihr seine Tür verschlossen blieb.

Sie setzte sich einen Augenblick auf eine Steinbank, um nachzudenken. Ganz offensichtlich war Lazaro Corner ein Schmuggler. Sein Leugnen kam einem Geständnis gleich. Man musste ihn einsperren und zum Sprechen zwingen. Das Einfachste wäre, ihn bei der Baukommission des Senats anzuzeigen, für die er offiziell arbeitete.

Ihre Überlegungen waren gerade bei diesem Punkt angelangt, als eine gut gekleidete Frau mittleren Alters zu ihr trat und sie fragte, ob sie ihr behilflich sein könnte. Sie stellte sich als Abbondanza Cancanigo vor und meinte, sie habe ihr ganzes Leben als Tochter eines der Amtsdiener im Dogenpalast verbracht und helfe Besuchern und Bittstellern. Leonora bedankte sich und erklärte, sie wolle zum Ausschuss für öffentliche Bauten.

Die beiden Frauen stiegen die monumentale Treppe hinauf und folgten dem Säulengang an der Fassade entlang, von wo aus man einen herrlichen Blick auf den Bacino di San Marco hatte, bis sie zum Vestibül des herzoglichen Kanzleramts kamen. Auf dem Weg erläuterte Abbondanza Cancanigo dem jungen Mädchen viel Sehenswertes. Leonora hatte jedoch den Verdacht, ihre Führerin habe sie nur deshalb nach oben geführt, um ihre Bezahlung zu rechtfertigen, denn anschließend gingen sie wieder zur großen Vorhalle hinunter, wo sie sich begegnet waren. Dort hingen große Tafeln, die Leonora nicht beachtet hatte, auf welche die Kanzlisten die Ergebnisse der Abstimmungen schrieben, von denen die Ernennungen abhingen. Man fand dort alle Namen derer, denen die Serenissima ein offizielles Amt übertragen hatte. Der Vorteil des republikanischen Prinzips war, dass theoretisch nichts geheim war. Alles wurde auf großen Versammlungen entschieden. Jeder Amtsträger wurde einzeln gewählt, von den allerhöchsten Chargen wie den mächtigen Prokuratoren oder Inquisitoren bis hinunter zum einfachen Kanzlisten. Auf einer Tafel standen die Ergebnisse der Wahlen des Großen Rats, auf einer anderen die Ernennungen durch die Quarantie und den Senat, auf einer dritten die subalternen Stellen, die Vertretern der arbeitenden bürgerlichen Klasse oder verarmten Adeligen übertragen worden waren. Nirgendwo wurde die Widersprüchlichkeit des venezianischen Staatswesens, dessen Gesellschaftsordnung aus hermetisch abgeschlossenen Kasten bestand, so deutlich wie hier. Seit über fünfhundert Jahren standen dieselben Namen an der Spitze der gesellschaftlichen Pyramide. Niemandem war es möglich, dem Schicksal seiner Geburt zu entgehen. Status, Macht und Geld eines jeden hingen vor allem davon ab, in welche Familie er hineingeboren worden war. Das Paradies war in seinen Hierarchien auch nicht strenger organisiert als Venedig.

Abbondanza Cancanigo zeigte Leonora die Tafel, die für sie die richtige war. Leonora reichte ihr dankend einen Silberdukaten. Der Ausschuss für öffentliche Bauten setzte sich aus fünf Vertretern zusammen, die für die Dauer von anderthalb Jahren gewählt waren. Leonora machte einen Freudensprung, als sie sah, dass ihr Beinahe-Schwiegervater Alvise Mocenigo dazugehörte. Es war ein Zeichen des Himmels. Der Senator war einer der wenigen Patrizier der obersten Verwaltung, den sie persönlich kannte. Er hatte versprochen, ihrem Vater zu helfen; gewiss würde er ihr zumindest zuhören.

»Ich muss mit Alvise Mocenigo sprechen!«, erklärte sie, als läge es nur an ihrer Führerin, ihr sofort Zutritt bei ihm zu verschaffen.

Leonoras Selbstsicherheit verschlug Abbondanza Cancanigo erst einmal die Sprache, doch nachdem sie sich erholt hatte, versicherte sie ihr, nichts sei leichter als das. Sie würde es sich zur Pflicht machen, ihr ein Gespräch mit dem Senator zu verschaffen. Aufs Neue hielt sie die Hand hin, und das junge Mädchen legte rasch einen weiteren Dukaten hinein. Dann setzte sie sich auf die Bank aus dunklem Holz, auf welche die ältere Frau deutete, und wartete.

Eine Stunde später wartete Leonora noch immer. Einem Pförtner, der von Gruppe zu Gruppe ging, um die Wartenden darauf hinzuweisen, dass man bald schließen werde, erzählte sie von ihrer Audienz. Der Mann verzog keine Miene.

»Senator Mocenigo? Der konferiert leider gerade mit dem Papst. Aber der liebe Gott, der wäre noch frei! Er wird Sie empfangen, wann immer Sie wollen! Sie brauchen nur in den Kanal zu hüpfen!«

Er lachte meckernd.

Leonora verließ den Palast gesenkten Hauptes. Sie hatte das Bedürfnis, ein paar Schritte zu gehen, um ihre düsteren Gedanken zu vertreiben, und beschloss deshalb, ohne Rücksicht auf Rang und Namen zu Fuß nach Hause zurückzukehren. Sie nahm die Gasse, die zum Teatro Benedetto führte, wo sie sich auskannte, und ging bis zur Biegung des Canal Grande. Dort wollte sie mit einer Gondel zum Ca'-Civran-Ufer übersetzen.

In unmittelbarer Nähe der lang gestreckten Ca' Mocenigo, die an der angesehenen Wasserstraße lag, fiel ihr eine rundliche Gestalt auf. Es war ihr Verlobter Lunardo. Leonora frohlockte, das Glück schien ihr hold zu sein. Vielleicht würde sie zum Ziel kommen, wenn sie die Verbindung zwischen den beiden Familien nutzte. Der Sprössling der Mocenigo hatte das Haus zu Fuß verlassen, wohl um weniger Aufmerksamkeit zu erregen. Der reich bestickte Anzug unter seinem offenen Patrizierumhang ließ vermuten, dass er einen Spielsaal oder eine andere Stätte aufsuchen wollte, an der sich die jungen Leute Venedigs zerstreuten und das Geld ihrer Eltern unter die Leute brachten. Leonora zog ihren Fächer aus der Tasche, um sittsam ihre Züge zu verstecken, und rief ihm so unauffällig wie möglich etwas zu. Lunardo Mocenigo hob die Augenbraue, überzeugte sich, dass niemand sonst in seiner Nähe war, der gemeint sein konnte, rührte sich aber nicht vom Fleck. Das junge Mädchen senkte einen Moment den Fächer, um sich zu erkennen zu geben, und näherte sich ihm.

»Sie müssen mir eine Tür öffnen«, flüsterte sie, als sie bei ihm war.

Ihr Verlobter musterte sie so abschätzend wie eine Legehenne auf dem Markt.

»Das kommt ganz darauf an«, sagte er vorsichtig. »Wie viel nimmst du?«

Einen Augenblick lang war sie sprachlos. Dann nahm die stolze Patrizierin der bescheidenen Signorina Pucci das Zepter aus der Hand und versetzte dem Haupt des Unverschämten mehrere heftige Schläge mit dem Fächer.

»Ich zahle, was du willst!«, beteuerte der junge Mann ahnungslos und schützte seinen Kopf mit den Händen.

Leonora ließ nicht von ihm ab, bis Schritte am Ende der Straße sie zwangen, ihr Gesicht erneut zu verbergen.

»Warum nur müssen die Männer einer so schönen Stadt eine so gemeine Seele haben?«

Lunardo, der die Heftigkeit der jungen Frau als vielversprechend empfunden hatte, begriff erst jetzt, dass er sich getäuscht hatte. Eine solche Äußerung konnte nur von einem echten Gänschen kommen. Als er genauer hinsah, schien es ihm, als sei er diesem zierlichen Wesen schon einmal begegnet. Es war eine unangenehme Sache gewesen, aber an die Einzelheiten konnte er sich nicht erinnern.

»Verzeihen Sie meinen Irrtum«, sagte er und lüftete seinen verbeulten Hut. »Kennen wir uns?«

Leonora bezwang ihre Lust, noch einmal zuzuschlagen.

»Leonora, Ihre Verlobte!«, zischte sie, ärgerlich darüber, dass sie ihren Zukünftigen offenbar so wenig beeindruckt hatte, dass er sich nicht einmal an sie erinnerte.

Lunardo blickte um sich und hielt Ausschau nach Leonoras Anstandsdame.

»Wen suchen Sie? Ich bin allein«, versetzte Leonora gereizt.

Eine Prostituierte vor seinem Haus hätte den jungen Mocenigo wenig gestört. Dass eine junge Dame, die er womöglich einmal heiraten würde, allein in der Dämmerung spazieren ging und die Männer auf offener Straße ansprach, entsetzte ihn.

»Ihr Benehmen ist ja unglaublich! So wie Sie verhalten sich manche Damen während des *carnevale*, aber die sind immerhin verheiratet und tragen eine Maske! Wenn Sie mich unbedingt sprechen wollen, können Sie mich auf einer Gondel empfangen …«

»Ja, ich weiß«, fiel sie ihm ins Wort. »Wie alle respektablen Frauen dieser schönen Stadt. Ich hatte keine Zeit dazu. Ich sah Sie aus der Ferne und habe die Gelegenheit beim Schopf ergriffen.«

Lunardos Gesichtsausdruck ließ deutlich erkennen, dass er sich nicht als Gelegenheit verstand, die man beim Schopf ergriff. Er beruhigte sich, als er hörte, dass das liederliche Frauenzimmer nicht zu ihm, sondern zu seinem Vater wollte. Schließlich versprach er ihr, sein Möglichstes zu tun, obwohl er die größten Zweifel habe, dass der Senator auch nur eine Minute Zeit für sie hätte. Er werde ihren Auftrag dennoch treulich erfüllen, Hoffnung solle sie sich jedoch keine machen. Abgesehen davon, dass sich die Unterredung nicht schicke, sei sein Vater sehr von seinem Amt in Anspruch genommen. Die Krankheit, die den Dogen zwinge, sich in seinem

Zimmer aufzuhalten, mache die Leitung der Republik nicht einfacher.

Leonora wusste bereits, dass die Mocenigo keine geringe Meinung von sich hatten, aber wenn man das Jüngelchen hörte, ruhte die gesamte Regierungsverantwortung auf den Schultern des Senators. Sie forderte ihn auf, umgehend zu seinem Vater zu gehen. Dann blieb sie allein auf der Straße zurück und fächelte sich Luft zu, um eine Beschäftigung zu haben und ihre Aufregung zu bekämpfen.

Eine Viertelstunde später kam Lunardo wieder zu Leonora zurück, die an der Mauer des Hauses gelehnt auf ihn wartete. Hätte man ihm die Verrückte nicht ausgerechnet zur Frau geben wollen, hätte er ihr skandalöses Verhalten als durchaus anregend empfunden.

Entgegen allen Erwartungen hatte der Senator seine Arbeit sofort seinen Sekretären übertragen. Das verdross den Sohn umso mehr, als er selbst seinen Vater gewöhnlich nur selten unter vier Augen sprechen konnte. Das Familienoberhaupt hatte die Angewohnheit, seine eigenen Kinder nicht vorzulassen.

Leonora gegenüber präsentierte Lunardo das Ergebnis seiner Fürsprache natürlich ganz anders.

»Ich bin nach besten Kräften für Sie eingetreten. Mein Vater schätzt den Ihren sehr. Er will nichts unterlassen, was seiner Rettung dienen könnte.«

Leonora stampfte vor Ungeduld mit den Füßen.

»Ja, gut! Wann sehe ich ihn?«

»Sofort, wenn es Ihnen gefällt«, brummte Lunardo und bot ihr den Arm.

Sie ging davon aus, dass er sie in den eindrucksvollen Familiensitz führen würde. Zu ihrem Erstaunen begleitete er sie jedoch zu einem kleinen zweistöckigen Gebäude neben dem Palazzo. Der Senator wollte sie offenbar nicht in seinem Haus empfangen, wo es von indiskreten Dienern im Dienst der verschiedenen Familienmitglieder nur so wimmelte.

»Hier sind die schmutzigen Domestiken untergebracht. Mutter will sie nicht bei uns im Haus haben«, erklärte Lunardo, bevor er die Holztür aufstieß.

Leonora war viel zu aufgeregt, um auf die offenkundige, von einem beredten Blick begleitete Anspielung einzugehen. Bevor Lunardo sie alleine ließ, gab er ihr noch zu verstehen, dass er jederzeit mit weiteren Fächerschlägen einverstanden sei, selbst für den Fall, dass ihre Ehe nicht zustande käme. Sie verstand ihn sehr wohl, verbot sich aber, ihrem Temperament die Zügel schießen zu lassen.

Das erste Zimmer des kleinen Hauses war eine Art Gesindestube, die mit einem großen Kamin und einem Tisch ausgestattet war, an dem die Dienerschaft ihre Mahlzeiten einnahm. Ein Geräusch veranlasste Leonora, am Tisch vorbei durch die offene Verbindungstür in das hintere Zimmer zu gehen. An einem Fenster, von dem aus man einen Seitenkanal sehen konnte, stand der Senator. Sein Blick verlor sich in der Weite von Wasser und Land. Ein Baum mit einem gewundenen Stamm nahm fast den gesamten kleinen, von einem schmiedeeisernen Gitter umschlossenen Garten ein. Alvise Mocenigo schien von einer tiefen Sehnsucht erfüllt zu sein.

»Früher«, sagte er, ohne sie anzusehen, »diente dieses baufällige Haus angenehmeren Dingen. Die jungen Männer unserer *casada* erlebten hier ihre ersten galanten Abenteuer. Einer Überlieferung zufolge brachten sie, wenn sie erwachsen waren, auch ihre heimlichen Liebschaften hier unter. Nein, ich nicht, das versichere ich Ihnen! Ich hatte immer nur eine Leidenschaft. Ich wollte meinem Land dienen!«

Leonora nickte. »Daran habe ich keinen Zweifel«, erwiderte sie diplomatisch, glaubte ihm jedoch kein Wort. Dann beschloss sie, auf den Grund ihres Besuchs zu sprechen zu kommen, und machte einen Vorstoß:

»Verzeihen Sie mir, wenn ich Sie darin störe, die Vergangenheit heraufzubeschwören …«

»Aber Sie wollen mit mir über die Lebenden sprechen!«, vollendete er ihren Satz. »Was kann ich für den unglücklichen Cesare dalla Frascada tun, der mir so sehr am Herzen liegt? Ihr Wunsch ist mir Befehl.«

Da erzählte sie ihm alles: von dem Anschlag auf die Gondel, von dem gekennzeichneten Stein; vom Kreuzgang in Santo Stefano, der wahrscheinlich Banditen als Unterschlupf diente; von dem gruseligen Fund im Kanal, den Knochen von Cannaregio, die ihre lange Reise von Amtsstube zu Amtsstube machten, bis hin zu ihrer Begegnung mit Lazaro Corner und seinen sanften Drohungen. Vor allem Letzteres löste ein Stirnrunzeln bei dem Senator aus. Er versicherte Leonora seiner vorbehaltlosen Unterstützung.

»Ich bin bereit, jede Chance zu nutzen, um den guten Cesare zu entlasten. Außerdem gehören Sie und ich beinahe zur selben Familie, da Sie für meinen lieben Sohn

Lunardo bestimmt sind. An der Vereinigung unserer beider Häuser liegt mir sehr viel.«

Dass ihre Heirat wieder in den Bereich des Möglichen zu rücken schien, begeisterte Leonora nicht gerade. Es war jedoch nicht der rechte Augenblick, um ihre persönliche Meinung zu diesem Thema zu äußern. Sie dankte dem Senator bescheiden für seine Güte.

Als er ihre Rechte nahm, um einen Handkuss darauf zu hauchen, fragte sie sich, ob er sie nicht lieber in seinem eigenen Bett als in dem seines Sohnes sehen würde. Sein Gesicht erinnerte an die Züge eines römischen Kaisers, und seine Augen waren grau wie Gewitterwolken. Sie sagte sich, dass er einmal ein schöner Mann gewesen sein musste, der viele Eroberungen gemacht hatte.

Eine Sache, die ihr jedoch keine Ruhe ließ, sprach sie noch an, bevor sie ging. Lazaro Corner stehe in dem Ruf, von hoher Stelle protegiert zu werden, namentlich von dem reichen Zweig seiner Familie. Alvise Mocenigo versicherte ihr, in Venedig könne sich niemand dem Gesetz entziehen, noch nicht einmal der Doge. Er versprach ihr, diskrete Ermittlungen durchführen und die Ergebnisse dem Advokaten Robolini zukommen zu lassen. Der könne dann nötigenfalls die erforderlichen Schritte in die Wege leiten.

Er begleitete sie zum Canal Grande und rief nach einer Gondel. Nachdem er ihr noch einmal wiederholt hatte, dass sie sich keine Sorgen mehr zu machen brauche, weil bald alles wieder in Ordnung käme, half er ihr, in der offenen Gondel Platz zu nehmen, und verabschiedete sich von ihr.

Das Boot hatte sich schon mehrere Schläge weit vom Kai entfernt, als Leonora sich noch einmal umwandte.

Der Senator stand noch immer am Ufer und schien von Gefühlen überwältigt. Gedankenverloren schaute er über das Wasser, so wie er es getan hatte, als sie in sein Zimmer trat und er vom Fenster des alten Häuschens aus den krummen Baum in dem verwilderten Gärtchen betrachtete.

XV

Unter der Säulenvorhalle der Ca' Civran wartete Flaminio dell'Oio auf Leonora. Er war ganz in den Anblick der sich ständig wandelnden Wellen vertieft, die sich an der Freitreppe brachen. Sein triumphierendes Gesicht verriet Leonora, dass bald eine Handvoll Zechinen den Besitzer wechseln würden.

Er ließ ihr kaum Zeit, aus der Gondel auszusteigen, sondern schwenkte gleich ein aufgerolltes Blatt Papier.

»Ich bringe Ihnen den Beweis meiner Arbeit!«

Durch Intrigen und Bestechungen hatte er herausgefunden, welches Dokument dalla Frascada inkriminierte. Ein Kopist des Archivs, der in seiner Schuld stand, hatte ihm sogar eine Abschrift gemacht.

Von unbekannter Hand war dem Kriminalgericht,

der *Quarantia criminale*, mittels einer *bocca del leone* ein Schuldschein für einen gewissen Brolo in die Hände gespielt worden, der die Unterschrift Cesare dalla Frascadas trug.

»Von der Effizienz einmal ganz abgesehen, besteht der wesentliche Unterschied zwischen Robolino und mir darin, dass er sich bezahlen lässt, bevor er überhaupt nur einen Finger gekrümmt hat«, sagte der Höfling, der eindeutig mit sich zufrieden war.

»Ich habe verstanden«, entgegnete Leonora und öffnete die Börse an ihrem Gürtel.

Sior Brolo war ein vom Zollamt zugelassener Reeder. Seine Schiffe transportierten die Waren zwischen der Serenissima und dem Festland. Seine vielen Schmuggelaffären hatten ihm eine ganze Reihe von Geldstrafen, kurzen Gefängnisaufenthalten und einen sehr schlechten Ruf eingebracht. Dass die gegen ihn ergriffenen Maßnahmen nie wirklich gravierend waren und er sein Metier noch immer ausführen konnte, lag daran, dass er von etlichen reichen Leuten protegiert wurde.

Es war typisch für die venezianische Doppelmoral, dass man Verbrechen nur dann bestrafte, wenn sie einen Skandal auslösten. Die übrige Zeit tolerierte man sie, um die restriktiven Gesetze auszugleichen, die niemand zu reformieren wagte.

»Der kann nicht echt sein«, erklärte Leonora. »Jeder, der meinem Vater übel will, hätte ihn fälschen können. Er fällt nicht ins Gewicht, es sei denn, sein Empfänger bestätigt vor dem Richter, dass er echt ist.«

Die Schwierigkeit bestand allerdings darin, dass dieser

Brolo niemanden, dem er seine Zulassung verdankte, vor den Kopf stoßen würde.

»Sie wissen vermutlich, wo die zwielichtige Gestalt wohnt?«

»Ich kenne die Adressen sämtlicher zwielichtiger Gestalten Venedigs«, erwiderte Flaminio dell'Oio mit einer Verbeugung. »Und auch die einiger ehrbarer, obwohl man sie weniger oft braucht.«

Ein Besuch bei einer solch zwielichtigen Gestalt schickte sich für eine Patriziertochter natürlich nicht, und so zog sich Leonora eine Weile auf ihr Zimmer zurück. Als sie wieder auftauchte, trug sie ein bis zu den Knöcheln reichendes Kleid und darüber einen Kapuzenumhang, die alten Kleider der Waisen Pucci. Fest entschlossen, die Sache mit dem gefälschten Schuldschein ein für alle Mal zu klären, bat Leonora den Höfling um seine Begleitung.

Eine Gondel brachte sie in die Pfarrei San Trovaso im Stadtteil Dorsoduro. Dort befanden sich die Anleger der kleinen Handelsmarine und auch die bedeutendsten Werften, auf denen sie mehrere reparaturbedürftige Schiffe liegen sahen. Es war schon spät, die *squeraroli* hatten ihre Arbeitsstellen bereits verlassen und waren entweder nach Hause zurückgekehrt oder in die Schänken gegangen, je nachdem, ob sie gute oder schlechte Ehemänner waren.

Sior Brolos Geschäft war das letzte der Reihe. Seine Randlage schien zu bestätigen, dass er sich gern am Rande der Legalität bewegte. Es war in einem großen Gebäude untergebracht, vor dem Hobelspäne und andere

Schreinerreste lagen. Die eine Hälfte des Hauses bestand aus schwärzlichem Backstein, die andere war eine Art Verschlag aus groben Brettern. Dell'Oio verließ die Gondel und klopfte an die Tür zur Gasse. Kurze Zeit später kam er zurück.

»Geschlossen. Niemand macht auf«, sagte er mit einer hilflosen Geste.

Leonora wollte sich trotz ihrer großen Enttäuschung schon damit abfinden, unverrichteter Dinge umzukehren.

»Es müsste doch noch einen anderen Eingang geben«, meinte da ihr Begleiter.

»Welchen denn?«

»Den für Leute, die nicht bereit sind, sich mit einer geschlossenen Tür abzufinden!«

Er steckte dem Gondoliere eine Münze zu und der ruderte sie zum Steg, wo die gecharterten Boote Brolos anlegten. Sie wurden in einem Schuppen entladen, der zum Kai hin offen war. An seiner rückwärtigen Wand war eine Tür zu sehen. Sie zog den Blick des Höflings unwiderstehlich auf sich.

»Sie wird ebenfalls abgeschlossen sein«, meinte Leonora mit einem Schulterzucken.

»Nicht, wenn der Herr des Hauses mir nicht geöffnet hat, weil er Ihnen nicht begegnen wollte«, erwiderte dell'Oio. »Wenn das zutrifft, müssen Sie Ihren Charme spielen lassen, um den Armen aufzuheitern.«

Wie Flaminio vorausgesehen hatte, war der Eingang nicht verriegelt. Er stieß ihn auf und verschwand in dem angrenzenden Raum. Leonora folgte ihm, auch wenn sie sich einen Moment lang fragte, was wohl Monsieur Emile zu ihrem Verhalten gesagt hätte. Sie nahm ihre Kapuze ab und betrat den düsteren, nach Pech und Lack riechenden Raum. In Erwartung des Abends hatte man bereits die inneren Fensterläden vorgelegt. Der Höfling entfernte einige Planken, damit sie besser sehen konnten. Als er sich umdrehte, stieß er einen Schrei aus.

»Nicht bewegen!«

Vor Überraschung machte Leonora einen regelrechten Satz. Etwas berührte ihren Kopf, sie wollte ausweichen, hatte sich aber verfangen. Die Nägel eines alten, abgetragenen Schuhs hielten ihr Haar fest.

Flaminio dell'Oio stürzte zu ihr, um ihr zu helfen. Kaum war sie frei, machte Leonora einen Schritt zur Seite und blickte nach oben.

Der Charme der ganzen Welt hätte wohl nicht gereicht, um das Vertrauen des Reeders zu gewinnen. Seine beleibte, kurzbeinige Gestalt hing nämlich an einem Haken von der Decke. Das lange Seil hatte sich um seinen Hals zusammengezogen, der Kopf war in einem schrecklichen Winkel zur Seite abgeknickt und die blaue Zunge hing ihm aus dem Mund.

»Wie entsetzlich, wie entsetzlich!«, schrie Leonora, die am Rand eines Nervenzusammenbruchs war. Sie strich sich krampfartig über ihren Umhang, als wollte sie etwas wegwischen.

Flaminio dell'Oio entdeckte den Zettel, der an den Toten geheftet war. Er schien vom selben Papier zu sein wie der Schuldschein mit der Unterschrift Ser Cesares. Der Höfling las ihn Leonora vor:

»Nichts hier, nichts anderswo, nichts nirgendwo.«

»Gedicht oder philosophische Betrachtung? Glauben Sie, dass unser Mann Spinoza gelesen hat?«

Er reichte ihr das Blatt. Gedankenverloren strich er sich mit dem Finger über das Kinn, den Blick auf die Leiche geheftet.

»Offensichtlich ist jemand sehr bemüht, die Brücken zwischen seinen kleinen Machenschaften, der Justiz und Ihnen zu zerstören.«

Leonora hatte aufgehört, an ihrer Kleidung herumzuwischen. Sie zeigte anklagend mit dem Finger auf dell'Oio:

»Sie haben alles ausgeplaudert, daran besteht kein Zweifel! Nichts tun Sie lieber, als sich alle naselang zu brüsten! Wie waren Sie zufrieden, das Beweisstück gefunden zu haben! Gewiss stellt die *Signoria* Sie an, wenn sie eine Entscheidung bekannt geben will: Sie kosten weniger als zwanzig Ausrufer und sind zwanzigmal besser!«

Er ging nicht auf ihre Beleidigungen ein, sondern empfahl ihr, sich die Frage zu stellen, ob ihr Vater den denkwürdigen Schuldschein nicht vielleicht doch unterschrieben haben könnte.

»Er ist eindeutig eine Fälschung!«, schrie sie und verließ das verfluchte Haus in Richtung Landungssteg.

»Ist Ihnen denn nie in den Sinn gekommen, dass er doch echt sein könnte?«, rief er hinter ihr herlaufend. »Ich glaube nicht, dass es gut ist, von vorneherein auf der einen oder anderen Seite zu stehen, wenn man die Wahrheit herausfinden will.«

Sie hätte ihn am liebsten daran erinnert, dass er für sie

arbeitete und dass sein Misstrauen gegenüber dem *pater familias* der dalla Frascada vollkommen deplatziert war. Aber sie hielt sich zurück. Zum einen, weil sie ihre Kräfte darauf konzentrieren wollte, so schnell wie möglich von diesem Ort wegzukommen, und zweitens, weil sie die Möglichkeit, dass er tatsächlich recht hatte, nicht ausschließen konnte. Ihr Vater zeichnete sich nicht gerade durch Gesetzestreue aus.

Sie warteten schweigend am Landungssteg des Seitenkanals, an dem alle Arbeit ruhte. Leonora ärgerte sich über dell'Oio und machte ihn für ihr Missgeschick verantwortlich. Ihr Begleiter wartete, dass sie sich beruhigte.

Es dauerte nicht lange, und eine Gondel näherte sich ihnen. In dieser Stadt waren die Gondeln die einzige Transportmöglichkeit und schienen allgegenwärtig zu sein. Leonora hatte ihren Groll anscheinend überwunden, klang aber wenig heiter, als sie sagte:

»Ich muss meinen Vater sehen. Die Entwicklung der Dinge gefällt mir ganz und gar nicht.«

»Sie könnten ihn fragen, was er wirklich getan hat! Dann wüssten wir endlich, woran wir sind«, empfahl ihr der Höfling. »In weniger als einer Stunde findet eine Verhandlung statt. Es dürfte nicht schwierig sein, eine Unterredung zu bewerkstelligen.«

Für seine unverschämte Bemerkung hätte sie ihm beinahe eine Ohrfeige gegeben. Doch sein Hinweis auf die Verhandlung hielt sie zurück. Als Flaminio merkte, dass sie besser gestimmt war, erläuterte er ihr, dass die Wächter der Bleikammern Ser Cesare aus der Zelle holen würden, um ihn zum Gerichtssaal im Dogenpalast zu bringen. Die Richter erschienen grundsätzlich verspätet. Es würde daher nicht schwierig sein, ein Gespräch mit dem Beschuldigten zu arrangieren, während er auf die Verhandlung wartete. Er, Flaminio, würde sich darum kümmern.

Sie wusste bereits, dass dieser Satz eine Art Sesam-öffne-dich für ihre Börse war, und fragte sich, ob es Einbildung war, dass die Trinkgelder für die Amtsdiener im Dogenpalast in den letzten Tagen drastisch gestiegen waren.

Die Sonne war noch nicht untergegangen, als Leonora den Warteraum im gefürchteten Kriminalgericht betrat. Sie überließ es dell'Oio die Schmiergelder zu verteilen. Einige Leute von mehr oder weniger jämmerlichem Anblick warteten bereits, aber von ihrem Vater war keine Spur zu sehen. Sie nahm auf einer der Bänke Platz, die von den Hinterteilen vieler Generationen blank poliert worden waren. Da öffnete sich eine Flügeltür und zwei Wachen brachten Ser Cesare.

Der Edelmann sah weniger fröhlich aus als bei ihrem Besuch. Er war unrasiert. Vermutlich hatte man ihm den Barbier verweigert. Er trug auch nicht seine graue Perücke wie alle treuen Diener der Serenissima. Seine schlecht gekämmte Frisur war schlicht, und seine Kleider waren in Unordnung. Leonora begrüßte ihn und holte dann Kamm und Bürste aus ihrer Tasche und machte sich daran, die Mängel zu beheben. Während sie behutsam die Locken des gepuderten Haarteils richtete, erzählte sie ihrem Vater von ihrem Besuch im Viertel Dorsoduro und dem bedauerlichen Schicksal des anrüchigen Brolo.

»Wenn wir erst einmal nachgewiesen haben, dass der Schuldschein eine Fälschung ist«, hauchte sie ihm ins Ohr, »wird sich die Anklage von selbst erledigen.«

Ihr Vater beschränkte sich darauf, einige undeutliche Worte zu murmeln. Sie hielt inne, von seiner ausweichenden Reaktion verwirrt. Sie brauchte aber nicht lange, um zu begreifen. Die Zeit war gekommen, sich der Wahrheit zu stellen. Ihr Vater, der oberste Beamte der Republik für die Kanalreinigung, hatte in der Tat Geschäfte mit einem Mann gemacht, der für seine zweifelhaften Machenschaften bekannt war. Seine Standesgenossen würden von solch einem Verrat noch weniger halten als sie. Wie damals, als er ihr verkündet hatte, er habe jemandem ihre Hand versprochen, ohne genau zu wissen, wem, lächelte er sie auch jetzt betreten an.

»Die positive Seite ist, dass Brolo nun nicht mehr gegen mich aussagen kann«, sagte er, als hätte er das Allheilmittel gefunden.

Am liebsten hätte sie ihn jetzt im Stich gelassen. Sollte er doch mit den Folgen seiner Schandtaten alleine fertig werden! Er hatte den Schuldschein unterschrieben, er hatte sich in illegale Geschäfte verstrickt, er hatte die Missetaten begangen, derer er beschuldigt wurde. Hatten die Ursulinen ihr nicht eingebläut, dass die Sünder eines Tages zur Rechenschaft gezogen würden?

Nichts erinnerte mehr an den ruhmreichen Römer, dessen Vornamen Ser Cesare trug. Er saß in sich zusammengesunken da, den Kopf zwischen den Schultern, und schien den Henker zu erwarten und nicht das rettende Gericht.

Trotzdem, dieses Häuflein Elend war dennoch der einzige Vater, der ihr blieb. Denn so geschwind, wie sich der Doge von der Welt verabschiedete, würde sie bald nur noch Ser Cesare haben. Er hatte sie aus dem Kloster geholt. Er hatte sie bei sich aufgenommen. Er hatte ihr seinen Namen und eine Zukunft gegeben. Sie brachte es nicht übers Herz, ihn seinem Schicksal zu überlassen.

»Fassen Sie Mut«, sagte sie, während sie seinen Zopf mit einem hellblauen Band umwickelte. »Ich habe einen wertvollen Verbündeten, der Sie aus der Klemme holt.«

Sie wies mit dem Kamm auf ihren Höfling, der am anderen Ende des Raumes um die Schmiergelder feilschte.

»Der da?«, fragte ihr Vater ungläubig.

Flaminio wandte sich gerade von der Wache ab, um sich mit einem Satz einen trostlosen Angeklagten zu angeln, der wie ein potentieller Kunde aussah. Man brauchte in der Tat Fantasie, um in dem hüpfenden Elfen den Messias zu sehen, den Ser Cesare nötig hatte.

»Seine wichtigste Waffe ist gerade, dass er nach nichts aussieht«, versicherte ihm Leonora.

»In dem Fall muss er sehr stark sein«, schloss ihr Vater, der nicht in der Verfassung war, jemanden zu entmutigen, der ihm helfen wollte, auch wenn ihm der Erfolg noch so unwahrscheinlich vorkam.

Seit dem Gespräch mit dem abscheulichen Lazaro Corner quälten Leonora Zweifel, ob Ser Cesare nicht vielleicht doch wusste, dass der Doge sie für seine Tochter hielt. Hatte er sie aufgenommen, um sich den Thron zu sichern? Schließlich gab sie der Versuchung nach. Sie bat den Patrizier, keinen Anstoß an ihrer Frage zu nehmen, und dann wollte sie von ihm wissen, ob er sich ganz sicher sei, dass er ihr Vater war. Er nahm ihre Hand und richtete den ersten richtigen Blick auf sie, seit er in den Wartesaal gekommen war.

»Mein kleines Mädchen, selbst wenn ich Zweifel in dieser Hinsicht hätte, brauchte ich dich nur anzusehen, um zu wissen, dass mein Blut in deinen Adern fließt. Deine Intelligenz, deine Energie, deine Entschlossenheit … Ich sehe mich selbst vor mir, in Frauenkleidern!«

In Wahrheit waren es genau diese Eigenschaften, die Leonora an ihrer beider Verwandtschaft zweifeln ließen.

»Außerdem war deine Mutter damals sehr in mich verliebt. Sie hatte keinen anderen Liebhaber. Ich hätte es erfahren. Solche Geheimnisse bleiben in Venedig nicht lange verborgen. Sie war mir treu, niemand würde das Gegenteil zu behaupten wagen.«

Noch ein Grund zu zweifeln, sagte sich Leonora. Sie fragte sich allmählich, ob sie sich nicht doch besser »Loredana« hätte nennen sollen. Ihr Vater unterbrach ihre Gedanken. Sie solle nicht grübeln, sondern sich um seine Freilassung kümmern.

Ein Amtsdiener rief nun seine Exzellenz Ser Cesare dalla Frascada, *Provveditore* der Kanalreinigung auf. Leonora und Flaminio warteten vor dem Gerichtssaal, denn die Verhandlung war nicht öffentlich.

Die Mitglieder des Gerichts, alles Senatoren in schwarzen Roben und grauen Perücken, bildeten einen Kreis um ihren Vorsitzenden. Dieser thronte mit strengem Blick und in vollem Ornat auf einem Podest, von seinen beiden Assistenten flankiert. Auf kleinen Pulten lagen Akten. Robolino Robolini trug eine Robe, in der er wie die Edelleute an der Spitze des Staates wirkte. Nur seine unechten Haare im alten Stil ließen ihn wie einen unproportionierten Hampelmann aussehen.

Ein Beisitzer zählte mit monotoner Stimme die Delikte auf, derer man den Angeklagten beschuldigte. Die Verteidigung verlas ihre Gegenargumente und ergänzte sie durch eine Darstellung des Charakters des Angeklagten, aus der hervorging, dass er ein eifriger Diener seines Staates sei. Robolino Robolini bat um die Gunst, mit dem Präsidenten sprechen zu dürfen. Die beiden Männer tauschten einige Worte auf dem Podium aus. Die Versammelten gaben lautstark ihre Zustimmung. Der Advokat begab sich zu seinem Mandanten, um ihm das Ergebnis mitzuteilen.

In seiner unendlichen Güte und ohne Zweifel auch in dem Bemühen, die gute Meinung aufrechtzuerhalten, die das Volk von den Machthabern habe, sei das Gericht dazu bereit, einen Vergleich zu akzeptieren. Der Angeklagte solle anerkennen, dass er öffentliche Gelder unterschlagen habe; im Gegenzug würde man ihn nur wegen Fahrlässigkeit anklagen. Der Advokat würde auf Fahrlässigkeit plädieren und die Richter würden so tun, als glaubten sie ihm. Der Beklagte würde nur dazu verurteilt werden, die Konten aus seinem Privatvermögen auszugleichen und Venedig für einige Jahre zu verlassen, um beispielsweise seine Villa auf dem Festland aufzusuchen.

»Gewissermaßen eine verlängerte Sommerfrische«, verniedlichte der Advokat das Vergleichsangebot. Dabei machte er ein so heiteres Gesicht, als ob sein Mandant sich nicht besser hätte aus der Affäre ziehen können.

Der Edelmann richtete sich zu seiner vollen Größe auf.

»Wenn ich in Sommerfrische gehe, lasse ich nicht meine Ehre in Venedig zurück!«, sagte er scharf zu dem vorsitzenden Richter auf dem Podium.

Eine Annahme des Vergleichs wäre dem Ende seiner Laufbahn in der venezianischen Verwaltung gleichgekommen. Er hätte bis ans Ende seiner Tage als Dieb oder, schlimmer noch, als Dummkopf dagestanden und hätte niemals wieder ein Amt von Rang bekleiden dürfen. Er wäre gesellschaftlich vernichtet gewesen.

»Dann kann man mich lieber gleich im Hof dieses Palazzos hinrichten!«, fügte er hinzu. »Es gab schon andere hochgestellte Leute vor mir, die dasselbe Schicksal ereilt hat! Ich kann es nicht akzeptieren, dass die Ungnade, in die ich falle, die Vermählung meiner Tochter zunichte macht«, fügte er zu seinem Verteidiger gewandt hinzu, als stünde die Eheschließung der einstigen Waise im Mittelpunkt der bedauerlichen Angelegenheit.

Der Vorsitzende sah noch weniger freundlich drein als bei der Eröffnung der Sitzung. Ein lautes Stimmengewirr erhob sich, dann schritten die vierzig Ratsmitglieder zur Abstimmung. Es wurden Urnen herumgereicht, in die ein jeder eine Kugel warf, deren Farbe seine Entscheidung bekundete.

Dem Ton, den der Vorsitzende der Quarantia anschlug,

um die Sitzung zu schließen, war deutlich zu entnehmen, dass die Rede des Beklagten ihn verstimmt hatte. Mit Sicherheit war das kein gutes Omen für dessen Zukunft.

Als dalla Frascada mit seinem Advokaten im Warteraum erschien, wollte Leonora beunruhigt wissen, wie die Sitzung ausgegangen war.

Man hatte ihren Vater zum Tode verurteilt.

Das junge Mädchen wäre beinahe ohnmächtig geworden.

Der Sekretär gab den Wachen ein Zeichen, den Gefangenen abzuführen. Der nächste Beklagte war an der Reihe, sehr beunruhigt über die schlechte Stimmung, in der sein Vorgänger die Richter zurückgelassen hatte.

Die übrigen Anwesenden, einschließlich des Verurteilten, schienen verstimmt, aber nicht niedergeschlagen. Die weinende Leonora erstaunte sich darüber, dass sie als Einzige von dem Urteil entsetzt war. Wieder einmal musste man ihr die Feinheiten der venezianischen Gerichtsbarkeit erläutern. Der Verurteilte konnte vor einem anderen Gericht in die Berufung gehen. Das Urteil wäre erst dann gültig, wenn zwei Tribunale zur gleichen Meinung gekommen wären. Ein Todesurteil in der ersten Instanz bedeutete keineswegs eine Hinrichtung, es war nur ein ärgerliches Hindernis, schlimmstenfalls ein schlechter Anfang.

Dem diplomatischen Geschick Flaminios verdankte es Leonora, dass sie ihren Vater bis zu seiner Zelle unter dem Dach begleiten durfte. Dell'Oio verteilte die Dukaten, als würde seine Börse nie leer.

»Ich bin erstaunt, dass Sie noch immer Mittel zur Verfügung haben«, flüsterte Leonora ihm zu, als sie einen der unendlichen Korridore des Dogenpalastes entlanggingen.

»Mittel zu haben ist mein Beruf.«

Aber er war nicht so zufrieden mit sich wie gewöhnlich. Seine Bemerkung war von einem bedauernden Blick begleitet, der Leonoras Herz nicht erwärmte.

Auch der Patrizier hatte allen Hochmut verloren. Er wartete, dass man ihm und seiner Tochter ein kurzes Gespräch unter vier Augen zugestand, dann sagte er:

»Ich kenne die Meinung des vorsitzenden Richters zu meinem Fall nicht, aber nach meinem Ausbruch brauche ich darüber wohl nicht mehr nachzudenken.«

Seine Chancen standen schlecht. Leonora hatte schon überlegt, ob man ihm zur Flucht verhelfen sollte. Sie würde zwar ein lebenslängliches Exil nach sich ziehen, aber er müsste wenigstens nicht zugeben, dass er entehrende Fehler begangen hatte.

Als sie ihm den Vorschlag machte, lachte er sie aus. Aus den Bleikammern sei noch nie jemand entkommen, ausgenommen vielleicht ein Freigeist namens Casanova, der es vor einigen Jahren geschafft habe. Aufgebracht über den Affront habe die *Signoria* seither die Überwachung verstärkt. Ser Cesare höre nachts die Schritte der Wachen, die auf dem Speicher patrouillierten.

»Der Große Rat war so verärgert, dass er es sich nie verzeihen würde, wenn noch jemand ausbricht!«

»Es könnte aber auch sein, dass man Ihre Flucht vertuscht, um der Schande zu entgehen«, erwiderte seine Tochter, die weniger Respekt davor hatte, was in Venedig verboten war. »Der Große Rat könnte Sie sogar begnadigen, um den Anschein zu erwecken, dass Sie durch das große Portal in die Freiheit geschritten sind …«

Der Gedanke stimmte ihren Vater nachdenklich. Leider war er jedoch nicht so schlank und geschmeidig wie der schöne junge Venezianer, der die Heldentat zum ersten Mal vollbracht hatte. Leonora drängte ihren Vater, sich die Sache ernsthaft zu überlegen. Wenn es diesem Casanova gelungen war, würde er es auch schaffen!

Aber je mehr Ser Cesare darüber nachdachte, umso unerträglicher wurde ihm der Gedanke, seine Geburtsstadt für immer verlassen zu müssen.

»Ich würde das Risiko eingehen, für den Rest meines Lebens verbannt zu werden. Du bist nicht hier geboren. Du weißt nicht, was es heißt, Venezianer zu sein. Unsere Stadt ist so besonders, dass wir uns nicht einfach irgendwo daheim fühlen können. Immer wenn wir Venedig verlassen müssen, befinden wir uns im Exil, und dieses Exil tötet uns. Ich habe mich stets beeilt, so rasch wie möglich zu meinen geliebten Kanälen heimzukehren, selbst wenn ich in Florenz und Rom war, wo es wahrlich interessante Bauwerke gibt! Venedig ist das himmlische Jerusalem, es duldet keinen Vergleich. Wer würde es ertragen, aus dem Paradies vertrieben zu werden?«

Leonora wies den neuen Adam darauf hin, dass er im Augenblick in der Hölle sei, in einem so gut wie fensterlosen Gelass, wo man keinerlei Wasser plätschern höre.

»Aber ich rieche die Lagune!«, erwiderte er und zog mit emporgereckter Nase die Luft ein. »Der Geruch des Wassers sagt mir, wie viel Uhr es ist. Der Duft der Speisen, die man mit Karren auf die Piazza bringt, verrät mir den Wochentag. Der Geruch der Tücher, welche die Färber über ihre Stützen hängen, verrät mir den Monat. Ich weiß, dass wir uns Himmelfahrt nähern, weil ich vor der Basilika Hammerschläge höre. Man errichtet die Stände für die Handelsmesse. Ich bin nicht im Gefängnis, denn ich bin in Venedig. Aber alles wäre Gefängnis für mich, wenn ich an einem anderen Ort weilte!«

Leonora musste einräumen, dass die Freiheit ihres Vaters auch eine seelische Sache war und dass es nichts nützen würde, seinen Körper zu befreien, wenn er danach der Gefangene seines Bedauerns bleiben würde. Nachdem sie ihm versprochen hatte, eine für ihn annehmbare Lösung zu finden, ließ sie ihn in seinem Reich der zahllosen köstlichen Düfte zurück.

»Die Bäcker haben ihre Öfen geöffnet«, sagte er mit erhobenem Zeigefinger, bevor sich die Tür hinter ihr schloss. »Es ist Zeit, *baìcoli* zu essen!«

Leonora traf dell'Oio und den Advokaten Robolini im Vestibül des Gerichts an. Ein Blick auf ihre Mienen genügte ihr. Der Advokat war zutiefst betrübt, dass er keinen Erfolg gehabt hatte, er war aber auch verärgert, dass sein Mandant so stolz und verblendet gewesen war, einen nach vielen Kämpfen errungenen Vergleich abzulehnen.

»Wie ich befürchtet hatte, war es das letzte Angebot. Ihr Herr Vater hat sozusagen dem vorsitzenden Richter die rettende Hand abgebissen!«

Die *Quarantia criminale* hatte den Fall an den Rat der Zehn verwiesen, an die höchste Instanz der Republik, deren Entscheidungen sofort ausgeführt wurden. Der Rat war nur für ganz bestimmte Verbrechen zuständig, unter anderem solchen, die auf Schiffen begangen wurden. Die Feinde dalla Frascadas waren nicht davor zurückgeschreckt, darauf hinzuweisen, dass seine illegalen Importe über den Seeweg erfolgt seien.

Leonora überraschte der Kleinmut des Advokaten und dell'Oios.

»Ich vermute, dass sich der Rat der Zehn aus Edelleuten zusammensetzt? Würden sie einen anderen hohen Edelmann so schwer belasten?«

»Soll das ein Scherz sein?«, rief der Advokat und schüttelte seine Spitzenmanschetten. »Genau dafür ist er da! Es ist sein erklärtes Ziel, die Patrizier zu überwachen, mundtot zu machen, zu drangsalieren, um zu verhindern, dass eines seiner Mitglieder das republikanische Gleichgewicht gefährdet. Ihr Herr Vater ist Löwen in die Klauen gefallen, die darauf abgerichtet sind, ihn zu zerreißen. Die Christen in Neros Zirkus hatten größere Überlebenschancen!«

Der Advokat war umso verärgerter, weil der geräuschvolle Sturz seines Mandanten seinem Ruf schaden würde. Er hatte schon beschlossen, das Gerücht in die Welt zu setzen, der Unglückliche sei in der Haft verrückt geworden und habe nicht auf seinen Rat gehört. Das würde zwar den Angeklagten nicht retten, jedoch seinen Verteidiger in den Augen der Öffentlichkeit ein wenig reiner waschen.

Wer vor dem Rat der Zehn erscheinen musste, hatte weder das Recht auf einen Verteidiger, noch durften Zeugen für ihn aussagen. Seine Ankläger waren seine Richter. Falls er verurteilt wurde, konnte man ihn hängen, ertränken oder strangulieren, je nach Belieben. Robolino Robolini meinte, nur ein *Avogador di comun* könne den Patrizier jetzt noch retten. Unter Ser Cesares Freunden befand sich jedoch keiner. Seine Anhänger waren nicht in der Lage, einen wählen zu lassen, und der Advokat bezweifelte außerdem, dass sie jemanden finden würden, der für ihn das Risiko einginge, die mächtigen Mitglieder des Rats der Zehn gegen sich aufzubringen. Leonora beschwor den Advokaten, einen Ausweg zu finden. Es musste doch eine Schwachstelle in der Anklage geben. Zum Beispiel diese Geschichte mit den Knochen, die in Cannaregio zum Zeitpunkt der Verhaftung ihres Vaters aus dem Kanal gefischt wurden.

Der Advokat Robolini durchsuchte seine Unterlagen. Man hatte ihm gerade eine Notiz gebracht, die sich darauf bezog.

Um Aufsehen zu vermeiden, hatten sich die Beamten, durch deren Hände die Knochen gingen, gehütet, den Fall als Ausnahme zu behandeln. Die sterblichen Überreste waren mittlerweile im Schifffahrtsamt gelandet. Nach der jüngsten Theorie gehörten sie einem Passagier, der auf einem Handelsschiff gereist war. Nun sollten sie zum Amt für Handelsstreitigkeiten weitergeleitet werden.

»Noch zwei Ämter weiter, und wir haben es mit Schweineknochen zu tun, die vom Stand eine Metzgers gefallen sind!«, sagte der Advokat.

Blieb der schreckliche Lazaro Corner. Der Senator

Mocenigo hatte versprochen, Nachforschungen anzustellen.

»Ach! Ihr berühmter Corner!«, rief der Advokat. »Seine Exzellenz hat mir die Ergebnisse der Ermittlungen zukommen lassen, die er in seiner Liebenswürdigkeit Ihretwegen hat durchführen lassen. Es sieht so aus, als sei das Ergebnis des Wirbels, den Sie ausgelöst haben, das Verschwinden dieser Person. Er hat sein Amt verlassen und niemand weiß, wo er zu finden ist. Ich kann mich doch nicht auf ein Phantom stützen!«

Er beschwor Leonora, ihre unüberlegten Unternehmungen einzustellen und stattdessen ihren Einfluss auf ihren Vater zu nutzen, damit dieser zur Vernunft käme und seinen Stolz und seine Eitelkeit begrabe. Dann drehte er sich auf dem Absatz um und entfernte sich. Seine flatternde schwarze Seidenrobe erinnerte an eine unzufriedene alte Krähe, die mit einer Beute geliebäugelt hatte, die ihr dann aber doch zu sehr stank.

XVI

Es war Nacht geworden. Leonora und Flaminio dell'Oio überquerten schweigend die Piazza San Marco. Ein bestimmtes Ziel hatten sie nicht. Sie standen noch ganz unter dem Eindruck der Enttäuschung über die Wendung, die die Dinge genommen hatten.

»Es steht nicht gut, oder?«, fragte Leonora endlich.

Flaminio nickte zustimmend, obwohl ihre Frage weit davon entfernt war, die Realität wiederzugeben. Das Schicksal des Angeklagten würde eine Mischung aus den Qualen der Einwohner Gomorras und dem Sturz Luzifers in die Hölle sein. Er war in die Arme der tausendarmigen Hydra gefallen, und es gab kein Entkommen.

Auf dem Campo San Moisè, wo sich eine unbeschreiblich schöne, ganz mit Marmorgirlanden geschmückte Barockfassade vor ihnen erhob, fragte sich Leonora plötzlich, ob der Mord an dem Reeder wirklich etwas mit den Anschuldigungen gegen ihren Vater zu tun hatte, oder ob er nicht vielleicht doch ganz andere Gründe hatte, beispielsweise mit den Nachforschungen in Zusammenhang stehen könnte, die sie über die Knochen von Cannaregio oder den Steinschmuggel angestellt hatte. Wenn das zuträfe, wäre … sie selbst die Ursache für den Tod des Unglücklichen!

»Wir müssen noch einmal zu diesem Brolo!«, sagte sie. »Vielleicht finden wir dort irgendwo einen Hinweis auf den Mörder!«

»Ich glaube, das können wir uns sparen«, sagte Flaminio dell'Oio und zog unter seinem Umhang eine Mappe hervor, auf der »Unerledigt« stand.

Er hatte sie im Zimmer des Erhängten entdeckt und in der Hoffnung mitgenommen, kompromittierende Hinweise auf andere reiche Venezianer zu finden. In seinem Metier konnten sie sich als sehr kostbar erweisen.

Leonora war so begeistert, dass sie ihm um den Hals gefallen wäre, wenn er sie nicht daran erinnert hätte, sich nicht öffentlich zur Schau zu stellen. Sie traten in die erste *bottega da caffè* ein, an der sie vorbeikamen, und suchten fieberhaft den Namen Lazaro Corners in den Geschäftspapieren des Erhängten.

Wenn Leonora erwartet hatte, schwarz auf weiß die größten Namen Venedigs zu finden, wurde sie enttäuscht. Flaminio überflog murmelnd die Seiten.

»Strohmann. Noch ein Strohmann. Völlig unbekannt. Händler aus der Lombardei. Seit zwei Monaten in Haft. Geflohen. Ah! Der hier ist gut. Raulo Limon. Das ist das Anagramm von Lauro da Molin. Er ist der *Provveditore* der Landkarten. Zwei Schiffe von sechzig Tonnen! Mein lieber Freund! Du gibst dich nicht mit Kleinkram ab! Unter einem Elefanten machst du es wohl nicht!«

Der Höfling ließ das Papier in seiner Tasche verschwinden – zur weiteren Verwendung, nach der man besser nicht fragte.

»Ich habe ihn!«, rief Leonora auf einmal. Beinahe hätte sie das Kaffeeservice umgeworfen. Die anderen Gäste musterten sie neugierig.

Sie hatte einen Zettel über eine Ladung Steine gefunden, bestimmt für Restaurierungsarbeiten in der Kirche Santo Stefano.

»Für Arbeiten, die seit zehn Jahren ruhen!«

Das Gotteshaus schien Leonora der beste Ort zu sein, um nach Indizien zu suchen, die gegen Corner sprachen. Flaminio dell'Oio jedoch wollte von Indizien nichts wissen. Nur handfeste Beweise, über die man nicht diskutieren konnte, die man sozusagen anfassen konnte, seien geeignet, Ser Cesare zu entlasten.

»Wir brauchen einen Beweis! In Venedig muss man immer alles beweisen können. Wie der heilige Thomas glauben die Venezianer eine Sache erst dann, wenn sie sie anfassen können.«

Lazaro Corner war untergetaucht. Sie mussten die Gelegenheit nutzen, sich nachts in Santo Stefano umzusehen. Flaminio dell'Oio dachte einen Augenblick nach.

»An den Kreuzgang stößt mit Sicherheit ein Haus. Ich schaffe es schon irgendwie, dass wir da hineingelangen. Dann steigen wir auf das Dach und rutschen an einem Seil auf die Kirche und von dort auf die Erde.«

Leonora, die sich nicht vorstellen konnte, wie sie auf den Dächern Venedigs herumkraxelte, zog ein solches Gesicht, dass Flaminio nach einer Weile sagte:

»Oder wir verstecken uns in der Kirche und warten, bis man uns eingeschlossen hat. Einfacher geht es doch wirklich nicht, oder?«

Da diese Idee weniger Akrobatik verlangte und auch

die Gefahr des Abstürzens wesentlich geringer war, erklärte sich Leonora sofort damit einverstanden. Sie legten einige Münzen auf den Tisch und verließen das Café, um in Santo Stefano zu sein, bevor das Kirchenportal abgeschlossen wurde.

Der Höfling stopfte sich für alle Fälle die Taschen mit dem köstlichen Gebäck voll, das man ihnen zum Kaffee serviert hatte.

Eine Stunde später saßen sie noch immer in dem Beichtstuhl, in den Flaminio Leonora geschoben hatte, als der Küster sich daranmachte, die Messgegenstände wegzuräumen und Ordnung im Kirchenschiff zu schaffen. Der junge Mann bemühte sich, still zu sitzen, damit das trockene Holz nicht knarrte. Sich nicht zu bewegen war für ihn eine wahre Tortur, denn sein Körper war nicht daran gewöhnt. Plötzlich hörte er ein schmerzliches Gemurmel. Jemand sagte nicht weit von ihm etwas auf Latein auf.

»Man hat eine Betschwester mit uns eingeschlossen«, hauchte er durch das Gitter, das für die Beichtgeheimnisse der Sünder bestimmt war.

Das Murmeln hielt inne, dann hörte er Leonora, die auf der anderen Seite kniete:

»Ich flehe Gott an, er möge uns vergeben, dass wir hier eingedrungen sind«, flüsterte sie. »Er weiß, dass nur meine Liebe für meinen Vater mich veranlasst hat, dieses Sakrileg zu begehen, deshalb wird er mir vergeben.«

Der Höfling hob die Augen zum Himmel, als Leonora weiterbetete. Erst als er auf Venezianisch eine Grobheit ausstieß, brach die gefährliche Litanei ab.

Leonoras Wangen glühten noch, als Flaminio den Zeitpunkt für gekommen hielt, ihr Versteck zu verlassen. Ihr Begleiter entschuldigte sich sogleich, dass er die Sprache Gottes mit der des Teufels zum Schweigen gebracht habe. Sie wollte ihm gerade verzeihen, da schob er sie hastig in einen Winkel.

»Erst Gassensprache und nun fassen Sie mich auch noch an!«, konnte sie gerade noch zischen, als er ihr auch schon die Hand auf den Mund legte.

Im Mondlicht, das durch die Fenster fiel, sahen sie Schatten den Chor durchqueren. Sie verschwanden in der linken Seitenkapelle der Apsis. Man hörte ein Knarren, dann herrschte Stille. Leonora und Flaminio warteten kurz, dann schlichen sie sich auf Zehenspitzen heran. Eine nicht deutlich erkennbare Gestalt stand unbeweglich da, mit dem Rücken zur Wand, als würde sie mit der Waffe in der Hand Wache halten. Schließlich merkten sie, dass es der Erzengel Michael war. Die Kapelle war leer. Außer der bemalten Holzstatue fanden sie nur noch ein Grabmal in Hochrelief, auf dem die Steinfigur eines venezianischen Helden aus dem sechzehnten Jahrhundert ruhte. Einige wenige Kerzen, die auf ihren gusseisernen Ständern langsam niederbrannten, spendeten ein spärliches Licht.

»Ihre Teufeleien haben dazu geführt, dass wir es nun mit Dämonen zu tun haben, die durch die Wand gehen können!«, schimpfte Leonora.

»Hören Sie damit auf, überall Dämonen zu sehen. Es muss einen zweiten Ausgang geben.«

Auf dem Grab des Kriegers, der zum Ruhme seines

Vaterlands gefallen war, stand etwas eingraviert, das wie eine Widmung aussah. Leonora griff sich eine Votivkerze, bekreuzigte sich, um sich bei dem Heiligen zu entschuldigen, dessen Opfergabe sie sich angeeignet hatte, und hob die Flamme an die Inschrift.

»Das ist nicht der richtige Moment, um zu lesen«, knurrte Flaminio dell'Oio, während Leonora sich an das Latein zu erinnern versuchte, das sie bei den Ursulinen gelernt hatte.

Flaminio wurde ungeduldig. Er war stolz darauf, die stumpfsinnigen Studien der Antike, die erforderlich waren, um sich als Anwalt in Venedig niederzulassen, nicht gemacht zu haben.

»Sind Sie tatsächlich der Meinung, dass dies der richtige Augenblick ist, um sich für die Heldentaten eines Generals zu interessieren, der seit drei Jahrhunderten tot ist?«

»Es klingt eher wie eine kleines lateinisches Rätsel«, erwiderte Leonora und las vor:

Ich bin größer als Gott,
die Toten fressen mich,
wenn die Lebenden es ebenfalls tun,
sterben auch sie.

Dann folgte ein langes Gebet, das einen Großteil des Grabmals bedeckte.

»Sie suchen einen Sinn, wo es nichts zu begreifen gibt«, protestierte der Höfling.

Diese Überlegung diente Leonora als Stichwort.

»Suchen Sie das Wort ›nihil‹ in dem Gebet«, befahl sie und holte sich eine zweite Kerze.

Obwohl er keine Lust dazu hatte und keine Silbe des Textes verstand, entdeckte Flaminio als Erster, dass »nihil« in der zweiten Zeile des Gebets vorkam. Er war größer als Leonora und konnte daher höher sehen. Leonora bat ihn, so fest er konnte, auf das Wort zu drücken. Es klickte. Eine Lücke tat sich zwischen den Säulen des Grabmales auf. Der Flügel drehte sich zur Seite und sie erblickten eine enge Treppe, die sich im Dunkel verlor.

Mit ihren Kerzen sahen sie wie römische Christen auf dem Weg zur Hinrichtung aus. Flaminio dell'Oio betete lautlos, dass ihm nicht das Schicksal der zehntausend Gekreuzigten auf dem Berg Ararat zuteil werde. Die Mischung aus Grausamkeit und mystischer Ekstase auf Carpaccios Bild hatte ihn besonders beeindruckt.

Am Fuß der Treppe kamen die jungen Leute in eine Krypta, die eindeutig älter als der Rest der Kirche war. Die Banditen, auf deren Spuren sie sich bewegten, hatten den Ort bereits durch einen schmalen Gang verlassen, dessen Öffnung auf der gegenüberliegenden Seite erkennbar war. Eine Fackel brannte in einem metallenen Wandhalter.

Das alte Grabgewölbe schien als Lagerraum zu dienen. Man hatte eine Reihe einfacher Holztruhen darin aufgestellt, wahrscheinlich von Sior Brolo geliefert, als er noch nicht als makabrer Deckenlüster in seiner Werkstatt hing. Ein Blick in die Truhen gab ihnen das Gefühl, in die Schatzkammer Ali Babas versetzt zu sein. Die erste Truhe war mit Karnevalsmasken aus sehr wertvollem

Leder gefüllt, das aus Córdoba kam. Die zweite enthielt Patrizierumhänge aus Moiré. Dell'Oio, der sich damit auskannte, stellte fest, dass sie in den Seidenmanufakturen Lyons hergestellt worden waren. Die dritte war mit Satinschuhen nach der neuesten Londoner Mode gefüllt. In der vierten häuften sich bunte Glasperlen, die mit absoluter Sicherheit nicht aus den Glasbläsereien Muranos stammten. Die Venezianer schwärmten für exotische Dinge. Legal waren sie nur in denjenigen Städten Italiens zu erwerben, die den Import gestatteten. Venetien wollte sein Handwerk schützen, denn die Republik hatte die meisten anderen Einnahmequellen wie die Kontore am Mittelmeer, ihr Handelsmonopol mit dem Orient und ihre Inseln verloren. Den Höhepunkt bildete die letzte Truhe. Sie enthielt bretonische Spitzen, mit Sicherheit in Pont l'Abbé hergestellt und dazu bestimmt, die Häupter venezianischer Edelfrauen zu schmücken. Leonora war niedergeschmettert.

»Der ganze Wirbel wegen Spitzen?«, sagte sie enttäuscht. »Man tötet in Venedig für Spitzen?«

»Wofür sollte man sonst töten?«, fragte Flaminio dell'Oio erstaunt. »Für Gold? Aber das sind doch die reinsten Goldminen. In wenigen Stunden kann man diesen Firlefanz in Zechinen verwandeln, die so golden sind wie das Gold Eldorados!«

Von der Treppe drang ein Geräusch zu ihnen. Jemand näherte sich mit schweren, tollpatschigen Schritten. Es blieb ihnen nichts anderes übrig, als durch den schmalen Gang zu fliehen, den die Schmuggler genommen hatten. Nach einer Biegung erreichten sie eine Gittertür, die auf den Rio del Santissimo führte, den Seitenkanal, der unter dem Allerheiligsten der Kirche verlief. Die Gittertür war offen.

»Sie haben doch nicht etwa vor …«, begann Leonora.

»Würden Sie sich lieber mit Leuten auseinandersetzen, die sich die Zeit damit vertreiben, Menschen zu ermorden und in die Kanäle zu werfen?«

Bei dem Gedanken, sich in das dunkle Wasser begeben zu müssen, stieg Angst in Leonora hoch. Obendrein würde sie ihr Kleid ablegen müssen, denn nass geworden, würde der Stoff sie wie ein Stein nach unten ziehen. Flaminio dell'Oio versuchte ihr zu helfen, aber aus Nervosität oder aus Unerfahrenheit tat er sich sehr schwer, die Knoten auf dem Rücken zu lösen. Kaum hatte Leonora das Kleid ausgezogen, warf sie es weit hinaus aufs Wasser. Es trieb langsam mit der Strömung davon. Dann ließen auch sie sich ins Wasser gleiten.

Der Mai war zwar bereits zur Hälfte vergangen, aber das Wasser war kalt, schwarz und schmutzig. Als die Kerzen erloschen waren, sah man nur noch den schwachen Widerschein des Mondes auf dem Kanal am Ende des Tunnels. Plötzlich wurde es im Gang heller. Sie hatten sich gerade rechtzeitig ins Wasser gleiten lassen. Ein breitschultriger Mann, dessen Gaunervisage nur undeutlich zu erkennen war, schwenkte eine Laterne. Sie waren jedoch bereits zu weit entfernt, als dass er sie hätte sehen können. Er schüttelte verwundert den Kopf und schloss das Gitter.

Die Flüchtlinge schwammen bis zum Ende des Tunnels. Es war Niedrigwasser, und der Schmuggler war wahrscheinlich im Boot entkommen. Der Rio war aber dennoch so tief, dass sie nicht stehen konnten. Es war sowieso besser, sich schwimmend fortzubewegen. Es wäre keine gute Idee gewesen, den Schlamm aufzurühren, den die Reinigungsarbeiter Ser Cesares vielleicht in letzter Zeit nicht von Abfall befreit hatten.

»Ich stelle mit Vergnügen fest, dass die Ursulinen sich die Mühe gemacht haben, Ihnen das Schwimmen beizubringen«, sagte Flaminio dell'Oio. Als er sie ins Wasser schubste, hatte er sich die Frage gar nicht erst gestellt.

»Die Zöglinge der Ursulinen lernen alles, was es braucht, um in dieser Wasserstadt zu überleben«, erwiderte Leonora mit vor Kälte stockender Stimme. »Wenn sie vorausgesehen hätten, dass ich Ihnen auf Ihren Wegen folgen muss, hätten Sie bestimmt auch noch einige Stunden in Kriegskunst hinzugefügt.«

Ihr Begleiter verkniff sich die Bemerkung, dass sie es war, durch die sie in diese gefährlichen Situationen gerieten, denn er hatte gerade zwei dunkle Schatten gesehen und wusste nicht, wie Leonora reagieren würde, wenn sie die fetten Ratten entdecken würde, die friedlich neben ihnen herschwammen.

Sie mussten ihr unfreiwilliges Bad so lange fortsetzen, bis sie an irgendwelche Treppen in der Kaimauer gelangten, die zum Ein- und Aussteigen aus den Gondeln dienten.

Als sie endlich wieder am Ufer waren, sahen sie erbärmlich aus. Die kleine taillierte Weste des Höflings und sein Filzhut mit dem goldenen Band hatten sehr gelitten.

Die Kosten für die Reinigung würden seine Gebühren gewiss in die Höhe treiben. Was Leonora anlangte, so war ihr Aussehen alles andere als schicklich. Der durchweichte Unterrock klebte an ihren Beinen. Man sah die offenen Strumpfbänder und die einst weißen, nun von Schlamm verschmierten Baumwollstrümpfe.

»Mein Gott, Sie sehen ja grauenhaft aus. So können Sie sich nicht zeigen. Wir müssen schnell eine Gondel finden, sonst laufen wir Gefahr, dass Sie verhaftet werden, bevor Sie Ihr Zimmer in Santa Giustina erreicht haben«, meinte Flaminio.

Leonora erwiderte, es könne nicht die Rede davon sein, dass sie sich in diesem Aufzug bei der Signora blicken lasse.

»Und wo wollen Sie in Unterröcken aufgenommen werden?«, erwiderte ihr Bgeleiter.

Zum Glück kannte sie einen Ort, wo sich niemand aufregen würde, wenn sie mitten in der Nacht halbnackt und noch dazu in Begleitung eines Mannes aufkreuzte.

Ein Gondoliere, der dergleichen nicht das erste Mal sah, setzte sie auf der Freitreppe der Ca' Civran ab. Das großzügige Trinkgeld der komischen Schiffbrüchigen verstaute er in seinem Gürtel und dachte dabei, dass die Verrücktheiten des Karnevals dieses Jahr früh begannen.

Leonora brauchte sich gar nicht die Mühe zu machen, sich hinter dem zu verstecken, was von ihren Kleidern noch übrig war. Sie hatte recht gehabt. Die Kleinbürger von Santa Giustina hätten schockiert aufgeschrien, wenn sie sie in Hosen und Korsett erblickt hätten. Die

Edelleute in der Ca' Civran waren zu blasiert, um sich über diese Exzentrik aufzuregen. Zermanico, dem sie unter dem Portalvorbau begegneten, begnügte sich damit, den Höfling zu begrüßen und seine Halbschwester, die vom ersten Tag an Luft für ihn gewesen war, mit einem verächtlichen Blick zu streifen. Die Donna hielt sich im großen Salon auf. Sie hatte Freunde beiderlei Geschlechts bei sich und eröffnete gerade den Abend mit Erfrischungen und Wein. Erst später wollte sie sich in ein Kasino begeben, denn es gehörte nicht zum guten Ton, sich dort zu früh zu zeigen.

Allein Loreta schrie laut auf, als sie Leonora und ihren Begleiter sah. Dann machte sie ein Feuer im Kamin, brachte ihnen trockene Kleider und servierte ihnen ein Abendessen mit einem süßen französischen Rotwein. Genau das brauchten sie für ihre Knochen, die fast so durchgefroren waren wie die der unbekannten Toten von Cannaregio.

XVII

Das Erste, was Leonora beim Erwachen in ihrem hübschen Schlafgemach in der dritten Etage der Ca' Civran erblickte, war ihr Kleid. Es lag auf einem Sessel. Sie sprang aus dem Bett, um es zu begutachten. Es war in der Tat das Kleid, das sie am Abend ausgezogen und in den Kanal unter Santo Stefano geworfen hatte. Und es war nicht nur trocken, sondern vollkommen sauber und sorgfältig gebügelt.

Sie nahm sich kaum Zeit, ihr Gesicht zu benetzen. Dann ordnete sie ihr Haar, setzte eine Haube aus schlichter Gaze auf, zog sich ein Morgenkleid über, schlüpfte in Hausschuhe mit kleinem Absatz und eilte zum Speisezimmer, um herauszufinden, was es mit dem geheimnisvollen Auftauchen ihres Kleides auf sich hatte. Sie traf Flaminio an, der keine Gelegenheit verpasste, die kulinarischen Freuden der Ca' Civran zu genießen. Er hatte sich einen pelzbesetzten Hausrock des Hausherrn übergezogen und seine struppige Mähne unter einer Mütze verborgen, die er im selben Schrank gefunden hatte. Leonora erzählte ihm, wie sprachlos sie beim Anblick ihres verloren geglaubten Kleides gewesen war.

»Sie unterschätzen die Ehrlichkeit der Venezianer«, erwiderte mühsam der junge Mann, denn er hatte den

Mund voll *pan dolce*. »Es kommt durchaus vor, dass sie Dinge, die sie finden, abliefern.«

Leonora stampfte mit dem Fuß auf.

»Aber Sie glauben doch nicht etwa, dass mein Name und meine Adresse in das Kleid eingestickt sind, oder!« Es brachte sie auf die Palme, dass er morgens so langsam von Begriff war.

Loreta erschien mit dem Kaffee.

»Sprechen Sie von dem Kleid?«, fragte sie. »Es wurde von einem Diener gebracht.«

Leonora zeigte sich erstaunt, dass Loreta die Zeit gehabt hatte, es zu bügeln.

»Ich? Bügeln?« Loreta lachte, als hätte sie den besten Scherz der Woche gehört. »Um diese Zeit? Die Signorina hat wohl ihren Verstand in dem Rio gelassen, in dem sie gebadet hat.«

Ein unbekannter Lakai habe es fix und fertig abgeliefert, fügte sie dann hinzu, mit den besten Empfehlungen an die Tochter des Hauses. Leonora tauschte einen besorgten Blick mit ihrem Höfling aus. Ihre Feinde wussten also, wo sie gewesen waren und was sie gesehen hatten.

»Die gute Nachricht ist aber doch die«, sagte ihr Mitstreiter und nahm sich noch einmal von dem ausgezeichneten Kuchenbrot, »dass man nicht die Absicht zu haben scheint, Ihre Gondel bei der nächsten Ausfahrt in die Luft zu sprengen, denn hätte man sich sonst die Mühe gemacht, Ihr Kleid wieder in Ordnung bringen zu lassen?«

Leonora dachte, dass er da wahrscheinlich gar nicht so unrecht hatte und wandte sich ihrem Frühstück zu.

Sie wurde aber den unangenehmen Gedanken nicht los, dass ihre Gegner noch viel gerissener waren, als sie angenommen hatte.

Wegen des unerwarteten Bades hatte Flaminio nicht gut geschlafen. Er hatte die Zeit aber offenbar genutzt, am Kamin sitzend die Getränke des Hausherrn zu schlürfen, die er – wenngleich gut versteckt vor dem Zugriff des jüngsten Sohnes – zu seiner Freude doch entdeckt hatte.

»Denken Sie an unser erstes Gespräch mit Robolino Robolini zurück. Fällt Ihnen da nicht etwas auf? Er behauptete damals, Lazaro Corner sei mitsamt dem Amt für den Import von Baumaterialien, dem er vorsteht, in das Komplott gegen Ihren Vater verwickelt. Gehört der Mann, der Ihnen die juristische Eminenz Robolini empfohlen hat, nicht genau zu dem Senatsausschuss, dem dieses Amt untersteht?«

»Mocenigo!«, rief Leonora.

»In der Tat. Ist es nicht erstaunlich, dass Sior Robolini keine Miene verzogen hat, als Sie Ihre Beschuldigungen vorbrachten? Hätte er nicht auf diese Koinzidenz hinweisen müssen? Und sei es nur, um die Hilfe des Senators in Anspruch zu nehmen? Dass er es unterlassen hat …«

Vor Leonoras Augen tat sich der Abgrund der Hölle auf.

»… liegt daran, dass er meinem Vater gar nicht wirklich helfen will … und dass er …« Sie stockte.

»Dass er noch immer in Diensten seines Herrn und Meisters steht, nämlich seiner Exzellenz Alvise Mocenigo. Sie sind also doch in der Lage, logisch zu denken, wenn Sie nur wollen. Robolini mag ein guter Advokat sein, aber auf Ihrer Seite steht er nicht.«

Einen Augenblick war Leonora wie vom Schlag getroffen. Als sie den Mund endlich wieder aufmachte, rechnete dell'Oio mit allerlei, aber nicht damit, dass sie die Adresse der Kurtisane mit dem Namen Principessa haben wollte. Er kenne die Adresse, auch wenn er nicht zu denen gehöre, welche die Dienste der Dame in Anspruch nahmen, beeilte er sich hinzuzufügen.

»Sie verkehrt nur mit reichen Männern, ich weiß«, erwiderte Leonora.

»Gewiss doch«, erwiderte der Höfling, erschüttert darüber, dass Leonora vor lauter Wald noch immer nicht die Bäume sah.

Als sie die Ca' Civran einige Minuten später in einer Gondel verließen, konnten sie sich wider alle Vernunft eines Schauers nicht erwehren. Hoffentlich würden sie nicht wieder zur Zielscheibe werden, sobald sie vom Canal Grande abgebogen waren. Leonora senkte den Blick und betrachtete ihre Hände, die sie brav aufeinandergelegt hatte.

Wie die Hände einer armen Waisen, dachte sie. Kurze Fingernägel, keinen Schmuck. Sie holte aus ihrer Börse den Ring des Dogen hervor und streifte ihn auf ihren Mittelfinger, den einzigen Finger, auf den er leidlich passte. Nun sah es ein wenig mehr danach aus, als gehörte sie zu einer großen Familie. Vor allem gab ihr der Ring das Gefühl, nicht länger ganz allein und auf sich selbst angewiesen zu sein.

Nach einer ungestörten Fahrt ließen sie sich in Casteletto absetzen. In dem reichen Viertel wohnten mehrere Kurtisanen der obersten Kategorie. Flaminio begleitete Leonora bis vor das Haus der Principessa, wollte sie dann aber allein gehen lassen. An diesem Ort der Verderbnis müsse er ihr nicht als Anstandsdame dienen, meinte er. Leonora zögerte, den Türklopfer in Form einer Venus zu heben.

»Ich hätte mich doch besser anmelden sollen. Vielleicht empfängt die Principessa keinen Überraschungsbesuch.«

»Sie können getrost davon ausgehen, dass diese Frauen daran gewöhnt sind, wen auch immer wann auch immer zu empfangen. Würde die Spinne ein Rendezvous mit der Fliege vereinbaren, die sich in ihrem Netz verfängt?« Er lachte und fragte sich, warum Leonora diesen merkwürdigen Besuch machte. Dann ging er kopfschüttelnd seines Weges.

Auf Leonoras Klopfen erschien eine junge Frau, deren Haut so schwarz war wie die der herzoglichen Mauren. Beim Anblick Leonoras war ihr Lächeln wie weggewischt. Ihre Herrin empfing zwar jeden wohlhabenden Mann, der sich bei ihr zeigte, Besucherinnen hingegen mied sie wie die Pest. Es war schon vorgekommen, dass eifersüchtige Gemahlinnen ihre Zofe schickten, um Rechenschaft zu fordern. Manchmal erschienen sie auch in eigener Person und traktierten ihre Herrin mit Beschimpfungen. Widerwillig erklärte sich die Dienerin bereit, den Namen der Besucherin zu melden, die hartnäckig darauf bestand, vorgelassen zu werden. Sie schloss seufzend die Tür und ließ Leonora ohne Weiteres auf der Straße stehen.

Unbehaglich trat Leonora von einem Bein auf das andere. Vor dem Haus einer Edelhure zu warten war ihr unangenehm und Flaminio hatte das Weite gesucht. Wenige Minuten später durfte sie jedoch in den Tempel der Venus eintreten.

Sie folgte der dunkelhäutigen Dienerin und durchschritt einen langen Korridor, in dem kostbare venezianische Spiegel hingen. Dann führte man sie in ein Boudoir mit Stuckverzierungen und hohen Spitzbogenfenstern. Es war mit prunkvollen vergoldeten Rokokomöbeln eingerichtet, die des Spitznamens der Hausherrin vollkommen würdig waren. Der Raum hatte nichts von der kitschigen Einrichtung, die man in einem Haus der Fleischeslust vielleicht erwartet hätte. Leonora hatte weitaus mehr den Eindruck, bei einer Dame des Hochadels gelandet zu sein, ein Gefühl, was sie bei Donna Soranza nicht eben gehabt hatte.

Die Frau, die nach einigen Minuten den Raum betrat, war jenseits der vierzig, doch sie trug ihr Alter mit einer majestätischen Gelassenheit. Neben ihrer heiteren und anmutigen Gelassenheit verblassten die meisten jungen Mädchen zu tollpatschigen, uneleganten Gänschen. Ihre Figur, die in eine wunderbare, mit Silberfaden bestickte Seidenrobe von der Farbe grauer Perlen gehüllt war, hatte genau die richtige Fülle.

Leonora war wie geblendet. Bewundernd schaute sie auf diese vollkommene Erscheinung, nicht ahnend, welche Arbeit, Willenskraft und Zuversicht nötig waren, um ein solches Ergebnis zu erzielen. Stunden auf dem Altan, um das Haar in der Sonne zu bleichen, das Gesicht, damit es nicht bräunte, unter dem breiten Rand eines Hutes ohne Kopfteil versteckend und die Haare mit einer scharfen Tinktur getränkt. Dann die Schminke und die kunstvolle Frisur, die ein bis zwei Stunden am Tag in Anspruch nahmen. Hinzu kam die kluge Dosierung des Essens, die unverzichtbar war, um den Körper im Gleichgewicht zu halten und ihm eine verlockende, aber auf keinen Fall zu üppige Fülle zu geben.

Die Frau vor Leonora hatte den Höhepunkt ihrer Laufbahn erreicht. Nun verstand Leonora besser, warum der Doge Loredan, der Patrizier dalla Frascada und die reichsten Männer Venedigs sich brüsteten, mit der eleganten und raffinierten Gastgeberin dieses schönen Hauses zu verkehren. Da hob die Principessa ihre Stimme und fragte Leonora, womit sie ihr dienen könne.

»Ich bin gekommen, um meine Mutter kennenzulernen!«, stammelte das junge Mädchen, mit größerer Rührung, als es ihr recht war.

Die Principessa schien weit davon entfernt, Wiedersehensfreude zu empfinden. In ihren Zügen spiegelte sich vielmehr die Überraschung darüber, dass ihr Geheimnis ans Tageslicht gekommen war.

»Sie wissen also Bescheid ...«, sagte sie langsam. »Als Eritrea mir Ihren Namen meldete, habe ich es bereits geahnt. Agnela Immacolata ... Ja, damals war die Religion groß in Mode. Die Serenissima hatte sich gerade mit dem Vatikan versöhnt, alles drehte sich um die Kirche. Zu keiner Zeit haben sich im *carnevale* so viele Leute als Kardinal verkleidet!«

Zum ersten Mal sprach jemand von der Zeit ihrer Geburt. Unfähig, sich länger zu beherrschen, warf Leonora sich ihrer Mutter zu Füßen und umschlang deren Knie. Tränen standen ihr in den Augen.

»Lassen Sie mich die Hand der Frau küssen, die mir das Leben geschenkt hat!«

Zum ersten Mal zeigte sich eine Gefühlsregung im Gesicht der Kurtisane, aber es war nicht die Erleichterung einer untröstlichen Mutter. Zum Glück war Leonora, deren Nase in der Seidenrobe steckte, nicht in der Lage, die Wirkung ihres Herzensergusses zu sehen. Die Principessa strich zerstreut über das Haar ihres Sprösslings. Sie schien enttäuscht.

»Dunkel! Das habe ich befürchtet! Mein armes Kind! Einfach wird es nicht sein!«

Sie hatte ihre liebenswürdige Maske fallen lassen. Ihre Worte waren nicht länger an die Tochter eines adeligen Geschlechts gerichtet, sondern an den Spross einer Prostituierten, die das Familiengewerbe übernehmen sollte, aber schlechte Voraussetzungen dafür mitbrachte. Als Leonora sich wieder aufgerichtet hatte, klatschte die Kurtisane in die Hände.

»Eritrea! Tee!«, rief sie mit einer strenger Stimme, die jeder Verführungskraft entbehrte.

Die Afrikanerin brachte eilends ein Silbertablett, auf dem ein Meissener Service stand, und die Principessa wandte sich wieder Leonora zu.

»Mit drei Jahren hattest du so reizende Goldlöckchen! Wer hätte gedacht, dass du eines Tages dunkle Haare haben würdest!«

»Sie sind also ins Kloster gekommen, als ich klein war?«, fragte Leonora verwirrt.

»Und einen Busen hast du auch nicht!«, fuhr ihre Mutter tadelnd fort, ohne auf Leonoras seelische Verfassung Rücksicht zu nehmen. »Stopfe dir um Himmels willen das Korsett aus! Du willst mir doch keine Schande machen! Ich habe einen Ruf zu verlieren!«

Sie schien offenbar vergessen zu haben, wen sie vor sich hatte, und benahm sich ihrer Besucherin gegenüber wie einer Freundin ihres Gewerbes oder einem Zögling, den man ihr anvertraut hatte. Anstatt ihre Tochter zu befragen, wie ihr Leben bei den Ursulinen gewesen war, überschüttete sie Leonora mit einem Wortschwall.

Offenbar waren die Adeligen, die sich früher um ihre Gunst stritten, zurückhaltender geworden. In ihr Interesse mischte sich Nostalgie, und so strebte die ehemals bedeutendste Kurtisane Venedigs nun nach Ehrbarkeit. Um ihr Ziel zu erreichen, schreckte sie selbst vor Frömmelei nicht zurück, wie ein großes, merkwürdigerweise über einer Kommode aus Rosenholz aufgehängtes Kruzifix zeigte.

Um weiterhin eine gesellschaftliche Rolle zu spielen, hatte sie ihren Salon allen Schöngeistern der Stadt geöffnet. Man versammelte sich nun bei ihr, um weniger fleischlichen Genüssen zu frönen. Sie hätte sich gern einen reichen Gatten geangelt, einen Vendramin oder Barbarigo, um endlich einen schmeichelhaften gesellschaftlichen Rang einzunehmen. Während sie darauf wartete, dass sich ihr Traum verwirklichte, lebte sie von den Geschenken, die man ihr in den Zeiten ihres Glanzes gemacht hatte. Eine Reihe indischer Statuen auf einer Kommode ließ vermuten, dass sie ihr Geld in den derzeit so beliebten Handelsgesellschaften angelegt hatte.

Ihrer Tochter stellte sie keine einzige Frage. Sie schien bei ihren Überlegungen keine große Rolle zu spielen. Zum Glück war Leonora so begierig, etwas über das Leben ihrer Mutter zu erfahren, dass sie deren Egozentrik kaum bemerkte.

»Immerhin!«, schloss die Principessa. »Du siehst aus, als wärst du bei bester Gesundheit. Es war doch keine schlechte Idee, dich aus dem Kloster zu holen.«

Dass ihre Mutter mit dem Gedanken gespielt hatte, sie ihr Lebtag bei den Ursulinen zu lassen, ohne sie auch nur ein weiteres Mal gesehen zu haben, schockierte Leonora. Doch für Selbstmitleid war keine Zeit, die Principessa überschüttete sie bereits wieder mit vertraulichen Informationen. Die Pläne dalla Frascadas habe sie deshalb unterstützt, erklärte sie, »weil ein Doge in der Familie ein Trumpf« sei. Sie sähe sich selbst gern als Dogaressa, nach dem Tod der Donna Soranza beispielsweise.

»In Ihrem Alter wären Sie sicher eine großartige Dogaressa«, pflichtete Leonora ihr liebenswürdig bei.

Die Principessa schrie auf, als habe man ihr angedroht, all die kleinen Nippsachen, an denen ihr Herz hing, auf einem Scheiterhaufen vor der Basilika zu verbrennen.

»Alter?! Ich bin fünfunddreißig!«

Dann müsste ihre Mutter sie mit sechzehn Jahren geboren haben, überlegte Leonora. In Anbetracht der Tatsache, dass sich zu dem Zeitpunkt anscheinend bereits zahlreiche Edelleute mit großer Zukunft in ihrem Bett tummelten, kam ihr das reichlich früh vor. Sie würde sich lieber an ihre erste Berechnung halten, nach der ihre Mutter die Vierzig auf jeden Fall überschritten haben musste.

Nachdem die Principessa sich wieder beruhigt hatte, forderte sie Leonora auf, Gebäck zu essen, denn sie sei zu mager. Offenbar hatte sie ganz andere Pläne mit Leonora als ihr Vater und hielt auch nicht damit hinter dem Berg.

Ganz Venedig wisse, dass Ser Cesare in den Bleikammern festsitze, sagte sie. Bestenfalls werde er sein Leben auf dem Festland beenden und wäre in Venedig für niemanden mehr von geringstem Nutzen. Leonoras Eheschließung mit einem der Söhne aus der Dynastie der Mocenigo sei Schnee von gestern.

»Für die bist du nun so interessant, als hätte man dir ein Brandzeichen auf die Stirn gedrückt. Glaub mir, für dich gibt es nur noch einen Weg, mein armes Kind. Du musst in die Fußstapfen deiner Mutter treten.« Sie musterte Leonora noch einmal, bevor sie etwas selbstgefällig sagte:

»Du hast das große Glück, mich als Ratgeberin zu haben. Gut, dass du mich aufgesucht hast.«

In Leonora hingegen wuchs die Überzeugung, dass der Besuch bei ihrer Mutter keine gute Idee gewesen war. Die Zeit für sentimentale Regungen war vorbei. Nun galt es, den zweiten Grund ihres Kommens anzusprechen. Wenn sie ihren Vater aus den Klauen der venezianischen Justiz retten wollte, brauchte sie den Einfluss aller wichtigen Leute der Stadt. Deshalb hatte sie die Principessa aufgesucht.

Die Kurtisane amüsierte sich über ihr Vorhaben.

»Du willst also Cesare retten? Warum setzt du dich für einen Mann ein, der sich nie um dich gekümmert hat?«

Leonora dachte bei sich, dass er zumindest ihren Unterhalt bezahlt hatte. Und das gab ihm einen deutlichen Vorsprung zu der Person, die ihr gegenübersaß. Sie sagte kein Wort, aber ihre Gedanken lagen so eindeutig in der Luft, dass sie wie eine Ohrfeige für die Kurtisane waren.

Nicht daran gewöhnt, sich von einer dummen Gans kritisieren zu lassen, reagierte diese gereizt. Es war höchste Zeit, fand sie, Leonora den Zahn zu ziehen und sie auf den rechten Pfad bezahlter Beziehungen zu führen. Sie beschloss, einen Wutanfall zu inszenieren. Mit einer Geste, die des größten Schauspielers am Teatro San Benedetto würdig gewesen wäre, schmetterte sie die Teekanne zu Boden und ereiferte sich gegen die Unverschämte, die sich ihr widersetzte.

»Willst du etwa sagen, ich hätte nichts für dich getan? Ich habe mehr getan, als du kleine Idiotin jemals erhoffen konntest! Ich habe einen wohlhabenden und einflussreichen Beschützer für dich gefunden!«

Die sprachlose Leonora überlegte, ob sie gehen oder Erklärungen verlangen sollte. Konnte es sein, dass Francesco Loredan doch ihr wahrer Vater war? Gegen ihren Willen brach die Frage aus ihr heraus.

»Was wollen Sie damit sagen? Dass der Doge mein wahrer Vater ist?«

Es gelang der Principessa nur mühsam, ihr Gelächter zu unterdrücken. Dann ging sie zum zweiten Akt der Vorstellung über.

»Ach, der!« Sie machte eine wegwerfende Handbewegung. »Ich habe nie gewusst, ob er mir geglaubt hat oder nicht. Fest steht jedenfalls, dass er sich geweigert hat, auch nur eine einzige Zechine für deinen Unterhalt lockerzumachen. Jetzt, wo er nicht mehr lange lebt, gefällt ihm der Gedanke, dass er dein Vater ist. Jetzt fände er es schön, eine Tochter zu haben. Aber er täuscht sich, meine Kleine! Schlag dir das aus dem Kopf! Tochter des Dogen! Und des angeheirateten Großtürken obendrein!«

Sie lachte spöttisch und machte sich daran, ihren Teetisch umständlich wieder zu ordnen, fast so, als befürchtete sie mehr zu sagen, als ihr lieb war.

Leonora stand wie betäubt vor ihr. Die Worte der Principessa verwirrten und ärgerten sie. Noch immer wusste sie nicht, wer ihr Vater war. Doch inzwischen hatte sie sich schon zu sehr an den Gedanken gewöhnt, adeliger Herkunft zu sein, um einer Laune ihrer Mutter willen darauf zu verzichten. Sie riss sich zusammen und versuchte ihre Gedanken zu ordnen.

»Ich bin vielleicht keine dalla Frascada, aber diese Familie steht auf meiner Seite. Ich bin nicht die Tochter Francesco Loredans, aber er glaubt es, und er ist der Doge dieser Stadt. Ich schwöre Ihnen, ich werde dieses Haus nicht verlassen, ohne den Namen meines Vaters zu erfahren, und ich werde nicht zögern, Sie zur Rechenschaft zu ziehen. Wenn Sie sich weigern, mir die Wahrheit zu sagen, werden Sie das so teuer bezahlen, wie Sie es sich nicht einmal im Traum vorstellen können, das verspreche ich Ihnen.«

Die Drohung stimmte die Principessa nachdenklich.

Die Kleine war entschlossener, als sie geglaubt hatte. Sie schien zwar nicht das Zeug zu einer Kurtisane zu haben, brachte aber anscheinend Voraussetzungen mit, die aus ihr eine wertvolle Verbündete am Busen der herrschenden Klasse machen konnten. Die gefällige Maske erschien wieder auf dem Gesicht der Kurtisane, und ihre scharlachroten Lippen verzogen sich zu einem raubtierhaften Lächeln. Sie erhob sich, um sicherzugehen, dass niemand an der Tür lauschte, dann setzte sie sich dicht neben Leonora.

»Mein liebes Kind, es ist die lautere Wahrheit: Ich kann dir nicht sagen, wer dein Vater ist.«

Betreten blickte Leonora zu Boden. Der Gedanke war ihr gar nicht in den Sinn gekommen, dass ihre Mutter mit so vielen Männern gleichzeitig geschlafen haben könnte, dass sie nicht wusste, wer ihr Vater war. Die Principessa ahnte, welche Gedanken Leonora durch den Sinn gingen und lachte leise.

»Ich kann dir seinen Namen deshalb nicht sagen, weil ich nie seine Bekanntschaft gemacht habe.«

Leonora war verwirrt wie nie in ihrem Leben. Hielt ihre Mutter sich für die Madonna?

»Ich habe das Vergnügen nicht gehabt, weil …«

Die Principessa suchte nach Worten, um möglichst klar auszudrücken, was sie noch nie zuvor jemandem anvertraut hatte. »Weil ich auch nicht weiß, wer deine Mutter ist«, beendete sie schließlich ihren Satz, nachdem sie sich zur einfachsten Formulierung durchgerungen hatte.

Eigentlich hätte Leonora erleichtert sein sollen, doch

sie war zu benommen von dieser fundamentalen Neuigkeit.

»Aber Sie sind doch … Sie sind doch nach Vicenza gekommen, um mich im Kloster zu besuchen. Sie haben es eben selbst gesagt …«, stammelte sie. »Und Sie haben mindestens zwei Männern gegenüber behauptet, ich sei Ihr Kind. Warum?«

Leonoras Gedanken überschlugen sich. Mit einem Mal sah sie ein ganzes Gewebe von Lügen und Intrigen vor sich, mit denen alle möglichen Menschen getäuscht worden waren, und deren Hauptopfer sie war. Die Frau, die seit einigen Sekunden nicht mehr ihre Mutter war, verlagerte ihr Gewicht, als hätte sie auf einem harten Stein gesessen.

»Ich bin zu den Ursulinen gefahren, als du drei Jahre alt warst, das ist richtig. Aber nicht, um dich zu besuchen. Halte mich nicht für gemeiner, als ich bin«, fügte sie mit einem Schmollmund hinzu. »Ich hatte gerade ein Kind geboren und habe den Schwestern den Säugling gebracht, ich bin schließlich kein Ungeheuer.«

Leonora starrte sie mit offenem Mund an, so als säße sie neben einem bizarren Wesen, das von Gott weiß welchem Stern kam.

In der Principessa stieg der Ärger hoch, weil die kleine Gans sich zu ihrem Richter aufschwang. Die unglückliche Mutter war immerhin sie. Die Kleine hatte von ihren frommen Lügen nichts als profitiert.

»Weißt du überhaupt, wie viele Kinder sterben, bevor sie das Alter der Vernunft erreichen?«, fragte sie eingeschnappt. »Ich habe nie viel Glück gehabt, irgendwann hat mich das Pech dann geradezu verfolgt. Es hat mir mein Allerliebstes genommen!«

Sie unterdrückte einen Schluchzer, um Leonora dann mit halblauter Stimme zu erklären, dass die Äbtissin ihr in einem Brief mitgeteilt habe, ihre »unglückliche Kleine« sei an einem bösartigen Fieber gestorben. Statt sich über die Ungerechtigkeit des Schicksals zu beklagen, habe sie sich zum Festland aufgemacht. Dort habe sie eine Kutsche gemietet, die sie in wenigen Stunden nach Vicenza gebracht habe. Der Himmel über dem Kloster sei von einem eisigen Blau gewesen an diesem Tag.

Leonora, die an den Lippen der Kurtisane hing, konnte nicht umhin zu bemerken, wie genau sich die Principessa an alles erinnerte. Es war offensichtlich, dass sie eine gewisse Verzweiflung erfasst hatte, als sie vom Tod ihrer kleinen Tochter erfuhr, auch wenn sie das Kind nicht besucht hatte.

Die Nonnen dachten, sie sei gekommen, um sich von ihrer kleinen Tochter zu verabschieden, und wollten sie in die Krypta führen, wo man den Leichnam aufgebahrt hatte. Die trauernde Mutter hingegen hatte alle Waisen sehen wollen, die aus Barmherzigkeit aufgenommen worden waren.

Sie hatte sich jedes einzelne Kind zeigen lassen. Die Nonne an ihrer Seite hatte gedacht, dass es für sie eine schreckliche Prüfung war. Sie täuschte sich nicht, doch das, was die Besucherin vorhatte, verlieh ihr die Kraft, ihren eigenen Schmerz hintanzustellen.

Nachdem sie die Kosten für die Bestattung und eine größere Anzahl Messen im Voraus bezahlt hatte, als es üblich war, hatte die Kurtisane der Äbtissin ihre Absicht mitgeteilt. Da ihr eigenes armes Kind beim Herrn in einer weniger grausamen Welt weile, sei es ihr Wunsch, für ein elternloses Mädchen gleichen Alters zu sorgen und das Kostgeld wie bisher zu entrichten. Sie verlange nur, dass dieses Kind den Namen der Verstorbenen trage und niemals die Wahrheit erfahren dürfe. Sie wolle sie eines Tag zu sich nehmen und ihr den Platz ihrer verstorbenen Tochter geben.

Die Äbtissin war von der großzügigen Geste – vielleicht auch von dem Kostgeld – gerührt und erwiderte, sie würde ihr mit Freuden das Mädchen zeigen, das ihre gute Tat am meisten verdiene. Die Stifterin hatte jedoch bereits ein Mädchen von etwa drei Jahren ausgesucht, das wohlgestaltet war, blonde Locken und keinen sichtbaren körperlichen Makel hatte. Die Kleine war das Hübscheste der Kinder, das die Nonnen auf ihrer Schwelle gefunden hatten.

Die Lücken dieses Berichts konnte Leonora mühelos selbst füllen. Das Kostgeld hatte weiterhin dalla Frascada übernommen, der wahrscheinlich der Vater des toten Mädchens war. Er hatte sein uneheliches Kind nie gesehen und wusste nichts von dessen Tod. Warum sollte die Principessa keinen Vorteil daraus schlagen? Man würde ihm das Mädchen im richtigen Moment vorstellen. Und als es so weit war, hatte der Vater, wie vorauszusehen, nichts gemerkt. Was kam es ihm außerdem darauf an? Er hatte das Mädchen, das er für seine Tochter hielt, zu sich geholt, um sie zu verheiraten, nicht um sie wie sein eigen Fleisch und Blut zu lieben!

»Ja, die Kinderkrankheiten sind die schlimmsten Feinde der Mütter«, sagte die Kurtisane und tupfte sich mit einer affektierten Handbewegung den Augenwinkel ab.

»Der liebenden Mütter«, verbesserte Leonora. »Nicht für Sie, die Sie die Toten so gut zu ersetzen wissen.«

Das Schlimmste an der Geschichte war, dass es keinen Grund gab, daran zu zweifeln, so unwahrscheinlich sie zunächst klang. Die Räder dieser diabolischen Machenschaft griffen wunderbar ineinander. Gefühle gab es keine, nur Interessen und Berechnung. Und darüber sollte sie sich nun auch noch freuen!

Leonora stand auf, um den Ort zu verlassen, wo sich ihre letzten Hoffnungen auf Klarheit zerschlagen hatten. Als sie sich schon zum Gehen wandte, fielen die Blicke der Principessa auf den Ring an ihrem Mittelfinger.

»Du trägst einen schönen Ring.«

Sie verstand mit Sicherheit etwas von Schmuck, denn ihre Hände waren mit Diamanten bedeckt, die in allen Farben funkelten. Zum ersten Mal war echtes Interesse an Leonora zu erkennen.

»Vielleicht wird aus dir doch noch etwas werden«, murmelte sie, als wären ihr plötzlich die Augen aufgegangen.

Leonora taumelte wie eine Schlafwandlerin zur Tür. Sie hatte keine Mutter mehr. Was für ein Glück, dass ihr noch einige Väter blieben.

XVIII

Leonora musste sich den Tatsachen stellen: Je mehr sie nach ihrer Herkunft suchte, umso weniger wusste sie, wer sie war. Von einer Patriziertochter war sie zur Tochter einer Kurtisane geworden, und nun war sie nichts weiter als eine Unbekannte aus einem ländlichen Waisenhaus, das sie besser nicht verlassen hätte. Zu ratlos, um den Bewohnern der Ca' Civran die Stirn zu bieten, ging sie direkt zu ihrer Kammer in der Pfarrgemeinde San Giustinian. Die Rolle der Leonora Pucci war von allen Rollen, die sie seit ihrer Ankunft in Venedig gespielt hatte, wohl die ehrlichste.

Sie kämpfte noch immer mit ihrer Enttäuschung, als es leise an die Tür pochte. Es war Flaminio. Dass er sie nach einem Besuch im Freudenviertel so niedergeschlagen antraf, überraschte ihn.

Leonora verlor nicht viele Worte, sondern legte ihm die zehn Zechinen auf den Tisch, die sie ihm noch schuldete, und erklärte dabei, sie sehe keinen Sinn mehr darin, ihre Nachforschungen weiter zu betreiben.

»Und die Freiheit Ihres Herrn Vaters? Die Ehre Ihres Namens?«

Er hätte sie lange ins Kreuzverhör nehmen müssen, bevor sie ihm die Wahrheit gestanden hätte. Niemand wusste Bescheid, sie konnte lügen bis an ihr Lebensende. Dann, so dachte sie bitter, hätte sie wenigstens etwas mit der Frau gemeinsam gehabt, die sie für ihre Mutter gehalten hatte.

Flaminio hätte das Geld auf dem Tisch am liebsten sofort eingesteckt. Dann gab er sich jedoch einen Ruck und sagte:

»Ich hoffe, dass das, was ich jetzt tue, ausreicht, um Sie wieder zur Besinnung zu bringen. Es kostet mich Überwindung, aber ich bin zu großen Opfern fähig.«

Er tat die Zechinen wieder in den Geldbeutel des jungen Mädchens zurück und zog sorgfältig die Kordel zu.

»Sie bezahlen mich, wenn wir Ihren Vater befreit haben. Nur müssen Sie sich jetzt zusammennehmen. Wegen einer kindischen Laune möchte ich mein Geld nicht verlieren.«

Mit etwas forcierter Freude verkündete er ihr, er habe eine Neuigkeit.

»Robolini«, begann er, »hätte das nie herausgefunden! Im Übrigen kann ich Ihnen nur wärmstens empfehlen, ihm in Zukunft Ihre kleinen Geheimnisse nicht mehr anzuvertrauen.«

Seit dem Debakel bei der Gerichtsverhandlung im Dogenpalast verdächtigte der Höfling den Senator Alvise Mocenigo, Leonora zu seinem eigenen Advokaten geschickt zu haben, damit dieser sie ausspionieren konnte. Daher hatte er einige Erkundigungen über ihren liebenswürdigen Beschützer eingezogen.

»Wissen Sie, wie der Mädchenname der Senatorin lautet? Pisana Corner!« Er sah sie triumphierend an.

»Lazaro«, fuhr er fort, »ist also mit dem Senator verwandt. Er dürfte ihm wohl seine Ernennung verdanken, denn das Amt, das für die Beschaffung der Steine zuständig ist, untersteht dem Ausschuss, dessen Vorsitzender Mocenigo ist.«

Der Gedanke, dass der Senator in die Schmuggelgeschäfte eingeweiht war, stand plötzlich im Raum.

»Diese ganze Sache wird eine Nummer zu groß für mich«, meinte Leonora ungehalten. »Es wird höchste Zeit, dass ich mit meinem Vater rede!«

Sie war wieder in ihren unerträglichen Befehlston gefallen und traf Entscheidungen, ohne ihn um Rat zu fragen, stellte Flaminio mit Befriedigung fest. Seine Nachricht hatte also wenigstens eine gute Wirkung.

Auf der Treppe trafen sie Monsieur Emile. Er war gerade auf dem Weg zu Leonora.

»Ich hoffe, Sie kommen voran?«, fragte er leutselig. Angesichts ihrer Trauermienen fuhr er fort: »Ich habe bemerkt, dass Ser Cesare die Bleikammern noch immer nicht verlassen hat. Ich soll Ihnen übrigens eine Nachricht überbringen!«

Zufällig habe er Sior Gotti auf der Piazza getroffen. Der Strömungsfachmann habe ihm bei dieser Gelegenheit mitgeteilt, dass er sich korrigieren wolle. Er habe nämlich inzwischen herausgefunden, dass sich die Strömungsverhältnisse in der Stadt verändert hätten.

»Anscheinend hat sich der milde Winter auf die Bewegung des Wassers ausgewirkt«, erläuterte Monsieur Emile. Dann ließ er eine Tirade über die unglaublichen Klimaänderungen vom Stapel und dass sie die Ursache für rheumatische Beschwerden und unzählige andere Krankheiten seien. Die jungen Leute warteten ungeduldig.

Um sich später keine Vorwürfe machen zu müssen, sei Gotti noch einmal zu dem Architekten Massario gegangen, erzählte Monsieur Emile endlich. Die beiden Männer waren sich nun einig, dass die Leichen nicht beim Hospital der unheilbar Kranken ins Wasser geworfen worden sein konnten. Zur großen Erleichterung aller rechtschaffenen Venezianer handelte es sich bei ihnen also nicht länger um verwundete Soldaten, die man hatte verschwinden lassen, um die Beisetzungskosten zu sparen, sondern alles war so geheimnisvoll wie eh und je.

»Haben die beiden denn eine neue Stelle im Verdacht?«, fragte Leonora.

Der Franzose kramte in seinem Gedächtnis.

»Aber ja, ja! Wo war das denn nur? Ach ja! Im Viertel San Marco. Es ist kurios, wir waren vor einer Weile zusammen dort. Erinnern Sie sich an die Kirche mit dem unterirdischen Kanal? Sie glauben, dass man die Leichen in diesen Rio ...«

Er hatte seinen Satz noch nicht beendet, da eilten die beiden jungen Leute bereits an ihm vorbei die Treppe hinunter, als hätte das Haus Feuer gefangen.

Eine Stunde später betete eine verschleierte Dame in Trauerkleidung inbrünstig in der Kirche von Santo Stefano. Neben ihr saß ein junger Geistlicher, der in einem Buch las, das wie die Psalmen aussah. Im Verlauf des Nachmittags kamen die beiden mit den älteren Damen ins Gespräch, die täglich die Kirche aufsuchten. Diesen kam ein wenig Abwechslung durchaus gelegen. Und auch der Geistliche erzählte ihnen vom entsetzlichen Ende des Mannes, der nach nur vier Monaten Ehe in einem Scharmützel mit den blutrünstigen Türken gefallen sei. Die untröstliche Witwe begleitete seinen Bericht mit anmutigen Seufzern. Als sich der Tag dem Ende neigte, hatten sie mit sämtlichen frommen Frauen gesprochen und wussten alles über die Gemeinde. Aber obwohl es schwarz gekleidete Frauen in Hülle und Fülle gab, war keine Spur von Männern zwischen zwanzig und dreißig auszumachen, die im Verlauf des Winters gestorben und deren Leichen spurlos verschwunden waren. Fest entschlossen, sich nicht geschlagen zu geben, erkundigten sie sich nach einem Quartier in der Pfarrgemeinde. Man nannte ihnen eine Pension auf dem Campo Santo Stefano, die einen annehmbaren Ruf hatte.

»Meine verwitwete Schwester und ich hätten gern ein großes Zimmer«, begrüßte Flaminio dell'Oio den Gastwirt.

Der tat so, als glaubte er, dass der gut aussehende, temperamentvolle junge Geistliche tatsächlich ein Zimmer mit seiner »Schwester« teilen wolle. Der fromme Mann war nicht der Erste, der sich in Gesellschaft einer schönen Dame bei ihm einstellte, die seinen Beistand bis spät in die Nacht brauchte. Er störte sich nicht daran, nur erhöhte er die Preise um ein Drittel. Sein bestes Zimmer sei allerdings vergeben. Seit Monaten belegten es drei Reisende.

»Wie schade! Sie werden sie wohl kaum vor die Tür

setzen«, sagte Flaminio enttäuscht, dass der unerwartete Aufenthalt in der Pension nicht so behaglich zu werden versprach, wie er es sich erhofft hatte.

»Es ist niemand da, wenn Sie das meinen«, fuhr der Wirt fort. »Das Zimmer wurde nur eine Woche benutzt, danach haben die drei Herren sich nicht mehr blicken lassen.«

Plötzlich ging Flaminio auf, was der Mann im Schilde führte. Der Höfling holte einen Dukaten aus der Tasche und legte ihn auf die Theke.

»Wenn die Herren ihr Zimmer derzeit nicht benutzen, würde es Sie vielleicht nicht stören, wenn wir die Nacht darin verbringen?«

Der Gastwirt war entzückt, sein Zimmer ein zweites Mal zu vermieten, »um dem Herrn und der Dame zu Gefallen zu sein«. Er ging voraus und führte die beiden in den obersten Stock.

»Der Aufstieg ist ein wenig ermüdend, aber der Ausblick von hier oben ist wunderbar. Man kann das ganze Viertel überblicken. Das wird Sie entschädigen, meine Dame.«

Leonora erkundigte sich nun, wer denn die Leute seien, die Zimmer mieteten und sie dann nicht benutzten. Es handele sich um Mönche, die das Bistum nach Santo Stefano geschickt hatte, lautete die Antwort. Da dort restauriert werde, habe man sie hier untergebracht, bis ihre Zellen bewohnbar seien. Der Gastwirt vermutete, dass sie auf dem Festland zu tun hatten, bis die Arbeiten fertig waren, denn die gingen in venezianischem Tempo vonstatten.

Leonora und Flaminio warfen sich einen vielsagenden Blick zu, während der Wirt das Zimmer aufschloss.

Ihre Unterkunft stellte sich als ein sehr hübsches kleines Appartement heraus, dessen Fenster auf den großen Campo gingen. Auch in den viereckigen Innenhof des Klosterkreuzgangs konnte man gut hineinblicken.

Den Koffer seiner verschwundenen Mieter hatte der Gastwirt in eine Ecke geschoben. Flaminio zweifelte nicht daran, dass der Wirt das Zimmer bereits mehrmals wieder vermietet hatte. Er steckte ihm noch einmal eine Münze zu und schob ihn mit den Worten zur Tür hinaus, seine Schwester müsse sich ausruhen, bevor sie zur Abendmesse gingen.

Kaum waren sie allein, machten sich die Witwe und ihr geistlicher Beistand an den Schlössern des Koffers zu schaffen. Flaminio wollte sie mit einem Dietrich öffnen, denn gewisse handwerkliche Fertigkeiten waren mit seinem Beruf durchaus nicht unvereinbar. Nach ein paar Versuchen sprang der Deckel auf und gab den Blick frei auf mehrere Mönchskutten und eine Mappe mit Pässen, Ausgangsgenehmigungen und Aufträgen des Bischofs. Die Mönche waren offenbar nach Venedig geschickt worden, um die Klostergemeinschaft von Santo Stefano wieder aufzubauen. Die beiden jüngeren Männer waren fünfundzwanzig und achtundzwanzig Jahre alt, der dritte über vierzig. Leonora war sich sicher, die Kutten in der Hand zu halten, die den Toten gehörten, deren Knochen sie in Cannaregio gefunden hatten. Mit Ausnahme des älteren Mannes entsprach das Alter der beiden jüngeren Mönche genau der Schätzung des Anatoms.

Mit leichtem Erstaunen sah der Gastwirt, dass der Geistliche und seine »Schwester« sich tatsächlich zum Vespergottesdienst in die Kirche aufmachten. Nach der Messe suchten die beiden die Sakristei auf, um mit dem Priester zu sprechen.

»Der Himmel schickt Sie!«, begrüßte sie der alte Pfarrer.

Er war nämlich so kurzsichtig, dass er Hilfe brauchte, um seine Gewänder abzulegen und die Messgeräte wegzuräumen.

Er habe ja zum Glück einen kerngesunden Küster, aber der habe etwas erledigen müssen. Der junge Geistliche faltete sorgfältig das Messgewand, und seine Schwester stellte den Kelch und die Messkännchen auf ein Brett an der Wand, während der Pfarrer ihnen erzählte, dass sein vorheriger Küster brustkrank und zu nichts mehr zu gebrauchen gewesen sei. Der neue sei nicht nur stark wie ein Holzfäller, er sei auch nicht dumm und habe sehr schnell alles gelernt, was es über ihre schöne Kirche zu wissen gebe.

»Da sehen Sie, wie die göttliche Vorsehung über allem wacht. Mein Taugenichts von Küster verschwindet von einer Minute auf die andere, und dieser taucht am nächsten Tag auf und sucht eine Beschäftigung! Wer will behaupten, dass der Herr nicht für seine Diener sorgt?«

Die beiden jungen Leute hüteten sich, ihre Meinung über die Wunder in Santo Stefano zum Besten zu geben, und erkundigten sich, wo man denn den durch die wundersame Fügung des Herrn geschickten Küster finden könne?

»Ich glaube, er wohnt in einem möblierten Zimmer bei einer Witwe in der Calle da Ponte.«

Ein Möbelhändler am Anfang der Straße zeigte ihnen das Haus. Der bescheidene Kirchendiener bewohnte die erste Etage eines herrschaftlichen Gebäudes mit großen Spitzbogenfenstern. Von dem Diener, der auf ihr Läuten hin die Tür öffnete, erfuhren sie, dass sein Herr in dem Restaurant Zum fetten Masthuhn speise.

Flaminio wollte seinen Ohren nicht trauen. In jenem Lokal verkehrten wahrlich keine venezianischen Küster! Die dort üblichen Preise machten es selbst für einen erfolgreichen venezianischen Höfling unerschwinglich.

»Er dürfte inzwischen mit dem Essen fertig sein«, fuhr der Diener fort. »Sie werden ihn auf dem Weg zur Kirche antreffen. Er schließt sie nachts ab.«

Und in der Tat öffnete ihnen der wundersame Küster die Tür des Pfarrhauses, als sie wenig später dort klopften. Sie verlangten, den Pfarrer zu sprechen. Der nahm gerade eine sehr viel weniger schmackhafte Brühe zu sich als die, welche im Fetten Masthuhn serviert wurden, und war überrascht, die Witwe und ihren geistlichen Begleiter wiederzusehen. Noch mehr erstaunte ihn allerdings, dass sie zu dieser späten Stunde mit ihm in den Kreuzgang gehen wollten. Verwirrt ließ er seine Gemüsebrühe stehen.

»Ehrwürdiger Vater, in Ihrer Kirche geschehen unerhörte Dinge«, begann Leonora, kaum dass sie außer Hörweite waren.

Mit einem unruhigen Blick in die Runde gab ihr der Pfarrer ein Zeichen, die Stimme zu dämpfen.

»Pst! Sagen Sie vor allem nichts der *Signoria*! Ich könnte Schwierigkeiten bekommen.«

Sie fragten sich, ob er etwa kindisch war.

»Hier wurden mindestens drei Menschen ermordet«, führte Leonora in der Hoffnung aus, dass sich nun etwas bei dem alten Pfarrer regte.

Er sah sie an, als hätte sie nicht alle Tassen im Schrank. »Ermordet? Für Spitzen?«

Leonora war versucht, Flaminio darauf hinzuweisen, dass also nicht nur sie diese Tatsache erstaunlich fand. Nach einer Weile stellte sich heraus, dass der Pfarrer nur von den illegalen Importen wusste. Sein Schweigen hatte man damit erkauft, dass man ihm Geld für seine Renovierungsarbeiten gegeben hatte. Man hatte ihm eingeredet, es handele sich nur um einen harmlosen Verstoß gegen zu strenge Gesetze. Er war entsetzt über die schrecklichen Dinge, die unter dem Dach seiner Kirche geschehen waren, ohne dass ihn sein treuer Küster davon in Kenntnis gesetzt hatte. Flaminio erwiderte, das liege wohl daran, dass sein Küster Pietro mit den Mördern unter einer Decke stecke.

Mit dem Ausruf »Beim heiligen Josef!« eilte der Pfarrer in sein Pfarrhaus zurück. »Pietro!«, rief er, als er im Speisezimmer angekommen war. »Pietro!«

Die drei kleinen Räume des Pfarrhauses waren leer.

Leonora schlug vor, er solle die Wachen holen. Die Soldaten würden sofort alles abriegeln, wenn er sie darum bitte. Es müsse um jeden Preis verhindert werden, dass die Banditen Beweisstücke verschwinden ließen, die den *Provveditore* der Kanalreinigung entlasten konnten.

»Ich werde mir meine Verblendung niemals verzeihen!«, rief der alte Pfarrer.

Er warf einen Umhang über seine Soutane, um den Obersten der Wache zu benachrichtigen, den er gut kannte. Die beiden jungen Leute wollten in der Zwischenzeit die Kirche im Auge behalten.

»Dass der Küster so einfach verschwunden ist, kommt mir merkwürdig vor«, meinte Flaminio, während sie in der Apsis auf und ab gingen.

»Haben Sie denn nicht begriffen?«, fragte Leonora erstaunt. »Pietro ist einer der drei verschwundenen Mönche, da bin ich mir sicher! Er ist von den Schmugglern angeheuert worden und hat seine beiden jungen Begleiter in eine Falle gelockt«, erklärte sie sodann dem erstaunten Höfling. »Die armen Mönche dürften zusammen mit dem alten brustkranken Küster getötet worden sein. Und unser Pietro hat dann dessen Platz eingenommen, um den Schmugglern die Arbeit zu erleichtern. Und hat uns der Anatom nicht gesagt, dass einer der drei Ermordeten ein Schwindsüchtiger gewesen ist?«, schloss sie.

»Wir hätten uns den Kerl gleich greifen sollen«, bemerkte Flaminio, dem die Dunkelheit in der Kirche einen Schauer über den Rücken jagte.

In diesem Moment näherten sich feste Schritte.

»Da kommt Hilfe!«, rief Leonora und wollte gleich loslaufen.

Doch Flaminio hielt sie an ihrem Umhang fest und zog sie in eine Seitenkapelle. Er kannte Venedig zu gut, um an Wunder zu glauben. Konnte der alte Pfarrer so schnell bei der Wache gewesen sein? Hatte er die Soldaten in so kurzer Zeit davon überzeugen können, ihre Abendsuppe im Stich zu lassen?

Eine großer Schatten mit Dreispitz erschien in dem von wenigen Kerzen erhellten Kirchenschiff. Leonora erstickte einen Aufschrei, als sie Lazaro Corner erkannte. Der Küster war zu seinem wahren Herrn gerannt, um ihn zu warnen!

Die jungen Leute hielten den Atem an. Der Mörder irrte eine Weile durch die Kirche, dann stellte er sich vor dem Winkel auf, wo sie vergeblich versuchten, mit der Wandmalerei zu verschmelzen.

»Keine Dummheiten!«, befahl er. Das Messer, das er auf sie richtete, wäre für ein Kalb geeignet gewesen. »Heute Abend kommt es mir auf einen weiteren Mord nicht an.«

Nachdem sich seine Augen auf die Dunkelheit eingestellt hatten, konnte er ihre Gestalten im Licht des aufgegangenen Mondes erkennen. Zwei Schritte, und er war bei ihnen. Als er den Arm hob, glaubten sie, ihr letztes Stündlein habe geschlagen. Lazaro Corner drückte hingegen nur auf das Wörtchen »nihil«. Während die Wand knarrend zur Seite glitt, schob er die Überraschten in Richtung der engen Treppe, die zur Krypta hinunterführte.

Hier unten war es pechschwarz. Sie tasteten sich vorwärts. Corner schien etwas zu reiben. Er wusste offenbar, wo das zu finden war, was er brauchte. Er entzündete eine Fackel und stellte sie in einen Wandhalter. Endlich konnten sie ihren Feind sehen. Er schien sehr erregt zu sein, seine Augen quollen fast aus ihren Höhlen. Leonora fragte sich gerade, wieso er so irre blickte, als der Schein der Fackel auf die Hand fiel, in der er das Messer hielt. Finger und Schneide waren blutrot. Der arme Pfarrer hatte den Wachposten nie erreicht.

»Dafür kommen Sie in die Hölle!«, schrie Leonora so entsetzt, als hätte er eine der Nonnen umgebracht, die sie erzogen hatten.

»Und wer hat schuld daran? Wenn Sie Ihre Nase nicht in unsere Angelegenheiten gesteckt hätten, wäre nichts von all dem passiert!«

Flaminio dell'Oio, der nach dem Ausgang schielte, wies ihn darauf hin, dass er nach seiner Berechnung auch schon zuvor zwei Mönche und einen Küster ermordet habe.

»Das sind Leute, die direkt in den Himmel kommen«, erwiderte Corner. »Ich fürchte, dass Sie größere Schwierigkeiten mit dem heiligen Petrus haben werden.«

Er machte einen Schritt auf sie zu. Der Höfling stellte sich vor Leonora. Ihr Angreifer grinste über die galante Geste.

»Sie können versichert sein, dass ich die Signorina nicht anrühre. Es scheint, dass man dem jungen Schützling der dalla Frascada kein Haar krümmen darf.«

Von seiner Milde überrascht, atmeten die jungen Leute auf.

»Sie werde ich jedoch töten«, fuhr Corner fort. Mit der Spitze seiner Waffe zeigte er auf den Höfling.

Da stellte sich Leonora vor Flaminio.

»Ich verbiete Ihnen, sich ihm zu nähern.«

Lazaro Corner machte einen Schritt nach vorn. Noch

einen Moment, und er würde sie mühelos zur Seite stoßen.

»Ich habe den Befehl, jeden Zeugen umzubringen. Der kleine Geck muss weg. Ich habe Sie gewarnt, meine Schöne! Ich habe Kleinholz aus Ihrer Gondel gemacht! Ich habe Ihnen eine Warnung auf der Leiche Brolos hinterlassen! Ich habe Sie höchstpersönlich aufgesucht! Sie sind widerspenstiger als der *vento di mar*! Ich hätte es lieber mit der türkischen Armee zu tun. Die Soldaten begreifen wenigstens, wann sie sich zurückziehen müssen!«

Leonora suchte fieberhaft ihren Dolch.

»Mit Ihrem Messerchen können Sie mich nicht einschüchtern!«, sagte Lazaro Corner mit einem Lächeln, das nichts Gutes verhieß.

»Und wie steht es damit?«, ließ sich der verkleidete Geistliche jetzt vernehmen.

Mit einer raschen Bewegung hatte Flaminio unter seinem Gewand zwei Pistolen hervorgezogen.

Lazaro Corner erstarrte. Er griff mit der Linken nach seinem Messer und wollte mit der Rechten an die Hüfte langen, wo seine Pistole steckte. Flaminio ließ ihm keine Zeit dazu. Er schoss auf gut Glück. Dann packte er die Fackel, sie stürzten die Treppe hinauf und warfen mit einem dumpfen Schlag die Tür im Sockel des Grabmals zu.

»Ich war immer der Meinung, dass es eleganter sei, sich mit dem Schwert zu duellieren«, stieß Leonora atemlos gegen die Wand gelehnt hervor.

»Und wer hat behauptet, dass ich elegant bin?«, erwiderte Flaminio und wischte sich die Stirn mit einem

Spitzentaschentuch ab.

In der Hoffnung, dass Lazaro Corner keine weiteren seiner Leute in der Kirche postiert hatte, schlichen sie durch das Gotteshaus. Corner hatte wohl keine Zeit gehabt, jemanden zu benachrichtigen, oder er beging seine Morde lieber ohne Zeugen, um nicht verraten zu werden, falls einer seiner Komplizen in die Hände der Justiz fiel. Das Kirchenschiff war verlassen, finster und schweigsam. Leonora warf sich auf das Portal, aber der Riegel wollte nicht zur Seite gleiten.

»Der Küster hat doch nach der Abendmesse abgeschlossen!«, erinnerte Flaminio sie.

Er zog sie zum Pfarrhaus. Im Speisesaal sprach Pietro mit aschfahlem Gesicht ein Gebet am Leichnam des Pfarrers.

»Wir werden Ihnen zwei weitere Requiems ersparen«, schnauzte Flaminio, während er und Leonora sich auf die unverriegelte Tür des Pfarrhauses stürzten. In der kleinen Gasse hinter dem Gebäude liefen sie in Richtung des Canal Grande. Am Wasser riefen sie nach einem Gondoliere, als stünde das Viertel in Flammen. Erst als sie auf dem Wasser waren, atmeten sie tief durch.

Eine Sache jedoch blieb Flaminio unerklärlich: Warum war dem schrecklichen Lazaro Corner verboten worden, sich diejenige vorzuknöpfen, welche die Ursache seiner Sorgen war? Nur einem einzigen Menschen konnte an Leonoras Leben gelegen sein: ihrem Vater Cesare dalla Frascada.

Leonora war so wütend über Flaminios Schlussfolgerung, dass sie ihn beinahe über Bord gestoßen hätte.

»Wie können Sie den Mann besudeln, der mich aufgenommen hat, als ich eine arme Waise war! Der mir seinen Namen gegeben hat! Der eine großartige Heirat für mich in die Wege geleitet hat …«

Bei genauerem Hinsehen musste sie jedoch einräumen, dass der Patrizier sie einzig und allein wegen dieser Heirat aus dem Kloster hatte kommen lassen. Sie erinnerte sich der Worte Lazaro Corners bei ihrer ersten Begegnung. Damals hatte er ihr zu verstehen gegeben, dass der *Provveditore* der Kanalreinigung sich ihrer bediente. War es tatsächlich möglich, dass Ser Cesare seine Intrigen so weit getrieben hatte?

Sie warf dem Höfling neben ihr einen Hilfe heischenden Blick zu. Das Schweigen des jungen Mannes sprach Bände. Sie fragte sich, was sie nun tun sollte. Es wäre ohne Zweifel ehrbar und mutig, den Schuldigen beim Dogen anzuzeigen. Alles in allem war Francesco Loredan noch immer ein besserer Vater als der auf die schiefe Bahn geratene Patrizier dalla Frascada, der sie von Anfang an seinen Interessen geopfert hatte.

XIX

Flaminio dell'Oio glaubte nicht daran, dass man Leonora zu den Privatgemächern Loredans vorlassen würde, selbst wenn sie dem Dogen die verbrecherischen Machenschaften eines unredlichen Verwaltungsbeamten aufdecken wollte. Es war Monate her, dass Francesco Loredan eine öffentliche Audienz gegeben hatte. Nur seine engsten Mitarbeiter durften mit ihm sprechen, für die Bürger der Stadt war er unerreichbar geworden. Leonora erinnerte Flaminio nicht daran, dass er sie schon einmal trotzdem empfangen hatte, aber bei dem Gedanken an jenes Gespräch fiel ihr Loredans Geschenk wieder ein, und sie entnahm ihrem Geldbeutel den großen goldenen Ring mit dem Saphir.

Sie trug ihn fast nie, weil sie Angst hatte, er könnte ihr vom Finger gleiten.

»Diesen Ring hier hat der Doge mir gegeben, für den Fall, dass ein Unglück eintritt. Ich meine, es ist Zeit, ihn zurückzugeben.«

Flaminio dell'Oio musterte den Ring, ohne recht zu glauben, was er sah.

»An welchem Finger hat er ihn getragen?«

Vor ihrem geistigen Auge sah sie den alten Mann, wie er den Ring vom Finger zog.

»Wenn mich nicht alles täuscht, am Ringfinger«, sagte Leonora.

Nervös hüpfte ihr Begleiter auf der Bank auf und ab.

»Es ist sein mystischer Ring!«, rief er so fassungslos, als trüge Leonora statt eines Schals das heilige Schweißtuch der Veronika um die Schultern. »Diesen Ring soll er morgen tragen, wenn er die Vermählung Venedigs mit dem Meer feiert! Niemals darf der Doge ihn ablegen, und niemand außer ihm darf ihn tragen! Wenn das Volk erführe, dass ein kleines Mädchen mit diesem Schatz spazieren geht – das ist einfach unvorstellbar.«

Auch wenn Leonora sich gewaltig über die Bezeichnung »kleines Mädchen« ärgerte, erlaubte sie Flaminio, das Juwel in die Hand zu nehmen. Er entdeckte die Buchstaben PTMEM auf der Innenseite, die Abkürzung der venezianischen Devise: Pax Tibi Marcus Evangelista Meus. Flaminio begriff nicht, welcher Wahnsinn den Greis dazu getrieben haben mochte, das Symbol seiner Macht einer Fremden zu vermachen, die zufällig bei ihm hereingeschneit war.

»Er hält sich für meinen Vater«, gestand Leonora ihm leise. Sie war es ein wenig müde, diesen Satz wiederholen zu müssen.

Flaminio dell'Oio war zu verblüfft, um sich die Frage zu stellen, ob nun alle Großen der Stadt einer nach dem anderen Leonora als ihre Tochter anerkennen wollten.

»Er muss ihr Vater sein, denn sonst hätte er Ihnen niemals seinen Ring gegeben!«

Bei dem Gedanken, für die einzige Tochter des Dogen zu arbeiten, sah er Leonora plötzlich mit ganz anderen

Augen. Sie, die zu ihrem großen Bedauern wusste, was davon zu halten war, fand es eher peinlich, dass sie unabsichtlich einen alten Greis an der Nase herumgeführt hatte. Im Vergleich zu den Machenschaften Ser Cesares kam ihr das kleine Komplott der Principessa allerdings lächerlich vor. Sie schwor sich, dass der *Provveditore* der Kanalreinigung für die unschuldigen Toten, die Verstöße gegen das Gesetz, aber auch für die vielleicht nie wieder heilenden Verletzungen ihrer Selbstachtung würde büßen müssen.

Nachdenklich betrachtete sie den Ring des Dogen. Und allmählich fing sie an zu begreifen, warum er ihn ihr gegeben hatte. Loredan wusste, dass die *Signoria* alles in ihrer Macht Stehende tun würde, um den Skandal des wandernden Rings zu vertuschen. Der Doge hatte seiner Tochter das einzige Druckmittel vermacht, mit dem sie etwas anfangen konnte. Es würde allerdings nur ein einziges Mal wirken. Beim Vorzeigen des Rings würde sie das verlangen müssen, was man ihr ohne dieses Pfand niemals gewähren würde.

»Wir werden die Macht des Ringes testen!«, erklärte sie und schob den Saphir auf ihren Mittelfinger.

Auf der Piazza San Marco erklangen die letzten kräftigen Hammerschläge der Arbeiter, welche die Stände der jährlichen Handelsmesse aufbauten. Leonora durchquerte die lärmende Baustelle, um zu dem blassrosa Gebäude zu gelangen, das an die Basilika angrenzte. Zu dieser späten Stunde war der herzogliche Palast für Besucher, Bittsteller, Patrizier oder Beamte geschlossen. Auf der Piazzetta versperrten zwei Wachen den Zugang zum Ehrenhof. Leonora hielt ihnen ihre Hand mit dem funkelnden Saphir im Goldkranz hin. Der Soldat war äußert überrascht und trat zögernd einen Schritt zur Seite. Der andere öffnete ihr das Portal.

Der Hof, in dem sich tagsüber die Menschen drängten, lag beinahe verlassen vor ihr. Leonora sah nur einige Lakaien mit Eimern und einen Pförtner, der in seinem Wachhäuschen döste. Beim Anblick des Symbols der Republik Venedig wäre er beinahe von seinem Stuhl gefallen. Am Fuß der Treppe musste Leonora ihren ungewöhnlichen Passierschein ein drittes Mal vorweisen. Ohne die geringste Frage an sie zu richten, verneigte sich der Sekretär der *Signoria* tief vor der Ringträgerin und bat sie, ihm zu folgen.

Auf dem Treppenabsatz der zweiten Etage übergab er sie an einen Kammerherrn, der einen Kandelaber in der Hand hielt. An seiner Seite durchquerte sie mehrere halbdunkle Säle. Seit seiner Erkrankung zeigte sich der Doge kaum noch in der Öffentlichkeit. Abends erlosch sein riesiger Palast und schlummerte bis zum nächsten Morgen, wenn das Personal und die Beamten ihren Dienst wieder aufnahmen.

Schließlich gelangten sie zu dem Teil, den Leonora bereits kannte. Der Kammerherr brachte sie zu einem der großen Mohren, die ihr so große Angst eingejagt hatten, als sie sie zum ersten Mal gesehen hatte. Er öffnete die letzte Tür zu den Gemächern des Dogen.

Im Zimmer schien alles unverändert. Da standen das prunkvolle Himmelbett auf dem Podest, das Porträt des

Dogen auf der Staffelei und der große Leuchter mit den brennenden Kerzen. Nur das Kaminfeuer hatte man erlöschen lassen.

Leonora dachte im ersten Augenblick, das hinge mit den sehr milden Temperaturen zusammen. Dann sah sie zwischen den zur Seite gezogenen Bettvorhängen, die mit rotseidenen Kordeln an den Pfosten befestigt waren, Francesco Loredan. Er ruhte in seiner Staatsrobe auf einer ebenfalls roten Samtdecke. Seine Füße steckten in goldbestickten Seidenschuhen, und seine Hände waren auf der Brust gefaltet. Er war tot. Sie trat näher, um noch einmal den Mann zu sehen, der sich bis zu seinem letzten Atemzug für ihren Vater gehalten hatte. Seine Züge waren eingesunken, die Augen mit den geschlossenen Lidern lagen tief in den Höhlen, und ein schmales Band hielt sein Kinn.

»Schade. Sie sind nur um ein Weniges zu spät gekommen«, vernahm sie eine Stimme hinter sich. »Der Doge hat uns heute Nacht verlassen.«

Jäh drehte sie sich um.

Der Mann, der eigentlich ihr Schwiegervater hätte werden sollen, stand hinter ihr und wirkte sehr gelassen. Seinen hohen Rang verrieten nur die weiten Ärmel seiner Senatorenrobe. Auf seiner Zopfperücke trug er die Patrizierhaube.

»Warum weiß keiner davon?«, fragte Leonora betreten. Die Gestalt in der Senatorenrobe blickte sie schweigend an, ohne zu antworten.

»Sie verheimlichen dem Volk Loredans Tod?«, rief Leonora aufgebracht. »Wie können Sie das wagen?«

»Sie wissen wirklich gar nichts über Venedig, oder?«, entgegnete Alvise Mocenigo mit einem feinen Lächeln.

Die Handelsmesse zu Himmelfahrt, la *festa della sensa*, und mit ihr der Frühlingskarneval würde am nächsten Morgen beginnen. Beide Ereignisse waren bei den Fremden sehr beliebt. Die Staatsinquisitoren und die Mitglieder des Rats der Zehn, der unter anderem für die Finanzen der Republik zuständig war, waren sich mit dem restlichen Adel einig gewesen, dass der Handel und die Feste aufrechterhalten bleiben müssten. Die öffentliche Trauer um den Dogen hätte zur Folge gehabt, dass alles eingestellt werden musste. Und das hätte den Konten der Serenissima nicht gut getan.

Der Senator schnappte sich Leonoras Hand, wie man eine Fliege im Flug ergreift.

»Sie gestatten? Er wird bald mir gehören, und ich trage mein Eigentum gern bei mir.«

Er zog den Dogenring vom Mittelfinger Leonoras und steckte ihn auf seinen eigenen Ringfinger, als wäre er schon zum neuen Dogen gewählt worden. Er betrachtete seine geschmückte Hand, und was er sah, schien ihn mit großer Genugtuung zu erfüllen.

Da fiel es Leonora wie Schuppen von den Augen. Mocenigo nutzte die Verschnaufpause, um seine Position bei dem Gerangel um den Thron zu verbessern! Die Geheimhaltung verschaffte ihm die Zeit, noch einige zusätzliche Stimmen des Großen Rats zu kaufen, der bald den Nachfolger Francesco Loredans wählen würde.

Cesare dalla Frascada war also nicht der Einzige, der keine Skrupel kannte, wenn es um die höchste Würde im Staat ging. Sein Gegner befand sich hier in diesem Zimmer. Er stand hinter den Unterschlagungen und Morden. Der Senator hatte genau wie sein Amtskollege von der Kanalreinigung illegale Importe organisiert, weil er Geld für seine Wahl brauchte. Er war jedoch bis zum Mord gegangen, um seine Missetaten zu verbergen. Leonora kannte nun den Schuldigen, aber es gab niemanden mehr, dem sie das sagen konnte. Der Senator war sehr viel mächtiger als sie. Niemals würde sie die unwiderlegbaren Beweise beibringen können, welche die Richter verlangten, wenn sie gegen eine so hohe Persönlichkeit Klage erhob.

Der zukünftige Doge entnahm ihrer entsetzten Miene, dass sie die Wahrheit erraten hatte. Merkwürdigerweise schien er zwischen Verärgerung und Stolz zu schwanken.

»Ich muss Sie bitten, sich bis zum Prozess gegen Cesare dalla Frascada hier im Dogenpalast aufzuhalten. Nach seiner Verurteilung werden Sie unauffällig entlassen. Die Bleikammern kennen Sie ja schon. In diesem Frühjahr trifft sich dort die beste Gesellschaft.«

Leonora suchte verzweifelt nach einem Ausweg. Der Senator würde wohl nicht das Risiko eingehen, sie in diesem Gebäude zu töten, das tausend Augen und Ohren hatte, umgeben von Beamten, die ihm noch nicht gehorchten. Vielleicht ließ er sich auf Verhandlungen ein.

»Ich habe Beweise in der Hand, die meinen Vater entlasten!«, erklärte sie mit fester Stimme.

Ihre Behauptung löste bei dem Senator keineswegs die gewünschte Reaktion aus.

»Nun, dann wird dalla Frascada eben nach seinem Tod rehabilitiert werden. Der Rat der Zehn wird ihn hinrichten lassen, bevor Sie die Zeit haben, Ihre Beweise vorzulegen.«

Er wollte gerade in die Hände klatschen, um den Mohren mit dem Turban zu rufen, als Leonora ein Gedanke durch den Kopf schoss, der vielleicht die Lösung aller Probleme war. Rasch legte sie ihre Hand auf den Arm des Senators.

»Nicht so schnell. Ich finde, Eure Exzellenz schuldet dem unglücklichen dalla Frascada eine schöne Geste. Denn genau betrachtet sind seine Fehler so groß nicht!«

Alvise Mocenigo zog eine Augenbraue in die Höhe. Überrascht von dem entschlossenen Ton Leonoras ließ er die Arme sinken.

»Und warum sollte ich Nachsicht üben?«

Leonora spürte, dass sie auf dem richtigen Weg war.

»Weil Sie daraus großen Nutzen ziehen könnten«, antwortete sie und sah den Senator bedeutungsvoll an.

Wenige Minuten später stieg eine äußerst traurige Leonora dalla Frascada langsamen Schrittes die enge Treppe zu den Bleikammern hinauf. Der Wächter, der sie begleitete, öffnete ihr die niedrige Zelle. Sie schlüpfte hinein mit dem Gefühl, dass sie es darin keinen Tag aushalten könnte.

In einem Sessel bei dem Tisch, an dem er sein Abendessen eingenommen hatte, las Ser Cesare in einem Buch, dessen Seiten zum großen Teil noch nicht aufgeschnitten waren.

»Mein Kind!«, rief er, als sich die schwere Tür hinter Leonora schloss. »Was für eine schöne Überraschung!«

Er legte den Trakat eines Asketen, der in dem Ruf stand, den größten Teil seines Lebens mit niemandem gesprochen zu haben, auf den Tisch.

»Das Buch stand in meiner Bibliothek, ich habe mir aber nie die Zeit genommen, es aufzuschneiden. Der Autor beteuert, es sei nur die ersten zehn Jahre beschwerlich, abgeschieden von der Welt zu leben. Deine Unterhaltung wird mich gewiss besser aufmuntern.«

»Dessen bin ich mir nicht so sicher«, erwiderte Leonora bei dem Gedanken an die schlechte Nachricht, deren Überbringerin sie war.

Bevor sie das traurige Thema anschnitt, hatte sie das Bedürfnis, Ser Cesare noch einmal eine Frage zu stellen.

»Mein Vater, darf ich erfahren, warum Sie mich aus dem Kloster kommen ließen?«

Dalla Frascada lehnte sich in seinem Sessel zurück, bevor er zu sprechen begann. Er habe von den Nonnen gehört, dass sie intelligent und liebenswert sei und obendrein Charakter habe, meinte er. Da habe er sich gesagt, dass er aus ihr etwas anderes als eine brave Nonne machen könnte. Seine Sündenlast sei nicht so groß, dass seine einzige Tochter sie durch ein Leben im Kloster sühnen müsse.

»Und so bin ich auf die Idee gekommen, dich mit einem der Söhne aus dem Geschlecht der Mocenigo zu verheiraten. Ich habe den schönsten verlangt und damit gleichzeitig meinen Bauern in Richtung Thron geschoben. Alle waren zufrieden!«

Alle außer mir, dachte Leonora bitter, die im tiefsten Inneren immer noch gehofft hatte, dass es nicht nur rein strategische Überlegungen gewesen waren, die ihren Vater dazu bewogen hatten, sie nach Hause zu holen.

»Ich sollte also verheiratet werden, weil es für die Schachpartie meines Vaters, die er mit dem Schicksal spielte, ein geschickter Zug war!«, sagte sie knapp.

»Aber bei dem Spiel geht es um diesen Palast! Hast du eine Ahnung, was es bedeutet, die Tochter des Dogen zu sein?«

Leonora konnte es sich viel besser vorstellen, als er ahnte.

»Es ist dem Dogen untersagt, einen seiner Söhne zum Nachfolger zu bestimmen«, fuhr er fort. »Aber für seinen Schwiegersohn ist alles möglich. An der Seite dieses Lunardos könntest du durchaus eines Tages Dogaressa werden. Venedig würde dir nicht nur zu Füßen liegen, es würde dir gehören.«

»Wie glücklich ich darüber wäre, wenn ich wie die Principessa fühlen könnte, meine sogenannte Mutter … Sie ist eine Intrigantin. Haben Sie das gewusst?«

Ser Cesare warf die Arme hoch.

»Welch große Neuigkeit! Na und? Das bin ich auch. Ehrliche Leute machen in Venedig keine Karriere!«

»Na, jedenfalls waren Sie beide füreinander wie geschaffen«, schloss Leonora mit einem tiefen Seufzer.

Leider musste sie sich eingestehen, dass alle ihre Fragen zu Antworten führten, die ihr nicht gefielen. Nachdem sie sich ein wenig von ihrer Niedergeschlagenheit erholt hatte, erklärte sie dem Mann, der sich für ihren

Vater hielt, wie es ihr gelungen war, ihm das Leben zu retten. Cesare dalla Frascada begriff sofort, welcher Preis dafür zu zahlen war. Er wurde blass.

»Aber in diesem Fall könnte ich nie mehr …«

»Man verzichtet besser auf die Dogenwürde als auf das Leben«, sagte sie in der Hoffnung, dass auch er zu dieser Einsicht gelangen würde.

Am Himmelsfahrtstag war es Loreta, die Leonora aus dem Bett holte. Sie öffnete die Holzläden und zog ihrer Herrin mit einer flinken Geste die Decken weg.

»Stehen Sie auf! Es ist *carnevale*! Alle müssen sich amüsieren! Man darf sich keine Sekunde entgehen lassen!«

Offenbar hatte die Kunde vom Tod des Dogen noch immer nicht den Palast verlassen. Leonora warf sich ein Tuch über die Schultern und ging zum Frühstück.

Alle Familienmitglieder, bis auf den Hausherrn, der noch in den Bleikammern logierte, waren um den Tisch versammelt. Auch Flaminio dell'Oio, der zum zweiten Mal im Hause übernachtet hatte, hockte auf einem Stuhl. Leonoras Halbbruder Zermanico spielte den Pikierten.

»Mutter, sind Sie nicht schockiert darüber, dass dieses Mädchen seinen Kavalier hier im Hause nächtigen lässt, als wäre sie mit ihm verheiratet?«

Genau in diesem Moment betrat Roberto das Zimmer. Er trug den schönen Hausrock, den er sich vom Schneider der Donna hatte anfertigen lassen. Ein betretenes Schweigen machte sich breit.

»Nun, es schadet sicher auch niemandem«, brummelte Zermanico, bevor er sich unter dem erzürnten Blick seiner Mutter der heißen Milch, die vor ihm stand, zuwandte.

Nach dem etwas einsilbig verlaufenen Frühstück trafen sich Leonora und ihr Höfling im Portego. Auf einer Konsole lagen etliche Masken. Flaminio nahm sich eine Ledermaske und befestigte sie mit einem Knoten am Hinterkopf. Dann reichte er Leonora eine *moretta*, eine ovale kleine Maske, die mit Satin bezogen war.

Es war ein schöner Maitag, wie geschaffen für die Feierlichkeiten, die nach einem mehrere Jahrhunderte alten Ritual ablaufen sollten. Während sie den Kanal überquerten, setzte Leonora ihren Begleiter über den letzten Stand der Dinge ins Bild. Im Grunde hatte sich Alvise Mocenigo der gleichen illegalen Importe schuldig gemacht wie Ser Cesare – nur in größerem Rahmen und ohne vor Mord zurückzuschrecken. Und, was das Entscheidende war, ohne sich erwischen zu lassen.

»Ich wundere mich, dass wir überhaupt noch leben«, meinte Flaminio. »Mocenigo muss einen Narren an Ihnen gefressen haben. Oder er hat eine Schwäche für aufsässige Mädchen.«

Schiffe aller Bauweisen drängten sich im Bacino di San Marco, um dabei zu sein, wenn die Serenissima sich mit dem Meer vermählte. Die größten gehörten den reichen Kaufmannsgilden und Handwerkszünften, deren *scuole* mit Meisterwerken von Veronese oder Tintoretto geschmückt waren. Die *Signoria* hatte trotz der angeblich schlechten Verfassung des Dogen an der mystischen Vermählung festgehalten, weil es Unglück brachte, die Zeremonie ausfallen zu lassen. Und das Unglück bestand vor allem darin, dass in diesem Fall die zahlreichen Fremden alle wieder abgereist wären, ohne ihr schönes Geld bei diesem Anlass auszugeben.

Die zivilen, religiösen und militärischen Amtsträger kamen in einer Prozession vom Dogenpalast, um sich an Bord des *Bucintoro* zu begeben. Die prächtige Galeere von fünfunddreißig Metern Länge ragte über acht Meter aus dem Wasser. Sie war mit vergoldeten mythologischen Statuen geschmückt, welche die Gerechtigkeit, die Macht und das harmonische Zusammenleben der Bürger verkörperten. In dem Durcheinander von Segeln und Rudern erhob sie sich wie eine Kathedrale. An keinem anderen Tag des Jahres sah man so deutlich, dass die Häuser der Stadt wie Schiffe aus Stein waren, die auf einem fließenden Grund errichtet waren. Von auf und ab schwingenden Riemen vorwärtsbewegt, glitt die Prunkgaleere langsam bis zur Hafeneinfahrt von San Nicolo di Lido.

Der Prokurator von San Marco, zweithöchster Würdenträger der Republik, warf den Ehering ins Meer und sprach die heilige Formel: »Desponsamus te, mare nostrum, in signum veri perpetuique domini.« Meer, wir vermählen uns mit dir, als Zeichen wahrer und ewiger Herrschaft. Leonora versetzte es einen Stich ins Herz, als der Ring in den Wellen verschwand. Niemand verschwendete einen Gedanken an den unglücklichen Greis, dessen Leichnam versteckt gehalten wurde. Mit wachsendem Zorn dachte sie an die Heuchler, die da auf ihrem vergoldeten Schiff paradierten.

Die Flotte wandte sich dem Ufer des Lido zu. Dort sollte für die Vertreter von Kirche und Staat eine feierliche Messe abgehalten werden, gefolgt von einem Bankett. Das Meer, mit dem sich Venedig zum tausendsten Male vermählt hatte, war unter den zahllosen Schiffen und Gondeln verschwunden. Die Stadt schien doppelt so groß zu sein wie gewöhnlich.

Am nächsten Tag, man schrieb den 21. Mai 1762, zog Leonora noch einmal das schwarze Gewand an, das sie getragen hatte, als sie in Santo Stefano die Witwe spielte. Die Zeit war gekommen, einen berühmten Mann in aller Stille zur letzten Ruhe zu betten.

Der Tod des Dogen war noch immer das am besten gehütete Geheimnis Venedigs. Die *Signoria* hatte eine unauffällige Bestattung in der Kirche Santi Giovanni e Polo angeordnet, von den Venezianern auch Zanipolo genannt. Leonora folgte dem Trauerzug, der sich seinen Weg durch die Jubelnden, Singenden und Tanzenden des Karnevals bahnte. Den Sarg hatte man in aller Heimlichkeit zu nächtlicher Stunde aus dem Dogenpalast geholt, wie man einst die sterblichen Überreste des heiligen Markus aus Alexandrien geraubt hatte. Eine Trauergondel, die sich allein durch ihre Größe von anderen unterschied, hatte den Leichnam bis zur Pier gebracht. Zum Klang dreier Trommeln schulterten einfache Wachposten den länglichen Kasten und trugen ihn, einen kleinen Zug maskierter Trauergäste im Gefolge, über den Campo Zanipolo, vorbei an Andrea del Verrocchios majestätischer Reiterstatue des Bartolomeo Colleoni. Flaminio dell'Oio erzählte Leonora leise dessen Geschichte: Er war ein äußerst reicher General aus Bergamo gewesen und hatte sein Vermögen der Serenissima vermacht, allerdings unter der Bedingung, dass sein Standbild vor San Marco aufgestellt wurde. Die Venezianer hatten jedoch wenig Lust, einen Fremden vor ihrer Basilika verewigt zu sehen, brachten es aber andererseits nicht über sich, auf den Goldsegen zu verzichten, und kamen deshalb auf die Idee, den Reiter vor der schönen Marmorfassade der Scuola di San Marco aufzustellen. Noch einer, den die *Signoria* zum Narren gehalten hat, dachte Leonora.

Der Leichenzug kam an einem Marionettentheater vorbei. Die Figuren aus Pappmaschee spielten gerade eine Szene, die beim einfachen Volk sehr beliebt war: Ein Miniaturdoge verprügelte energisch böse Senatoren in schwarzen Roben und Perücken aus Flockseide. Das kuriose Schauspiel löste anscheinend Unbehagen bei den hohen Staatsdienern aus, die sich gerade in aller Heimlichkeit ihres obersten Würdenträgers entledigten, denn die folgenden Gesprächsfetzen drangen an Leonoras Ohr:

»Man darf eben nicht am Tag vor Karneval sterben, wenn man prunkvoll begraben werden will!«

»Wir müssen an die Lebenden denken.«

Das Volksfest leistete der Heimlichtuerei Vorschub. Niemand kam auf den Gedanken, dass sich hinter den Nasen aus Leder, Samt oder buntem Karton die höchsten Würdenträger der Serenissima verbargen. Alvise Mocenigo war ganz sicher ebenfalls dabei und zählte schon die Tage, die ihn noch von seinem Triumph trennten.

Schließlich betrat der Trauerzug das durch die Ziegel und den Marmor in rosarotes Licht getauchte Heiligtum, in dem bereits über zwanzig der vielen Dogen ruhten, die über die Serenissima geherrscht hatten. Da man auf jeglichen offiziellen Prunk verzichtete, hatte Leonora das Gefühl, wirklich ihren Vater beizusetzen. Sie litt unter dem Gelächter und dem fröhlichen Gesang, der von draußen in die Kirche drang.

An den nächsten drei Tagen stürzte sie sich in die ungewöhnlichen Festlichkeiten der *festa della sensa* und besuchte die großartigen Pavillons der Handelsmesse. Dort drängten sich die Käufer aus ganz Europa, die von dem kostbaren venezianischen Kunsthandwerk angezogen wurden. Abends gingen die Messebesucher wie die Einheimischen aller Schichten in die Oper, die sonst nur an Weihnachten und Neujahr geöffnet war.

Am Sonntag, dem 23. Mai, begab sich Leonora in den Dogenpalast. Es tagte der Große Rat. Die tausend Edelleute von über fünfundzwanzig Jahren mussten die Vertreter für einige öffentliche Ämter wählen. Die Atmosphäre war bedrückend.

Bei jeder Abstimmungsrunde warfen die Wählenden eine weiße Kugel für »Ja« und eine grüne Kugel für »Nein« in einen von drei Kästen. Warfen sie ihre Kugel in den roten Kasten und erreichte dieser die Mehrheit, musste ein neuer Kandidat vorgeschlagen werden, über den zu einem späteren Zeitpunkt abgestimmt wurde.

Beklommen wartete Leonora im Vestibül auf den Ausgang der Sitzung. Durch eine angelehnte Tür sah sie einen Haufen Schwerter und Gewehre. Der Große Rat musste sich verteidigen können für den Fall, dass seine Entscheidungen zu einem Aufstand führten.

Da kam ein Freund ihres Vaters aus dem Saal und beugte sich zu ihr.

»Er ist gewählt«, flüsterte er.

Leonora war sehr erleichtert. Sie hatte ihr Ziel erreicht. Dennoch blieb ein bitterer Beigeschmack.

Am 25. Mai begab sie sich mit Flaminio dell'Oio zum Dogenpalast. Der *Provveditore* der Kanalreinigung sollte vor dem Rat der Zehn erscheinen. Als sie ihr Zimmer verließ, sah sie zu ihrem Erstaunen, dass Donna Soranza noch nicht zum Ausgehen bereit war.

»Werden Sie uns nicht begleiten?«

»Ich gehe morgen zu seiner Hinrichtung. Warum sollte ich mich zwei Mal auf den Weg machen?«, entgegnete die Donna.

Auf der Piazzetta begegnete ihnen Monsieur Emile, der sie aufgeregt begrüßte. Ihm sei nach langem Nachdenken etwas eingefallen, wie man Ser Cesare retten könne, sagte er.

»Es gibt nur ein Mittel, Ihren Herrn Vater zu retten. Es hat eine Weile gedauert, bis es mir eingefallen ist, denn die Institutionen in Venedig sind so undurchschaubar, dass niemand sie begreift. Ein Avogador di comun muss sich seiner annehmen.«

Die beiden jungen Leute stießen einen tiefen Seufzer aus.

»Daran haben wir auch schon gedacht«, pflichtete ihm Flaminio dell'Oio bei. »Aber der muss ihm nicht nur gewogen sein, er müsste auch die wichtigsten Fraktionen hinter sich haben, damit er vor dem Rat der Zehn genügend Gewicht hat. Kennen Sie einen, der diese Bedingungen erfüllt?«

Monsieur Emile räumte ein, dass es einen solchen nicht gebe. Entmutigt schüttelte er den Kopf. Die letzte Hoffnung war dahin.

Im Vestibül drängten sich zwei Reihen Neugieriger an der Tür. Da die Hälfte von ihnen Masken trug, hatte man den Eindruck, als würde ein Theaterstück aufgeführt. Bevor man den Saal wieder schloss, denn auch diese Sitzung fand unter Ausschluss der Öffentlichkeit statt, hatte Leonora Zeit, die hohen Beamten in ihren Sesseln zu sehen. Der Rat der Zehn bestand in Wirklichkeit aus sechzehn Vertretern. Sie saßen um den leeren Dogenthron.

Die Verhandlung schien stürmisch zu verlaufen, auch wenn man die mächtige Stimme des Ratsmitglieds, das die Anklage verlas, durch die dicke Tür nur schwach vernahm. Es wurde ohne Advokat allein auf der Grundlage der vorliegenden Schriftsätze verhandelt. Cesare dalla Frascada verlas also selbst seine Verteidigungsschrift. Er verlangte eine Vertagung, damit er die Beweise für seine Unschuld vorlegen könne. Aber die Chancen, dass seinem Gesuch stattgegeben wurde, waren sehr gering.

Da entstand plötzlich ein Lärm im Vestibül.

»Macht Platz für den Avogador di comun!«, schrie ein Amtsdiener.

Er klopfte an die Tür des Sitzungssaals, während ein Mann mit hoheitsvollem Schwung die Menschenmenge teilte. Verdutztes Murmeln erhob sich ringsum. Es war Alvise Mocenigo in der Robe und der Stola des Avogador di comun.

»Wie ist denn das nur möglich?«, fragte Monsieur Emile. »Ich habe immer geglaubt, dass die offiziellen Roben nicht als Karnevalsverkleidung getragen werden dürfen?«

»Er wurde vorgestern gewählt«, erwiderte Flaminio dell'Oio, der so unbewegt dastand wie das Standbild des Bartolomeo Colleoni auf seinem Bronzepferd.

Im Freudentaumel des Karnevals war Mocenigos Wahl von den meisten Venezianern unbemerkt geblieben.

Man öffnete den Saal, um ihn eintreten zu lassen. Zur allgemeinen Überraschung begab sich der einstige Senator geradewegs zum Podium. Seine erste Amtshandlung bestand darin, den Rat auf einen Verfahrensfehler hinzuweisen. Das hieß, der Angeklagte musste vor ein ordentliches Gericht gestellt werden. Er würde sich nicht vor der strengsten Instanz der Republik zu verantworten haben, sondern hätte Zeit, seine Beweise zu sammeln, sich die besten Verteidiger zu suchen und Zeugen zu seinen Gunsten aussagen zu lassen. Außerdem war es damit auch nicht länger nötig, dass er in Haft blieb. Alvise Mocenigo legte dem Rat der Zehn ein Dokument vor, das mit dem persönlichen Siegel des Dogen versehen war und die sofortige Freilassung des Angeklagten zur Folge hatte.

Vor allem dieses Dokument faszinierte den Rat der Zehn, der vor einer Woche vollzählig bei der heimlichen Bestattung des Oberhaupts der Serenissima dabei gewesen war. Man fragte sich, wer die Dreistigkeit gehabt haben könnte, sich das Siegel des Dogen anzueignen. Es war aber nicht möglich, die Gültigkeit des Dokuments anzuzweifeln, ohne den Grund für die Zweifel an dessen Echtheit zu verraten.

Ser Cesare hatte seine Anhänger gebeten, Mocenigo zu wählen, damit der neue Avogador di comun von einer möglichst hohen Stimmenmehrheit unterstützt wurde. Der Haken an der Sache war der, dass dieses Amt oft direkt zur Dogenwürde führte.

Der Rat der Zehn bestätigte die Freilassung des Gefangenen, und die Türen öffneten sich für ihn. Hurrarufe erklangen bis zur Ehrentreppe.

»Die Würfel sind gefallen«, murmelte Ser Cesare mit Begräbnismiene.

»Vielleicht nicht, Vater«, erwiderte Leonora, ohne den Avogador di comun aus den Augen zu lassen, der sich am anderen Ende des Saals mit unzufriedenen Ratsmitgliedern besprach.

Es störte Leonora, dass der anlässlich der *festa della sensa* herrschende Jubel den Ruhm des Rivalen ihres Vaters noch vergrößerte. Sie flüsterte Flaminio dell'Oio etwas ins Ohr, und wenig später sah man diesen mit einigen unverbesserlichen männlichen Klatschbasen der Stadt ins Gespräch vertieft.

Der Geräuschpegel veränderte sich. Nach und nach hörte man statt des Jubels verwirrte oder schockierte Ausrufe. Ser Cesare dalla Frascada wollte gerade mit seiner Tochter den Saal verlassen, als ein anderer Edelmann ihn ansprach:

»Haben Sie es schon gehört? Der Doge ist tot!«

Flaminio dell'Oio hatte ganze Arbeit geleistet. Es dauerte nicht lange, und der Senat wusste Bescheid. Dann breitete sich die Nachricht immer weiter aus, bis alle Adelsfamilien die Neuigkeit erfahren hatten. Von deren Häusern drang sie bis in die kleinste Hintergasse. Innerhalb einer Stunde war ganz Venedig auf dem Laufenden. Alle Welt sprach von nichts anderem mehr als vom Tod des Dogen. Die *Signoria* musste sein Dahinscheiden nun offiziell bekannt geben und die Festlichkeiten beenden. Ein dunkler Schleier senkte sich auf den Triumph Alvise Mocenigos.

Ser Cesares Parteigänger drängten sich um ihren Herrn und Meister, um zu erfahren, welche Strategie er nun verfolgen würde. Leonora wurde Zeuge, wie ihr Vater log, um zu verbergen, dass sein Lebensprojekt gescheitert war. Er brachte es nicht über sich, seinen Anhängern einzugestehen, dass Alvise Mocenigo ihn nur unter der Bedingung aus dem Gefängnis geholt hatte, dass er auf den Dogenthron verzichtete. Nicht in der Lage, noch länger an dem traurigen Schauspiel teilzunehmen, brach Leonora auf, um die liebende Gattin Ser Cesares auf den glücklichen Ausgang der Geschichte vorzubereiten. Sie traf die Donna in fröhlicher Gesellschaft im grünen Salon an. Man saß um einen Spieltisch.

»Der Doge ist tot«, verkündete sie.

Niemand zeigte das geringste Mitgefühl.

»Wie traurig«, sagte die Gastgeberin, ohne den Blick von ihren Karten zu heben. »Wenn mich nicht alles täuscht, ging es ihm schon eine ganze Weile nicht gut.«

»Es gibt auch eine gute Neuigkeit«, fügte Leonora hinzu. »Ihr Mann ist wieder frei. Er wird in wenigen Minuten hier eintreffen.«

Die Anwesenden erstarrten, die Donna verzog nur das Gesicht.

»Noch so einer von deinen wenig geschmackvollen Scherzen, meine Tochter? Beim zweiten Mal ist es weniger komisch, wie du weißt.«

»Wenn Sie hier nicht ein wenig Ordnung schaffen, bevor er kommt, werden Sie es überhaupt nicht komisch finden«, entgegnete Leonora warnend.

Der ernste Ton ihrer Tochter brachte die Patrizierin aus der Fassung. Sie war sich noch unsicher, was sie von der Geschichte halten sollte, als ein Freund des Hauses auf der Treppe erschien. Er kam vom Dogenpalast. Ser Cesare dalla Frascada nähere sich mit seinen Anhängern auf dem Kanal.

»Welch ein Glück!«, sagte die Donna und zeigte dabei eine Freude, als hätte ein Blitz die Mauern der Ca' Civran gespalten.

Erst als ihr die Sinne zu schwinden schienen, machten sich ihre Gäste nach und nach durch die Pforte zur Gasse davon. Die zärtliche Gattin des befreiten Gefangenen trat auf den Balkon. Sie winkte ihm, sobald sie ihn erkennen konnte, mit einem Spitzentaschentuch zu, hätte es aber lieber dazu verwendet, sich die Tränen zu trocknen.

Cesare dalla Frascada stand aufrecht in einer kleinen Gondel. Er hatte die Strecke von der Piazza unter lauten Bravorufen der Bevölkerung zurückgelegt. Man freute sich stets darüber, wenn jemand dem schrecklichen Rat der Zehn entkommen war.

Roberto trat zur Donna. Er hatte in aller Eile seinen neuen gestickten Anzug abgelegt und die unauffällige Kleidung angezogen, die einem Cicisbeo anstand.

»Dieses Mal ist es endgültig!«, sagte er düster.

»Wer weiß? Noch kann die Gondel kippen«, erwiderte die Donna und schwenkte weiterhin anmutig ihr Taschentuch.

XX

Den ganzen Abend feierte Cesare dalla Frascada seine Freilassung mit den Freunden, die sich wie durch ein Wunder wieder im *piano nobile* seines Hauses eingefunden hatten. Mehrmals ließ er Gebäck und Wein bringen, und sogar halbe Silberdukaten wurden an das Volk verteilt, das ihm von Booten aus zujubelte.

Am nächsten Tag traf Leonora ihn in seinem Studierzimmer dabei an, wie er Visitenkarten für Parteigänger unterschrieb, die ihre Karte bei ihm abgegeben hatten. Je weniger Leute etwas von ihm wissen wollten, als es ihm schlecht ging, desto mehr Glückwünsche stapelten sich nun auf seinem Schreibtisch. Das war typisch für die Venezianer, die nur Sinn für die Freude hatten und kleinem oder großem Ungemach gerne den Rücken kehrten. Ser Cesare vergab seinen Freunden umso bereitwilliger, als er sich sehr wohl darüber im Klaren war, dass er genau wie sie gehandelt hätte.

Bei Leonoras Eintreten stand er vor einem Spiegel und rückte eine merkwürdige Kopfbedeckung zurecht. Es war ein *corno,* die goldbestickte Mütze, die den durchlauchtigsten Fürsten der Serenissima als Krone diente. Seine Tochter war überrascht. Sie war davon ausgegangen, dass sich die Dogenkappen im Dogenpalast befänden. Und überdies hatte Ser Cesare auf diese Bürde verzichtet. Er drehte sich zu ihr um und sah zufriedener aus als seine Frau bei der Anprobe ihres Frühlingskleides.

»Steht sie mir nicht gut? Eignet sich mein Profil nicht bestens für einen Kupferstich?«

Wenn man den Gerüchten glauben wollte, bewahrten alle Patrizier Venedigs einen *corno* in ihren Truhen auf, auch wenn niemand es jemals laut zugegeben hätte. Man erzählt sich die folgende Anekdote in Venedig, die Cesare dalla Frascada jetzt zum Besten gab:

Giovanni Dolfin hatte einen großen Kopf. Am Tag seiner Wahl fand man keinen passenden *corno* im Palast. Der Kopf des Dogen sah aus wie ein Kürbis, auf dem eine Trinkschale saß. Er flüsterte seinem Kammerdiener etwas ins Ohr. Eine halbe Stunde später traf dieser mit einer vollendet sitzenden Dogenkappe ein.

»Na, und was denkst du, woher er die wohl so schnell hatte?«, schloss Cesare und drehte sich vor dem Spiegel.

Seine Beharrlichkeit war wirklich unschlagbar. Seit 1400 versuchten die dalla Frascada vergeblich, die Dogenwürde zu erlangen. War es verwunderlich, dass der Nachfahre dieses langen Stammbaums von Verlierern eine Woche, nachdem er Verzicht geschworen hatte, seinen Eid bereits wieder brechen wollte? Diesmal setzte er auf die einundvierzig Wahlmänner, denn sie seien ein Ergebnis des Zufalls. Er glaube trotz allem, doch noch eine kleine Chance zu haben.

Zu seinem Unglück sorgte sein Rivale jedoch bereits dafür, dass er sein Wort halten musste. Im Laufe des Tages erreichte Ser Cesare nämlich das ärgerliche Gerücht, die Patrizier seien wenig geneigt, einen Mann zu wählen, der gerade erst die Bleikammern verlassen habe. Sie fänden es anstößig, dass jemand aus dem Gefängnis direkt in die herzoglichen Gemächer ziehe. Den Stimmungswechsel verdankte der ehemalige Gefangene dem neuen Avogador di comun, der sich nach Kräften bemüht hatte, diese Bedenken zu schüren, denn gewöhnlich war man in der Lagunenstadt alles andere als moralisch.

Auf der ersten Versammlung des Großen Rats, die nach der Freilassung Ser Cesares stattfand, wurde er jedoch unerwartet zum Senator gewählt und gleich im Anschluss daran zu einem Mitglied des Rats der Zehn. Es war ganz so, als wolle man ihn für seine allzu strenge Haft entschädigen.

Ärgerlich an dem Glücksfall war, dass er als Inhaber dieser Ämter zwölf Monate lang kein weiteres Amt übernehmen durfte. Ablehnen durfte er sie aber ebenfalls nicht, ohne dass es zu einer schweren Strafe und einem Exil auf dem Festland für die Dauer des verweigerten Amtes gekommen wäre.

»Machen Sie sich keine Sorgen«, versuchte Leonora den Aufgebrachten zu beschwichtigen. »Gott wird nicht zulassen, dass ein Mörder den Thron besteigt.«

»Pah!«, war alles, was Ser Cesare dazu sagte. »Vielleicht solltest du dich ein wenig mit der Geschichte unseres Volkes befassen, Tochter.«

Seinen wahren Trost fand der frisch gebackene Senator jedoch in einer anderen Idee. Alvise Mocenigo hatte bei seinen Vorbereitungen zur Wahl des Dogen eines vergessen. Geld war nicht alles.

Als Ser Cesare die Liste derjenigen gesehen hatte, die ihn im Großen Rat gewählt hatten, war ihm aufgefallen, dass ein Name fehlte. Der betreffende Patrizier hatte keine politischen Ambitionen, sondern war vielmehr für seine Gelehrsamkeit bekannt und an jenem Wahltag wegen seiner schwankenden Gesundheit ans Bett gefesselt gewesen. Ser Cesare wusste, was zu tun war.

»Das wollen wir doch einmal sehen«, sagte er, sich die Hände reibend.

Die nächsten Tage verbrachte er damit, bei seinen Anhängern vorzusprechen und ihnen zu danken, dass sie ihn für das Amt des Dogen vorgeschlagen hätten, die unerwartete Krönung seiner Laufbahn. Er sei jedoch gezwungen, darauf zu verzichten, denn er sei von seiner Haft noch zu geschwächt.

»Wer weiß, vielleicht in ein oder zwei Jahren …«, sagte er mit einem Hintergedanken an den baldigen Tod des zukünftigen Dogen.

Er hatte alles gut vorbereitet.

Am 31. Mai 1762, sechs Tage nach der offiziellen Verkündigung des Todes des Dogen, versammelten sich die sogenannten Tausend, auch der Große Rat genannt, in schwarzer Robe und grauer Perücke unter den Fresken Tintorettos im Dogenpalast, um die einundvierzig Wahlmänner für die Dogenwahl zu wählen. Als die Patrizier vor dem Podium Platz genommen hatten, auf dem rechts und links des leeren Thrones die herzoglichen Ratgeber und die Prokuratoren saßen, die als Einzige das Privileg der scharlachroten Robe genossen, wurde die Sitzung mit der Verlesung der Kandidaten eröffnet.

Auf der Liste stand jedoch nur ein einziger Name. In dem zum Bersten gefüllten Saal erhob sich ein Tuscheln.

»Was ist los?«, fragte einer der Anwesenden, der nicht aufgepasst hatte.

»Es scheint, als sei Marco Foscarini der einzige Kandidat.«

»Aber das bin doch ich!«, rief der kleine Mann, der die Frage gestellt hatte.

Dalla Frascada lächelte zufrieden. Er hatte seine ganze Überredungskunst, seinen Einfluss und seine Diplomatie darauf verwendet, sich zu Foscarinis Fürsprecher zu machen. Er hatte seine eigenen Anhänger überzeugt, ihre Stimmen dem Gelehrten zu geben, der allgemein geachtet wurde, weil er ein kultivierter, diskreter, aus einem ausgezeichneten venezianischen Geschlecht stammender Mann war.

»Und vor allem ist er von schwacher Gesundheit«, bemerkte Leonora beim Anblick des hohlwangigen Alten, der wie angewurzelt auf seiner Bank saß, noch überraschter als die Patrizier, die sich bereits um ihn drängten, um ihn zu beglückwünschen.

Ein so hinfälliger Kandidat war für alle verlockend gewesen. Senator Mocenigo war zu raffiniert, er flößte Angst ein. Das veruntreute Geld, das dalla Frascada ursprünglich für seine eigene Dogenwahl verwenden wollte, hatte er im Namen des »großherzigen Foscarini« unter den bedürftigen Patriziern verteilt. Und damit waren die Würfel gefallen. Bei seinem Eintreffen im Palast hatte Mocenigo seinen Namen in letzter Minute zurückgezogen, um einer Niederlage aus dem Weg zu gehen, die ihn nur lächerlich gemacht hätte. Foscarini war der einzige Kandidat, denn nur er würde aller Wahrscheinlichkeit nach bald sterben. Der bewundernswerte, kränkelnde Mann war der ideale Doge.

Doch wenngleich kein zweiter Kandidat vorhanden war, musste der Form Genüge getan werden. Das Zeremoniell dauerte den ganzen Tag. Es war höchst kompliziert, damit Spuren verwischt, Manöver vermieden, Intrigen verhindert wurden. Die tausend Edelleute des Großen Rats zogen am *ballotino* vorbei, einem zehnjährigen Kind, das Kugeln aus einer Urne holte. Dreißig waren aus Gold, die restlichen aus Kupfer. Sobald jemand eine Goldkugel gezogen hatte, verkündete ein Amtsdiener seinen Namen, damit er und seine Angehörigen sich in den Wahlsaal begeben konnten.

Von diesen dreißig Patriziern wurden nun neun ausgelost, die durch geheime Wahl vierzig Männer wählten. Danach wurden zwölf von diesen vierzig ausgelost. Die zwölf wählten fünfundzwanzig Edelleute, aus denen wiederum neun ausgelost wurden. Sie wählten fünfundvierzig, von denen durch eine weitere Ziehung von Goldkugeln, die der *ballotino* mit Hilfe einer kleinen Holzhand zählte, elf ausgelost wurden. Diese elf hatten die Aufgabe, aus der Zahl derjenigen, die in den vorherigen Wahlgängen unberücksichtigt geblieben waren, die einundvierzig Wahlmänner des Dogen zu wählen.

Am späten Nachmittag drängte sich vor dem Palast aus rosa Ziegelstein und weißem Marmor das Volk, nicht so sehr, um den Namen seines neuen Herrn zu erfahren, sondern weil seine Verkündigung der Auftakt zu einem dreitägigen Fest war.

Man führte Marco Foscarini zur Krönung an die oberste Stufe der Treppe der Riesen mit den Bildsäulen des Mars und des Neptun. Der alte Mann hatte sich bereits von seinem Schrecken erholt.

»Die höchste Würde ist ein Wunderbalsam!«, bemerkte Leonora. »Sie heilt alles.«

»Sie wird ihn zermalmen«, prophezeite ihr Vater mit begehrlichem Blick auf den ein wenig zu großen *corno*, den man dem neuen Dogen aufsetzte.

Der wichtigste Teil der Amtsübernahme war der Dogeneid. Man zählte dem Dogen die unzähligen Gesetze auf, die seine Machtbefugnisse einschränkten.

»Haben Sie gemerkt, welche Rolle die Religion bei dem Ganzen spielt?«, fragte Monsieur Emile, während die endlose Liste verlesen wurde. »Loredan ist am Abend vor der Himmelfahrt unseres Herrn Jesus Christus gestorben. Sein Nachfolger besteigt den Thron an Pfingsten, dem Tag des Heiligen Geistes. Ich frage mich, was uns Weihnachten bescheren wird!«

Dalla Frascada hoffte, eine schöne Beerdigung in Gegenwart gerührter Menschenmengen.

Der neue Fürst wurde dem Volk in der Basilika San Marco vorgestellt. »Questo xe missier lo doxe«, verkündete ein Redner lautstark. »Hier ist der Doge, der Herr.« Vor dem fünfzehnten Jahrhundert fügte man hinzu, »wenn ihr zustimmt«. Seither verzichtete man auf die Zustimmung des Volkes.

Es war Brauch, dass der Gewählte auf dem *pozzetto*, einem Sitz in Form eines Brunnenrandes, getragen von Arbeitern des Arsenals, im Sturmschritt die Runde um die Piazza machte.

»Ob er das wohl durchhält?«, fragten sich die Mitglieder der *Signoria* besorgt. »Wie würden wir dastehen, wenn er sofort sterben würde?«

Aber Foscarini schien es sehr gut zu gehen, er lachte vor Glück. Das Schauspiel endete damit, dass man Münzen in die jubelnde Menge warf. Der Karneval, der für die Staatstrauer unterbrochen worden war, wurde wieder aufgenommen und weiter gefeiert. Man holte Masken aus Taschen und Schubladen hervor, um damit die Gesichter der Venezianer und der Neugierigen zu schmücken, die aus ganz Europa angereist waren.

Alvise de Mocenigo machte gute Miene zum bösen Spiel, als er den Triumph des Mannes miterlebte, der noch nicht einmal jemanden umgebracht hatte, um auf den Thron zu gelangen. Bevor er den Dogenpalast verließ, hielt er kurz bei dem anderen Verlierer des Tages inne.

»Ich möchte das neue Mitglied des Rates der Zehn beglückwünschen«, sagte er scharf.

»Ich beglückwünsche den neuen Avogador di comun«, erwiderte sein Gegner im gleichen Ton.

Es war offensichtlich, dass der wahre Sieger derjenige wäre, der den anderen zuerst zur Strecke brächte. Der *Avogador* wandte sich zu Leonora und flüsterte ihr ins Ohr:

»Nun werden Sie doch nicht die Tochter des Dogen sein.«

Der ehemalige Senator warf ihr einen unergründlichen Blick zu, bevor er sich entfernte. Leonora sah ihm verwirrt nach. Die Worte Mocenigos gingen ihr im Kopf herum. Zuerst glaubte sie, es handele sich um eine Anspielung darauf, dass dalla Frascada sein Ziel verfehlt hatte. Aber warum sollte Alvise Mocenigo etwas sagen, was sowieso auf der Hand lag? Leonora beschlich das eigenartige Gefühl, dass sich ein ganz anderer Sinn hinter seinen Worten verbarg. Es war aber nur eine einzige weitere Deutung des Satzes möglich. Die Logik, von der Leonora sonst so viel hielt, löste plötzlich einen leichten Schwindel bei ihr aus.

Nachdem sie sich wieder gefasst hatte, begab sie sich auf direktem Weg zur Ca' Mocenigo, dem riesigen Palast am Canal Grande. Den Weg legte sie zu Fuß zurück, denn kein Gondoliere war bereit, die Cafés, die Schänken oder die Messestände zu verlassen, um einen Passagier zu befördern.

Sie schritt eilig durch die Gassen, von Masken, Flötenspielern und Tanzenden umgeben, bis sie an der Ca' Mocenigo ankam.

Das Haus wirkte menschenleer. Keine Lüster erstrahlten in den Salons und nur wenige Fenster waren beleuchtet. Die Frau Ser Alvises und ihre sechs Söhne feierten mit dem Rest der Stadt den Erfolg des Gegenkandidaten, denn in Venedig feierte man nicht ein Wahlergebnis, man feierte das Glück, in der Lagunenstadt zu leben.

Ihr kam der Gedanke, zu dem kleinen Haus zu gehen, das sich neben dem Palast befand. Die Tür war angelehnt. Im Haus war es dunkel, nur dahinter schimmerte ein schwaches Licht.

Der *Avogador* saß allein auf einer Steinbank in dem verwilderten kleinen Garten. Neben ihm brannte eine Kerze. Er machte keinerlei Bewegung, es war fast so, als habe er Leonora an diesem verlassenen Ort erwartet.

»So schwer es mir fällt, ich muss Ihnen eine Frage stellen«, begann sie ohne Umschweife.

»Die Antwort ist ›Ja‹«, erwiderte der ehemalige Senator, ohne zu zögern.

Seit einer Stunde war sich Leonora fast sicher gewesen. Es war die einzige Erklärung dafür, dass Mocenigo sie nicht gleich hatte umbringen lassen.

»Ich schwöre dir, dass ich von deiner Existenz nichts wusste. Erst als deine Mutter von der geplanten Verlobung erfuhr, hat sie sich dazu durchgerungen, mich zu warnen. Ich hätte beinahe meinen Sohn mit seiner Halbschwester verheiratet!«, sagte er, den Kopf in den Händen.

Er habe einen Vorwand finden müssen, um die Eheschließung zu verhindern. Die Denunziation Ser Cesares sei ihm da wie gerufen gekommen. Leonora hörte sich mit versteinerter Miene an, warum ihre Hochzeit in der Verhaftung ihres vermeintlichen Vaters geendet hatte.

»Nun«, sagte sie schließlich. »Mich zu töten wäre doch die einfachste Methode gewesen, die Ehe mit meinem Bruder zu verhindern. Und deswegen haben Sie ja auch einen Felsbrocken auf meine Gondel werfen lassen, nicht wahr? Oder war es etwa, weil ich meine Nase in Angelegenheiten gesteckt habe, die mich nichts angingen? Sie wollten mich umbringen lassen, leugnen Sie es nicht!«

Mocenigo versicherte ihr, man habe gewusst, dass sie das Boot verlassen habe. Das Attentat sollte sie nur einschüchtern. Es hätte bei jedem anderen zum gewünschten Erfolg geführt.

»Nur nicht bei meiner Tochter«, schloss der *Avogador* mit einem Seufzer. Es war nicht auszumachen, ob er sich dem enttäuschten Verschwörer oder dem stolzen Vater entrungen hatte.

Dass Mocenigo ihr Vater war, empfand Leonora nicht gerade als eine gute Nachricht, deshalb wollte sie nun wenigstens wissen, wer ihre Mutter sei. Ein kleines bitteres Lachen war die Antwort.

»Als ich das erste Mal hier mit dir sprach, habe ich dich angelogen, Leonora Agnela Immacolata. Mich hat nicht immer nur die Liebe zum Vaterland erfüllt. Auch ich war dem Charme der Principessa erlegen. Ich war damals ein Mann mit den besten Aussichten und weit davon entfernt, mir vorstellen zu können, dass das aus diesem Abenteuer geborene Mädchen eines Tages alle meine Träume zunichte machen würde.«

Sie schüttelte den Kopf. Dieses Mal war sie ihm einen Schritt voraus.

»Ich bezweifele nicht, dass Sie liederliche Frauenzimmer in Ihrem Junggesellenquartier empfangen haben. Und warum sollten Sie kein Kind gezeugt haben? Aber dass Sie mein Vater sind, ist ganz und gar unmöglich.«

Dann erzählte sie ihm, was sie von der Kurtisane erfahren hatte: Die Mädchen seien im Kloster ausgetauscht worden. Sie sei ein Findling.

»Wenn diese Frau Ihnen gesagt hat, ich sei Ihre Tochter, hat Sie Ihnen etwas vorgelogen! Spricht in dieser Stadt überhaupt jemand die Wahrheit, ohne dass man ihm mit dem Tode droht, wenn er lügt?«

Es war merkwürdig. Die Neuigkeit änderte nichts an der Stimmung des *Avogador*. Es war, als hätten Leonoras Worte keinerlei Bedeutung. Das Schweigen Ser Alvises war unerträglich.

»In diesem Fall sieht es so aus, als hätte ich dich mein Leben für nichts und wieder nichts zerstören lassen.«

»Sie hätten an der Vaterschaft zweifeln können.«

»Nein!«

»Warum nicht?«

Als er weiterhin schwieg, rief sie:

»Ich bin die Tochter des Teufels!«

Und plötzlich wusste sie es.

»Kennen Sie das Kloster von Vicenza?«, fragte sie.

Er sah, dass sie die Wahrheit ahnte. Sie war intelligent, weitaus intelligenter als die sechs Taugenichtse, denen seine Frau das Leben geschenkt hatte. Er flehte sie an, den Dummkopf dalla Frascada zu verlassen und den Platz einzunehmen, der ihr in seinem Haus gebührte. Sie erwiderte, sie müsse jemanden aufsuchen, und ließ ihn im Garten zurück.

Die Sonne war kaum aufgegangen, als Leonora leise die Tür ihres Zimmers schloss. Sie hatte sich mit dem Gondoliere ihres Vaters abgesprochen, der am Portal zum Kanal wartete. Sonst hatte sie niemanden ins Vertrauen gezogen. Auf ihrer Kommode lag ein Brief, in dem sie Ser Cesare ihren Entschluss mitteilte, wieder ins Kloster zurückkehren zu wollen.

Durch einen seltsamen Zufall traf sie die Donna im Flur. Sie trug ein Abendkleid, als sei sie gerade erst nach Hause gekommen. Das große Bündel, welches das Mädchen bei sich trug, verriet, was sie vorhatte.

»Sie sollten bei uns bleiben«, sagte ihre Stiefmutter scheinbar unbeteiligt. »Ich habe mich sehr daran gewöhnt, dass Sie sich um das Haus kümmern.«

Leonora dankte ihr für ihre Güte und flüchtete die Treppe hinunter. Auf dem ersten Treppenabsatz begegnete sie Ser Cesare. Er musste auf einem Sofa geschlafen haben, bis ein Kammerdiener ihm gesagt hatte, dass sie aufgestanden sei. Sein zerknittertes Wams und sein ungekämmtes Haar nahmen dem Mitglied des Rats der Zehn einen Großteil seiner Herrlichkeit. Er machte einen verlegenen Eindruck.

»Ich sähe es gern, wenn du mir bei meinen neuen Funktionen helfen würdest. Weißt du, dass hinter jedem großen Mann in Venedig eine Frau steht? Es heißt, Elisabeth Corner, die Mätresse Foscarinis, habe bereits das diplomatische Chor empfangen. Ich würde gern im kommenden Jahr mit dir rechnen. Es kündigt sich eine riesige Schlacht an.«

Leonora dankte auch ihm und stieg weiter die Treppe hinunter, damit sie nicht in Versuchung geführt wurde.

Vor den Gesinderäumen stieß sie auf Loreta. Auch die Dienerin hatte ihre Pläne mit der Flüchtigen.

»Da Ihre Hochzeit ins Wasser gefallen ist, sollten Sie die Laufbahn einer Kurtisane einschlagen. Mich nehmen Sie als Ihre Vertraute mit. Das wäre ein aufregenderes Leben als hier!«

»Und besser bezahlt!«, vervollständigte Leonora in Gedanken Loretas Vorschlag, bevor sie ihn ablehnte.

»Es ist trotzdem schade«, sagte die Dienerin und küsste Leonora auf die Wange, denn keine gesellschaftliche Barriere konnte verhindern, dass man eine Schwester küsste.

Leonora setzte ihren Weg fort und überlegte, wer ihr wohl noch den Weg verstellen würde. Das nächste Zusammentreffen hatte sie am wenigsten erwartet. Im Vestibül des Erdgeschosses begegnete sie Zermanico. Überglücklich, dass sie ging, reichte er ihr eine Börse, in der sein Beitrag zu ihrer Klostermitgift steckte, und er wünschte ihr eine gute Ehe mit Gott. Sie steckte die Dukaten ein und versprach, ihn in ihr Gebet aufzunehmen und den Herrn zu bitten, dass er nicht mehr trank. Sie trennten sich ohne Bedauern.

Der Gondoliere half Leonora in die Gondel. Sie sagte sich, dass er ein nettes Sümmchen sein eigen nennen musste, nachdem er ihr Geheimnis an Gott und die Welt verraten hatte. Er fuhr sie zur Anlegestelle des Postboots nach Padua.

Nachdem man abgelegt hatte, warf sie ihre Maske ins Wasser und sah ihr nach, wie sie auf den Wellen des Bacino di San Marco davontrieb.

Leonora dachte an denjenigen, der sich als ihr Vater bezeichnete, an den skrupellosen *Avogador*; sie dachte an ihre angebliche Mutter, die schreckliche Principessa, Kurtisane und Intrigantin sondergleichen; sie dachte an die Familie dalla Frascada, die trotz ihrer Fehler, Schwächen und Obsessionen die freimütigsten Edelleute waren, die sie am Canal Grande kennengelernt hatte. Sie dachte an Flaminio dell'Oio, den sympathischen jungen Mann, der sich anscheinend nie für sie interessieren würde.

Nein, nichts hielt sie hier. Sie konnte sich nicht vorstellen, den Rest ihres Lebens zwischen Gold und Marmor zu verbringen, in der schönsten Kulisse der Welt, vor der so viele tragische Farcen gegeben wurden. Sie wusste, wo sie ihren Seelenfrieden finden konnte, und wünschte sich an diesen Ort zurück, so schnell die Schiffer sie auf der Brenta dorthin bringen konnten.

Leonoras Eintreffen im Kloster verursachte eine lebhafte Aufregung. Ein Schrei ertönte, kaum dass die Pförtnerin sie ins Vestibül gebracht hatte.

»Pucci ist wieder da!«

Ihre alten Kameradinnen kamen von allen Seiten herbeigelaufen, um sie anzusehen, anzufassen und zu umarmen. Und vor allem, um ihr tausend Fragen zu stellen:

»Man sagt, du seiest mit einem der feinsten Edelleute Venedigs verlobt gewesen!«

»Du hättest in einem Palast gewohnt!«

»Dein Vater hätte Doge werden können!«

Sie versicherte ihnen, dass nichts davon wahr sei. Sie habe nur den einen Wunsch, wieder bei ihnen zu sein.

Von der Beschließerin erfuhr Leonora, dass die Äbtissin sie nicht sofort empfangen könne.

»Sie ist im Palazzo Vescovile. Am besten warten Sie in ihrem Studierzimmer auf sie.«

Die Frau ließ Leonora allein in dem Zimmer voller Bücher zurück, in welches sie als junges Mädchen so häufig zitternd gekommen war, um zurechtgewiesen zu werden. Es kam ihr sehr viel kleiner vor, als sie es in Erinnerung hatte. Zehn Jahre schienen seither vergangen zu sein und sie hatte genug von allem, was sie in Venedig erlebt hatte. Zorn erfüllte Leonora. Sie war fest entschlossen, ihrer Herkunft endgültig auf die Spur zu kommen. Vicenza war eine Kleinstadt. Vielleicht würde sie ihre Mutter finden? Vielleicht hatte sie sich irgendwann gemeldet?

Was wusste die Äbtissin? Und wenn sie etwas wusste, würde sie ihr die Wahrheit sagen? Hatten die Lügen und die Heuchelei, mit denen sie sich in den vergangenen Monaten herumgeschlagen hatte, endlich ein Ende?

Die Unterlagen aller Zöglinge lagen auf der anderen Seite des Schreibtischs in dem Bereich des Zimmers, der ihr verboten war. Jede Schachtel war mit einem Etikett versehen, auf dem die Nummern mit verschnörkelter

Schrift verzeichnet waren. Wie alle Zöglinge kannte auch Leonora die ihre auswendig. Mühelos fand sie ihre Unterlagen zwischen den anderen Mappen. Darin war nur die Rede von einem Mädchen der Kurtisane namens Principessa, das im Alter von einem Jahr aufgenommen wurde und vor zwei Monaten entlassen wurde. Kein Wort von Tod oder Krankheit als Säugling oder Kleinkind.

Leonora durchsuchte die Unterlagen der anderen Mädchen, die in jenem Jahr im Kloster aufgenommen worden waren. Auch da fand sie nichts Besonderes und wandte sich deshalb denen vom Vorjahr zu.

Plötzlich wusste sie, dass sie die richtigen Papiere in der Hand hielt. Es war die Rede von einem Neugeborenen von wenigen Tagen, das in der Säuglingsklappe gefunden worden war, ohne Brief, ohne Tragekorb, sondern noch ärmer als die Armen, denn es lag auf dem blanken Holz. Vier Jahre später war das unglückliche Mädchen an einem Fieber gestorben. Man hatte zahlreiche Messen für seine Seele gelesen – Leonora wusste, dass dafür die Principessa bezahlt hatte. Es wurden keine Namen außer »Marianna« genannt, der Name, auf den die Ursulinen das Kind am Tag nach seiner Ankunft hatten taufen lassen.

Da sie aus den Unterlagen nicht recht schlau wurde, beschloss sie, die Schwestern zu befragen, die damals bereits im Kloster lebten. Sie ließ ihre Blicke durch das Zimmer schweifen. Auf einem anderen Brett fand sie die Schachteln mit den Papieren der Nonnen. Leonora warf einen Blick auf die Liste der Klosterfrauen, die in den vergangenen achtzehn Jahren zur Klostergemeinschaft gehörten. Es waren etwa fünfzig. Da stieß sie auf einen Namen. Die Papiere entglitten ihren Händen und flatterten zu Boden.

Alles war wieder aufgeräumt und an seinem Platz, als die Äbtissin ihr Studierzimmer betrat. Ihr Zögling, der brav auf einem Stuhl saß, erhob sich zur Begrüßung. Madre Silvana zeigte sich verwundert über Leonoras unerwartete Rückkehr.

Nachdem Leonora der Äbtissin für die Klostererziehung gedankt hatte, der sie es verdankte, dass ihre lieben Eltern mit ihr zufrieden waren, wollte sie wissen, wer die ganzen Jahre für ihren Unterhalt gezahlt hatte. Um ihr eine Antwort zu geben, brauchte die Äbtissin nicht ihre Bücher hervorzuholen. Der Patrizier dalla Frascada hatte dem Kloster jedes Jahr dreihundert Dukaten geschickt, vom Tag ihrer Aufnahme an, als sie noch ein Säugling war. Leonora wusste nun, wen sie in Zukunft als ihren Vater betrachten würde, wie auch immer die Wahrheit aussah.

Die Äbtissin lebte nicht so zurückgezogen, dass sie von der Verlobung ihres Zöglings mit dem Sohn des Patriziers Alvise Mocenigo nicht gehört hätte. Leonora musste ihr gestehen, dass die geplante Hochzeit leider nie zustande kommen würde.

»Jemand hat Ser Alvise, der damals noch Senator war, wissen lassen, dass ich seine Tochter sei. Er hat daraufhin Ser Cesare ins Gefängnis werfen lassen, um die Heirat zu verhindern. Der Mann, der sich als mein Vater bezeichnet, hat das Leben jenes Mannes zerstört, der sein

Geld für mich ausgegeben hat, obwohl er mir gar nichts schuldete.«

»Das ist traurig«, sagte die Äbtissin, auf die die Schrecken der Welt offenbar schon lange keine Wirkung mehr hatten.

»Ich glaube, dass Ser Mocenigo seinen Brief aus diesem Kloster erhalten hat«, sagte Leonora und setzte sich auf.

Als die Äbtissin noch immer nicht reagierte, fügte sie hinzu:

»Ich habe herausgefunden, dass eine der Ursulinen, die zur Zeit meiner Geburt im Kloster lebte, Pucci hieß. Wissen Sie, meine Mutter, um wen es sich dabei handeln könnte?«

Leonora sah die Äbtissin herausfordernd an.

Die Äbtissin antwortete nicht. Sie hatte ihre Gefühle achtzehn lange Jahre unterdrücken müssen, sodass es ihr fast unmöglich war, anders als abweisend zu sein.

»Es tut mir leid, mein Kind, dass du die traurige Wahrheit schließlich doch herausgefunden hast«, sagte sie so schlicht, als bedauerte sie den Tod eines entfernten Verwandten.

»Ach, Sie ahnen nicht, wie viele traurige Wahrheiten ich in den vergangenen drei Monaten gehört habe«, erwiderte Leonora. »Ich bin also die Tochter einer Ursulinin, die es für richtig erachtet hat, mich in ihrem eigenen Kloster großzuziehen. Sie hat ihr Geheimnis ein ganzes Leben lang für sich behalten, um ihre Stellung im Kloster nicht zu gefährden. Wie, bitte, ist das möglich, sagen Sie es mir?!«

Der Blick der Äbtissin verlor sich, als sie sich an ihre Jugend erinnerte. Alvise Mocenigo, der schöne lebhafte Mann mit den nussbraunen Augen, war damals Statthalter von Vicenza gewesen. Er hatte eine seiner Cousinen bei den Ursulinen besucht. Die Klöster Venetiens waren damals noch keine Festungen, die Schwestern, welche die adeligen Fräulein erzogen, lebten nicht eingesperrt, und die Berufung der einfachen Novizin Silvana war noch nicht so gefestigt wie die der reifen Äbtissin gleichen Namens.

Leonora hatte Verständnis dafür, dass ihre Mutter ihr Geheimnis gehütet hatte. Sie konnte auch verstehen, dass die Nonne Silvana, ohne einzugreifen, zusah, wie eine schamlose Kurtisane vorgab, sie geboren zu haben, denn das eröffnete dem kleinen Mädchen ungeahnte Chancen. Sie konnte sich gerade noch vorstellen, dass man sein Leben mit einem Mädchen verbringt, das sich für eine Waise hält, ohne ihr zu sagen, dass man seine Mutter ist. Sie konnte sich aber nicht klaglos darein fügen, dass diese Mutter dann das Geheimnis verriet und die Zukunft ihres Kindes zerstörte.

»Inzest hätte uns alle in die Hölle geschickt!«, verteidigte sich die Äbtissin.

»Und Sie haben mich zu Lebzeiten dazu verdammt!«, rief Leonora aufgebracht. Sie stürmte aus dem Zimmer und ließ die Äbtissin wie versteinert auf ihrem Sessel sitzen. Dann stieg sie die Treppe hinunter und durchquerte den Flur.

Die Zöglinge waren zum Angelus in der Kapelle versammelt. Leonora setzte sich in den menschenleeren

Kreuzgang. Doch der friedliche Ort bedeutete ihr auf einmal nichts mehr. Er war nicht nur von einer Lüge beschmutzt, die noch schlimmer war als alles, was man ihr in Venedig aufgetischt hatte, sondern ihm fehlte auch noch etwas anderes, Undefinierbares, das sie zunächst gar nicht benennen konnte. Nach einer Weile versonnenen Lauschens fiel ihr ein, was es war: Es war das leise Plätschern, die lispelnden Gesänge, der salzige Geruch des Meeres, das Geschrei der Möwen und der Gondoliere, die Dünung der Wellen, die sich in leisem Auf und Ab an den Kanalufern brachen. Zum ersten Mal in ihrem Leben erfasste sie jene Sehnsucht, von der Ser Cesare in den Bleikammern gesprochen hatte. Jene Sehnsucht, die verhinderte, dass sich die Venezianer auf dem Festland heimisch fühlen konnten.

Ihr venezianisches Abenteuer hatte Leonora wie einen vom Hagel zerstörten Garten zurückgelassen. Vor wenigen Monaten war sie von einer höchst merkwürdigen Familie adoptiert worden. Ihre neuen Eltern waren ein unehrenhafter Ehrgeizling und eine Frau, die nur ihr Vergnügen im Kopf hatte. Als Kleinkind war sie von einer berechnenden Kurtisane an Kindes statt angenommen worden. Ihr Leben aber verdankte sie einem Patrizier, der vor Mord nicht zurückschreckte, um seine Ziel zu erreichen, und einer Nonne, die sie großgezogen hatte, als sei sie eine Fremde. Die Hoffnungen und Träume, mit denen sie sich nach Venedig aufgemacht hatte, waren dahin.

Und doch wusste sie nun, dass ihre wahre Heimat die Lagunenstadt war. Die Stadt der Dogen war alles, was ihr geblieben war. Und irgendwie war sie Teil dieser seltsamen, unbegreiflichen, großartigen Welt geworden. Dort war sie geboren, dort hatte sie sich gefunden. Auch sie war ein Teil ihrer einzigartigen Landschaft geworden, gehörte zu der Mischung aus grünem Wasser, abblätternder Farbe und verwittertem Stein, wo sich in wenigen Minuten ein Elendsquartier in einen Palazzo und ein Palazzo in ein Elendsquartier verwandeln konnte.

Sie wusste, dass sie nach Venedig zurückkehren und Großes vollbringen würde.

HINWEIS

Der zweite Band aus der Reihe »Die Geheimnisse der Serenissima« befindet sich in Vorbereitung. In NACHT ÜBER SAN MARCO löst Leonora ihren nächsten Fall.

Das Leben der Venezianer im achtzehnten Jahrhundert

An der Riva degli Schiavoni, dem Hauptanleger Venedigs, der sich von der Piazzetta bis zu den Gardini Pubblici erstreckt, wimmelte es im achtzehnten Jahrhundert von Schiffen. Heute sieht man dort nur einige Gondeln und Vaporetti und kann mühelos in der Ferne mehrere Inseln und den Lido von Venedig erkennen. Damals waren es so viele Schiffe, dass einige keinen direkten Zugang zum Kai hatten. Die Besatzungen mussten sich mit Booten an Land begeben. Die Kapitäne gaben Gesellschaften an Bord, die Gäste wurden mit einem Ehrenspalier der Mannschaft und einem Kanonensalut empfangen.

Den Bagger für die Kanalreinigung hat es tatsächlich gegeben. Zu Beginn des sechzehnten Jahrhunderts hatte man das Wachstum von Süßwasserpflanzen in der Lagune eindämmen wollen und einige der einmündenden Flüsse verlegt. Bis man merkte, dass ihre Strömung den Sand weggespült hatte, war es bereits zu spät.

Von jener Zeit an mussten die Kanäle von Menschenhand gereinigt werden. Sie haben übrigens niemals als Abwasserkanäle unter freiem Himmel gedient. Die Anlieger waren verpflichtet, an ihrer Instandhaltung mitzuwirken. Das Wasser war so sauber, dass die Kinder darin badeten.

Die einzige Brücke über den Canal Grande war der Ponte di Rialto. Vor den reichen Häusern der Reeder oder den Fondaci, den Handelsniederlassungen fremder Nationen, konnten die großen Schiffe direkt anlegen.

Da Venedig noch nicht durch einen Deich mit dem Festland verbunden war, bildete das Postschiff, der *burchiello,* die Nabelschnur Venedigs. Mit dem eleganten Boot konnte man über den Kanal der Brenta bis nach Padua gelangen. Es war ein schwimmender Saal aus Holz, der mit Spiegeln, Bildern, Wandschränken, Skulpturen, Bänken und Stühlen ausgestattet war. Eine Miniatur venezianischer Lebenskunst.

Nachts konnte man sich ungefährdet auf den Straßen bewegen, denn die öffentliche Straßenbeleuchtung war bereits sehr fortgeschritten. Die Geschäfte waren lange geöffnet, manchmal sogar die ganze Nacht hindurch. Man fand immer etwas zu essen, es gab zahlreiche Schänken, und auch in den Gasthöfen und Hotels konnte man gut speisen. Die Venezianer bewirteten ihre Gäste lieber irgendwo außerhalb der eigenen vier Wände als zu Hause. Im Sommer wimmelte es auf der Piazza San Marco und in den umliegenden Gassen von Menschen. Ihre Zahl war schnell gestiegen, weil man in den Cafés auch vielerlei nichtalkoholische Getränke anbot. Von Goldoni wissen wir, dass man in Italien damals zehn Tassen Kaffee am Tag trank.

Gasthäuser, Wirtshäuser, Gondoliere, Diener, Händler, Schneider und Maskenhersteller lebten vor allem vom Karneval. Fremde mit gefüllten Geldbeuteln strömten zum Feiern in die Stadt. Dass die *Signoria* den Tod eines Dogen zu Karneval verheimlichte, kam mehrmals im Laufe der Geschichte vor. Die Einnahmen Tausender von

Bürger wären infrage gestellt gewesen, wenn man Staatstrauer ausgerufen hätte. Der Tourismus war schon damals die letzte wahrhaft ertragreiche Quelle Venedigs.

Zu Himmelfahrt feierte man einen zweiten Karneval von vierzehn Tagen. Insgesamt begaben sich die Bürger der Stadt, einschließlich der Priester, fast sechs Monate im Jahr nur maskiert aus dem Haus. Vom Dogen bis zur Dienerin erledigte jeder seine Geschäfte mit Maske, sei es als Advokat vor Gericht oder beim Einkaufen auf dem Fischmarkt. Auch seine Besuche stattete man mit Maske ab. Fastnacht begann am Tag des heiligen Markus, aber auch bei jeder Dogen- oder Prokuratorenwahl feierte man, in der Regel auf Kosten der Gewählten. Der kleinste Vorwand, der geringste Anlass waren zum Feiern willkommen. Die Maske war keine Verkleidung, sondern ein Inkognito. Nur selten wechselte man auch die Kleidung, jeder kannte jeden. So konnte es geschehen, dass der Nuntius des Papstes zwar maskiert war, aber dennoch ein Mann sich vor ihn hinkniete und seinen Segen erbat.

Der Rat der Zehn war das höchste Sicherheitsorgan des Staates. Er bestand aus dem Dogen und seinen Beratern sowie einigen Räten, die vom Großen Rat gewählt wurden. Die besondere Aufgabe dieses Gremiums lag darin, den venezianischen Staat zu schützen. Seine wahre Bedeutung gewann es jedoch nicht zuletzt durch den Missbrauch seiner Macht. Der Rat der Zehn saß zu Gericht über die Edelleute. Strenger als alle anderen Gerichte Venedigs, umgab er sich mit größter Geheimhaltung und ließ sich nicht in seine Befugnisse hineinreden.

Ihm wurden die Denunziationen zugestellt, die in den *bocche del leone* hinterlegt worden waren. Kein Verfahren der Zehn war jedoch gültig, wenn nicht wenigstens einer der drei *Avogadori di comun* anwesend war, die das Recht zum Widerspruch hatten und ein Urteil aufheben konnten.

Die Adoptivfamilie Leonoras, die dalla Frascada, war im Goldenen Buch der Stadt verzeichnet, erlosch aber im sechzehnten Jahrhundert. Ich habe sie wiederbelebt, um frei mit ihr schalten und walten zu können, ohne die Geschichte einer damals noch lebenden Familie verzerren zu müssen.

Kurtisanen wie die Principessa waren in Venedig sehr beliebt. Die Reisenden, häufig alleinreisende Männer, umgaben ihre geliebten Zuliettas, Angelettas, Caltinas oder Agatinas, von denen eine schöner war als die andere, mit einem Kult. Venedig war die einzige Stadt der Welt, in der man im Theater einen Priester sehen konnte, der sich vor viertausend Zuschauern von einer der berühmtesten Prostituierten mit dem Fächer Klapse auf die Nase geben ließ. Man erfreute sich im venezianischen Staatswesen einer Freiheit, die andernorts unbekannt war. Am helllichten Tage konnte man Freudenmädchen sehen, man konnte es wagen, in der österlichen Zeit nicht zu den Sakramenten zu gehen, und in allen Dingen sein Inkognito wahren. Selbst in allerhöchsten Kreisen war es nicht verpönt, seine Mätresse zu heiraten. Diese Damen galten als sehr nützlich, da sie die Männer dazu verlockten, Geld auszugeben und den Handel in Schwung zu halten. Beweis für die Toleranz, die in den Mauern der

Stadt herrschte, ist die Tatsache, dass es im Viertel San Polo eine Brücke mit dem erstaunlichen Namen Ponte delle Tete, Brücke der Titten, gibt. Beunruhigt über die wachsenden Zahlen von Homosexuellen hatten die Behörden im sechzehnten Jahrhundert den Prostituierten gestattet, sich mit nackter Brust an ihren Fenstern zu zeigen, in der Hoffnung, dass dadurch die jungen Männer wieder auf den rechten Weg gebracht würden.

»Höflinge« wie Flaminio dell'Oio waren ihres Zeichens Händler, Künstler oder Klosterbrüder, die Gott und die Welt kannten, gewandt und geachtet waren und bei privaten Streitereien als Mittler angerufen wurden. Goldoni hat diesen Typ in seiner Komödie *Momolo* verewigt. Der venezianische Höfling ist vertrauenswürdig, dienstbar, mit gesundem Menschenverstand ausgestattet, liebenswürdig, treu und ein guter Freund. Abgesehen davon, dass er repräsentativ für das venezianische Leben ist, ist er auch wie dafür geschaffen, Romanciers und Stückeschreiber zu begeistern.

»Dreckskerle« nannte man hingegen die Prahlhänse, die gegen klingende Münze üble Geschäfte oder Einschüchterungen für nicht einheimische Edelleute übernahmen. Lazaro Corner gehörte zur Gruppe der Signorotti, das waren kleine Tyrannen unter den Edelleuten, die sich einbildeten, alles zu dürfen, und sich von ihren Handlangern, den Bravi, dabei helfen ließen.

Die Mode des Cicisbeo, des dienenden Kavaliers, kam aus Spanien und hatte sich in ganz Italien verbreitet.

Wie Donna Soranza wurde jede verheiratet Frau von einem Cicisbeo begleitet. Gepudert, elegant, treuer Ratgeber seiner Herrin von der Morgentoilette bis zu Opernrobe, zuvorkommend, aufmerksam, waren diese Männer eine Mischung aus Kammerdiener, Vertrautem und Sekretär. Sie parfümierten, umschmeichelten, waren anwesend, küssten die Hände und reichten den Arm. Da jeder zweite Edelmann nicht heiratete, gab es eine Fülle junger Männer, unter denen die Damen sich einen Cicisbeo aussuchen konnten. Es kam sogar vor, dass sie von der Familie der Braut ausgesucht und in den Ehevertrag aufgenommen wurden. Der Brauch nahm den Männern die ehelichen Sorgen ab und ließ ihnen mehr Zeit für die Republik. Gleichzeitig beschäftigte er die edlen Müßiggänger oder Verarmten. Es war für einen Edelmann nicht standesgemäß, am Schürzenzipfel seiner Frau zu hängen. Es war die Aufgabe des Cicisbeo, ihre Handschuhe zu tragen, ihr Taschentuch, ihren Sonnenschirm, ihren Mantel, ihren Pudel. Er war es, der den Gondoliere herbeirief. In der Kirche reichte er seiner Donna das Weihwasser und hielt ihr Gebetbuch. Wenn es jemand seiner Herrin gegenüber an Respekt fehlen ließ, verwies er ihn an seinen Platz. Blieb die Ehefrau allein zurück, war es an ihm, ihr Gesellschaft zu leisten, ihre Grillen zu vertreiben, sie bei guter Laune zu halten und mit seinem Gespräch zu amüsieren.

Die originelle und frische venezianische Gesellschaft ist für den Schriftsteller ein unendlich faszinierendes Thema.

PERSONEN DER HANDLUNG

Nobiluomo Ser Cesare dalla Frascada,
höchster Verwaltungsbeamter für die Reinigung und Instandhaltung der venezianischen Kanäle

Nobildonna Ser Soranza dalla Frascada,
seine Frau

Nobiluomo Ser Zermanico dalla Frascada,
ihr jüngster Sohn

Nobiluomo Ser Alvise Mocenigo, Senator

Nobiluomo Ser Lunardo Mocenigo,
Sohn des Senators

Nobiluomo Ser Francesco Loredan, Doge

Nobiluomo Ser Lazaro Corner,
Leiter des Amts für Instandhaltungsarbeiten öffentlicher Bauten

Madre Silvana,
Äbtissin der Ursulinen von Vicenza

Padre Diodati,
Geistlicher

Sior Flaminio dell'Oio,
venezianischer Höfling

Sior Bardese, Anatom

Sior Gotti,
Hydrologe, der sich besonders in den Strömungsverhältnissen der Lagune auskennt

Sior Massario,
Architekt mit besonderen Kenntnissen der Gebäude in der Lagunenstadt

Sior Robolino Robolini,
Advokat des Cesare dalla Frascada

Sior Brolo, Reeder

Siora Abbondanza Cancanigo,
Dienerin im Dogenpalast

Monsieur Emile de Rofiniac,
französischer Anstandslehrer

Signora Pauli, Hauswirtin

Loreta,
Dienerin bei den dalla Frascada

Leonora Agnela Immacolata,
genannt Pucci, Waise

Mit *Nobiluomo ser* sprach man einen venezianischen Edelmann an. *Sior* nannte man die Bürger Venedigs, die zwar nicht edler Abstammung, aber seit unzähligen Generationen im Goldenen Buch der Stadt als Bürger verzeichnet waren. Mit *Signor* sprach man alle Fremden an, ohne Rücksicht auf ihren Stand.

Die Originalausgabe erschien 2008 unter dem Titel *Les Mystères de Venise / Leonora Agent du Doge* bei Librairie Arthème Fayard.

FSC
Mixed Sources
Product group from well-managed forests and other controlled sources
www.fsc.org Cert no. SA-COC-001819
© 1996 Forest Stewardship Council

ISBN 978-3-7466-2753-3

Aufbau Taschenbuch ist eine Marke der Aufbau Verlag GmbH & Co. KG

1. Auflage 2011

Umschlaggestaltung morgen, Kai Dieterich unter Verwendung von
zwei Motiven von Corbis: © The Gallery Collection und © Christie's Images
Druck und Binden CPI – Moravia Books, Pohořelice
Printed in Czech Republic

www.aufbau-verlag.de